Gisela Karau

DER JÜNGERE MANN

Roman

[handwritten dedication:]
für Vera
Wassile
Gisela Karau
26.4.03

edition reiher
Karl Dietz Verlag Berlin

Die Deutsche Bibliothek – CIP-Einheitsaufnahme

Karau, Gisela:
Der jüngere Mann : Roman / Gisela Karau. – Berlin : Dietz, 2001
(edition reiher)

ISBN 3-320-02023-4

© Karl Dietz Verlag Berlin GmbH 2001
Umschlag: Trialon, Berlin
Typografie: Brigitte Bachmann
Satz: MediaService, Berlin
Druck und Bindearbeit: Wiener Verlag GmbH, Himberg
Printed in Austria

ERSTES KAPITEL

Komm nach Spanien, Isabella! Die Postkarte mit dem azurblauen Meer steckt hinterm Flurspiegel. Luisa lädt die fremde Freundin ein. Schöne Isabella von Kastilien, pack deine ganzen Utensilien ... Die Königin, unter deren Herrschaft Kolumbus Amerika entdeckte, war eine kühne Frau, die vor nichts zurückschreckte, sie ist in die Geschichte eingegangen als Schöpferin des spanischen Großstaates und der Inquisition. Die fünfhundert Jahre später geborene Isabella, geprägt vom deutschen Kleinstaat DDR, pflegte nie zu erstreben, was unerreichbar schien. Was soll ich in Spanien? Mir gefällt es in Mecklenburg. Hier scheint nicht immer die Sonne, aber muß das sein? Hat nicht der Wechsel der Jahreszeiten seinen Reiz? Der leuchtende Herbst? Der weiße Winter? Sie war der Fuchs, dem die Trauben zu hoch hingen. Keine Apfelsinen, weder am Baum noch im Laden. Doch Äpfel sind auch köstliche Früchte, die Cox Orange, der Boskoop, die Goldparmäne. Wir haben es gut in unserem Haus auf dem Hügel, Rudolf und ich. Nun sind die Trauben erreichbar, aber Rudolf ist nicht mehr da.

Ihr Mann, der Maler, ist gestorben. Als er die Achtzig vollendet hatte, legte er die Palette beiseite, wusch die Pinsel aus und setzte sich in den abgeschabten Samtsessel. *Es ist genug*, sagte er und schloß die Augen. Isabella, die ihm seinen Blanchet bringen wollte, sah, daß er schlief. Sie deckte ihn zu, obwohl sie das Gefühl hatte, daß er nicht mehr erwachen würde. Er sollte es warm haben in seinem letzten Schlaf. Traurig war sie nicht. Jedenfalls nicht gleich. Es war eher eine seltsame Starre, die sich ihrer bemächtigte. Wie in Trance tat sie alles, was notwendig war, bis er auf dem Dorffriedhof beigesetzt war.

Danach begann sie ihn zu vermissen, seine nervigen Hände, seinen reifen Rat, die Bewunderung für ihre Jugend. Sie war fünfundzwanzig Jahre jünger als er. Während ihrer letzten gemeinsamen Reise nach Schweden hatte er ihr einen Minirock gekauft, er war entzückt, wie mädchenhaft sie darin aussah. Das Gefühl, mit über Fünfzig noch jung zu sein, vermochte nur er ihr zu geben.

Nach seinem Tod erkannte sie jede ihrer körperlichen Unzuläng-

lichkeiten. Sie begann dicker zu werden, probierte Diäten aus, trieb bis zur Atemlosigkeit Gymnastik mit den stampfenden Fernsehmiezen, stieg jeden Morgen auf die Waage. Wenn sie ein Pfund weniger wog, war sie glücklich, wog sie mehr, war der Tag verdorben. Den jugendlichen Körper nimmt man nicht so wichtig. Sie hatte gern Rudolfs grauen Schlamperpullover angezogen, der war handgestrickt und sah aus wie ein Sack. Doch sie wußte darunter runde Brüste, eine schlanke Taille, einen festen Bauch, den drei Geburten kaum entstellt hatten, sie konnte es sich leisten, ihre Vorzüge zu verstecken. Rudolf erregte der Pullover auf ihrem Körper. So wollte er sie malen. Er kam nicht mehr dazu. Nackt hat er sie gemalt, im Liegen, im Sitzen, im Stehen, in Kreide, Wasser und Öl. Auch die Söhne waren seine Modelle, in jeder Lebensphase, vom Säugling bis zum Jüngling.
Als der dritte geboren wurde, war der Erzeuger sechzig. Rudolf verkündete voller Stolz, mit seiner nicht alternden Frau könnte er wie Urvater Abraham bis hundert zeugungsfähig bleiben. Sie gab zu bedenken: *Wenn du hundert bist, bin ich fünfundsiebzig. Bißchen spät zum Gebären.* Er ließ ihr keine Ruhe im Bett. Manchmal wurde es ihr zuviel, wenn er mit faunischem Grinsen auf ihr herumhüpfte und das weiße Haar seinen Schädel umstand wie ein Heiligenschein. Seit es Rudolf nicht mehr gibt, wünscht sie in schlaflosen Nächten, er würde sie vögeln bis zur Ermattung. Im Traum sah sie ihn an der Staffelei, graubärtig, ein wenig vorgebeugt, die blauen Augen in dem vom hohen Blutdruck geröteten Gesicht freundlich auf sie gerichtet. Als sie ihn berühren wollte, zerfloß die Erscheinung, weinend erwachte sie, und sie fühlte sich alt.
Das Altern. Ist es nicht der natürliche Vorgang des Lebens? Warum will der Mensch ihn nicht annehmen, warum ersehnt er die ewige Jugend? Die Unreife? Grünen Äpfeln, harten Birnen, sauren Pflaumen wünscht er schnelles Altern, er treibt die Früchte in Gewächshäusern zur Reife. Gereifte Menschen aber haben in der modernen Welt einen geringeren Wert als junge. Die Alten mit ihren Erfahrungen werden nicht geschätzt, wie es im Altertum war, sondern weggewünscht von der Erde als überflüssige Last, die nur Geld kostet.
Komm nach Spanien, Isabella. Als Luisa durch die Medien vom Tod des berühmten ostdeutschen Malers erfuhr, schickte sie postwendend die Einladung. Sie beschrieb die Reiseroute, als wäre es das Selbstverständlichste von der Welt, Deutschland zu durchqueren, Frankreich bis hinunter zu den Pyrenäen, und dann ist man schon auf der Iberischen Halbinsel. Es ist das Selbstverständlichste von der Welt. Europa wächst zusammen, und mittendrin Isabella aus Mecklenburg-Vorpommern.

Rudolf konnte schon vorher reisen. Der Künstlerverband der DDR ermöglichte ihm Studienaufenthalte in Österreich, Italien, Spanien. Seine Frau hätte er mitnehmen können, auf eigene Kosten. Das Geld war nicht das Problem, er verdiente gut. Es gab jedoch eine Bedingung, die sie nicht akzeptierte. Ihre Unterschrift wurde verlangt, ihre Zusage, dem Organ zu Diensten zu sein. Der Genosse aus Schwerin, der zu ihr kam, war ein höflicher Mensch. Doch es schien ihr, als sollte sie mit ihrem Blut unterschreiben. Bleibe im Lande und nähre dich redlich, sagte sie sich und ließ ihren Mann davonfliegen. Er kam ja immer wieder, und sie genoß das Alleinsein in ihrem Haus auf dem Hügel, von dem sie auf Felder und Wiesen blickte bis hinunter zu den Schlehdornbüschen.

Es ist etwas anderes, allein zu sein, wenn man weiß, es ist für eine absehbare Zeit. Jetzt, da sie damit leben muß, daß Rudolf nie mehr wiederkommt, erträgt sie die Einsamkeit schwer. Das schlimmste am Tod des nächsten Menschen ist nicht der Augenblick des Sterbens, sondern die nie endende Zeit ohne ihn, die Tag für Tag und Nacht für Nacht durchlebt werden will. Im Winter, wenn es schon am Nachmittag dunkel wird, lauscht Isabella auf jedes Geräusch. Sie hat etwas kennengelernt, das ihr bisher fremd war: die Angst. Jemand könnte draußen herumschleichen, ein Fenster einschlagen, sie überfallen. Es ist niemand mehr da, der sie beschützt. Rudolf hätte im Ernstfall wenig ausrichten können, aber in seiner Gegenwart fühlte sie sich sicher. Als junges Mädchen hat sie sich einen Dirigenten zum Mann gewünscht. Einen Menschen, der voller Musik steckt. Sie hat einen Maler gefunden, der voller Bilder und Farben steckte, das war auch gut. Sie wirft Holzscheite in den Kamin, die ihr Mann bergeweise gehackt hat, und sie denkt an ihn, der sie immer noch wärmt. In der hellen Jahreszeit, die nun angebrochen ist, mit den langen Abenden, an denen sie im Garten sitzt und das sprießende Leben rings um sich sieht, hört und riecht, tut das Herz ihr weh.

Die Söhne lassen sich selten sehen. Zwei sind verheiratet und wohnen in der Stadt. Peter arbeitet als Informatik-Ingenieur in Schwerin, Klaus ist Musikwissenschaftler an der Berliner Humboldt-Universität. Seine Frau Ute, Mathematiklehrerin, wird demnächst Mutter, was bedeutet, daß Isabella Großmutter wird. Ein Gedanke, der zwiespältige Gefühle in ihr auslöst. Wäre noch der Mann an ihrer Seite, sie würden es genießen, ein Enkelkind zu haben. Für eine alleinstehende Frau mit der geheimen Hoffnung, nicht ewig allein zu bleiben – diese Hoffnung gesteht sie niemandem ein, nicht einmal sich selbst –, hat es auch seinen Schrecken, künftig Oma genannt zu werden.

Markus, der Jüngste, ist mit der Aktion Sühnezeichen nach Norwegen gegangen. Statt Soldat zu werden, leistet er Zivildienst. Eine Entscheidung, die sie früher nicht für möglich gehalten hätte. Als Kind wollte er für sein Leben gern schießen lernen. Er konnte kaum schreiben, da stand auf seinem Wunschzettel zu Weihnachten das Wort: COLT. Jetzt arbeitet er als Pfleger von Überlebenden des Holocaust in einem jüdischen Altersheim und schreibt darüber in langen Briefen an seine Mutter. Sein Schreibtalent ist etwas, das sie ihm vererbt hat. Sie freut sich darüber, auch wenn Markus Realist genug ist, daraus keinen Beruf zu machen. Er will studieren, Soziologie, Psychologie, genau weiß er es noch nicht.

Isabella wird also reisen. Zu Luisa, der Bildhauerin aus Heidelberg, die vor fünfzehn Jahren nach Spanien gezogen ist. Rudolf hat sie bei einem Studienaufenthalt kennengelernt und gemalt. Eine zierliche Person mit roten Locken, die ihr kleines helles Gesicht umrahmen. Er schwärmte von ihrer Fähigkeit, im Stein etwas zu sehen, was heraus will. *Geduldig arbeitet sie sich vor bis zu der Form, die der Fels als Geheimnis bewahrt. Du mußt es herausfinden, sagt sie, heraushauen.*
Das hat sie von Michelangelo, warf Isabella ein.
Kein schlechtes Vorbild. Du solltest sie kennenlernen.
Damals eine Utopie. Jetzt ist sie gespannt darauf, der Unbekannten zu begegnen. Sie habe ein gutes Herz, hat Rudolf ihr versichert. An dem Abend, als sie darüber sprachen, ist er mit großer Begierde über Isabella hergefallen. Er war immer leidenschaftlich nach langer Abwesenheit, aber diesmal schien es, als hätte er Angst gehabt, sie zu verlieren. Sie verstand nicht, woher diese Angst kam. Sie waren oft getrennt, und keiner von beiden fürchtete, daß der andere ihn hintergehen würde. Sie pflegte ihn auch nicht zu fragen, ob er ihr treu war, sie war überzeugt, daß sie es merken würde, wenn es anders wäre. Und er hatte ihr nicht nur einmal versichert, daß es keine Frau auf der Welt gäbe, die er lieben könnte wie sie. *Du bist mein Leben, Isabella.*

Es ist ein kühler Märzmorgen, an dem sie sich lustlos auf die Reise begibt. Wie leicht war es ihr gefallen, sich neben ihren Mann ins Auto zu setzen, einen letzten zufriedenen Blick auf das reetgedeckte Haus zu werfen und sich Rudolfs Fürsorge anzuvertrauen. Sie konnte sich darauf verlassen, daß alles in Ordnung war. Jetzt hat sie das Gefühl, etwas Wichtiges vergessen zu haben. Ist das Gas abgestellt? Sie steigt noch einmal aus, um es zu prüfen, überzeugt sich zum wiederholten Male, daß Fenster und Türen verschlossen sind. Es gibt neuerdings Einbrecher, auch in dieser abgeschiedenen Gegend. Ist es richtig, daß sie wegfährt? Über zweitausend Kilometer! Und wenn der Volvo unterwegs streikt? Es war immer Rudolfs Auto, ein Männerauto, sie hätte gern ein kleineres. Aber sie muß aufs Geld

sehen, zu dem, was ihr Mann hinterlassen hat, kommt nur die Witwenrente, eine Neuanschaffung riskiert sie nicht.
Nieselregen fällt, die Scheibenwischer schmieren, sie ist müde, die Nacht zuvor hat sie kaum geschlafen. Der Gedanke an ihren toten Mann ließ sie keine Ruhe finden. Sollte es nicht der Sinn des Lebens sein, daß es erst endet, wenn es ganz ausgeschöpft ist und der Mensch das Gefühl haben kann, es ist alles gelebt, alles erlebt? War Rudolf am Ende, oder haben ihm die Lebensumstände der neuen Altzeit die sanguinische Freude am Dasein vergällt? Z.K., pflegte er zu sagen, zum Kotzen. Er bekam Wutanfälle, weil er es als Zumutung empfand, daß die Künste zu Markte gehen müssen. Es war eingetreten, was er kommen sehen hatte. Während Tausende jubelten, zu Demonstrationen rannten und das Wort Wahnsinn schrien bis zur Heiserkeit, zog er sich in sein Atelier zurück. Düstere Farben warf er auf die Leinwand, chaotische Gebilde in Schwarz und Grün, Fratzen mit aufgerissenen Mündern, aus denen Schlangen quollen. Isabella erschrak, als sie das sah.
Sie folgte der Einladung des Theaterverbandes, dem sie immer noch angehörte, und fuhr nach Berlin, um an der großen Kundgebung auf dem Alexanderplatz teilzunehmen. Stolz legte sie die grüne Schärpe um, auf der „Keine Gewalt" stand. Alles verlief friedlich. Die Menschen waren glücklich, glaubten an einen neuen Anfang. Erfüllt von Hoffnung und Freude, kam Isabella nach Hause. Zusammengesunken hing Rudolf im Sessel. Neben ihm eine leere Flasche, ein umgekipptes Glas. Er hatte sich betrunken und schnarchte auf empörende Weise laut vor sich hin. In jener Nacht verachtete sie ihn. Er gehörte zu den Privilegierten, genoß Narrenfreiheit bei den Oberen, kein Wunder, daß er an dem kleinen, beschränkten Land festhielt. Aber dachte er denn nicht an die Millionen, die genug hatten von Mauer, Bevormundung und dümmlicher Krittelei? Es sah doch ein Blinder, daß es so nicht weitergehen konnte. War er ein Betonkopf, zu alt für Veränderungen?
Sie betrachtete ihn, wie er dasaß mit eingefallener Brust, schmalschultrig, ein dünner Speichelfaden lief aus dem halbgeöffneten Mund. Er war siebzig und sah so greisenhaft aus wie nie zuvor. Zum ersten Mal verfluchte sie, daß sie so weit weg von der Hauptstadt lebte. Der Familie zuliebe hatte sie ihren Beruf aufgegeben, jahrelang war sie nur für Mann und Kinder dagewesen. Die neuen Chancen eröffneten sich zur rechten Zeit, die Söhne waren erwachsen, sie konnte noch einmal ein selbstbestimmtes Leben beginnen. Rudolf schimpfte auf die Verräter und käuflichen Idioten, die wegen der verfluchten D-Mark Unwiederbringliches aufs Spiel setzten. Sie verstand ihn nicht.

Nach einer längeren Pause, in der er Pinsel und Palette nicht anrührte, weil ihm die Motivation fehlte, begann er wieder zu malen, Landschaften, Blumen, keine weltbewegenden Themen wie früher. Ihr schien, seine Bilder waren besser als zuvor. Freunde in Malmö organisierten eine Ausstellung für ihn. Isabella, die ihn nun begleiten konnte, glaubte, er hätte den Schmerz um sein verlorenes Land verwunden.

Doch er sah die Felder veröden, die Genossenschaft wurde aufgelöst, die Traktoristen lungerten arbeitslos herum und versoffen ihr bißchen Geld in der Dorfkneipe. Eine Nachbarin entdeckte plötzlich, wie gut die Frau Gräfin gewesen sei und begrüßte deren Absicht, in das Schloß zurückzukehren, das vierzig Jahre lang Zentralschule gewesen war. Voller Zorn holte Rudolf das Gemälde zurück, das er für die Aula gemalt hatte, und stellte es in eine Ecke im Stall. Es war das Porträt einer Mähdrescherbrigade.

Isabella tat es leid um das Bild, obwohl es ihr nicht besonders gefiel. Sie fand es plakativ mit der vielen roten Farbe. Rot waren die kräftigen Gesichter der Männer und Frauen, eine trug ein rotes Kopftuch, eine andere einen roten Rock, im Haar einer dritten steckte eine rote Blume. Der Brigadier hatte einen roten Pullover an. Rot in allen Schattierungen. Es war Rudolfs Lieblingsfarbe.

Er stammte aus einem sozialistischen Elternhaus. Sein Vater war von SS-Leuten erschossen worden, weil er einen von der Ostfront desertierten Gefreiten der Hitlerwehrmacht versteckt hatte. Rudolf, seit Kriegsbeginn Soldat, erfuhr erst nach der Heimkehr aus sowjetischer Gefangenschaft davon. Das Verbrechen wurde nie gesühnt, wie so viele Schandtaten der Nazis. Die Republik, von Antifaschisten gegründet, war seine Heimat.

Beim Dorfschmied lernte er Pferde beschlagen. Seit der Kindheit war es sein sehnlichster Wunsch gewesen, Maler zu werden, aber an ein Studium war für den Kleinbauernsohn nicht zu denken, und mit neunzehn mußte er in den Krieg. Als anstelle der Pferde Traktoren den Pflug zogen, brauchte der Schmied den Gesellen nicht mehr, und Rudolf entschloß sich, zur Kunsthochschule zu gehen. Er war über Dreißig. In jenem Jahr kam Isabella in die zweite Klasse. Sie lernte ihn am Theater kennen, als blutjunge Schauspielerin. Rudolf war mit dem Bühnenbildner befreundet und nahm gelegentlich an Proben teil. Besang sie am Spinnrad den Faust, *sein hoher Gang, seine edle Gestalt, seines Mundes Lächeln, seiner Augen Gewalt,* dann schien ihr, Goethe hätte Rudolf beschrieben. Dessen hohe Erscheinung, sein gescheites Gesicht, seine klugen, neugierigen Augen, die aufleuchteten bei ihrem Anblick, das alles faszinierte sie. Ihre jugendlichen Verehrer waren Grünschnäbel gegen ihn.

Freundin Uschi warnte: *Wenn du vierzig bist, ist er fünfundsechzig.*
Na und? Zählt in der Liebe das Alter? Uschi spielte Nebenrollen und war dauernd unglücklich verliebt. Einen Mann wie Rudolf hätte sie nicht von der Bettkante gewiesen. Der hatte nur Augen für Isabella, obwohl sie nicht besonders hübsch war, klein, dünn, aschblond, keine auffallende Erscheinung. Auf der Bühne blühte sie auf. Er war hingerissen vom herben Reiz ihrer Stimme, die ihm zuerst auffiel, hell und hoch, mit einem rauhen Schmelz. Er skizzierte sie in allen Rollen, als Gretchen, als Luise, als Emilia, er wartete mit Blumen am Bühnenausgang, brachte sie nach Hause und ging nicht wieder weg. Seine erste Liebeserklärung stand als Widmung in einem Buch, das er ihr schenkte: Rheinsberg. *Wer Tucholsky schätzt, liebt seine Cläre und wünscht sich, daß er eine trifft. Für eine Cläre, die ihren Wolfgang gefunden hat.*
Rudolf hatte viele Frauen gehabt und keine geheiratet. Ihr machte er nach vierzehn Tagen einen Antrag, und sie willigte ein, ohne zu zögern. Die Mutter war schockiert. Der Mann war so alt wie Isabellas Vater, der mit einer Jüngeren in den Westen abgehauen war, sie haben nie wieder etwas von ihm gehört. Die Tochter hatte ihren eigenen Kopf, und sie hat ihren Entschluß nie bereut. Bis zu jener Nacht, als sie aus dem aufgewühlten Berlin zurückkam und darüber erschrak, wie alt ihr Mann war. Alt und festgefahren in veralteten Vorstellungen von der Welt.
Isabella hatte gern in der DDR gelebt. Es ging ihr gut an der Seite des berühmten Malers. Sein Elternhaus baute er für sie zu einem wohnlichen Heim aus, sie besaß alles, was sie brauchte, und was sie nicht haben konnte, wollte sie nicht. Erst in den achtziger Jahren ergriff ein Gefühl der Unruhe und Unlust von ihr Besitz. Sie versuchte, es zu verdrängen, führte es auf das Hausfrauendasein zurück, dachte daran, wieder in ihren Beruf zurückzukehren, wenn sie auch nicht wußte, wie sie das anstellen sollte. Sie hatte in Berlin gespielt. Sollte sie an ein Provinztheater gehen? Die Entscheidung wurde ihr durch die Ereignisse abgenommen. Den Kulturstätten kamen die Gelder abhanden, einige Häuser mußten schließen, welche Chance konnte eine Schauspielerin haben, die dreißig Jahre nicht auf der Bühne gestanden hatte?
Die anfängliche Freude über das Auflösen der Verkrustung wich der ernüchternden Erkenntnis, daß sie mehr verloren als gewonnen hatte. Sie näherte sich Rudolfs Auffassungen, litt mit ihm, schimpfte mit ihm, suchte ihn zu ermutigen, auf keinen Fall das Malen aufzugeben. Und sie begann zu schreiben. Über ihr Leben, über Vorgänge in ihrem Umfeld. Sie hatte beobachtet, wie Dorfrüpel einem mongoloiden Jungen die Katze klauten. Der Schmerz des hilf-

losen Kindes berührte sie, ihr gelang eine bewegende kleine Geschichte.
Rudolf staunte. *Du hast ja Talent, Isabella. Schreib weiter.*
Wird das jemand lesen?
Ich werde es lesen.
Sie schreibt weiter. Aber ihren Leser hat sie verloren.
Der Regen wird stärker, Isabella muß einen Lastwagen nach dem anderen überholen, was sie ungern tut, die großen Brummer fahren mit hohem Tempo. Erst als sie den Berliner Ring hinter sich gelassen hat und auf die dreispurige Autobahn in Richtung Magdeburg einbiegt, kann sie sich etwas entspannen. Bis zu dem kleinen Kurort im Schwarzwald, in dem sie übernachten will, sind es noch sechshundert Kilometer. Mein Gott, ich bin nicht geschaffen für die große weite Welt. Die Maße der DDR haben mich geprägt, dreihundert, höchstens vierhundert Kilometer, das reicht. Aber ich muß siebenmal so viel fahren, und das Ziel ist ungewiß.
Komm nach Spanien, Isabella. Ist es denn sicher, daß Rudolf recht hatte mit seinem freundlichen Urteil über Luisa? Er war ein Mann. Männer sehen Frauen mit anderen Augen. Das Bild, das er von der rothaarigen Bildhauerin gemalt hat, zeigt ein selbstbewußtes Wesen mit kritisch hochgezogenen Brauen und einem spöttisch schrägen Mund. Er hat immer den Konflikt im Menschen gesucht. Was ist Luisas Konflikt? Isabella hat sich entschlossen, das Gemälde als Geschenk mitzunehmen. Eigentlich ist es leichtsinnig, aufs Geratewohl in die Fremde zu fahren, zu einer fremden Frau. Früher hieß es, der Mann muß hinaus ins feindliche Leben. Rudolf pflegte Schiller heiter zu zitieren, er empfand das Leben nicht als feindlich, und sein Hinausgehen meinte immer das Wiederkommen, die Rückkehr in die Arme des geliebten Weibes. Isabella hat jetzt das Gefühl, hinaus zu müssen ins feindliche Leben, und die Rückkehr heißt erneut einzutauchen in die Einsamkeit.
Zum Glück regnet es nicht mehr. An den Nackenwirbeln spürt sie, wie verkrampft sie seit Stunden gefahren ist. Sie schiebt eine Kassette in den Recorder, nimmt eine bequemere Haltung ein und hört Musik. *Tears in heaven.* Ein Mann besingt den Schmerz um sein verlorenes Kind, er tröstet sich mit dem Gedanken, daß es im Himmel ist. Wer daran glauben kann. Es wäre ein Trost, zu denken, daß Rudolf als guter Geist über den Wolken wohnt und sie beschützt, wie er es zu Lebzeiten getan hat. Aber da ist das Grab auf dem Dorffriedhof, das kleine Geviert, in das seine Asche versenkt wurde. Ich bin Witwe. Ein schreckliches Wort. Ebenso schlimm wie der Begriff „alleinstehende Frau". In dieser Zeit, in dieser Welt steht sie allein, hat keinen Menschen, mit dem sie reden kann. Nur den Com-

puter, dem sie ihre Geschichten anvertraut. Er schluckt sie stumm, sagt ihr nicht, ob sie gut oder schlecht sind. Ein paar Manuskripte hat sie im Reisegepäck. Vielleicht ergibt es sich, daß sie der Bildhauerin etwas vorlesen kann. Sie sehnt sich so sehr nach einem Gesprächspartner.

Mit ihrem Mann hat sie bis in die Nacht hinein geredet, es war eine geistige Anregung, sich mit ihm zu unterhalten. Er hatte Ideen, konnte zuhören, besaß einen grimmigen Humor. Wieviel hat sie verloren durch seinen Tod. Ihr Lachen, ihre Glücksfähigkeit, den Optimismus. Der Spiegel verrät, daß die Falten um ihren Mund tiefer geworden sind. Die grauen Augen, die Rudolf groß und strahlend gemalt hat, blicken schmal und trübe. Wie eine alte Katze, sagt sie empört. Ich sehe aus wie eine alte Katze. Wer könnte mich noch lieben? Und wen könnte ich noch lieben? Es dauert nicht mehr lange, dann bin ich eine Greisin, jenseits von Gut und Böse.

Auf dem Rücksitz liegt ihr Strohhut mit dem blauen Band. Sie hat immer gern Hüte getragen, ihr Schrank ist voll damit. Nun weiß sie, eine Frau muß aufpassen, wie lange ein Hut ein modischer Gag ist und wann er anfängt, aus ihr eine komische Alte zu machen. Weibliche Bühnenrolle: Alte. Die könnte sie jetzt spielen. Nicht mehr das Gretchen, höchstens Marthe Schwerdtlein. Fünfundfünfzig. So alt wird kein Schwein. Das komische Lied fällt ihr ein: *Kein Schwein ruft mich an, keine Sau interessiert sich für mich.* Der pomadig gescheitelte junge Sänger knödelt es im Stil der zwanziger Jahre. Sie singt es laut vor sich hin.

Singen war immer ihre Lust, auf der Bühne, zu Hause, am Bett der Kinder, beim Fensterputzen, am Kochtopf, beim Wandern mit Rudolf. Jetzt klingen die hohen Töne brüchig, sie raucht zuviel, und was man nicht übt, verlernt man. Das Klavier steht ungenutzt im Atelier. Rudolf hatte es ihr gekauft, er liebte es, wenn sie Bach spielte, während er malte. Seit er gestorben ist, hat sie keine Taste berührt. Sie war auch nicht mehr im Konzert, hat zum ersten Mal Silvester die Neunte versäumt. Die große Sinfonie aus Schmerz und Hoffnung, Verzweiflung und Illusion, die ihr immer so etwas wie eine Seelenreinigung schenkte, hätte ihr in der Trauer das Herz zerrissen. Bruckner hört sie, sein großes Pathos quält sie nicht, es gibt ihr Ruhe, die gewaltigen Dissonanzen, die sich in Harmonien auflösen, greifen in die Tiefe der Seele, ohne sie zu verletzen.

Energisches Hupen macht ihr erschreckend bewußt, daß sie sekundenlang mit geschlossenen Augen gefahren ist, wie sie es als Beifahrerin gewohnt war. Sie schlägt einen Haken auf die rechte Spur und handelt sich den empörten Aufschrei einer Bautransporter-Sirene ein. Entnervt hält sie auf dem nächsten Rastplatz. Z.K., man ist von

Arschlöchern umzingelt. Sie weiß, es ist ungerecht, die Schuld auf andere zu schieben, sie muß sich endlich daran gewöhnen, allein zu sein. Allein! Und für alles selbst verantwortlich. Was hilft es, wenn sie innerlich wütet: Ich will nicht! Ich brauche einen Menschen, der mich liebt und den ich liebe. Ein Wunder müßte geschehen, doch sie glaubt nicht mehr an Wunder. Die Zeit der Utopien ist vorbei. Hinter ihr parkt ein Wohnmobil mit holländischem Kennzeichen. Ein Ehepaar steigt aus und macht es sich in der hölzernen Sitzecke bequem, die zum Picknick einlädt. Selbstzufrieden schauen sie in der Gegend herum, während sie Kaffee trinken und Käsebrote verspeisen. Isabella spürt ihren Magen. Warum holt sie nicht den Reiseproviant heraus und setzt sich zu ihnen? Holländer sind freundliche Leute. Früher hätte sie nicht gezögert. Rudolf und sie waren immer darauf aus, Menschen kennenzulernen. Aber es ist etwas anderes, zu zweit auf Fremde zuzugehen oder allein. Isabella fürchtet, daß sie ihr die Bedürftigkeit ansehen und vielleicht Mitleid empfinden. Sie haßt es, Mitleid zu erregen. Es ist demütigend, ein bedauernswertes Wesen zu sein. Sie hat viel verloren, fast alles, was ihr das Leben lebenswert machte, aber nicht ihren Stolz. So bleibt sie im Auto sitzen, beißt appetitlos in ein Wurstbrötchen, trinkt Orangenlimonade, die nach Süßstoff schmeckt und fährt danach weiter.
Die Sonne zeigt sich zaghaft, die Landschaft atmet im leisen Grün des Vorfrühlings, und noch immer sind es dreihundert Kilometer, ehe sie auf die Suche nach einem Nachtquartier gehen kann. Brecht fällt ihr ein. *Ich bin nicht gern, wo ich herkomme, ich bin nicht gern, wo ich hinfahre, warum treibt mich Ungeduld?* Sie kann sich nur gratulieren, wenn sie ohne Radwechsel in Spanien ankommt.
Es ist Abend, als sie das Schwarzwaldstädtchen erreicht. In den Fenstern der Häuser spiegelt sich die untergehende Sonne, dunkel stehen die Bäume vor dem flammenden Himmel. Ein Krähenschwarm läßt sich zeternd auf einer Platane nieder. Irgendwo läuten Kirchenglocken. Ein Bach windet sich unter der Brücke hindurch, die zu einer Pension hinüberführt, das Wasser dampft und riecht nach Schwefel. Es erinnert Isabella an das ungarische Heilbad, in dem sie oft mit ihrem Mann zur Kur war. Nach der Weltenwende wollte er nicht mehr dorthin. Ihm genüge der widerwärtige Wandel der eigenen Landsleute, erklärte er, sollte er nun auch noch gewendete Ungarn ertragen? Isabella spürt ihre Knochen nach der langen Fahrt, sie könnte mal wieder die heiße Schwefelbrühe gebrauchen. Aber alleine würde sie sich nicht wohl fühlen, wo alle Leute zu zweit herumliefen. Sie und Rudolf haben sich lustig gemacht über die hastig aufgelesenen Kurschatten. Groteske Paarungen konnte man beobachten. Selbst die Häßlichste fand im Handumdrehen einen Kerl.

Ein Zweibettzimmer? fragt die Pensionswirtin, die in ihrem grünen Lodenkostüm aussieht wie eine Statistin aus der „Schwarzwaldklinik".
Ein Einzelzimmer. Isabella versucht gelassen zu erscheinen, obwohl die Frage wie Salz in einer offenen Wunde brennt.
Der Blick der Wirtin gilt dem Trauring, den Isabella immer noch trägt. *Der Herr Gemahl kommt wohl später?*
Er kommt überhaupt nicht! Der scharfe Ton verweist die Frau in die Schranken. Verstohlen sieht sie zu, wie Isabella das Anmeldeformular ausfüllt.
Haben Sie Gepäck? Soll mein Mann Ihnen tragen helfen?
Mein Mann. Wie fett und selbstzufrieden das klingt. Ich besitze einen Mann. An der Tür hinter dem Tresen erscheint er, ein Hutzelmännchen, klein, kahl, mit einem Seehundbart, der seinem Gesicht einen traurigen Ausdruck verleiht.
Bemühen Sie sich nicht, ich habe nur eine Reisetasche.
Ach, Sie reisen morgen schon wieder ab? Es geht wohl nach Frankreich, wenn ich fragen darf?
Nach Spanien.
So weit und ganz allein? Etwa mit dem Auto?
Mit dem Auto.
Die Wirtin wirft einen neugierigen Blick auf das Geburtsjahr, das der Anmeldezettel verrät. Fehlt nur, daß sie sagt: in Ihrem Alter. Sie nimmt den Zimmerschlüssel vom Haken und verweist darauf, daß im Speiseraum bis zweiundzwanzig Uhr ein Abendessen eingenommen werden kann.
Isabella geht ihre Tasche holen. Der Himmel ist jetzt von violetter Kühle. Sie fröstelt und beeilt sich, ins Warme zu kommen. Geblümte Sitzmöbel Typ Multipolster, Fernseher, Telefon, ein dunkelgrün gefliestes Bad, über dem rosa bezogenen Bett ein Baldachin aus Musselin. Im Kühlschrank findet sie Bier und Wein, auch ein Fläschchen Kirschwasser und eine Tüte mit gerösteten Erdnüssen. Das genügt. Es schadet nichts, wenn sie das Abendbrot einmal ausfallen läßt.
Sie leert die kleine Schnapsflasche, knabbert Nüsse und legt sich auf das Himmelbett, neben dem das Telefon steht. Wen könnte sie anrufen? Peter in Schwerin? Klaus in Berlin? Hallo, Mama ist im Schwarzwald. Na hochinteressant. Die Schwiegertöchter sind immer sehr in Eile. Sie sieht die Gesichter vor sich. *Deine Mutter.* Mit ausgestrecktem Arm wird der Hörer weitergereicht, und ob es Peter ist oder Klaus, das Gespräch fällt meist kurz aus, die gegenseitigen Befindlichkeiten werden erkundet, danke, es geht allen gut, dir hoffentlich auch, Mama. O ja, der Mama geht's gut. Besser wäre gar nicht auszuhalten.

Warum bin ich eigentlich so empfindlich geworden, überlegt Isabella. Früher hat es sie nicht gekränkt, wenn am Telefon vorwiegend Belanglosigkeiten ausgetauscht wurden. Sie wußte, die Söhne lieben sie, auch die Schwiegertöchter Ute und Heidrun sind nicht übel, aber sie alle haben zu tun und führen ihr eigenes Leben. Normal.

Nach Rudolfs Tod fühlte sie sich vernachlässigt, nur Markus, der Jüngste, kam regelmäßig zu Besuch, obwohl ihm sein Elternhaus den Gedanken an den toten Vater quälend bewußt machte. Er hing sehr an Rudolf, mehr als die Großen, doch gerade er hat seiner Mutter geraten, nicht allein zu bleiben. *Du bist so eine schöne Frau, Mama, du findest noch einen.*

Aber keinen wie Papa.

Natürlich nicht, Papa war einmalig. Und er fügte hinzu: *Such dir einen Jüngeren.*

Was? Isabella sah ihn entgeistert an. *Damit ich mich erst recht alt fühle?* Markus hat eine fünf Jahre ältere Freundin. Warum muß immer die Frau die jüngere sein? Ein überholtes Vorurteil in seinen Augen.

Isabella dachte an die Tragödie ihrer Freunde Michael und Helena. An einem Abend in der Oper hatte sie die beiden nach langer Zeit wiedergetroffen und war erschrocken. Sah Michael nicht, was sie sah? Die weißhaarige Frau neben ihm, seit einem Vierteljahrhundert seine Frau, wirkte wie seine Mutter. Als junger Arzt hatte er der Schauspielerin den Blinddarm herausgeschnitten und sich unsterblich in sie verliebt. Die schöne Helena schien sich seiner Liebe auch mit fünfundsiebzig so sicher zu sein, daß sie es wagte, eine ärmellose, tief ausgeschnittene silberne Weste zum langen Samtrock zu tragen. Die freigelegte Haut an Hals, Busen und Armen verriet mehr als das geliftete Gesicht. Er hatte gerade die Fünfzig vollendet. Behutsam hielt er sie am Ellenbogen und führte sie in die Loge. Isabella, die beide gern mochte, beruhigte sich. Die Beziehung war intakt. Eine Woche später las sie in der Zeitung, daß er tot war. Er hatte sich aus dem Klinikfenster gestürzt, weil er sich in eine junge Krankenschwester verliebt hatte und es nicht übers Herz brachte, seine Frau zu verlassen. Helena starb ein Jahr später an Krebs. Der jüngere Mann hatte sie am Leben erhalten. Nach seinem Selbstmord, dessen Grund ihr nicht verborgen blieb, hielt sie nichts mehr auf dieser Erde. Nein, so ein Schicksal würde Isabella niemals riskieren. Dann lieber allein bleiben.

Sie erwacht bei strahlender Sonne, die durch die geblümten Gardinen scheint. Es wird Frühling, auf der Balkonbrüstung balzt ein Taubenpaar, im Garten blühen Krokusse, lila und weiß. Isabella wickelt ein Handtuch um das gewaschene Haar, öffnet das Fenster und atmet die frische, ein wenig schweflig riechende Luft. Jetzt ein starker Kaffee, wie sie ihn immer für Rudolf gebraut hat, und sie wird mit neuer Unternehmungslust weiterfahren. Sie freut sich auf das Rhônetal, dessen roten Wein sie gerne trinkt. Im Flußdelta nisten Flamingos. Rudolf war fasziniert von den rosa Vögeln, er hat sie gemalt. Das Aquarell hängt über dem Kamin, sie liebt es von all seinen Bildern am meisten.

Das Frühstück läßt nichts zu wünschen übrig, Schwarzwälder Schinken, frisches Landbrot, knusprige Brötchen, ein weiches Ei, Blaubeerkonfitüre, selbst gemacht, wie Frau Wirtin betont. *Haben Sie gut geschlafen?*

Wie ein Murmeltier, erwidert Isabella gut gelaunt.

Sie haben unser Hochzeitszimmer bekommen. Ich habe mir gedacht, wenn Sie schon allein verreisen müssen, dann sollen Sie es wenigstens gemütlich haben. Vielleicht kommen Sie ja mal zu zweit.

Die Rechnung ist gepfeffert. Einhundertachtzig Mark. Isabella ärgert sich, daß sie nicht vorher nach dem Preis gefragt hat. Sicher wäre ein billigeres Zimmer zu haben gewesen. Aber sie ist es von den Reisen mit Rudolf gewohnt, daß sie sich um so etwas nicht zu kümmern brauchte.

Gute Fahrt, ruft die Wirtin ihr nach, *und grüßen's Ihren Mann.*

Das beschauliche Städtchen glänzt vor Sauberkeit und Ordnung. Hübsche Häuser, gepflegte Gärten, ein Kurpark mit geharkten Wegen, heile Welt, selbstzufrieden in sich ruhend. Geschlossene Gesellschaft, trotz offener Grenzen. Hier scheint alles beim alten, anders als im „Beitrittsgebiet", wo nichts mehr ist, wie es war. Das ist für die Leute hier so weit weg, wie Sibirien. Sie haben alles richtig gemacht, wir alles falsch. Z.K.

Eine Türkin, die ihr Kind auf dem Arm trägt, wartet am Fußgängerüberweg. Isabella hält an und winkt ihr zu, das ernste Gesicht unterm schwarzen Kopftuch wird von einem kurzen Lächeln aufgehellt. Wie mag es ihr ergehen in diesem Land? Fühlt sie sich hier zu Hause, die Einwanderin? Isabella kann eher verstehen, daß jemand auswandert wie Luisa. Deutschland ist eine kalte Heimat, sie ist froh, daß sie es gleich hinter sich lassen wird.

Hinweisschilder lenken sie auf die Fernverkehrsstraße, die nach Frankreich führt. An der Grenze kein Kontrollgebäude, niemand will ihren Paß sehen, kein Zöllner verlangt, in den Kofferraum zu spähen. Eigentlich ein bißchen langweilig, es war immer so ein komisches Kribbeln, wenn Uniformierte mit strengen Blicken Paßbild und Original verglichen, als sei man ein verkappter Straftäter, der natürlich Schmuggelware mit sich führte. Rudolf hat sich aufgeregt, wenn er extra aussteigen und die Koffer öffnen mußte. Jetzt herrscht grenzenlose Freiheit, das blaue Schild mit dem Kranz goldener Sterne bezeichnet die Dimension des Kontinents, es gibt keinen Holper an der Stelle, wo ein anderer Staat beginnt.

Denk an was Schönes, Isabella, freu dich, daß die Sonne scheint, es wird Frühling, die Menschen sind dazu geschaffen, glücklich zu sein. Wenn ich nur wüßte, wie man das macht. Sie besinnt sich auf ein französisches Lied, das sie im Schulchor gelernt hat. *Quel bel interieur d'anciennes forêsts dans tes yeux s'abondent ...* Der poetische Text und die melancholische Melodie vermitteln eine Ahnung von der Schönheit der französischen Sprache, von Frankreich mit seinen alten Wäldern, den Sandsteinschlössern und Abteien, an denen sie jetzt vorüberfährt. Auf großflächigen braunweißen Tafeln werden die Sehenswürdigkeiten abseits der Autobahn angezeigt. Und an jeder Kreuzung geht es nach Paris. Rudolf wollte immer mal mit ihr dorthin, für ihn war es die schönste Stadt der Welt. *Der Louvre, du mußt den Louvre sehn, Isabella.*

Sie hat vieles noch nicht gesehen, und sie ist fünfundfünfzig. Wem soll sie dafür zürnen? Dem Land, das sie in Grenzen hielt? Sie hat sich nicht eingesperrt gefühlt, ist in die Tschechoslowakei gereist, nach Ungarn, Polen und in die Sowjetunion, die sie vom Norden bis zum Süden durchquert haben, von Leningrad bis hinunter zum Kaukasus. Die Leute tun so, als wären diese Länder keine Reise wert gewesen, als zähle nur Mallorca. Sagunto liegt genau gegenüber der Insel, am gleichen blauen Meer, in derselben heißen Sonne. Wieviel Grad mögen jetzt dort sein? Hat sie die richtigen Sachen eingepackt? Ob der Badeanzug noch paßt? An der Ostsee pflegten sie nackt ins Wasser zu gehn. Sie wiegt drei Kilo mehr als zu Rudolfs Lebzeiten. Kummerspeck, meint Uschi, mit der sie sich vor der Abreise in Berlin getroffen hat. Es ist die Zeit der Klassentreffen.

Jeder geht heutzutage auf die Suche nach seiner Jugend, erklärte die Freundin, die sie eingeladen hatte. Sie aßen bei Möhring Apfelstrudel mit Vanillesoße und musterten einander. Fast dreißig Jahre waren seit ihrer letzten Begegnung vergangen. Uschi hat Isabella nur ein einziges Mal in Mecklenburg besucht, sie ertrug es nicht, die Freundin im Glück zu sehen, das schöne alte Haus mit Kamin und Sauna, das große Atelier, die antiken Möbel, dagegen erschien ihre Wohnung ihr armselig.

Isabella war erstaunt, wie wenig sich Uschi verändert hat. Das Gesicht ist ein bißchen härter geworden. Sie trägt noch immer ihren Pagenschnitt, wenn auch die dunkle Haarfarbe künstlich sein dürfte wie das weiße Gebiß. Die Schauspielerei hat sie aufgegeben, weiß der Himmel, wie sie es geschafft hat, einen Job beim Senat zu ergat-

tern. Ihr elegantes schwarzes Kostüm, das teure Parfum, die Lackschuhe und der goldene Schmuck ließen vermuten, daß sie gut verdient. *Weißt du, wie die Leute staunen, wenn ich ihnen sage, daß ich aus dem Osten komme? Sie scheinen zu glauben, daß wir vierzig Jahre auf den Bäumen gehaust haben.* Daß Rudolf tot ist, wußte sie nicht. Sie fing an zu heulen bei der Mitteilung, als sei sie selber die Witwe. Schon einmal hatte sie sich einen Mann mit Isabella teilen wollen. Das war eine Jugendtorheit, die Erinnerung haben beide verdrängt. *Mein Gott, wie hältst du es aus ohne ihn? Er war doch alles für dich.* Sie jammerte so lange, bis auch Isabella die Tränen kamen. *Ja, fahr nach Spanien,* riet Uschi, nachdem sie ihr Make-up erneuert hatte. *Es wird dir guttun.*
Und nun sitzt Isabella im Auto, singt ein französisches Lied und beginnt ganz zaghaft, sich zu freuen. *Combien de confiance ronde, mêlée avec combien de peur.* Vertrauen und Furcht, das beschreibt ihre Gefühle auf dieser ersten großen Reise ganz allein. Sie verzichtet auf den Abstecher ins Rhônedelta. Vielleicht hat sie auf der Rückfahrt Muße, die Flamingos zu besuchen. Jetzt treibt es sie vorwärts. Am späten Nachmittag erreicht sie Perpignan. Tausendfünfhundert Kilometer in zwei Tagen, kein Radwechsel, kein Zwischenfall, zwei Drittel des Weges sind geschafft.
Die Stadt ist größer, als sie sich vorgestellt hat, der Name klang ihr nach romantischen Gassen mit Cafés im Stil von Toulouse-Lautrec. Sie irrt im dichten Verkehr durch die Straßen, nur gut, daß die Franzosen gelassener fahren als die immer aufgeregten Ostdeutschen, die mit dem Auto ihren Frust abreagieren. Es gibt auch nicht die Typen, die Rudolf spöttisch *die Köppe, die Kappen, die Ohren* nannte, kahlgeschorene Jungs, die mit Ohrring und kindischem Ehrgeiz durch die Gegend rasen, um am Ende auf einem der Holzkreuze an Straßenbäumen verewigt zu werden. Die Leute, die sie in Frankreich am Lenkrad sieht, scheinen nur ein Ziel zu haben – sie wollen ankommen, und zwar heil.
Vor einem eleganten Hotel findet sie eine Parklücke, sie geht hinein und fragt nach einem Zimmer. Es ist eins zu haben, aber noch teurer als das im Schwarzwald.
It's very expensive. Isabella vertraut ihrem Englisch mehr als ihrem Französisch.
Die freundliche Dame an der Rezeption rät ihr, in eins der Motels am Stadtrand zu fahren und beschreibt ihr den Weg. Isabella verzieht sich mit einem erleichterten *Merci, Madame.* Hier würde sie mit der Zeit ihre Sprachkenntnisse auffrischen. Spanisch kann sie nur zwei Worte, olé und mañana. Sie wird einiges dazulernen, Fremdsprachen liegen ihr. Rudolf meinte, das hinge mit ihrer Musikalität zusammen, ihm fiel es schwer, sich im Ausland zu verständigen, nur

Russisch konnte er einigermaßen, das hatte er in der Kriegsgefangenschaft gelernt. Rudolf und immer wieder Rudolf. Wann wird es ihr gelingen, sich ohne Schmerz an ihn zu erinnern? Er hat ihr so viele Gedanken und Empfindungen hinterlassen, muß es denn ewig weh tun, von diesem Konto abzuheben?
Beim Empfang im Motel erkundigt sich niemand, ob sie ein Einzel- oder ein Doppelzimmer wünscht. Die Frage gilt der Anzahl der Betten. *Voulez vous un lit ou deux?* Isabella braucht lediglich *un lit,* es ist ein französisches Bett, so breit wie das zu Hause. Es gibt nur eine Decke, zwei müssen sich eng aneinanderschmiegen, um sie sich zu teilen. Für die Franzosen scheint jedes Paar ein Liebespaar zu sein.
Im Restaurant wählt sie einen kleinen Ecktisch, an dem ein einzelner Stuhl steht. Ringsum sitzen sie zu zweit oder in Familie, Kinder werden gefüttert von glücklichen Müttern, stolze Väter sehen zu, wie die Kleinen mampfen und sich bekleckern. *Marcel, qu'est-ce que tu fais?* Ein Mädchen mit einer hellblauen Zopfschleife, die wie ein Propeller auf dem schwarzen Lockenkopf sitzt, weigert sich, den Mund zu öffnen. *Geneviève, pourquoi tu ne manges-pas?* Sehr geduldig sind die Eltern mit ihren Kindern.
Der Ober, ein Nordafrikaner, zündet eine Kerze für Isabella an. Sie bestellt Ente in Madeira, das klingt besser, als es schmeckt, das Fleisch ist fast roh, sie tröstet sich mit Rotwein von der Côte du Rhône und beeilt sich, die lautfröhliche Stätte zu verlassen. Es macht keinen Spaß, allein zu essen. Nichts macht Spaß allein, auch nicht, daß sie sich breitmachen kann unter der Decke für zwei. Von nebenan ist Lachen zu vernehmen, ein männliches und ein weibliches. Sie schaltet den Fernseher an, um Geräusche mit Geräuschen zu übertönen, das letzte, dem sie jetzt lauschen möchte, ist fremdes Liebesleben.
Am Morgen nimmt sie leichte Kleidung aus dem Koffer, Perpignan liegt in gleißender Sonne, der Himmel ist blau wie auf Luisas Postkarte, das Thermometer zeigt um zehn Uhr bereits zweiundzwanzig Grad. Isabella zieht Sommerhosen an und eine türkisfarbene Seidenbluse. Kritisch betrachtet sie sich im Spiegel, der Hintern sitzt prall im weißen Leinen. Rudolf hat diesen Hintern geliebt, ihr erscheint er zu fett. Mit der winterblassen Haut gefällt sie sich auch nicht in Türkis, sie wechselt die Bluse gegen ein schwarzes T-Shirt und findet sich häßlich. Die große italienische Sonnenbrille verdeckt die Fältchen um die müden Augen, das schwarzweiß gepunktete Nickytuch, ein Mitbringsel ihres Mannes von seiner Spanienreise, verhüllt den Hals. Man tut, was man kann, sagt sie voller Selbstironie, sie hat es sich angewöhnt, mit sich selber zu reden.
Nach dem Frühstück schleppt sie ihre Reisetasche zum Auto, in dem es heiß ist wie in einem Backofen. Die Straßen glänzen feucht,

sie sind frisch gesprengt, an den Ständen vor den Obstläden goldene Orangen, rote Tomaten, blaue Trauben, grüne Salatköpfe. Die Händler tragen Pullover und Wollmützen, als sei ihnen kalt. Auf den Gipfeln der Pyrenäen liegt Schnee. Isabella durchfährt das Gebirge auf kurvenreicher Straße. Zu ihrer Linken taucht überraschend das Meer auf, dann führt der Weg weg von der Küste, und plötzlich liest sie einen spanischen Ortsnamen. Auch hier kein erkennbares Zeichen der Grenze. Nur ein geschlossenes Holzhaus, an dem Cambio steht. Sie braucht kein Geld zu wechseln, das hat sie in Neubrandenburg getan. Außerdem besitzt sie eine Visacard, sie kann, wie ihr bei der Bank versichert wurde, an jedem Geldautomaten die gewünschte Währung ziehen. Alles neu für eine Provinztante. Jede Klofrau aus Kreuzberg kennt sich in der westlichen Welt besser aus als sie. Aber das wird sich ändern. Man kann doof geboren werden, aber man muß nicht doof sterben. Sie hat es doch schon weit gebracht. Noch siebzig Kilometer, dann ist sie in Barcelona.
Rudolf hat ihr von der Schönheit der Stadt erzählt. Besonders beeindruckt war er von den Bauten des Architekten Antonio Gaudí, den bunten Wohnhäusern, die aus einem Spielzeugkasten gepurzelt scheinen, dem Temple de la Sagrada Familia mit den schlank emporstrebenden, an die Gotik erinnernden Türmen. Die Kathedrale ist noch immer unvollendet. Von achtzehn Türmen, die der Zahl der zwölf Apostel plus vier Evangelisten plus Maria und Jesus entsprechen sollen, stehen erst acht. Gaudí ist 1926 ums Leben gekommen. Er wurde von einer Straßenbahn überfahren. Sein ganzes Vermögen steckt in der „Kathedrale des 20. Jahrhunderts". Isabella hat das Bauwerk, das sie an eine riesige Kleckerburg erinnerte, auf einer Postkarte gesehen und amüsiert die deutsche Übersetzung gelesen: *Auslegung von die abgeschlossenen Werk.* Eigentlich sollte sie die Gelegenheit nutzen und es sich ansehen, doch sie hat keine Lust, die Umgehungsstraße zu verlassen, die an der Stadt vorbeiführt. Wäre Rudolf bei ihr, sie würden zusammen durch Barcelona spazieren, aber allein? Ach, Isabella, wann wirst du es lernen, aus dem Schatten deines toten Mannes zu treten.
Den ersten Schritt hat sie getan, sie hat Luisas Einladung angenommen. Zügig fährt sie entlang der Mittelmeerküste in Richtung Valencia. An der Costa Brava beginnt der österliche Ferienbetrieb, Kolonnen von Wohnwagen sind unterwegs. Trotz des dichten Verkehrs macht das Fahren Spaß. Es kostet alle paar Kilometer Gebühren, daran hat sie sich schon in Frankreich gewöhnen müssen, dafür ist die Piste glatt und bequem, nicht so ein holpriges Mißvergnügen wie die Prenzlauer Autobahn mit ihren ewigen Baustellen und Staustellen. Dabei mußten die Spanier unwegsame Gebirge überwin-

den, Felsen sprengen, Tunnel bohren. Isabella passiert bizarr aufragende Steinwände in wechselnden Farbschattierungen, graue, schwarze, rote, seltsam geformt, als wären sie von Riesenhand in Falten gelegt. Sie kann sich nicht satt sehen an der Natur, und je näher sie sich ihrem Reiseziel weiß, um so freudiger genießt sie es, allein so weit gekommen zu sein. Die Zweifel, die sie am Anfang der Reise überfallen haben, beunruhigen sie nicht mehr. Rudolf besaß Menschenkenntnis, er war nicht leicht von weiblichen Wesen zu beeindrucken. Ich bin verwöhnt, pflegte er zu sagen. Daß er ins Schwärmen geriet bei der Beschreibung der Bildhauerin, wollte etwas heißen. Er ist später nie wieder auf die Frau zu sprechen gekommen, deren Porträt im Atelier hing.

Kurz vor seinem Tod kam ein Brief von Luisa. Sie erkundigte sich, wie es ihm ginge nach den aufregenden Veränderungen in seinem Land, die ihn doch sicher getroffen hätten. Ihr täte es leid um den Sozialismusversuch, er sei kühn gewesen, wenn sie auch nie geglaubt habe, daß ein eingemauertes Volk auf Dauer glücklich sein könnte. Er hat ihr nicht geantwortet. Nun wird Isabella ihr antworten. In einer ihrer Geschichten erzählt sie vom Schicksal des alten Samtsessels, in dem ihr Mann gestorben ist. Das Möbelstück stammte aus dem Schloß. Die Gründer der ersten Produktionsgenossenschaft hatten ihn dem Maler geschenkt. Es war Rudolfs stiller Triumph, daß die Frau Gräfin, die im Dorf herumfragte, wer sich nach der Bodenreform an ihrem Besitz vergriffen habe, nie vom Verbleib des Sessels erfahren hat. Vielleicht wußten die Dorfleute nichts darüber, aber in Isabellas Geschichte klingt es anders. Sie waren stolz auf „ihren" Künstler, darum schwiegen sie.

Jetzt zeigt der Wegweiser bereits Sagunto an. Schneller als erwartet, ist Isabella an der Sortida, die Luisa ihr beschrieben hat. Auf einmal hat sie Herzklopfen, und ihre Zweifel melden sich zurück. Sie sucht sich zu beruhigen. Wenn Rudolf sich geirrt hat, reist sie eben wieder ab.

Auf dem überdachten Parkplatz steht ein Jeep. Ehe die Besitzerin aussteigt, springt durchs geöffnete Fenster ein schwarzgrauer Hund mit dem Kopf eines Drahthaarterriers und langen dünnen Beinen, die den Mischling verraten. Er begrüßt Isabella freudig bellend, wedelt mit dem gebogenen Schwanz, der von einem Dackel stammen dürfte.

Sie streichelt das zutrauliche Tier, es leckt ihr die Hände.

Er freut sich genauso wie ich, daß du hier bist, gell, Charley? Luisa steckt Isabella eine Orangenblüte ins Haar. *Herzlich willkommen.*

Sie sagt du mit einer solchen Selbstverständlichkeit, daß es Isabella nicht schwerfällt, die vertrauliche Anrede zu erwidern. *Du bist noch schöner als auf Rudolfs Bild.*

Luisa umarmt sie. *Es tut mir leid, daß er gestorben ist, ich dachte, er lebt ewig.*
Das dachte ich auch. Er wollte hundert werden.
Laß uns nach Hause fahren, ich habe eine Paella vorbereitet.
Isabella folgt dem Jeep über die Landstraße, die von blühenden Orangenhainen gesäumt ist. Ein bezaubernder Duft erfüllt die Luft. Im lackgrünen Laub leuchten goldene Kugeln. Eine Laune der Natur, daß diese Bäume gleichzeitig blühen und Früchte tragen.
An einem Rondell, um das die Straße im Kreisverkehr führt, weist Luisa auf eine Plastik aus rotem polierten Stein. Offenbar eins ihrer Werke. Es hat die Form einer Schildkröte. Die Spanier scheinen die Verkehrswege gern durch Plätze zu unterbrechen. Wieder ein Rondell, und in der Mitte ein grauer Quader, durch den ein schräger Riß geht. Sicher auch von Luisa. Sie biegt von der Hauptstraße ab, ein enger, holpriger Weg führt in ein grün bewachsenes Tal. Die weiß gekalkten Häuser stehen in nachbarlicher Enge. In den Gärten wachsen mannshohe Kakteen und Agaven, rosa blühende Mandelbüsche und knorrige Olivenbäume. Pinien breiten ihre Kronen aus wie Schatten spendende Schirme. Zum ersten Mal in ihrem Leben sieht Isabella einen Zitronenbaum mit leuchtend gelben Früchten. Luisa hält vor einem schmiedeeisernen Zaun, an dem freudig kläffend ein schwarzer Schäferhund hochspringt. Hinter ihm erscheint ein weißer Spitz, der Ausschau hält nach seinem Frauchen. Charley springt durchs Fenster des Jeeps und gesellt sich dazu. Ungerührt von dem bellenden Trio, lagert eine rote Katze mit lässig herabhängenden Pfoten auf dem Tor.
Du hast ja eine ganze Menagerie.
Das sind längst nicht alle meine Tiere, ich hab noch Enten und Hühner.
Sie fahren die Autos auf eine Plattform aus Beton. Im Hintergrund die von Weinlaub berankte Fassade der Bildhauerwerkstatt. Daneben steht ein rund gemauerter Turm mit einem Windrad, das die Wasserpumpe betreibt. *Wasser ist hier kostbarer als Wein,* erklärt Luisa, *der vergangene Sommer war so trocken, daß wir es mit Tankwagen kommen lassen mußten.*
Sie zeigt auf ein mit blauer Folie ausgelegtes Becken. *Das braucht man hier, damit man in der Trockenzeit wenigstens mal untertauchen kann.* Sie zieht ein Thermometer aus dem Wasser. *Dreiundzwanzig Grad. Du kannst baden, wenn du willst.*
Später vielleicht. Isabella hat Mühe, sich der drei Hunde zu erwehren. *Charley, Max, Moritz, wollt ihr wohl Ruhe geben,* befiehlt Luisa. Die Hunde trollen sich.
Auspacken, oder erst einen Campari Orange?
Isabella entscheidet sich für letzteres. Sie genießt den Willkommens-

23

trunk am steinernen Tisch unterm Feigenbaum. Luisa läuft ins Haus, das Telefon hat geklingelt. Isabella sieht hinauf in die Zweige, durch die der Himmel leuchtet wie ein blaues Seidentuch. Sie ist tatsächlich angekommen.
Ihre Gastgeberin kommt zurück. *Das war Stefan. Ich habe ihn für heute abend eingeladen, die Paella ist sowieso zu groß für zwei.*
Ein Freund von dir?
Ein Feriengast aus Berlin. Ich vermiete mein Haus in der Stadt, seit ich auf die Finca gezogen bin. Der Junge fährt wie besessen mit dem Rennrad durch die Berge. Er leidet unter Depressionen.
Darum lädst du ihn ein?
Er tut mir leid. Was meinst du, warum ich so viele Hunde und Katzen habe? Es sind verstoßene Kreaturen, die niemand liebhat.
Mich hast du auch aus Mitleid eingeladen.
Aus Neugier. Dein Mann hat so viel von dir erzählt, ich wollte dich kennenlernen. Komm, wir holen dein Gepäck, und ich zeige dir dein Zimmer, gell?
Der Raum ist einfach, aber stilvoll eingerichtet. Ein Messingbett, darauf eine gestreifte Wolldecke in schönen Farben, ein ovaler Mittelfußtisch mit einer blauen Schale voller Apfelsinen, ein Schaukelstuhl aus Rohrgeflecht, ein Kleiderschrank, eine Kommode, ein Spiegel. Auf dem braun gefliesten Boden handgewebte Schafwollteppiche. Eine Katze aus rotem Stein ziert das Fensterbrett.
Hast du die gemacht, Luisa?
Meine erste Arbeit in Spanien.
Sie ist entzückend. Der Stein auf dem Rondell, ist der auch von dir?
Ja, der graue auch.
Du hast Glück, daß du solche Aufträge bekommst.
Ich habe einen Bekannten in der Stadtverwaltung.
Sei nicht so bescheiden. Du kannst was, sonst würden dir hundert Bekannte nichts nützen. Rudolf war begeistert davon, was du im Stein siehst, bevor du es herausgearbeitet hast.
Die Steine reden mit mir, das ist wahr. Luisa sieht zur Uhr. *Ich muß den Ofen anheizen, damit du etwas zu essen bekommst. Pack aus und mach dich frisch, nebenan ist das Bad.*
Isabella überreicht ihr das Bild. Luisa ist überrascht. *So hat er mich gesehen? Nicht schlecht. Vielen Dank, daß du dich davon trennst.*
Ich habe dir zu danken, Luisa.
Wofür?
Daß du mich aus der Einsamkeit weggelockt hast. In meinem Haus habe ich mich eingesponnen wie in einem Kokon.
Ich bin froh, daß du gekommen bist. Man kann nicht immer nur mit Steinen und Tieren reden.

Hast du keinen ...
Du meinst einen Mann? Vor dem bin ich weggelaufen, so weit ich konnte. Wir reden später über alles, gell?
Isabella bedauert, daß sie den Abend nicht zu zweit verbringen. Der Bursche mit der Depri wird verhindern, daß sie erfährt, warum Luisa vor ihrem Mann bis nach Spanien geflohen ist. Na schön, leisten wir Sozialarbeit. Sie öffnet das Fenster und blickt auf die Berge hinter dem Haus. Ein steiler Weg schlängelt sich durch das Unterholz. Auf dem unwegsamen Pfad nähert sich ein Radfahrer in schwarzen Kniehosen und schwarzem T-Shirt. Er bewegt sich geschickt über das knirschende Geröll, schließlich steigt er aber doch ab und schiebt sein Rad das letzte Stück. Ein schlanker Junge mit einem langen braunen Zopf. Wie alt mag er sein? Zwanzig? Fünfundzwanzig?
Jetzt nimmt er die Frau am Fenster wahr. *Salute,* ruft er, und ein Lächeln belebt sein ernstes Gesicht.
Salute. Sie lächelt zurück.

Der Tisch ist unterm Feigenbaum gedeckt. Isabella hat ein schulterfreies rotes Seidenkleid angezogen, das sie seit Rudolfs Tod nicht mehr getragen hat. Der junge Mann betrachtet sie mit unverhohlener Bewunderung.
Macht euch bekannt, ruft Luisa, die hinten im Garten am Backofen beschäftigt ist.
Ich bin Stefan. Er streckt ihr die Hand entgegen.
Isabella, sagt sie und wundert sich, wie kalt seine Finger in dieser Wärme sind.
Was für ein schöner Name. Er paßt zu Ihnen, so wie das schöne Kleid.
Seine Komplimente tun ihr gut. Warum hält sie es für nötig, zu sagen: *Das hat mir mein Mann geschenkt.* Ein unbewußtes Verbergen das Makels, Witwe zu sein? Was interessiert es diesen Jungen, ob sie einen Mann hat oder keinen? Er füllt die Weingläser, auf seiner hohen blassen Stirn erscheint eine Falte. Hat sie ihn gekränkt? Er wollte doch nur freundlich sein. Und sie will nicht verwundbar sein. Wenn zwei verletzte Seelen aufeinandertreffen, kann es nur Mißverständnisse geben. Es wird Zeit, daß sie ihr Selbstbewußtsein wiederfindet. Sie greift nach ihrem Glas. *Auf Ihr Wohl, Stefan.*
Er hebt den Blick und erwidert den Toast. Während sie trinken, erscheint Luisa, eine große Pfanne mit safrangelbem Reis, Hühnchen- und Kaninchenfleisch, Knoblauch und Oliven vor dem Bauch.
Herbei, herbei, gekocht ist der Brei. Sie stellt die Paella auf den Tisch, nimmt ein Glas und prostet ihren Gästen zu.
Zwerg Nase, sagt Stefan. *Eins meiner Lieblingsmärchen.*

Isabella lächelt. *Sie lesen Märchen?*
Er errötet, als habe sie ihn bei einer Sünde ertappt. *Jetzt nicht mehr. Jetzt fährt er nur noch Rad, gell?* Luisa zieht scherzhaft an seinem Zopf. *Nun laßt uns essen. Ich hoffe, es schmeckt euch.*
Wenn es schmeckt, wie es duftet, sagt Isabella, *dann muß es köstlich sein.* Ist es der Wein, der sie so fröhlich stimmt? Sie fühlt sich leicht und frei wie lange nicht. Die Paella ist in der Tat ein Genuß, trotzdem bleibt die Pfanne halbvoll.
Dann müßt ihr das morgen noch einmal essen. Luisa tut, als wäre es selbstverständlich, daß sie nun jeden Tag zu dritt sind. Aber das stört Isabella zu ihrer eigenen Verwunderung nicht mehr. Sie fühlt Stefans Blick wärmend auf der Haut. Was ist los mit ihr? Ist sie so bedürftig nach männlicher Anerkennung? Er könnte ihr Sohn sein.
Luisa bemerkt sein lebhaftes Interesse für Isabella und verzieht spöttisch den Mund. Nun sieht sie aus wie auf Rudolfs Bild. Die Hunde beanspruchen ihre Aufmerksamkeit, sie legt ihnen etwas Fleisch auf einen Teller, sie stürzen sich darauf wie Verhungernde. Am wenigsten kriegt der Spitz ab.
Das ist ungerecht, meint Isabella.
In der Küche hat jeder seinen eigenen Napf. Ich war nur zu faul zum Aufstehen. Kennen Sie Luisas Haus in der Stadt? will Stefan wissen.
Warum siezt ihr euch? Stoßt an auf das Du.
Die beiden folgen ihrer Aufforderung.
So, das hätten wir. Die Gastgeberin erhebt sich. *Es wird kühl, ich werde im Wohnzimmer den Kamin anheizen.*
Kann ich dir helfen? fragt Isabella aus Höflichkeit.
Nicht nötig. Genießt noch ein bißchen die Abendsonne. Luisa verschwindet im Haus, gefolgt von ihren Hunden.
Isabella, du gefällst mir, erklärt Stefan unverblümt.
Errötend wie ein junges Mädchen, bemüht sie sich um einen mütterlichen Tonfall. *Du bist aus Berlin?*
Ja, du auch?
Ich bin dort geboren, aber ich lebe seit dreißig Jahren in Mecklenburg.
Also seit deiner Kindheit.
Sie lacht. *Du unterschätzt mein reifes Alter.*
Kommst du mich mal besuchen?
In Berlin?
In Sagunto.
Aber sicher, Luisa wird mir das Haus zeigen.
Ich habe gefragt, ob du kommst, nicht ob ihr beide kommt.
Das sagt er in unerwartet scharfem Ton. Da Isabella nichts erwidert, geht er zum Schwimmbecken, wirft das T-Shirt ab und springt ins

Wasser. Als er wieder auftaucht, hat er den Zopfhalter verloren, das Haar hängt ihm bis auf die Schultern. *Komm rein, es ist ganz warm.*
Sie hätte schon Lust, aber sie will sich vor ihm nicht ausziehen. Er bespritzt sie übermütig, sie weicht zurück. Da kommt Luisa in einem gelben Bikini, schlank und braungebrannt. Sie läßt sich ins Becken gleiten, packt Stefan beim Kopf und taucht ihn unter. Vergnügt balgen sie sich, die Hunde bellen im Chor. Luisa entsteigt dem Wasser, der Bikini klebt an ihrer Haut, die Brüste zeichnen sich ab unter dem nassen Stoff, aus dem Tanga gucken rund und reizend die Pobacken hervor. Stefan schwingt sich aus dem Pool, hebt Luisa hoch und dreht sie im Kreis, bis ihr schwindelig wird. Lachend läuft sie ins Haus, um sich abzutrocknen. Er taucht noch einmal unter, um seinen Zopfhalter zu suchen. Inzwischen hat sie ein Handtuch geholt, als er aus dem Wasser kommt, wirft sie es ihm zu. Er ist gut gewachsen, muskulös, breite Schultern, schmale Hüften. Isabella bewundert ihn verstohlen. Was für ein schöner Junge. Leider nichts für mich alte Schachtel.
Ich muß die Hühner füttern, erklärt Luisa, *schließlich sollen sie uns ein Frühstücksei legen, gell?*
Zwei, korrigiert Stefan.
Nicht drei? fragt Isabella.
Übernachten wird er hier nicht. Er muß nach Sagunto zurück, solange es hell ist, er hat kein Licht am Fahrrad.
Aber morgen früh ist es auch wieder hell.
Luisa geht zum Hühnerstall hinterm Haus. Stefan sieht Isabella an, als hätte sie ihm ein verlockendes Angebot gemacht. *Willst du, daß ich bleibe?*
Du bist doch sicher schon öfter geblieben.
Nein. Luisa ist eine gute Freundin, mehr nicht.
Isabella stellt verwundert fest, daß sie Erleichterung verspürt. Was geht es sie an, ob die beiden ein Verhältnis haben.
Er gießt Wein nach. *Salute, schöne Frau.*
Salute, Stefan.
Es ist also abgemacht?
Was?
Daß du mich besuchst.
Hab ich das gesagt?
Sag es. Bitte.
Warum?
Ich möchte mit dir allein sein.
Warum?
Warum, warum. Ich will es eben.
Bekommst du alles, was du willst?

Er stellt sein Glas auf den Tisch und umarmt Isabella. *Gib mir einen Kuß.*
Sie ist sprachlos, er hält sie fest und preßt die Lippen auf ihren Mund. Träumt sie? Der Junge hat sie geküßt, einfach so, und es hat ihr gefallen.
Also dann bis morgen. Er steigt aufs Rad und fährt davon.
Luisa kommt vom Hühnerfüttern. *Er ist schon weg? Auch gut, dann machen wir uns einen Weiberabend, gell?*
Im Kamin knistert das Feuer. Sie setzen sich, trinken Wein und sehen in die Flammen. Er hat mich einfach geküßt, denkt Isabella. Seit Rudolf tot ist, hat mich kein Mann geküßt.
Stefan war heute nicht wiederzuerkennen, bemerkt Luisa. *Du hast ihn aufgemuntert, er ist ein bißchen verliebt in dich, gell?*
Unsinn. Ich könnte seine Mutter sein.
Er ist fünfunddreißig.
Ich bin fünfundfünfzig.
Er hat dich geküßt, ich hab's gesehn.
Dich doch sicher auch schon.
Wo käme ich hin, wenn ich mich mit meinen Feriengästen küssen würde.
Hast du denn so viele?
Er ist der erste.
Also haben sie kein Verhältnis miteinander. Es sei denn, Luisa lügt. Aber warum sollte sie?
Ich arbeite gerade an seinem Kopf. Er kommt in meine Sammlung.
Du sammelst Männerköpfe? Kann ich sie sehen?
Morgen ist auch noch ein Tag. Erzähl mir von Rudolf. Woran ist er gestorben? Oder tut es dir weh, darüber zu sprechen?
Ich würde lieber von dir hören, warum du vor deinem Mann geflohen bist.
Ich bin nicht zum Arbeiten gekommen bei ihm. Er hat mich als sein Eigentum betrachtet. Über jeden meiner Schritte mußte er Bescheid wissen, was er tat, ging mich nichts an. Er hatte andere Frauen, mir unterstellte er, daß ich andere Männer hätte. Ich will nie wieder etwas von ihm hören.
Hast du dich scheiden lassen?
Nein, dann wüßte er ja, wo ich bin. Ich habe keine Ahnung, ob er überhaupt noch lebt. Er war sehr viel älter als ich.
War er auch Künstler?
Brauereidirektor. Er hat einen Haufen Geld. Ein Mann müsse seine Frau ernähren, meinte er. Daß man einen Beruf nicht nur des Geldes wegen ausübt, begriff er nicht. Ich glaube, er war sogar auf meine Plastiken eifersüchtig.
Luisa schiebt das Haar über dem rechten Ohr beiseite. Isabella sieht eine Narbe.
Er hat mich geschlagen, als ich im fünften Monat schwanger war, weil er glaub-

te, das Kind wäre nicht von ihm. Ich hatte eine Fehlgeburt. Isabella, es war die Hölle.
Und du hast nie wieder einen Mann gefunden?
Ich habe keinen gesucht. Manchmal denke ich, es müßte schön sein, mit einer Frau zu leben.
Isabella ist irritiert.
Hast du noch nie an diese Möglichkeit gedacht?
Nein, Luisa.
In der Männerwelt geht es doch zu wie in der Wasserwelt. Es gibt zwei Grundtypen, den Kampffisch und den Friedfisch. Für den Kampffisch genügt jeder wenn auch nur angenommene Gegner, und er geht auf ihn los, ohne Sinn und Verstand. Selbst wenn man ihm sein eigenes Spiegelbild vorhält, färbt er sich bunt vor Wut wie ein Fußballspieler, der danebengeschossen hat, und er tobt los bis zur Selbstvernichtung.
Und der Typ Friedfisch?
Der vermeidet die Konfrontation. Wenn er sich entschließt, einmal tüchtig auf etwas loszugehen, dann ist es meist das Falsche. Er ist auch geneigt, sich in die falsche Frau zu verlieben, die das hat, was er selber nicht besitzt, nämlich Kraft und Energie. Mit diesen Eigenschaften sind Weiber fähig, das Weichei mit einem Tritt ins Abseits zu befördern. So ist es Stefan ergangen, aber das kann er dir selber erzählen.
Du meinst, er ist ein Weichei?
Finde es heraus.
Bist du nie einer Ausnahme begegnet?
Es gab mal einen Freund. Einen Spanier. Aber die Spanier sind auch Machos. Wenn ich etwas liebe, dann ist es meine Freiheit. Ich komme ganz gut ohne Mann zurecht.
Ich nicht, gesteht Isabella.
Es ist etwas anderes, ob man jemanden verlassen oder verloren hat. Der Tod ist schwerer zu ertragen, weil er nicht unsere eigene Entscheidung ist.
Luisa bemerkt, daß Isabella ein Gähnen unterdrückt. *Du mußt ja müde sein nach der langen Fahrt. Und ich langweile dich mit meinen Philosophien, gell?*
Du langweilst mich nicht. Deine Gedanken sind interessant.
Für heute soll's genug sein.
Sie bringt ihren Gast ins Zimmer und schlägt die Bettdecke zurück. *Träum was Schönes. Was du in der ersten Nacht träumst, geht in Erfüllung.*
Es würde Isabella gefallen, von Stefan zu träumen. Er hat sie geküßt, und es hat sie mehr erregt, als sie sich anmerken ließ. Ist sie denn noch bei Trost? Er ist kaum älter als ihr ältester Sohn. Sie denkt an den Blick, mit dem er Luisas Formen im nassen Bikini registriert hat. Es geht ihm um Sex. Und da Luisa nicht mit ihm schläft, versucht er sein Glück bei mir, einer zwanzig Jahre älteren Frau.

Der Mond scheint ins Zimmer, sie zieht sich aus und betrachtet sich im Spiegel über der Kommode. Die Brüste sind noch immer rund und fest. Sie streicht mit den Fingern über die harten Spitzen und spürt erschauernd, welche Gefühle in ihr warten, durch zärtliche Hände geweckt zu werden. Ist das der Zauber der Fremde oder die unverhoffte Begegnung mit einem jungen Mann? Sie legt sich hin, und da sie keine Ruhe findet, hilft sie sich selbst, so gut sie kann. Endlich kommt der Schlaf und schenkt ihr eine erholsame Nacht.
Zwei krähende Hähne wecken sie am Morgen mit einem Duett, ein alter, erfahrener, und ein junger, der ihn nachahmt. Isabella lehnt sich aus dem Fenster. Da steht der gefiederte Macho mit geschwollenem Kamm inmitten der stumpfsinnig pickenden Hühnerschar, der junge Hahn sitzt auf dem Zaun und übt, die Töne wollen nicht so recht aus seiner Kehle. Noch siegt der Alte, aber er wird eher im Topf landen als sein Kontrahent. Der hat dann gut krähen.
Luisa bringt ihr eine Tasse Kakao. *Guten Morgen, Señora.*
Womit habe ich das verdient?
Damit, daß du hier bist. Hast du gut geschlafen?
Bis zum ersten Hahnenschrei.
Zum Glück sind meine Hähne gut erzogen. Sie krähen erst um acht.
Isabella trinkt in kleinen Schlucken das heiße, süße Getränk und fühlt sich an ihre Kindheit erinnert. An heißem Kakao hat sie sich einmal die Zunge verbrannt. Sie war mit der Mutter im Café Warschau, dem ersten noblen HO-Restaurant in der ersten sozialistischen Straße. Auf der Tasse schwamm ein kühles Sahnehäufchen. Gierig sog die Neunjährige die Köstlichkeit ein und schrie auf vor Schmerz. Die Tasse fiel ihr aus der Hand, der Kakao ergoß sich über das weiße Damasttischtuch. Die Kellnerin eilte herbei und behob den Schaden, ohne zu schimpfen. Die Mutter war böse. Wie konnte ein Kind so dumm sein, das kostbare Getränk zu verschütten? Mit Rudolf hat Isabella Jahre später das Restaurant noch einmal besucht, da waren die Tischtücher nicht mehr so blütenweiß und die Kellnerinnen nicht so geduldig. Das Wort HO hatte den Zauber verloren, den es für ausgehungerte Nachkriegsgenerationen besessen hatte.
Später sitzen die beiden Frauen unterm Feigenbaum, essen Croissants mit Butter und Orangenkonfitüre. *Fahren wir heute in die Stadt?* fragt Luisa. *Oder willst du ans Meer?*
Beides.
In welcher Reihenfolge?
Erst ans Meer.

ZWEITES KAPITEL

In der kleinen Kaffeebar am Strand sind sie die ersten Gäste. Der Kellner wischt die Tische ab und spannt die Sonnenschirme auf. Luisa bestellt zwei trockene Sherry. Isabella blickt aufs Wasser, das sanft den Sand beleckt, gelassen zurückweicht, um ebenso gelassen wiederzukehren. Ein freundliches Meer, beruhigend in seiner tiefblauen Weite.
Es ging mir lange nicht so gut, Luisa.
Ich fühle mich auch wohl. Es schläft sich besser, wenn man hinter der Wand ein befreundetes Wesen weiß, gell?
Ich habe das Gefühl, dich schon lange zu kennen.
Wir sind Schwestern im Geiste. Laß uns über Rudolf reden.
Isabella ist ein wenig verwundert über Luisas Bedürfnis, immer wieder an den Toten zu erinnern. Sie selbst verspürt keine Lust dazu. Bisher war es fast eine Manie, sich Tag für Tag und Nacht für Nacht sein Bild ins Gedächtnis zu rufen, sie hatte Angst, sie könnte es verlieren, irgendwann nicht mehr wissen, wie er aussah. Seit gestern sieht sie ihn nur noch zusammengesunken im Sessel wie in jener Nacht, als sie aus Berlin zurückkam. Ein alter, alter Mann. Darüber schiebt sich das Gesicht eines Jungen, der Märchen liebt und sicher auch Dornröschen gelesen hat. Sie ist fünfundfünfzig? Die wachgeküßte Prinzessin war hundert.
Der Kellner bringt den Sherry.
Wie wunderbar still es hier ist, sagt Isabella. *Auf Mallorca randalieren die Ballermänner.*
Die Deutschen haben die Insel fest im Griff, manchmal schäme ich mich, daß das meine Landsleute sind.
Hast du noch die deutsche Staatsbürgerschaft?
Die wird man nicht so leicht los in Spanien, es kostet Zeit und Geld.
Kannst du von deiner Arbeit leben?
Nicht im Überfluß, aber es geht.
Darum vermietest du wohl auch. Wie kommst du zu deinen Gästen?
Luisa gibt Zeitungsannoncen auf, vor allem in Deutschland, wo der warme Süden Sehnsucht weckt. *Stefan hat mir als erster geschrieben.*

Was ist er eigentlich von Beruf?
Er war beim Militär. Eine Art Leutnant.
Mit dem Zopf?
Den hat er sich erst wachsen lassen, nachdem er rausgeflogen ist.
Er ist rausgeflogen?
Im Osten sind doch alle Offiziere rausgeflogen, jedenfalls fast alle.
Ach, er ist aus dem Osten. Nun verstehe ich.
Die Arbeitslosigkeit macht ihm zu schaffen, fährt Luisa fort. *Wenn ich nur wüßte, wie man ihm helfen kann.*
Will er hierbleiben?
Nein, was soll er hier machen? Ja, wenn man fürs Radfahren Geld bekäme.
Dafür bekommt man in Berlin auch keins, Luisa. Höchstens als Fahrradbote.
Hat er versucht. Er hat schon alles mögliche versucht. Im Harz hat er mit einem Kulturhaus Pleite gemacht.
Kulturhäuser gab es bei uns wie Sand am Meer, die meisten sind geschlossen worden, abgewickelt, wie das auf neudeutsch heißt.
Die Deutschen sind als Sieger erbarmungslos. Und Kultur ist das letzte, was sie interessiert. Damit ist kein Geld zu machen. Sieh mal, wer da fährt. Luisa winkt einem Radler, der dem beweglichen Saum von Wasser und Sand auf dünnen Reifen folgt. Als er die beiden Frauen im Café bemerkt, entfernt er sich kräftig durchtretend, als hätte er es eilig, wegzukommen.
Keine Lust auf Damengesellschaft, bemerkt Isabella scheinbar leichthin. Es hat ihr einen Stich versetzt, daß er sie offensichtlich meiden will. Er bereut wohl seinen voreiligen Kuß.
Luisa fällt es auf, daß sich Isabellas Gesicht verdüstert hat. *Ist alles in Ordnung?*
Findest du nicht, daß er sich merkwürdig verhält?
Ich habe dir gesagt, daß er unter Depressionen leidet. Dann will er allein sein. Luisa leert ihr Glas. *Komm, wir fahren in mein Ferienhaus. Du möchtest es doch sicher sehen, gell?* Sie winkt dem Kellner, unterhält sich auf spanisch mit ihm. *Morgen wird es hier voll,* erklärt sie Isabella. *Die Heilige Woche beginnt. Samaña santa. Am Karfreitag findet die große Prozession statt, da kommen sie aus allen Dörfern der Umgebung.*
Bevor sie zum Auto gehen, will Isabella wenigstens einmal den großen Zeh ins Mittelmeer stecken. Sie zieht die Schuhe aus und watet ein Stück durchs flache Wasser. Es ist warm, man könnte schon baden. Sie setzt sich in den Sand, hält das Gesicht in die Sonne und denkt über Stefans Verhalten nach. Vielleicht wollte er sie nicht zu zweit treffen. Er ist zornig geworden, als sie seiner Einladung ins Ferienhaus zusammen mit Luisa zu folgen versprach. Über seine jugendliche Ungeduld muß sie lächeln. Er will mit ihr allein sein. Ob er vorhat, sie zu verführen? Würde sie das zulassen? Sie fürch-

tet, daß sie sich in ihn verliebt hat wie ein Teenager. Das hätte sie nicht gedacht, als sie voller Trauer aus dem grauen Mecklenburg aufgebrochen ist. Das Leben ist voller Überraschungen.
Woran denkst du, Isabella?
Ich genieße die Sonne.
Auf dem Klettergerüst tollen ein paar Jungs. *Miguel!* warnt ein besorgter Vater, da ist es schon geschehen. Der Kleine fällt runter und brüllt. Luisa läuft zu ihm und hebt ihn auf, während der Mann nicht weiß, was er machen soll. Wie bedeppert steht er da. Miguel heult Ohren betäubend.
Besorgt tritt Isabella näher. *Hat er sich was gebrochen?*
Ich glaube nicht. Du weinst vor Schreck, gell?
Der Junge hört auf zu schreien und drückt sich an seinen Vater, als müsse der ihn vor den Fremden beschützen.
Ihm ist nichts passiert, versichert Luisa.
Das Gesicht des Mannes drückt Erleichterung aus. *Gracias, Señora.* Er nimmt sein Kind auf die Schultern und trägt es davon. Der Kleine dreht sich noch einmal um und streckt den Frauen die Zunge raus. Isabella lacht. *Wie der Zwerg im Märchen. Schneeweißchen und Rosenrot haben ihn aus dem Baumstamm befreit, er aber schimpft, weil sie ihm den Bart abgeschnitten haben.*
Männer, sagt Luisa, *das war schon ein richtiger kleiner Macho. Die Spanier verziehen ihre Kinder. Was für ein Vater war eigentlich Rudolf?*
Wenn er zu Hause war, durften sie ihn nicht beim Malen stören, und wenn er auf Reisen war, hatte ich sowieso die Sorge allein.
Aber sie haben ihn geliebt, gell?
Natürlich. Er hat ihnen immer etwas mitgebracht, er war der liebe Papa und ich die Böse, die sie dauernd erziehen wollte.
Das klingt verbittert, Isabella.
Rudolf war kein Engel, falls du das denkst.
Das denke ich keineswegs. Er hatte seine Schwächen, wie alle Männer. Aber er war ein guter Maler. Schön, daß ich nun ein Bild von ihm besitze.
Ihr habt euch gut verstanden?
Die Antwort kommt zögernd. *Ja, so könnte man sagen.*
Darauf darfst du dir etwas einbilden, er hielt nicht viel von anderen Frauen, für ihn gab es nur mich.
Luisa zieht ein wenig den Mundwinkel hoch wie auf ihrem Porträt. Sie schließt das Auto auf, Isabella setzt sich neben sie, und sie fahren in die Stadt. Vor ihnen liegt die Ruine der Römerburg, die aus dem dritten Jahrhundert vor der Zeitrechnung stammt. Ihre Mauern erstrecken sich stufenförmig über mehrere Berggipfel.
Als Hannibal aufbrach, um die Stadt zu erobern, schlossen die Saguntiner ein Bündnis mit Rom, erklärt Luisa. *So behaupten es die römischen Geschichts-*

schreiber. Es ist das beste Alibi für Eroberer, von einem Volk zu Hilfe gerufen zu werden.
Das funktioniert bis heute, bestätigt Isabella.
Viele Kulturen haben in Spanien ihre Spuren hinterlassen. Die Phönizier waren hier, die Griechen, nach den Römern die Mauren, dann die Goten, und gewonnen haben schließlich die Christen. An vielen katholischen Kirchen kannst du neben den Türmen mit dem Kreuz noch die blauen Kuppeln der Moscheen erkennen.
Sie überqueren eine Brücke, unter der ein breites Flußbett verläuft. Es scheint seit langem kein Wasser zu führen, in Kolonnen parken Lastwagen auf dem Geröll, sogar Fußballtore sind aufgestellt. *Was passiert, wenn doch mal Wasser kommt, Luisa?*
Das wäre ein Jahrhundertereignis, es müßte in den Bergen Wochen lang regnen. Solange ich hier lebe, hat es das noch nicht gegeben.
Luisa bugsiert ihren Jeep durch die engen Gassen der Altstadt, bis sie vor einem schmalbrüstigen Häuschen hält. *Steig aus, ich suche einen Parkplatz. Hier ist der Hausschlüssel.*
Isabella späht durch die halb zugezogene Gardine am Fenster neben der Holztür. Ob der Feriengast inzwischen eingetroffen ist? Eine Klingel gibt es nicht, sie klopft an. Da sich nichts rührt, schließt sie auf und tritt ein. Hinter einem Vorhang aus hölzernen, an Schnüren aufgefädelten Kugeln liegt ein kleines Wohnzimmer. Quietschend rotiert der Ventilator an der Decke. Auf dem Tisch ein Stapel Bücher, Memoiren sowjetischer Generäle, Konew, Shukow, Tschuikow. Daneben ein leeres Weinglas und ein Teller mit Geflügelknochen, auf denen Fliegen sitzen. Die schmutzige Wäsche auf dem Korbstuhl verrät dem weiblichen Blick, daß hier einer haust, dem es nicht auf Ordnung ankommt. Hätte er geahnt, daß in seiner Abwesenheit jemand hereinschaut, er hätte gewiß aufgeräumt, der Leutnant a. D. *Männerwirtschaft.* Luisa ist nun ebenfalls eingetreten. *Und er läßt den Ventilator laufen, während er in der Gegend herumfährt. Hoffentlich ist nicht auch der Herd eingeschaltet.*
Sie geht in die Küche, um nachzusehen. Wenn Stefan seine Anfälle hat, traut sie ihm alles zu. Wie einem Betrunkenen.
Isabella steigt die hölzerne Stiege hinauf und steht in einem hellen Zimmer mit einem breiten Bett. Vor dem Fenster blüht Oleander. Sie öffnet die Balkontür und blickt auf die scheckigen Dächer der Nachbarhäuser, die so eng nebeneinander gebaut sind, als suchten sie gemeinsam Schutz vor Hannibal. Es riecht nach gebratenem Fisch, aus den Schornsteinen steigt der Rauch von Holzfeuern. Über die schmiedeeiserne Brüstung sieht sie hinab auf einen kleinen Hof mit winzigem Teich, in dessen Mitte ein steinerner Frosch hockt, sicher Luisas Schöpfung. Er sperrt das Maul auf, als wolle er die Fliegen

fangen, die auf Stefans Teller sitzen. Die Säulen, die den Balkon tragen, sind mit farbigen Fliesen in arabischen Mustern verziert, dazwischen steht eine weiße Bank. Es gibt noch eine Mansarde mit schönen alten Möbeln. Eine Truhe, ein Eckschrank, ein Sofa, ein Mittelfußtisch, ein Ohrensessel, ein Nähtischchen, alles Biedermeier. *Erbstücke von meiner Mutter,* erklärt Luisa. *Ich habe sie aus der Villa meines Gatten weggeschafft, während er auf Reisen war. Der wird geschäumt haben vor Wut. Die Frau weg, und die Antiquitäten weg. Ich weiß nicht, welchem Verlust er mehr nachtrauert.*
Isabella setzt sich auf das Sofa. *Es ist wunderschön hier. Eine Idylle.*
In diesem Augenblick dröhnt ein Radio los, Technomusik wummert die Stille hinweg, eine Frauenstimme kreischt, es klatscht, als ob jemand Ohrfeigen bekommt, das Radio wird leiser gestellt, aber nur für einen Moment, dann röhrt es wieder los.
Da hast du deine Idylle, Isabella. Ich bin froh, daß ich auf der Finca lebe, die Spanier sind nicht gerade ein leises Volk.
Sie gehen hinunter und stehen überrascht vor Stefan. Mit leerem Blick sieht er sie an.
Entschuldige, sagt Luisa, *ich habe Isabella das Haus gezeigt.*
Wortlos holt er eine Flasche Mineralwasser aus dem Kühlschrank, setzt sich an den Tisch und schlägt ein Buch auf, als seien sie Luft für ihn.
Wenn du das Haus verläßt, schalte bitte den Ventilator aus, mahnt Luisa. *Die Leitungen sind alt. Ich möchte nicht, daß wir abbrennen, gell?*
Danke für die Belehrung, murrt er. *Hasta la vista.*
Isabella ist fassungslos über sein unhöfliches Benehmen. Luisa klopft ihm freundschaftlich auf die Schulter und geht. Isabella folgt ihr nach kurzem Zögern. Heiße Luft schlägt ihr entgegen. Die Sonne brennt vom Mittagshimmel wie im Hochsommer.
Der tickt wohl nicht richtig, sagt sie empört. *Als ob es ein Verbrechen ist, daß wir in dein Haus gegangen sind, ohne ihn zu fragen.*
Das ist es nicht. Er hat einen Schub.
Was hat er?
Depressionen kommen schubweise, du mußt ihm nicht böse sein.
Er braucht einen Psychiater.
Den hat er. Und der hat ihm Tapetenwechsel empfohlen, darum ist er hier.
Scheint nicht viel zu helfen. Isabella ist enttäuscht. Da hat sie sich nun eingebildet, einen jungen Verehrer zu haben, und es stellt sich heraus, er ist verrückt.
Willst du auf die Burg? fragt Luisa. *Oder ist es dir zu heiß?*
Nein, gehn wir zu den alten Römern.
Am Karfreitag wird sich von dort aus die Prozession hinunter in die Stadt bewegen, dann ist alles erleuchtet von Scheinwerfern und Fackeln, ein malerisches Bild. Ich wünschte, das hätte Rudolf sehen können.

Er kann nichts mehr sehen, sagt Isabella heftig. Ihr ist zum Heulen zumute, vielleicht sind Depressionen ansteckend.
Sie klettern den steinigen Weg zur Ruine hinauf. Luisa bewegt sich leichtfüßig wie eine Gemse. Isabella trägt Sandalen mit hohen Hakken, der Aufstieg fällt ihr schwer, die Hitze nimmt ihr den Atem. Erschöpft lehnt sie sich an eine Mauer. Ich bin eine alte Frau, ich hätte zu Hause bleiben sollen, das ist alles zuviel für mich.
Luisa pflückt eine wilde Rose, die aus einer Nische wächst. *Wir sind gleich oben.* Sie streckt Isabella die Hand hin, zieht sie das letzte Stück hinauf. Die Aussicht belohnt ihre Mühe. Sie sehen das postkartenschöne Meer, das immer wieder Eroberer verlockt hat, fremde Gestade zu besiedeln, seit es die ersten hölzernen Schiffe gab.
Gute strategische Position, bemerkt Isabella. *Von hier aus hatten die Römer einen weiten Blick.*
Sie dachten, sich in Spanien für die Ewigkeit festzusetzen. Darum haben sie neben der Burg gleich ein Amphitheater gebaut. Panem et circenses. Ein effektives Herrschaftssystem.
Trotzdem ist ihr Weltreich zugrunde gegangen.
Du siehst, das ist in der Geschichte nicht einmalig. Ihr seid historisch in guter Gesellschaft.
Nur haben wir nicht so malerische Ruinen hinterlassen, sondern Trümmer, materielle und seelische.
Es werden kulturelle Spuren bleiben. Nichts verschwindet spurlos, auch kein Mensch, solange jemand die Erinnerung an ihn bewahrt.
Da Isabella schweigt, fährt Luisa fort: *An Rudolf willst du dich nicht mehr so gern erinnern, gell?*
Ich bin hier, um auf andere Gedanken zu kommen.
Setz dich und warte einen Augenblick.
Leichtfüßig springt Luisa die Stufen hinunter. Sie stellt sich in die Mitte der Felsenbühne und deklamiert:
Als er das Tor, die gewaltige Feste durchwandernd, jetzo erreicht,
wo hinaus ihn führt der Weg ins Gefilde,
kam die reiche Gemahlin Andromache eilenden Laufes gegen ihn her,
des edlen Äetion blühende Töchter.
Isabella erinnert sich an ihre Schulzeit, als auch sie mit Vergnügen ganze Passagen der *Ilias* auswendig lernte.
Jetzt spricht Luisa sehr leise, und dennoch hört man jedes Wort. Das ist nicht Homer.
> *Ach, Gelegenheit macht Lieben,*
> *wär er doch zu Haus geblieben,*
> *bei der Frau auf seinem Hügel,*
> *doch die Neugier gab ihm Flügel ...*

Was will sie denn damit sagen? Geht es ihr wirklich nur um die

Kunst der römischen Architekten, die es vermochten, so zu bauen, daß an jedem Platz des Theaters selbst Geflüstertes zu verstehen ist? Als Luisa wieder nach oben kommt, fragt Isabella: *Was war das für ein Vers?*
Den habe ich geschrieben.
Ich dachte, deine Ausdrucksform ist die Plastik?
Das stimmt, ich dichte auch nicht mehr. Der Anlaß liegt zwölf Jahre zurück. Es war ein Erlebnis, das ich vergessen möchte.
Warum?
Er war verheiratet, ich hätte ihm nicht nachgeben dürfen. Das werde ich mir nie verzeihen.
Eine Schulklasse stürmt lärmend die Ränge, Jungen und Mädchen in schwarzer Schulkleidung mit weißem Kragen. Die Lehrerin ermahnt sie vergeblich zum Respekt vor den antiken Gemäuern. Luisa setzt ihr Geständnis nicht fort. *Laß uns einkaufen fahren, Isabella, zum Hypermercado, der ist so groß wie der Frankfurter Hauptbahnhof. Die Betreiber behaupten, es gibt alles. Denk dir etwas aus, was sie nicht haben.*
Sie wirkt heiter und gelassen. Isabella nimmt sich vor, am Abend auf das merkwürdige Gedicht zurückzukommen. *Ach, Gelegenheit macht Lieben, wär er doch zu Haus geblieben.* Wer war er? Ich habe unter seelischem Druck begonnen zu schreiben, was ist es bei Luisa? Schamgefühl? Reue? Warum hat sie das Bedürfnis, mir etwas zu gestehen? Das ist ebenso rätselhaft wie das ständige Erinnern an Rudolf. Und wenn *er* es war? Unsinn. Er ist voller Leidenschaft zu mir zurückgekehrt, er hat mich geliebt, heftiger als nach jeder Heimkehr zuvor. Nein, wenn es um Rudolf ginge, Luisa würde taktvoll schweigen, so gut meint Isabella sie schon zu kennen. Und dennoch will die Unruhe nicht weichen. *Wär er doch zu Haus geblieben bei der Frau auf seinem Hügel, doch die Neugier gab ihm Flügel.* Ja, Rudolf war neugierig, aber nicht auf andere Frauen.
Sie schlendern durch den Supermarkt, in dem kurzberockte Mädchen auf Rollschuhen herumkurven, ein kleines schwarzes Mikrofon wie Piloten vor dem Mund. Sie gehören zum Servicepersonal, das überall nach dem Rechten sieht und den Kunden die Wünsche von den Augen abliest. Das Angebot ist so vielseitig, daß Isabella beim besten Willen nichts einfällt, womit sie die Verkäufer in Verlegenheit bringen könnte. An der Fischtheke sind die Köstlichkeiten des Mittelmeeres ausgebreitet, am Fleischstand liegen appetitlich Rind und Schwein und Lamm in Fülle, es gibt alle möglichen Brotsorten, lange, kurze, helle, dunkle, Kuchen, Kekse und Salzgebäck, spanische, italienische, französische Weine werden angeboten, sie betrachtet alles und weiß nicht, was sie auswählen soll. Luisa kauft frisches Rindersteak, nicht vom Kampfstier, wie sie lächelnd versichert. Sie

stellt einen Korb frischer Erdbeeren in den Einkaufswagen. *Du magst Erdbeeren, gell?*
Natürlich ißt Isabella gern Erdbeeren, noch dazu, wenn sie so wunderbar duften. Zu Hause haben sie um diese Jahreszeit kein Aroma. Sie kostet den luftgetrockneten Schinken, der in hauchdünnen Scheiben angeboten wird. Luisa nimmt eine Tüte Datteln mit, die will sie mit Schinken umhüllen und auf dem Holzfeuer grillen.
Du verwöhnst mich.
Es soll dir gutgehen bei mir, damit du wiederkommst.
Rudolf wäre auch gern wiedergekommen, nicht wahr?
Ich glaube nicht.
Argwöhnisch sieht Isabella sie an. *Warum nicht?*
Frag nicht, bitte, frag mich jetzt nicht. Das ist kein Thema für den Supermarkt.
Mit plötzlicher Eile schiebt sie den Wagen zur Kasse.
Isabella bleibt zurück. Sie spürt, wie ihr schwindelig wird und hält sich an einem Kosmetikregal fest. Ein Rollschuhmädchen bemerkt die Frau, die die Augen geschlossen hat und aschgrau im Gesicht ist. Es bremst vor Isabella und fragt etwas auf spanisch. Luisa läßt den Wagen stehen und kommt gerannt. *Um Himmels willen, was hast du?*
Isabella öffnet die Augen, es dreht sich alles vor ihr. Das junge Mädchen hält sie am Arm und spricht aufgeregt ins Mikrofon. Wenig später erscheint ein Angestellter im blauen Kittel. Er führt Isabella zur Kaffeebar, rückt ihr einen Stuhl zurecht, gibt ihr ein Glas Wasser. *Das ist die Hitze,* vermutet er. *Soll ich einen Arzt rufen?*
Allmählich kehrt die Farbe in Isabellas Gesicht zurück.
Er fragt, ob er einen Arzt rufen soll, übersetzt Luisa.
Nicht nötig. Isabella leert das Glas und geht, ohne sich umzusehen, zum Ausgang. Luisa muß erst an die Kasse, dann folgt sie ihr, mit Tüten bepackt. *Warte doch!*
Aus einem Taxi steigt eine Frau in schwarzen Kleidern. Während sie bezahlt, setzt sich Isabella ins Auto. *Zentrum, por favor.*
Der Fahrer folgt der Aufforderung. So läuft das Geschäft, die eine ausladen, die andere einladen.
Luisa beeilt sich, in ihren Jeep zu kommen. An einer roten Ampel holt sie das Taxi ein. Sie springt heraus, klopft an die Scheibe. Der Spanier kurbelt das Fenster herunter, ein kurzer Wortwechsel, Luisa reißt die Tür auf. *Komm raus, ich bitte dich, wo willst du denn hin?*
Zu Stefan. Isabella denkt nicht daran, das Taxi zu verlassen.
Wir müssen reden, ich will das endlich von der Seele haben.
Und ich will zu Stefan. Sag dem Fahrer bitte die Adresse.
Die Ampel wird grün, Luisa erklärt dem ungeduldig aufs Gaspedal tretenden Chauffeur, wohin er fahren soll und kehrt resignierend zu ihrem Jeep zurück.

Stefan sitzt da, wie sie ihn verlassen haben, den Kopf in die Hände gestützt, lesend. Isabella klopft ans Fenster. Er blickt hoch, stößt einen Laut der Überraschung aus und öffnet die Tür. *Kommst du allein?* Er wirkt wieder völlig normal.
Ach, Stefan. Sie birgt das Gesicht an seiner Schulter.
Er streicht ihr über das Haar. *Wo ist meine Wirtin?*
Ich weiß es nicht, es ist mir auch egal. Sie ist eine Schlange.
Das begreift er nicht. Die beiden Frauen haben sich doch gut verstanden. Woher dieser plötzliche Zorn? Er räumt die Wäsche vom Korbstuhl, sie setzt sich, nimmt eine Zigarette aus der Tasche und raucht in tiefen, hastigen Zügen. *Wenn du nichts dagegen hast, bleibe ich bei dir.*
Was ist passiert?
Sie hat mit meinem Mann geschlafen.
Und du hast es nicht gewußt?
Er ist tot, Stefan. Seit über einem Jahr.
Das tut mir leid.
Ich glaube, sie hat mich nur eingeladen, um mir diesen Schlag zu versetzen.
Er reicht ihr ein Glas Wein. *Du möchtest dich an ihn erinnern wie an einen Heiligen. Viele Männer betrügen ihre Frauen, und viele Frauen betrügen ihre Männer.*
Du kanntest ihn nicht.
Du offenbar auch nicht.
Ich habe ihn nie betrogen. Es tut weh, zu erfahren, daß es eine Lüge war, wenn er mir versichert hat, es gäbe keine Frau auf der Welt, die er lieben könnte wie mich.
Das hat er sicher ehrlich gemeint. Du bist eine ungewöhnliche Frau. Stefan hockt sich vor sie hin und betrachtet sie. *Ich bin Luisa dankbar, daß sie dich eingeladen hat. Sonst hätte ich dich nicht kennengelernt.*
Du bist auch enttäuscht worden, Stefan.
Das ist zehn Jahre her. Ich hab's verschmerzt.
Die Affäre zwischen Luisa und Rudolf ist zwölf Jahre her, aber ich werde sie nie verschmerzen.
Vielleicht durch eine neue Liebe?
Ich bin nicht mehr jung genug dafür.
Du bist jung, versetzt er heftig. *Vom ersten Augenblick an wußte ich, daß mit dir etwas Besonderes in mein Leben getreten ist.*
Isabella tun seine Worte gut, dennoch beharrt sie darauf, daß sie zu alt für ihn sei.
Willst du damit sagen, ich bin zu jung für dich? Ich weiß, was ich will.
Vorhin hatte ich das Gefühl, du willst niemanden sehen, auch mich nicht.
Es ging mir nicht gut heute früh.
Und jetzt?

Er springt auf. Ehe sie etwas einwenden kann, hat er sie hochgehoben, trägt sie die schmalen Stufen hinauf ins Bett und legt sich zu ihr. Isabella will ihn abwehren, das geht ihr alles zu schnell, aber da ist sein Mund, da sind seine Hände, sie schließt die Augen und gibt sich seinen Liebkosungen hin. Mit heftiger Begierde fährt er in sie, dann fällt er seufzend auf den Rücken und liegt mit ausgebreiteten Armen wie ein Gekreuzigter. *Ich danke dir, Isabella.*
Sie streichelt ihn, sein glatter fester Körper gefällt ihr, sie war Rudolfs trockene, runzlige Haut gewöhnt. Und ihm gefallen ihre Brüste, auf die er den Kopf legt wie ein Junge.
Sie lächelt in sich hinein. Obwohl ihr Schoß noch heiß ist von der Spannung ungestillter Sehnsucht, empfindet sie ein tiefes Glücksgefühl. Sie hat einen Mann gefunden, der sie begehrt, einen jungen noch dazu. *Was findest du schön an mir, Stefan?*
Das Haar, die Stirn, die Augen, die Nase, den Mund, die Hände, die Brust, den Bauch, die Schenkel, die Knie, die großen Zehen, einfach alles. Ich hatte Glück, dich zu finden unter Millionen Frauen der Welt. Das Schicksal meint es doch gut mit mir.
Mein Vater pflegte zu sagen, das Schicksal des Menschen liegt in seinem Charakter. Das hat er bewiesen, als er meine Mutter verließ. Sein Charakter – das war ihr Schicksal.
Lebt er noch?
Ich weiß es nicht. Er war ein Mensch großer Töne, ein Schauspieler. Aber reden wir von dir. Glaubst du an das Schicksal?
In meinem früheren Leben glaubte ich, daß alles planbar sei. Inzwischen habe ich erfahren, wieviel von irgendeinem höheren Walten abhängt. Ich glaube nicht an einen alten Mann mit weißem Bart, der über den Wolken thront, das nicht, Isabella. Nenn es Schicksal, nenn es Zufall, es geschieht vieles mit uns, was wir überhaupt nicht beeinflussen können. Manchmal ist es auch was Gutes, wie ein Lottogewinn.
Erzähl mir von deinem früheren Leben.
Du wirst es nicht glauben, ich war in Wandlitz.
Du warst wo?
Beim Personenschutz der Stasi.
Das muß sie erst mal verdauen. Mit solchen Leuten wollte sie nie etwas zu tun haben, nicht vor der Wende und nicht danach. Wer weiß, was er auf dem Gewissen hat. Und sie liegt mit ihm im Bett. In jugendlicher Begeisterung habe er den Beruf gewählt, erklärt er. Sein Vater jagte in Berlin Spione, nicht ohne Erfolg. Das hätte Stefan auch gern getan. Statt dessen mußte er bei der Jagd des Höchsten Büros die Forstwege absperren und zusehen, wie die Herren vom Jeep aus gemästetes Wild erlegten, das zu träge war, wegzurennen. Er schlug sich die Nächte um die Ohren, bis der letzte Volvo in die

Waldsiedlung zurückgekehrt war. Im Sommer 1989 hatte er es endgültig satt. Er beschloß, irgend etwas Närrisches zu tun, um zu zeigen, wie überdrüssig er des sinnlosen Dienstes war. Sie sollten ihm eine würdige Aufgabe geben. Er ertrug es nicht, an den Straßen zwischen Bernau und Berlin Wache zu schieben, in den Büschen nach Bomben zu suchen, die es nicht gab. Hätte er wenigstens mal eine gefunden, seine Berufsgattung als *Schild und Schwert der Partei* wäre ihm nicht so lächerlich vorgekommen.

An der Protokollstrecke setzte er sich in den Dienstwagen und lernte Gitarre spielen. Er strickte Schals, nähte Taschen aus Lederresten, während sein zweiter Mann mit dem Handgelenktäschchen auf der Klement-Gottwald-Allee patrouillierte, leeren Blickes, wie es sich gehörte, dabei jeden noch so geringfügigen Vorgang registrierend, bis hin zu kackenden Hunden. Der Leutnant wurde aus dem Verkehr gezogen. Er wäre ins Gefängnis gekommen, hätte sein Vater sich nicht für ihn eingesetzt.

Stefans Frau hatte immer gern genommen, was er aus dem Sonderladen mitbrachte, besonders liebte sie Mokkasekt, der machte sie sinnlich. Sie verließ ihn, nachdem ihn sein Chef im Auftrag von Mielke in die Psychiatrie gesteckt hatte. In der Nervenklinik wartete er vergeblich auf den Besuch von Frau und Kindern. Seine Mutter versuchte ihm schonend beizubringen, daß Roswitha, eine energische Blondine, mit den beiden Töchtern zu einem seiner Kollegen gezogen war. Der konnte auch Mokkasekt besorgen. Da wurde Stefan wirklich krank. Er tobte, bis sie ihn festbanden, dann verfiel er in tiefe Depression. Sie gaben ihm Beruhigungsmittel, er schlief sich weg aus der Wirklichkeit. Als er erwachte, hatten die Bürgerrechtler die Normannenstraße gestürmt. Da niemand mehr etwas mit ihm anfangen konnte, wurde er entlassen.

Er fuhr nach Hause und stand in einer leeren Wohnung. Im Kühlschrank schimmelte Wurst vor sich hin, im Kinderzimmer stand der Nachttopf unterm Gitterbett. Auf dem Küchentisch lag ein Zettel: Such uns nicht, wir haben die Nase voll von dir. Wir? Hatten auch Susi und Britta die Nase voll von ihrem Vater? Sie waren drei und sechs Jahre alt. Seitdem sind die Depressionen immer wiedergekommen, bis heute.

Nun weiß ich, was mich heilen kann. Er beugt sich über Isabella, küßt ihr Haar, ihre Stirn, ihre Nase, ihren Mund, die Hände, die Brüste, den Bauch, die Schenkel, die Knie, die Zehen.

Sie bleibt bei ihm bis zum Morgen. Er bringt ihr das Frühstück ans Bett. Stürmisch klopft es an die Haustür. Es ist Luisa. Sie hat sich Sorgen gemacht um Isabella. *Ist sie bei dir?*

Stefan weist zur Treppe.

Sie liegt in deinem Bett?
Denkst du, auf dem Fußboden? Er lacht. Es ist alles in Ordnung. Uns geht's gut.
Wie schön für euch. Luisa ist verstimmt. *Dann werde ich wieder gehn.*
Du kannst mit uns frühstücken.
Danke, ich habe keinen Hunger.
Isabella hat sich schnell etwas angezogen und erscheint auf der Treppe.
Sie sieht erstaunlich jung aus, Luisa registriert es mit spöttisch hochgezogenem Mundwinkel.
Hallo. Isabella fühlt sich wie ein ertapptes Schulmädchen.
Luisa hat deutsche Freunde eingeladen, die im Nachbarort eine Finca kaufen wollen. *Wenn ihr wollt, kommt doch nachher zu mir raus.* Sie verläßt das Haus.
Isabella sagt: *Wenn ich sie ansehe, stelle ich mir vor, wie sie mit Rudolf im Bett gelegen hat.*
Und wenn sie dich ansieht, stellt sie sich vor, wie du mit mir im Bett gelegen hast.
Das ist wohl etwas anderes. Du bist nicht ihr Mann.
Aber ihr Freund. Und das will ich bleiben.
Bitte sehr, ich hindere dich nicht daran. Am besten, ich fahre heute noch nach Hause.
Du willst mich verlassen? Wo wir uns gerade erst gefunden haben?
Was soll das mit uns werden? Du lebst in Berlin, ich auf meinem Dorf. Und vergiß nicht, ich könnte deine Mutter sein.
Sie will das nicht sagen, sie fügt sich selbst Schmerz zu, aber sie kann nicht anders. Es ist zuviel auf sie eingestürmt, seit sie hier ist. Sie darf sich keiner Illusion hingeben, er ist einsam, er sucht eine Frau, aber ist das sie? Noch ist ihr Zweifel stärker als ihre Verliebtheit. Sie muß Schluß machen, ehe es zu spät ist. Doch sie vermag es nicht. Er hat sich ihr anvertraut. Wenn sie ihn vor den Kopf stößt, meint er, das habe mit seiner Vergangenheit zu tun, und er wird in die Depression zurückfallen. Er tut ihr leid. Er ist ein Ausgegrenzter, und wie es scheint, hat er das nicht verdient. In jungen Jahren hat er eine falsche Entscheidung getroffen. Muß man ein Leben lang dafür büßen?

Sie bleiben in Sagunto bis zum Karfreitag, und sie gehen zur Prozession. Der dumpfe Rhythmus der Hinrichtungstrommeln läßt Isabella erschauern. Die Leidensgeschichte des von römischen Besatzern geschundenen Jesu, der sein Kreuz auf dem Golgathaweg selbst tragen mußte, ist in ihren Augen eine Metapher für die Grausamkeit der Unterdrücker aller Zeiten. Ihr Herz bleibt nicht ungerührt beim

Schein der Fackeln und der schwarz gekleideten Männer, die den Zug von der Burg herab beleuchten.
Viele sind gekommen, vom Greis bis zum Baby. Die Spanier brechen nicht in Wehklagen aus über das Leiden Christi, sie füttern ihre Kinder, die Frauen schnattern vergnügt, die Männer rauchen und trinken Bier aus Büchsen, und die schwarz maskierten Fackelträger mit den hohen, spitzen Hüten, gekleidet wie Mönche zur Zeit der Inquisition, verteilen Bonbons. Es ist ein Volksfest, Gelegenheit, sich auf die Balkons oder mit Klappstühlen an die Straße zu setzen und die Bilder aus Gips und Pappmaché vorbeiziehen zu sehen, Jesus mal auf dem Esel, mal am Abendbrottisch mit den Jüngern, Maria, schön und kitschig, zittert ein wenig auf dem Postament, das von vier Männern getragen wird.
Aber da sind die Trommeln, die zweitausendjähriges Menschenleid aufwühlen, in ihrer seelischen Verfassung empfindet es Isabella bewegend. Sie schmiegt sich in Stefans Arm und läßt den Tränen freien Lauf. Weint sie um Rudolf? Über den Treuebruch, von dem sie erst jetzt erfahren hat? Stefan ist selber betrogen worden, und sie ist sicher, er trägt noch schwer daran, auch wenn er es nicht wahrhaben will. Männer verzeihen Treuebruch ein Leben lang nicht. Sie sind nachtragender als Frauen, weil sie sich in ihrer Würde verletzt fühlen. Frauen werden so oft verletzt, daß sie damit umgehen lernen müssen, um sich ihr Selbstwertgefühl zu erhalten.
Auch Isabella wird es lernen, aber die Wunde ist ihr gerade erst zugefügt worden, und sie weint. Bis ihr einfällt, daß ihre Augentusche verläuft und sie vermutlich alt und häßlich aussieht. Sie geht hinter eine Säule, zieht den Taschenspiegel hervor und erneuert den Lidstrich. Ihr wird bewußt, daß sie sich anders verhält an der Seite des jüngeren Mannes. Bei Rudolf wäre es ihr egal gewesen, wie sie aussieht, und er hat ihr selten Grund zum Weinen gegeben. Solange er lebte.
Plötzlich steht Luisa vor ihr. Sie sieht Isabellas trauriges Gesicht und umarmt sie spontan. *Ich wollte dir nicht weh tun, ich wollte nur ehrlich sein. Verzeihst du mir?*
Isabella will es versuchen, auch wenn es ihr schwerfällt.
Stefan ist erleichtert, da sich die beiden offensichtlich versöhnt haben. *Na, meine Schönen, was machen wir jetzt? Ich habe genug von dem Getrommel.*
Luisa lädt sie zum Fischessen ein. *Am Karfreitag muß man Fisch essen, gell?*
Sie drängen sich durch die Menschenmassen, vorbei an kreuz und quer auf den Bürgersteigen parkenden Autos, deren Nummern von streng blickenden Polizisten notiert werden.

Aber heute ist doch Feiertag. Luisa schenkt einem der Gesetzeshüter ihr schönstes Lächeln. Sie fürchtet, daß auch an ihrer Scheibe ein Strafzettel steckt.
Er bleibt unbeeindruckt. *Gehn Sie bitte weiter, ich tue nur meine Pflicht.*
Oh, wie ich das liebe, sagt sie zu Isabella. *Die Spanier sind die Preußen des Südens.*
Ein Abschleppwagen ist herangefahren, um Falschparker aufzuladen. Luisas Jeep steht am Ende der Reihe im Halteverbot. Es gelingt ihnen, abzuhauen, ehe ihr Vergehen geahndet wird.
Das Restaurant ist leer, nur in einer Ecke tafeln ein paar Leute, die Familie des Besitzers. Kinder tollen herum, der Kellner fummelt am Spielautomaten. Es dauert eine Weile, bis er ihnen die Speisekarte bringt. Luisa will Tintenfisch bestellen. Isabella schüttelt sich, sie mag keinen Tintenfisch, beim Anblick der Saugnäpfe wird ihr übel. Sie entscheidet sich für Lachs, das ist von allen Meerestieren das einzige, das ihr schmeckt.
Als sie das Gasthaus verlassen, ist es dunkel. Ein runder Mond strahlt vom sternklaren Himmel. *El mondo rondo,* ruft Stefan aus.
Luisa lacht. *El mondo heißt die Welt, der Mond ist la luna.*
Auf der Finca werden sie vom freudigen Gebell der Hunde begrüßt. Im Schein eines Windlichtes trinken sie unterm Feigenbaum noch eine Flasche Wein. Stefan hat die Hand um Isabellas Hüfte gelegt, sie genießt seine Berührung. Stundenlang könnte sie so sitzen, in der milden Luft, beim Zirpen der Grillen. Sie schließt die Augen und lauscht den Geräuschen der Nacht. Das Schicksal meint es doch gut mit ihr. Dieser Junge hält sie fest, als wolle er sie nie wieder loslassen. Sie hat ihm von Helena und Michael erzählt, er hat ihr versichert: *Ich stürze mich nicht aus dem Fenster.*
Aus dem Dorf klingen Kirchenglocken herüber. Es ist Mitternacht. Zeit zum Schlafen gehn, meint Luisa und beginnt den Tisch abzuräumen. *Stefan, du machst dich auf dem Sofa in der Werkstatt lang, gell, das Bett in Isabellas Zimmer ist zu schmal für zwei.*
Nicht, wenn wir übereinanderliegen. Stefan küßt Isabella aufs Ohr.
Sie gibt Luisa recht. In deren Haus mit ihm zu schlafen, wäre ihr peinlich. *Man kann nicht die ganze Nacht übereinanderliegen.*
Er verzieht sich.
Morgen brauche ich dich als Modell, ruft Luisa ihm nach. *Ich will an deinem Kopf arbeiten.*
Am Ostersonnabend? Hoffentlich wird es kein Eierkopf, sagt Isabella.
Luisa bleibt ernst. *Ich muß dich warnen. Du darfst auf meinen Fehler nicht mit einem Fehler reagieren.*
Was ist denn mein Fehler?
Männer wollen junge Frauen, je älter sie werden, desto jünger sollen die Frauen

sein. Rudolf ließ mir keine Ruhe, bis ich mit ihm geschlafen habe. Er mußte sich seine ungebrochene Manneskraft beweisen.
Isabella ist betroffen. Sie war nicht jung genug für ihren alten Mann. Luisa ist zehn Jahre jünger als sie. Fünfundzwanzig Jahre Altersunterschied haben ihm nicht genügt, es mußten fünfunddreißig sein.
Das ist Vergangenheit. Ich will nicht, daß sie unsere Freundschaft zerstört, Isabella.
Dann misch dich nicht in meine Gegenwart ein. Ich weiß selbst am besten, was gut für mich ist. Und dieser Mann ist gut für mich, verstehst du das nicht?
Wenn er vierzig ist, bist du sechzig, wenn er fünfzig ist ...
Ich kann selber rechnen.
Wie lange, meinst du, wird das gutgehen?
Das wissen die Götter. Aber jetzt ist es schön. Gönn es mir. Es ist ein Traum.
Hoffentlich gibt es kein böses Erwachen.
Vergeblich versucht Isabella einzuschlafen. Sie liegt allein, und er ist allein in der Werkstatt. Wenn er mich liebt, wird er spüren, was ich mir wünsche, wider alle Vernunft.
Er kommt auf leisen Sohlen, hat nur gewartet, bis in Luisas Zimmer das Licht ausgegangen ist. Sportlich flankt er übers Fensterbrett, und es erweist sich, daß das Bett genügend Platz hat für zwei, die sich vereinen.
Wieder sind es die Hähne, die Isabella wecken. Stefan schläft eng an die Wand gedrückt. Sie küßt ihn aufs Ohr. *Wach auf, du solltest verschwinden, ehe Luisa uns ertappt.*
Ich will nicht weg von dir. Er zieht sie heftig an sich. *Ich will nie wieder von dir weg.*
Sie steht auf und schließt die Tür ab. Der Blick, mit dem er ihren nackten Körper betrachtet, vertreibt die Sorge, daß sie zu dick ist und die Schwerkraft einen ungünstigen Einfluß auf ihre Brüste nimmt. Er gibt ihr das Gefühl, schön zu sein und jung genug für die Liebe. Noch einmal versinken sie in zärtlicher Umarmung. Sie überhören das Klopfen. Erst als sie ermattet voneinander lassen, besinnen sie sich darauf, daß Luisa mit dem Frühstück wartet. Stefan springt aus dem Fenster und läuft zum Schwimmbecken, während Isabella im Bad die Dusche genießt. Eigentlich müßte sie müde sein und schrecklich aussehen. Der Spiegel sagt etwas anderes. Ihre Wangen sind gerötet, die Augen leuchten wie auf Rudolfs Bildern. Erstaunlich, was die Liebe vermag.
Luisa steht am Abwaschtisch und spült Gläser.
Laß mich das machen, ich denke, du willst in die Werkstatt?
Ich wollte Stefan nicht wecken.
Der tapst mit nassen Füßen in die Küche, küßt Luisa auf die Wange. Sie mustert ihn mit hochgezogenem Mundwinkel. *Gut geschlafen?*

Wenig, und du?
Nehmt euch Kaffee, ich geh arbeiten..
Er erkundigt sich, ob Isabella radfahren kann.
Natürlich kann sie das, nur in den Bergen hat sie es noch nicht probiert.
Er weiß eine Lichtung, auf der Königskerzen blühen. *Komm, wir pumpen uns Luisas Rad.*
Aber deins ist in der Stadt.
Wir fahren mit deinem Auto hin und holen es.
Erst will sie in die Werkstatt und sich Luisas Arbeiten ansehen. Verblüfft betrachtet sie die Männerköpfe in den Regalen, kleine und große, runde und eckige. Sie scheinen aus den Steinen herausgewachsen, mit grotesken Gesichtern wie barocke Gartenzwerge. Die Mundwinkel sind grinsend hochgezogen oder hängen weinerlich herab, die Augen blicken leer. Nur einer, schmal und fein aus weißem Marmor, ist von klassischer Schönheit. Soll das Stefan sein? Der angedeutete Zopf läßt es vermuten.
Setz dich auf den Hocker, bittet ihn Luisa.
Stefan tut ihr den Gefallen, er lächelt Isabella an.
Dreh dich zur Seite, ich brauche dein Profil.
Er bemüht sich um einen würdigen Gesichtsausdruck. Vorsichtig setzt Luisa den Meißel an und verändert etwas an der Nase, die ein wenig zu lang geraten ist. Nach einer Weile richtet sie sich auf und tritt zurück. *So könnte es gehen, gell?*
Die Ähnlichkeit ist unverkennbar. Isabella weiß, wie empfindlich Künstler sind, solange ihr Werk unfertig ist. Rudolf konnte in dieser Phase so wütend werden über ein kritisches Wort, daß er den Pinsel wegwarf. Aber der Kopf des jungen Mannes erscheint ihr kalt und leblos, alle Köpfe wirken tot.
Stefan betrachtet Luisas Schöpfung. *So schön bin ich doch gar nicht.*
Ich wollte mir nur beweisen, daß ich auch das kann. Es geht mir nicht um männliche Schönheit.
Worum geht es dir denn?
Nennen wir es die Rache einer rebellischen Frau am Typ des Machos.
Ich bin kein Macho.
Du siehst auch nicht so aus, meint Isabella. *Was hast du mit der Sammlung vor, Luisa?*
Ich werde sie ausstellen.
Die Männer werden dir böse sein, du hast sie entlarvt.
Sie haben es verdient. Luisa tippt mit dem Meißel auf einen kantigen grauen Granitkopf. *Das ist der Herr Julius, ein dickschädeliger Bayer. Mit dem war ich verheiratet.*
Du hast ihn aus dem Gedächtnis modelliert?

Ich hatte zehn Jahre lang Zeit, ihn zu studieren. Und der hier – sie zeigt auf ein birnenförmiges Gebilde aus gelbem Sandstein – ist ein Sparkassenmensch aus Valencia, mit dem ich um meinen Kredit feilschen mußte. Er wollte ihn mir nur geben, wenn ich mit ihm ins Bett ginge.
Hast du es getan? fragt Stefan.
Natürlich, ich brauchte Startkapital.
Was für ein seltsames Motiv künstlerischer Arbeit. Ihre Form der Rachsucht ist ihm unheimlich. Er hatte keine Ahnung von diesem Gruselkabinett, und er sollte die Nacht darin verbringen. *Haust du jeden Mann in Stein, der dir etwas angetan hat?*
Auch solche, denen ich es gar nicht erst gestattet habe.
Und zu welcher Kategorie gehöre ich?
Zu keiner. Ich wollte zur Abwechslung mal einen liebenswerten Menschen abbilden. Es ist ätzend, nur Verachtung auszudrücken.
Du findest mich liebenswert?
Weil du schwach bist.
Die anderen sind stark?
Sie sind auch schwach, sie wissen es nur nicht.
Und ich weiß es?
Ich denke, du weißt es, gell?
Das ist ein Zeichen möglicher Stärke, gibt Isabella zu bedenken.
Stark sind die Frauen. Die Männer sind ein schwaches Geschlecht, das lassen sie uns büßen.
Stefan hat genug von dem Thema. *Ich fahr in die Berge. Borgst du Isabella dein Rad?*
Es steht im Stall.
Als die beiden gegangen sind, zieht Luisa ein weißes Tuch von einem Kopf im Hintergrund der Werkstatt. Es ist Rudolf, aus grünem Porphyr gemeißelt, mit faunischem Grinsen. Den darf Isabella auf keinen Fall sehen. Sie kannte nicht sein wahres Gesicht.

Die Bergtour mit Stefan ist noch anstrengender als die Burgtour mit Luisa. Doch Isabella hütet sich, Erschöpfung zu zeigen. Wenn er sich zu ihr umdreht, setzt sie ein strahlendes Lächeln auf, das gleich wieder verschwindet, sobald er seine Aufmerksamkeit von ihr abwendet. Sie ist die Ebenen und sanften Erhebungen Mecklenburgs gewohnt, zudem hat Luisas klappriger Drahtesel keine Gangschaltung, das Bergauffahren geht über die Knie. Daß er ihr diese Strapaze zumutet, wertet sie als Zeichen dafür, daß er nicht daran denkt, wie alt sie ist.
An einem Felsenvorsprung erwartet er sie, das Fahrrad quer über dem Rücken. *Von hier an müssen wir klettern.*
Ich bin keine Ziege.

Aber eine starke Frau.
Nicht so stark, daß ich auch noch das Rad tragen kann.
Leg es an den Wegrand, das klaut sowieso keiner.
Warum nimmst du deins dann mit?
Das mache ich immer so, wenn es nicht mehr weitergeht. Nun komm, wir sind gleich da.
Gewandt erklimmt er die Höhe, sie folgt ihm, bemüht, nicht zu keuchen. Endlich sind sie oben. Er wirft sich im Schatten eines verfallenen Schafstalls ins Gras. *Gefällt es dir hier?*
Die Königskerzen sind in der Sonnenglut welk geworden, trotzdem ist es wunderschön auf der Lichtung. Sie legt sich zu ihm, er knöpft ihre Bluse auf und küßt ihre Brüste.
Stefan, wenn uns jemand sieht.
Hier ist nicht mal ein Schaf.
Sein Verlangen überwältigt sie. Er bereitet ihr nicht das Hochgefühl, das Rudolf hervorzurufen wußte. Doch was für ein Genuß, die junge feste Haut zu spüren. Ihre Hände gleiten über seinen nackten Rücken, das erregt ihn aufs neue. So verrückt sei er nach keiner Frau gewesen, flüstert er an ihrem Ohr. *Bist du glücklich, mein Schatz?*
Ja, sie ist glücklich, und sie findet es schön, daß er sie *mein Schatz* nennt.
Wir wollen uns nie wieder trennen, fordert er kühn.
Nie wieder. Weiß er, was er da sagt? Wenn er fünfzig ist, ist sie siebzig. Aber das sind noch fünfzehn lange Jahre. Warum soll sie sich die Gegenwart vergällen mit Gedanken an eine Zukunft, von der sie ohnehin nicht weiß, was sie bringt. Sie war es gewohnt, in langen Zeiträumen zu denken. Jetzt muß sie lernen, von einem Tag auf den anderen zu leben und den Augenblick zu genießen.
Ich werde dich niemals verlassen.
Auch nicht, wenn ich eine alte Frau bin?
Du bleibst ewig jung. Seit ich dich kenne, bist du von Tag zu Tag jünger und schöner geworden.
Sie fühlt es selbst. Er schenkt ihr etwas von seiner Jugend. Muß sie nicht dankbar sein für so ein Geschenk?
Unter ihrem Hintern piekt eine Distel. Sie erhebt sich. *Laß uns zurückfahren, Stefan.*
Er will nach Teruel, wo der Spanische Bürgerkrieg tobte. *Erinnerst du dich? Spaniens Himmel breitet seine Sterne über unsre Schutzengräben aus ...*
Isabella erinnert sich. *Und der Morgen grüßt schon aus der Ferne, bald geht es zu neuem Kampf hinaus.*
Sie singen im Duett: *Die Heimat ist weit, doch wir sind bereit. Wir kämpfen und siegen für dich, Freiheit!*

Er singt: *Zu siegen.* Sie meint, es heißt: *Zu sterben. Gesiegt haben wir nicht, Stefan. Was hatten wir für Illusionen.*
Es waren Ideale, widerspricht er, *sie haben mich auf den Weg geführt, für den ich jetzt verachtet werde. Mein Vorbild waren die Interbrigaden. Alles vergessen. Warum ist hier nirgends eine Gedenktafel für die Opfer Francos?*
Man muß verdrängen können, Stefan. Dauernd in Erinnerungen wühlen, das tut weh.
Ich will nichts vergessen.
Du solltest dich damit abfinden, zu einer Minderheit zu gehören.
Gehörst du nicht auch dazu?
Für mich ist es leichter. In ein paar Jahren bin ich Rentnerin. Du mußt noch dreißig Jahre arbeiten.
Ich werde etwas finden, sagt er überzeugt. *Seit ich dich kenne, fühle ich mich wieder stark. Es ist schön, daß ich mit dir diese Lieder singen kann.* Er nimmt sie in die Arme, zieht den Reißverschluß ihrer Hose runter. Sie zieht ihn wieder hoch. *Wolltest du nicht nach Teruel? Wir könnten dort was essen gehn.*
Kein übler Gedanke. Essen und Trinken. Nun spürt er, wie trocken seine Kehle ist. Sie klettern die Böschung hinunter, Luisas Rad liegt noch dort, wo sie es hinterlassen haben. Der Weg bergab ist ebenso beschwerlich wie der Aufstieg. Isabella folgt Stefan mit Vorsicht, sie hat Angst, zu stürzen. Die Knochen werden brüchig im Alter, sagt der Arzt, der ihr Hormone gegen Osteoporose verschrieben hat. Es ist anstrengend, die jugendliche Heldin zu spielen, wenn man weder jugendlich noch Heldin ist.
Die Sonne brennt, und nirgends ein schattiger Platz. Endlich erreichen sie eine Aussichtsplattform mit einer Bank. Sie setzen sich und schauen hinunter auf das azurblaue Meer. Ein Auto nähert sich, zwei Frauen steigen aus, sie haben Kanister bei sich. Neugierig geworden, entdeckt Stefan, daß wenige Meter unter ihnen ein rostiges Rohr aus der Felswand ragt. Ein dünnes Rinnsal fließt heraus. Die Spanierinnen füllen ihre Behälter. Als sie weggefahren sind, gehen Isabella und Stefan zur Quelle und erfrischen sich. Das Wasser schmeckt nach Eisen, aber es löscht den Durst. Von hier aus führt eine gepflasterte Straße nach Sagunto.
Isabella hat kein Verlangen nach einem weiteren Ausflug. Sie ist erschöpft, und bis Teruel sind es über hundert Kilometer. Er bietet ihr an, den Volvo zu fahren. Das gefällt ihr. Sich neben ihn zu setzen und wieder einmal die Rolle der Beifahrerin zu genießen, gibt ihr ein Gefühl der Normalität, das sie so sehr vermißt hat, seit sie allein lebt. Sie schließt die Augen und denkt ein Wort, das kaum noch zu ihrem Sprachschatz gehörte. WIR. Wir fahren nach Teruel.
Sie parken am Rande der Altstadt und laufen die engen Straßen

hinunter. Auf dem Marktplatz steht ein Brunnen mit einem Stier. El Toro. Nach ihm soll Teruel benannt worden sein. Der Sage nach banden die Mauren Stroh an die Hörner von Stieren, zündeten es an und jagten die brüllenden Tiere auf die Feinde los, damit die in Panik die Flucht ergriffen. Trotz ihrer Kriegslist unterlagen sie den Christen, die Stadt wurde auf Leichenbergen gegründet. Auch der Bürgerkrieg hinterließ dreißigtausend Tote. An diese Kämpfe erinnert kein Denkmal. Auf eine Klostermauer hat jemand mit weißer Farbe ein trotziges Symbol gesprüht: Hammer und Sichel.

In einer kleinen Bodega essen sie *Olla de fésols i naps,* Bohneneintopf mit Rüben. Dazu frisches Weißbrot. Stefan trinkt ein Glas Wein nach dem anderen. Sein Gesicht ist gerötet, seine Augen werden glasig.

Wollen wir einen Mokka bestellen?

Nein, er will noch eine Flasche Wein. Ihm ist jetzt danach. *Sei kein Spielverderber, Isabella.*

Aber du mußt Auto fahren.

Dann fährst du eben.

Es beunruhigt sie, wie er sich verändert durch den Alkohol. Er wird nicht fröhlich, sondern gereizt, beginnt zu schimpfen, auf die Spanier, die ihre Geschichte verleugnen, auf Isabella, die versucht, ihn am Trinken zu hindern. Durch den Wortwechsel werden andere Gäste aufmerksam. Sie droht, ihn sitzenzulassen und allein nach Sagunto zurückzukehren.

Geh doch, lallt er, *laß mich allein.* Er legt den Kopf auf den Tisch.

Der Kellner tritt näher. *Ist er krank?* fragt er auf deutsch.

Nur besoffen, erwidert Isabella wütend. *Stefan, reiß dich zusammen.* Sie ist hilflos. Was soll sie tun? Am besten, sie holt das Auto, vielleicht kommt er inzwischen zu sich.

Ich passe auf, versichert der Spanier. *Bleiben Sie ganz ruhig, Señora, wir machen das schon.*

Sie weiß nicht mehr den Weg zum Parkplatz, irrt durch die Gassen, bis sie das Auto endlich gefunden hat. Auf dem Rückweg verfährt sie sich in Einbahnstraßen, sie muß mehrmals wenden und ist völlig entnervt, als sie die Bodega erreicht. Stefan sitzt mit geschlossenen Augen, den Kopf an die Wand gelehnt. Er brabbelt Unverständliches vor sich hin. Der Kellner tippt ihn an. *Señor, Ihre Frau wartet.*

Mühsam öffnet Stefan die Augen. *Ich habe keine Frau. Sie hat mich verraten. Alle haben mich verraten.*

Mit Hilfe des Kellners gelingt es Isabella, den Betrunkenen ins Auto zu bugsieren. Er sackt in die Polster, sie fährt los, den Tränen nahe. Warum hat er ihr das angetan? Er leidet unter Verfolgungswahn,

der gewesene Leutnant. Berufskrankheit. Luisa hat recht, sie sind schwach, die Männer. Alle.
Im Dunkeln kommen sie in Sagunto an, traurig, enttäuscht, müde. Er weigert sich, auszusteigen, und es ist niemand da, der ihr hilft. Sie nimmt den Hausschlüssel aus seiner Tasche, schließt auf, zieht den Widerstrebenden aus dem Wagen und schiebt ihn in den Flur.
Mit tapsigen Bewegungen versucht er sie zu umarmen. *Warum bist du so böse zu mir?*
Sie findet ihn abstoßend in diesem Zustand. *Geh ins Bett, schlaf dich aus.*
Er hat Mühe, sich auf den Beinen zu halten, wie soll er die Treppe hochkommen? Sein Problem, sie will weg, nur weg von ihm, raus auf die Finca. Mit laufendem Motor steht der Volvo auf der Straße, sie knallt die Haustür hinter sich zu. Rudolf hat auch manchmal getrunken, aber er war nie so ein hilfloses Bündel, für das eine Frau nichts als Verachtung empfinden kann. Nur ein einziges Mal, in jener Nacht, als sie von der Berliner Demonstration zurückkam, hat sie ihn verachtet. Sie ahnte nicht, daß es einen weitaus ernsteren Grund geben könnte, bitter enttäuscht von ihm zu sein. Aber daran will sie nicht denken, es ist Vergangenheit, ihr macht die Gegenwart zu schaffen. Wenn sie unter seelischen Druck geraten, wissen Männer immer nur das eine: Sie besaufen sich bis zur Bewußtlosigkeit. Das ist widerlich. Sie hat nicht die Geduld zur Samariterin. Aus der Traum vom späten Glück, von der Rückkehr zum WIR. Ihr bleibt nur das Ich, und sie muß zusehen, daß sie es nicht beschädigen läßt. Schon einmal mußte sie sich von der Illusion verabschieden, daß es einen Weg von der Einzahl zur Mehrzahl gäbe. Heute ist jeder auf sich allein gestellt, da ist sie keine Ausnahme. Das Jammern liegt ihr ohnehin nicht, sie verabscheut den Typ des Jammerossis.
Luisa sitzt im Garten, die rote Katze auf dem Schoß. *Wo hast du Stefan gelassen?*
Isabella steckt sich eine Zigarette an und erzählt, was passiert ist. *Das böse Erwachen ist schon da.*
Unerwartet ergreift Luisa für ihn Partei. *Er ist krank, du hättest ihn nicht allein lassen dürfen.*
Er hat es selbst verschuldet. Weißt du, wie peinlich das war in Teruel?
Luisa legt den Arm um sie. *Es tut mir leid.*
Er ist verrückt, schluchzt Isabella. *Nur ein Verrückter kann sich einbilden, verliebt zu sein in eine alte Frau wie mich.*
Du bist nicht alt. Beruhige dich.
Isabella will sich nicht beruhigen. Sie will jetzt heulen. *Wenn er weiß, daß er keinen Alkohol verträgt, warum trinkt er dann?*
Er hat sich halt überschätzt, das kommt vor, wenn man sich glücklich fühlt.

Morgen sieht die Welt wieder anders aus. Du kannst bei mir schlafen, wenn du nicht allein sein willst.
Laß mich noch ein bißchen hier sitzen, Luisa.
Vielleicht liest du mir eine deiner Stories vor?
Das ist eine gute Idee. Isabella holt die Mappe mit den Manuskripten, Luisa zündet Kerzen an und lauscht der Geschichte von der gestohlenen Katze.
Als Isabella den Blick hebt, bemerkt sie Tränen in Luisas Augen. Oder ist es der Schimmer der im Nachtwind flackernden Lichter?
Du bist eine Poetin. Danke, daß ich dir zuhören durfte.
Danke, daß du zugehört hast.
Im Haus klingelt das Telefon. Wer besitzt die Frechheit, jetzt noch anzurufen? Sie lassen es läuten und gehen ins Bett. Isabella duldet, daß Luisa sie streichelt, doch als deren Hand ihre Brust berührt, zuckt sie zusammen.
Willst du nicht, daß ich dich tröste? Den Frauen bleiben nur die Frauen.
Daran kann und will Isabella nicht glauben.
Luisa versteht. Sie hat es auch immer wieder mit Männern versucht, keiner verstand es, sie zu befriedigen. Frauen wissen mehr voneinander. *Du wirst schon noch dahinterkommen, Isabella.*

DRITTES KAPITEL

Am Ostersonntag sind es nicht die Hähne, die Isabella wecken, sondern die Hunde. Sie kläffen um die Wette, es ist jemand am Tor. Luisa späht durch die Gardine. *Du meine Güte, Stefan.* Sie öffnet das Fenster. *Was ist los?*
Ich bringe dein Rad. Machst du auf, oder soll ich über den Zaun steigen? Er steht schon auf der Klinke.
Der Schäferhund gebärdet sich wie wild, er schnappt nach Stefans Fuß. Luisa pfeift ihn zurück und geht im Schlafanzug hinaus. Es ist nicht gerade das, was sie sich für diesen Morgen gewünscht hat. *Mit dem Rad hättest du dir Zeit lassen können.*
Nicht mit Isabella. Er stürmt an ihr vorbei, sieht das unberührte Bett. *Wo ist sie?* Er reißt alle Türen auf, findet sie in Luisas Schlafzimmer. Sie kehrt ihm den Rücken zu.
Willst du den Osterhasen nicht begrüßen?
Unwillig dreht sie sich um. Strahlend steht er vor ihr, ein schöner Junge mit gebräuntem Gesicht und straff zum Zopf gebundenem Haar. Das schwarze Hemd unter der hellen Leinenjacke steht ihm gut.
Er hebt die Hände an den Kopf und deutet mit ausgestreckten Zeigefingern Hasenohren an.
Sei nicht albern, Stefan. Ich habe die Nase voll von dir.
Das hat ihm schon mal eine Frau mitgeteilt, sogar schriftlich. Dieser glaubt er es nicht. Ihre Augen sagen etwas anderes. Er zieht ein in Zellophan gehülltes Schokoladenei mit einer großen rosa Schleife aus der Tasche. *Nimmst du das als Entschuldigung an?*
Daß er daran gedacht hat, ihr etwas zu Ostern mitzubringen, stimmt sie versöhnlich. Sie zupft an der rosa Schleife. *Was war das gestern, Stefan?*
Ein Ausrutscher. Ich entschuldige mich dafür.
Ein Ausrutscher? Es war eine Katastrophe.
Ich habe zuviel getrunken, weil ich dachte, ich könnte es schon wieder vertragen.
Hast du überhaupt gedacht? An mich jedenfalls nicht.

Tag und Nacht denke ich nur an dich, Isabella. Ich liebe dich. Du gibst mir das Gefühl, noch einmal ein neues Leben beginnen zu können.
Luisa hört die Beschwörung und wartet gespannt, was jetzt passiert. Seine zerknirschte Miene besänftigt Isabella. Obwohl sie sich dagegen wehrt, ist die Sehnsucht wieder da. Sie läßt es zu, daß er sie küßt.
Gratuliere, sagt Luisa spöttisch.
Stefan holt ein zweites Ei aus der Jackentasche, es hat eine hellblaue Schleife. *Das wollte ich in einem deiner Orangenbäume verstecken, aber dann hätten mich wohl die Hunde gefressen.*
Dich nicht, nur das Ei. Lächelnd nimmt sie das Geschenk entgegen.
Und du meinst, nun ist alles wieder gut, gell?
Er blickt Isabella an. *Was sagst du, ist alles wieder gut?*
Sie vermag ihm nicht länger zu zürnen. Ein böses Gesicht macht häßlich, und er ist jung. Sie kann sich kaum erinnern, wie er gestern abend aussah.
Luisa geht in die Küche. *Ich mache Frühstück.*
Sie ist ein Kumpel, sagt Stefan erleichtert. *Vor ihr hatte ich genausoviel Schiß wie vor dir. Ich hab Mist gebaut. Es kommt nicht wieder vor. Pionierehrenwort.*
Isabella spült unter der Dusche die Nachtgespenster weg. Frauenliebe, das kann es nicht sein. Nicht für sie. Luisa hat es begriffen, und daß sie ihr nicht grollt, beweist, wie recht Stefan hat. Sie ist ein Kumpel.
Österliches Glockengeläut klingt vom Dorf herüber, sie frühstücken unterm Feigenbaum, der Schäferhund liegt zu Stefans Füßen. Der krault ihm das schwarze Fell. *Hättest du mich wirklich gebissen, du Scheusal?*
Das hätte er, versichert Luisa. *Wer über den Zaun steigt, muß damit rechnen.*
Warum hast du abgeschlossen? Das tust du doch sonst nicht.
Ich wollte sicher sein, daß uns niemand stört. Nachts hat das Telefon geklingelt, du warst das nicht, gell?
Nein, er hat geschlafen wie ein Toter.
Kann ich mir denken, bemerkt Isabella sarkastisch. *Bist du überhaupt die Treppe hinaufgekommen?*
Muß ich wohl, jedenfalls bin ich in meinem Bett aufgewacht. Im Gegensatz zu dir.
Geht dich das etwas an? Luisas Stimme klingt gereizt.
Er ist verwundert über ihre Reaktion auf seine scherzhafte Bemerkung, und Isabellas verlegenes Gesicht macht ihn erst recht stutzig. Er hat sich nichts dabei gedacht, daß sie in Luisas Bett lag. Hat sie sich etwa von ihr trösten lassen? Absurder Gedanke, sie ist doch

nicht lesbisch. Auch bei Luisa kann er sich das kaum vorstellen, trotz ihrer feministischen Ansichten.

Sie verschwindet in ihrer Werkstatt, kommt aber gleich zurück, mit einem Flechtkorb, in dem zwei steinerne Hasen liegen, ein roter und ein schwarzer. Der rote hat ein lachendes Gesicht und hochstehende Ohren, der schwarze läßt ein Ohr hängen und sieht ein bißchen traurig aus. *Mein Ostergeschenk für euch. Welchen willst du, Isabella?*
Sie entscheidet sich für den Heiteren. Stefan findet, daß der Schwarze gut zu ihm paßt. *Ich lasse auch manchmal ein Ohr hängen.*
Wenn's nur das Ohr ist. Luisa lacht. Die Stimmung ist gerettet.
Isabella betrachtet das Häschen erfreut. *Du wirst mich an die schönen Tage mit Luisa erinnern.*
Die sind doch noch lange nicht zu Ende.
Sie sind gezählt.
Wartet jemand auf dich? fragt Stefan besorgt.
Mein Haus. Die Wasserrohre frieren ein. Es gibt noch Nachtfröste bei uns.
Dann komme ich hin und taue sie auf.
Mit deinem jugendlichen Feuer, gell? Luisa zieht den Mundwinkel hoch.
Laßt uns nicht an den Abschied denken. Heute zeige ich euch Albarracine, das ist eine völlig erhaltene maurische Stadt, die unter Denkmalsschutz steht. Ihr müßt sie gesehen haben.
Sie packt Orangen aus ihrem Garten, gekochte Eier von eigenen Hühnern, selbstgebackenes Brot und Kuchen in einen Picknickkorb. Nur der Schinken ist aus dem Hypermercado, und auch die Flasche Landwein.
Stefan grinst Isabella an. *Für mich nimm bitte Mineralwasser mit.*
Bist du plötzlich Antialkoholiker? foppt ihn Luisa.
Bis auf weiteres.
Isabella freut sich. Er will sein Ehrenwort halten. Sein Pionierehrenwort. Als sie schon Mutter von drei Kindern war, trug er noch das rote Halstuch. Nicht daran denken, jetzt nicht. Sie fühlt sich jung, ihr scheint, sie hat ein wenig abgenommen, die weiße Hose kneift nicht mehr in der Taille. Sie holt den Strohhut mit dem blauen Band, heute fürchtet sie nicht, daß er eine komische Alte aus ihr macht. *Ich versprach, dir einmal spanisch zu kommen,* zitiert sie vergnügt. Stefans bewundernder Blick bestätigt ihr, wie schön sie ist. Auch Luisa ist schön in ihrem grünen Kleid. Stefan macht beiden Komplimente, zwei Superfrauen an seiner Seite, womit hat er das verdient. Zusammen sind wir hundert Jahre alt, denkt Isabella und öffnet den oberen Knopf ihrer blauen Seidenbluse.
Sie nehmen den Jeep, Charley springt auf den Rücksitz, er ist Frauchens Lieblingshund und darf mit. Luisa setzt sich neben ihn. *Fahr du, Stefan.*

Aber du mußt lotsen.
Immer geradeaus, an Teruel vorbei.
Teruel. Isabella sieht Stefan von der Seite an. Er spürt ihren Blick und guckt stur geradeaus, das Tal ist eng, er muß auf den Weg achten. Sein ernstes Profil ähnelt dem Marmorkopf, den Luisa gestaltet hat, sie kann Menschen auf den Grund der Seele blicken. Ob er ihr erzählt hat, daß er bei der Stasi war? Dann hätte sie es sicher erwähnt. Leutnant kann man auch bei der Feuerwehr sein oder bei der Heilsarmee. Isabella stellt sich vor, wie er in seinem Dienstwagen an der Protokollstrecke Gitarre geübt und gestrickt hat. Dazu gehörte Mut. Er hat Charakter, das hat Luisa aus dem Stein herausgearbeitet. Die redet mit ihrem Hund. *Du wunderst dich, gell, weil wir uns von einem Mann fahren lassen. Er fährt erstaunlich gut.*
Wieso ist das erstaunlich? Männer fahren besser als Frauen. Stefan rechnet mit Widerspruch, und der läßt nicht auf sich warten.
Die Unfallstatistik beweist das Gegenteil, kontert Isabella. *Frauen fahren umsichtiger.*
Ängstlicher. Sie sind rollende Verkehrshindernisse.
Eine große dunkle Limousine rauscht vorbei. Darin sitzen vier Nonnen. Stefan tritt aufs Gaspedal, um sie zu überholen. Die Alte am Steuer hat die würdevolle Miene einer Äbtissin, was sie nicht hindert, mit sportlichem Ehrgeiz zu beschleunigen.
Von wegen ängstlich. Isabella lacht.
Wir haben Zeit, gell? Luisa mag keine Wettrennen.
Er gibt es auf. Soll sie der Teufel holen. Der scheint die Hand im Spiel zu haben, denn wenig später sehen sie am Straßenrand den Wagen der schwarzen Engel, die ratlos unter die geöffnete Motorhaube blicken.
Beten, meine Damen, beten. Stefan empfindet Schadenfreude, dennoch hält er an, um zu helfen. Der Motor ist heißgelaufen. Aufgeregt reden die frommen Frauen durcheinander. Woher Kühlwasser nehmen? Ein paar Meter weiter befindet sich eine Brücke, aber der Fluß darunter ist ausgetrocknet.
Wir haben Mineralwasser, erinnert Isabella. *Bis zur nächsten Tankstelle dürften sie damit kommen.*
Stefan nimmt die Literflasche, die Luisa aus dem Picknickkorb geholt hat, und gießt das, was er selber trinken wollte, in den zischenden Kühler. Die Äbtissin startet den Motor, er springt tatsächlich an, welch ein Wunder. Sie bekreuzigt sich, fährt vorsichtig los, diesmal kann sie es nicht verhindern, daß Stefan sie überholt. Die Nonnen winken, bis der Jeep ihren Blicken entschwunden ist.
Die denken jetzt, du bist ein Heiliger, den der Himmel geschickt hat, sagt Isabella. *Ihren Glauben möchte ich haben.*

Und was hat er ihnen genützt? Eine Flasche Mineralwasser kann Wunder wirken.
Hoffentlich vergißt du das nicht, wenn du wieder mal Wein statt Wasser predigst.
Ihr seid beide ziemlich bibelfest, spottet Luisa.
Das gehört sich so für Atheisten, meint Stefan. *Wie soll man widerlegen, was man nicht kennt?*
Kurz vor Teruel liest Isabella auf einem Wegweiser Manzanares. *Ist das der berühmte Fluß, den Ernst Busch besungen hat?*
Nein, so heißt eine Ortschaft, erklärt Luisa. *Der Manzanares fließt bei Madrid. Wieso ist er berühmt?*
Stefan singt ihr die Liedzeile vor: *Am Manzanares kühlten wir dem Franco das zu heiße Blut.*
Wer kühlte Francos heißes Blut?
Die Interbrigaden bei Madrid. Sagt ihr das etwa nichts? Sie lebt seit fünfzehn Jahren in Spanien, er ist keine fünfzehn Tage hier, sie weiß viel mehr über das Land, aber sie weiß etwas anderes. *Das ist ein Lied der deutschen Antifaschisten, die auf der Seite der Volksfront gekämpft haben. Sie nannten sich Thälmann-Brigade.*
Hoffentlich fragt sie jetzt nicht, wer Thälmann war, denkt Isabella. Schwester im Geiste, wir unterscheiden uns doch in so mancher Hinsicht. Vierzig Jahre in unterschiedlichen Systemen haben uns geprägt, ob wir es wahrhaben wollen oder nicht.
Für die Westdeutschen gab es wohl nur die Legion Condor, die Guernica zerbombt hat, sagt Stefan grimmig.
Luisa kennt das Bild, das Picasso aus diesem Anlaß gemalt hat, und sie möchte nicht mit den Westdeutschen in einen Topf geworfen werden. *Warum müssen die Ostdeutschen immer so militant reagieren?*
Weil wir ein gestörtes Verhältnis zur Vergangenheit haben, erklärt Isabella. *Wir glaubten, zu den Siegern der Geschichte zu gehören, und dann mußten wir erleben, daß die angeblichen Verlierer gewonnen haben.*
Eure Probleme verstehe ich, wie ihr wißt. Und nun biegst du an der nächsten Kreuzung links ab, Stefan.
Links ist immer gut.
Da hast du recht, besonders in diesem Fall.

Albarracine empfängt sie mit der imposanten Kulisse einer maurischen Burganlage. Der Zahn der Zeit hat das Mauerwerk mehr beschädigt als die heranstürmenden Feinde, die vergeblich versuchten, die Festung einzunehmen. Darum ist die Stadt, zu deren Schutz sie erbaut wurde, unversehrt geblieben.
Sie verlassen den Jeep vor einem meterdicken Tor und gelangen über Steintreppen in die schmalen Gassen, die sich an den Felsen

entlang winden. Isabella kauft eine Ansichtskarte, auf der eins der malerischen Wohnhäuser abgebildet ist. Hinter den bauchigen Fenstergittern stellt sie sich verschleierte Araberinnen vor. Bilder wie aus Tausendundeiner Nacht umgeben sie hier. Für Autos scheint es kaum Platz zu geben, dennoch parken an jeder nur möglichen Stelle die Anlieger, auf einer Betonplattform sogar ein Lastwagen mit einem Baukran. Albarracine ist kein Museum, sondern bewohnt. In den Geschäften, Restaurants und Hotels herrscht Hochbetrieb. Es sind mehr Einheimische als ausländische Touristen, die Spanier lieben es, an Sonn- und Feiertagen mit der Familie herzukommen, den Kindern voller Nationalstolz die kulturellen Reichtümer zu zeigen. Was manche Väter nicht hindert, bewundernde Blicke auf die beiden deutschen Frauen zu werfen.
Wartet einen Moment. Luisa geht in eine Kunstgalerie. Isabella sieht durchs Fenster, daß sie mit einem schwarzhaarigen jungen Mann verhandelt. Er verschwindet hinter einem Regal, Luisa folgt ihm. Es dauert eine Weile, bis sie mit einer Plastetüte wieder herauskommt. Seltsam versonnen blickt sie vor sich hin, als sei ihr etwas Wunderbares widerfahren.
Was hast du, Luisa?
Ich erzähle es dir später.
Sie stolpern beinahe über einen schreienden Bengel, der sich vor einem Café auf die Erde geworfen hat und mit den Füßen nach der Mutter stößt. Es gelingt ihr erst, ihn zu beruhigen, als sie ihm ein Eis kauft. Der Herr Papa steht ungerührt dabei, als gehöre er nicht dazu. Stefan ist kein Weg zu steil, kein Turm zu hoch, er klettert überall herum und fotografiert, bis Luisa meint, nun sei es Zeit für das Picknick. Sie weiß einen geeigneten Platz. *Ich zeige euch das schönste Gebirge in ganz Spanien.*
Rote, von Höhlen durchbrochene Felswände tauchen vor ihnen auf. Neben der Straße fließt ein Bach, an dessen Ufern Veilchen sprießen, Primeln und Waldanemonen. Nach der Hitze der Stadt ist die frische Luft im Schatten der Berge eine Erquickung. Luisa breitet auf einem Tischtuch im Gras die Speisen aus. Da der Kühler der Nonnen das Mineralwasser geschluckt hat, füllt Stefan die Flasche mit Quellwasser. Gut gelaunt hebt er sein Glas: *Ich sage ja zu spanischem Wasser.*
Isabella lacht. Sie weiß, welchen Komiker er imitiert, der ja zu deutschem Wasser sagt. Luisa kennt ihn nicht, sie sitzt selten vor dem Fernseher, und sie findet, das spanische Wasser, viel mehr sein mangelhaftes Vorhandensein, wäre für sie eigentlich ein Grund, aus diesem schönen Land abzuhauen. Sie hat in ihrem früheren Leben stundenlang in der Badewanne gelegen und dabei die besten Einfälle

gehabt, zum Beispiel den, Männerköpfe in Stein zu karikieren. Der Herr Julius war der erste in ihrer Sammlung.
Zehn Jahre hast du mit ihm gelebt? will Isabella wissen.
Ich war zwanzig, als ich ihn in einem Anfall von Schwachsinn geheiratet habe. Damals studierte ich in München. Er war dort Chef einer großen Brauerei und hatte Geld wie Heu.
Und das hat dir imponiert? So hätte Stefan sie nicht eingeschätzt.
Es war nicht nur das Geld. Er besaß einen gewissen bayerischen Charme, und er hat mich verwöhnt. Zu Hause waren wir immer knapp bei Kasse, mein Vater war Bäcker in einer Brotfabrik, meine Mutter Hausfrau, ich hatte noch drei kleine Brüder. Während des Studiums habe ich als Kellnerin in einem Biergarten gearbeitet.
Und dort hast du Herrn Julius kennengelernt. Isabella versteht.
Er fand, ich sei zu schade dafür, die schweren Maßkrüge zu schleppen. In diesem Punkt waren wir uns sehr schnell einig. Als er mir ein Atelier einrichten sollte, damit ich meinen Beruf ausüben konnte, ging der Horror los. Heute frage ich mich, wie ich das so lange ausgehalten habe.
Und warum bist du gerade nach Spanien gegangen?
Ich hatte einen Studienfreund in Barcelona. Nach der Trennung von meinem Mann habe ich Jorge besucht, und ich hab mich sofort verliebt.
In ihn?
Anfangs in ihn. Aber vor allem in dieses Land. Leider war er ein Macho. Da hätte ich auch beim Herrn Julius bleiben können.
Stefan findet, sie übertreibt es mit dem Männerhaß. *Vielleicht erwartest du immer zuviel von deinem Partner?*
Ich erwarte, daß er mich nicht schlägt. Ist das zuviel verlangt?
Er schweigt. Wenn Roswitha gewagt hätte, ihm ins Gesicht zu sagen, was sie ihm auf einen Fetzen Papier geschrieben hat, er hätte sie mit Wonne verdroschen. Vielleicht wäre er dann nicht krank geworden. Sie hat ihm keine Gelegenheit dazu gegeben. Die Töchter besuchen ihn zuweilen, Britta ist inzwischen sechzehn, und Susi wird dreizehn, was sie von den wechselnden Männerbekanntschaften ihrer Mutter erzählen, hat ihn zu dem Entschluß gebracht, nie wieder zu heiraten. Er hatte ein paar Verhältnisse mit Frauen, deren halbwüchsige Kinder er erziehen sollte, deswegen gab es Zerwürfnisse, besonders, wenn es sich um Söhne handelte. Einen mußte er nächtelang suchen, der Dreizehnjährige hatte sich mit dem Bernhardiner, den er in der Wohnung nicht halten durfte, unter den Rängen eines Sportstadions versteckt. Isabella wird kaum erwarten, daß er sie zum Standesamt führt, obwohl er überzeugt ist, sie zu lieben wie keine bisher. Er will nicht daran denken, wie es zwischen ihnen weitergeht. Aber daß es weitergehen muß, wünscht er sich von Herzen. Wie sie da sitzt mit ihrem großen Hut und dem reizvollen Busen-

ansatz im kokett geöffneten Ausschnitt, findet er sie zum Anbeißen. Leider sind sie nicht allein, und so beißt er in ein Schinkenbrot.
Luisa guckt auf die Uhr. Die Schatten werden länger, ihre Tiere müssen gefüttert werden. Sie räumen die Essenreste ins Auto, Stefan fotografiert die Señoras vor dem Panorama der roten Berge. Auf der Heimfahrt suchen sie nach einem Lied, das sie gemeinsam singen können. Luisa stimmt an: *Wenn alle Brünnlein fließen, so muß man trinken.* Isabella fällt mit hellem Sopran ein: *Wenn ich mein Schatz nicht rufen kann, tu ich ihm winken.* Dazu erklingt Stefans Bariton: *Wenn ich mein Schatz nicht rufen kann, juja, rufen kann, tu ich ihm wihinken.*

In fröhlicher Stimmung kommen sie auf der Finca an.
Danke für diesen Tag. Isabella küßt Luisa auf die Wange.
Und wer küßt mich? fragt Stefan.
Sie küssen ihn beide, was Isabella an eine Jugendsünde denken läßt, an Liebe zu dritt. Als junge Schauspielerin hatte sie ein lockiger Mime vom Theater in seine Untermietbude eingeladen. Er betörte sie mit Hilfe von Dessertwein, einem sogenannten Schlüpferstürmer. In beseligter Stimmung gab sie sich seinen Verführungskünsten hin. Auf einmal klingelte es, und Uschi kam. Sie zog sich aus und legte sich in sein Bett, in dem schon Isabella lag. Er küßte erst die eine, dann die andere, fassungslos sah Isabella zu, wie er sich mit Uschi vergnügte. Dann liebte er sie, während Uschi ihm den Rücken streichelte. So etwas möchte sie nicht noch einmal erleben, schon gar nicht mit Stefan.
Würde es dir etwas ausmachen, uns jetzt allein zu lassen? fragt ihn Luisa.
Er versteht nicht. Soll er ins Haus gehen?
Fahr nach Sagunto. Du kannst meinen Jeep nehmen. Komm morgen zum Frühstück, gell?
Sie bemüht sich um einen heiteren Ton, doch ihr ist deutlich anzumerken, daß sie ihn loswerden möchte. Fragend blickt er Isabella an. Die ist überzeugt, daß Luisa ihr ein Geheimnis anvertrauen will, das nicht für Männerohren bestimmt ist. In Albarracine ist etwas mit ihr passiert.
Gekränkt verzieht er sich. Das Auto verschmäht er, statt dessen steigt er auf Luisas Fahrrad. Isabella sieht ihm mit Bedauern nach. Wenn er nur nicht wieder in Depressionen verfällt.
Er muß sich daran gewöhnen, daß ihr nicht immer Händchen halten könnt.
Luisa holt aus der Plastetüte einen bauchigen Krug hervor, farbenfroh in blauen, schwarzen und roten Arabesken. Zärtlich streichelt sie ihn. *Der ist für dich.*
Für mich? Du hast mir doch schon den Hasen geschenkt.

Das ist ein typisches Kunstwerk der Region. Es soll dich an den heutigen Tag erinnern, der für mein Leben von großer Bedeutung ist.
Das klingt feierlich.
Luisa, was ist los mit dir?
Glaubst du an Liebe auf den ersten Blick?
Zu einer Keramik?
Luisa errötet wie ein Teenager. *Zu einer Keramikerin. Ich habe sie in der Galerie kennengelernt.*
Ich habe dort nur einen jungen Mann gesehen.
Das ist eine Frau.
Eine Frau?
Eigentlich noch ein Mädchen. Cécile, sie ist Französin.
Isabella sucht sich zu erinnern, wie das Wesen aussah, das sie für männlich gehalten hat. Sehr schlank, kurzes Haar, lange schwarze Hosen, weißes Hemd.
Ihr gehört eine Galerie in Valencia. Ich werde bei ihr meine „Kopfgeburten" ausstellen.
Das habt ihr schon alles besprochen? Du warst doch höchstens eine Viertelstunde drin.
Es ist ein Wunder, Isabella. Wir haben uns angesehen, und es traf uns beide wie ein Blitz. Wäre ich gläubig, würde ich sagen, Gott hat uns zusammengeführt.
Das Schicksal, Luisa.
Ja, das Schicksal. Zufällig hat Cécile heute einer Freundin im Laden geholfen. Morgen fahren wir beide nach Valencia, du und ich. Dir verdanke ich, daß ich sie gefunden habe.
Wieso mir?
Wärst du nicht nach Spanien gekommen, wäre ich nicht nach Albarracine gefahren. Luisa öffnet eine Flasche Sekt, sie will auf das unverhoffte Glück anstoßen. Heute morgen fühlte sie sich noch so allein, sie neidete Isabella nicht die Liebschaft mit Stefan, sie kam sich vor wie das fünfte Rad am Wagen. Und nun ist geschehen, worauf sie seit Jahren gewartet hat, sie hat eine Frau gefunden, die lieber als Mann auf die Welt gekommen wäre. Zum Glück ist Cécile kein Mann.
Aber sie ist noch so jung. Sie ist erst fünfundzwanzig. Bin ich zu alt für sie?
Isabella vermag nicht zu beurteilen, welche Rolle das Alter zwischen lesbischen Frauen spielt. Sie vermißt den spöttischen Zug um Luisas Mundwinkel, wo ist deren Selbstbewußtsein geblieben?
Mit dreißig kam ich nach Spanien, eine gescheiterte Ehe hinter mir und eine gescheiterte Liebschaft, da war Cécile ein zehnjähriges Kind.
Diese Art zu rechnen kennt Isabella. Als sie sich in den älteren Mann verliebt hatte, wurde ihr warnend der Altersunterschied vorgehalten, und der zu dem jüngeren Mann dann von Luisa. Die sieht nun

ein Problem darin, daß sie sich in ein zwanzig Jahre jüngeres Mädchen verliebt hat. Was sind das für Zwänge, denen wir unterliegen? Vorurteile einer Männergesellschaft, in der der Wert einer Frau mit den Lebensjahren abnimmt wie der einer Wegwerfware mit Verfallsdatum. Selbst eine emanzipierte Künstlerin, die in ihrem Leben schon viel Mut bewiesen hat und für einen freien Umgang mit der Sexualität eintritt, läßt sich von konservativen Moralvorstellungen verunsichern. Natürlich muß man weibliche Klugheit darauf verwenden, daß die Differenz nicht allzu sichtbar wird. Aber das ist auch eine Chance, ein ständiger Ansporn, in Form zu bleiben. Außerdem gibt es Kosmetik.
Für Rudolf war ich immer die Kleine, Junge. Erst nach seinem Tod habe ich damit begonnen, mir die Haare zu färben. Daß du dir Gedanken über dein Alter machst, hätte ich nicht gedacht.
Die Angst vor dem Alter ist Angst vor sich selbst, vor den Veränderungen des eigenen Körpers. Mein Haar ist auch gefärbt, Isabella, ich bin schon ziemlich grau.
Das sieht man nicht.
Bei dir sieht man es auch nicht. Du bist ein Beispiel dafür, wie schön eine Frau über Fünfzig sein kann. Die Liebe zu Stefan hat dich sichtbar verjüngt.
Wenn Cécile die richtige für dich ist, wird der Altersunterschied nicht das Problem sein, Luisa.
Was dann?
Du weißt doch überhaupt nichts von diesem Mädchen.
Was wußtest du von Stefan, als du mit ihm ins Bett gegangen bist?
Nichts, gibt Isabella zu.
Ist es nicht oft so, daß man sich in jemandem verliebt und dann erst fragt, wer er ist?
Die Gefühle eilen dem Verstand voraus. Das kann riskant sein.
Vielleicht ist es das, was uns menschlich macht?
Es tut beiden gut, so offen miteinander zu reden. Das wäre in Stefans Gegenwart nicht möglich gewesen. Jetzt wüßte Isabella gern, wie er sich fühlt, allein in Sagunto. *Wollen wir nach ihm sehen?*
Von mir aus. Du findest ja sonst keine Ruhe.
Sie steigen in den Jeep und fahren in die Stadt. Im Haus rührt sich nichts, es ist alles dunkel, sie klopfen vergeblich. Luisa schließt auf, sie gehen hinein. Er ist nicht da.
Hast du eine Ahnung, in welcher Kneipe er sitzen könnte?
Luisa glaubt nicht, daß er in eine Kneipe gegangen ist. *Ich kann mir denken, wo er ist.*
Sie holt eine Taschenlampe, und Isabella folgt ihr verwundert auf dem Weg zur Römerburg. Ein kalter Wind ist aufgekommen, sie bereut, keine Jacke mitgenommen zu haben, doch beim Steigen wird

ihr warm. El mondo rondo beleuchtet das antike Bauwerk, das vor ihnen liegt wie ein Geisterschloß. Unterhalb der zinnenbewehrten Mauern erstreckt sich das steinerne Rund des Amphitheaters. Da sitzt tatsächlich eine Gestalt auf den Stufen. Woher wußte Luisa, daß er hierhergegangen ist?
Wir waren einmal zusammen hier, er hat gesagt, das wäre ein Platz für Einsame.
Isabella wird ihm erklären, daß Luisa vor ihm nicht über ihre plötzlich erwachte Leidenschaft zu einer Frau sprechen wollte. Das wird er verstehen. Leise gehen sie hinunter, um ihn zu überraschen.
Er hört ihre Schritte und fährt herum. *Was wollt ihr?*
Isabella legt die Hand auf seine Schulter. *Ist dir nicht kalt?*
Mit einer heftigen Bewegung wehrt er sie ab. *Laß mich in Ruhe. Verzieh dich mit deiner Geliebten, denkst du, ich habe nicht gemerkt, was zwischen euch läuft? Ihr seid ja nicht normal, ihr Hetären.*
Oh, vielen Dank. Luisa zieht den Mundwinkel hoch. *Du weißt wohl nicht, daß Hetären kluge, gebildete Frauen waren.*
Ehe er etwas entgegnet, warnt Isabella: *Überleg dir, was du sagst.*
Was meinst du, was ich die ganze Zeit mache? Ich überlege.
Und dabei bist du auf so blöde Gedanken gekommen? Sie steckt sich eine Zigarette an. *Luisa hatte etwas mit mir zu besprechen. Kein Grund, so wütend zu sein.*
Kein Grund? Ich habe gedacht, du liebst mich. Aber du kannst gar nicht lieben, jedenfalls keinen Mann.
Du bist ja verrückt.
Ich war verrückt, nach dir. Aber das ist vorbei. Haut endlich ab!
Mit ihm ist nicht zu reden. Dabei hat er nichts getrunken, er ist völlig nüchtern.
Sie lassen ihn sitzen und kehren zur Finca zurück. *Er ist wirklich krank, Luisa. Heute früh war er noch begeistert, was für ein Kumpel du bist. Und jetzt redet er einen Haufen Scheiße über Dinge, von denen er nichts versteht.*
Luisa ist dafür, ihm die Toleranz zuteil werden zu lassen, die er selber nicht aufbringt. *Bestimmt ist er morgen wieder ganz normal. Ich habe das schon bei ihm erlebt.*
Du kannst damit umgehen, ich nicht.
Ihr habt eine andere Beziehung.
Wir haben gar keine mehr.
Es tut Luisa leid, daß sie das Zerwürfnis verschuldet hat. Doch vielleicht ist es besser so. Das ist kein Mann für Isabella, das ist ein verstörter Junge, der beim geringsten Anlaß durchdreht. Was ist denn schon passiert? Sie waren den ganzen Tag zusammen, und sie können noch viel Zeit zu dritt verbringen. Seine Eifersucht entspringt männlichem Besitzstreben, eine Frau, die er mit seiner Zuneigung

beehrt, hat ihm zu gehören mit Haut und Haaren. *Du wirst es nicht leicht mit ihm haben, Isabella, auch wenn ich glaube, daß ihr euch wieder versöhnt.*
Das glaubt Isabella nicht. Am besten, sie ist weg, wenn er morgen kommt. Sie wird mit Luisa nach Valencia fahren. *Hast du Fotos von deinen Kopfgeburten?*
Cécile will herkommen, um sie sich anzusehen. Ach, Isabella, ich bin so aufgeregt, ich werde die ganze Nacht nicht schlafen.
Obwohl sich Isabella gelassen gibt, ist auch sie voller Unruhe. Am Morgen erwacht sie vor den Hähnen. Luisa ist bereits in der Küche, in der Maschine gurgelt der Kaffee. Als das Duett im Hühnerstall beginnt, sitzen sie schon am Frühstückstisch unterm Feigenbaum. Isabella hält Ausschau nach einem einsamen Radfahrer. Ihre Stimmung ist über Nacht umgeschlagen. Der Zorn ist verflogen, sie sehnt sich nach ihm. Aber er kommt nicht.
Luisa füttert die Hühner, Enten, Katzen und Hunde, dann brechen sie auf. Die Straße führt vorbei an Weingärten, Orangenhainen und Gemüseplantagen, in denen grüngeschuppte Artischocken wachsen. Zur Linken sehen sie das Meer, mit geblähten Segeln gleiten Yachten über das sonnenglitzernde Wasser.

Valencia begrüßt seine Gäste mit palmengesäumten Alleen, prächtigen Jugendstilhäusern und Palästen in parkähnlichen Gärten. Auch hier gibt es viele runde Plätze, um die sich mehrspurig der Autoverkehr bewegt. Unbekümmert schneiden die Spanier die Kurven, Luisa muß aufpassen, daß sie ohne Blechschaden die Galerie erreicht, einen gläsernen Würfel, umgeben von blühendem Oleander. Sie hält an, doch sie steigt nicht aus, sie hat Lampenfieber, als stünde sie auf einer Bühne, kurz bevor der Vorhang sich hebt. *Mir zittern die Knie. Ich weiß, es ist albern, aber ich kann es nicht ändern.*
Am Eingang hängt ein Schild. *Heute geschlossen.* Isabella drückt die Klinke herunter, die Tür geht auf, ein sanfter Gong ertönt, niemand läßt sich blicken. Sie treten ein. Schwarzer Marmorfußboden, weiße Wände, schwarze und weiße Skulpturen. Dazwischen farbenfrohe Keramikgefäße und Gemälde. Kräftig leuchtet das Rot auf einem Bild, das ein Mohnfeld zeigt. In einer Nische steht eine grazile, langbeinige Figur, sie wendet ihnen das Profil zu, schwarz wie Ebenholz. Neugierig gehen sie auf die Gestalt zu. Plötzlich dreht sie sich um, ihre andere Hälfte ist weiß. Mit dunkler Stimme sagt sie: *Salute!*
Cécile! ruft Luisa entzückt. *Schöne Galathee, wer ist dein Pygmalion?*
Cécile steigt vom Podest. *Ich bin mein eigenes Kunstwerk, aber nicht verkäuflich.*
Und wenn dich jemand haben will?

Ich verschenke mich.
Sie küßt Luisa auf die Wange. Auch Isabella bekommt einen Kuß. Cécile duftet nach einem herben Parfum. *Wollt ihr Kaffee?*
Graziös schreitet sie vor den Gästen her, zeigt ihnen die schwarzweiße Rückseite ihrer knabenhaften Figur. In einem Hinterzimmer mit weißen Polstermöbeln schlüpft sie in ihren schwarzen Bademantel, gießt aus einer Thermoskanne Kaffee ein und hockt sich mit untergeschlagenen Beinen, ein Zigarillo rauchend, aufs Sofa. Ihr schwarzes Haar ist bis auf eine Strähne kurz geschoren, ihre braunen Augen funkeln, breit lächelt der Mund im längsgeteilten Gesicht.
Luisa kann den Blick nicht von ihr wenden. *Du siehst phantastisch aus. Wie bist du nur auf diese Idee gekommen?*
Ich wollte dich überraschen.
Das ist dir gelungen. Luisa streichelt Céciles schwarze Hand. *Geht es wieder ab?*
Nein, ich muß jetzt immer so herumlaufen. Cécile spricht Deutsch mit französischem Akzent. *Ein herrlicher Tag heute. Willst du nicht Isabella den Yachthafen zeigen?*
Luisa sähe es lieber, wenn Cécile sie begleitete, aber die wird sich inzwischen ihrer Körpermalerei entledigen, das dauert eine Weile. *Und dann fahre ich mit euch auf die Finca, ich bin gespannt auf deine Männerköpfe.*
Hoffentlich gefallen sie dir.
Sie werden mir gefallen, so wie du mir gefällst.
Du machst mich glücklich, Cécile.
Wir sind auf der Welt, um andere glücklich zu machen.
Sie küssen sich. Taktvoll geht Isabella hinaus. Sie betrachtet die abstrakten Torsos, deren Geschlecht nicht zu erkennen ist, Werke eines Künstlers mit Namen Ramon.
Luisa kommt zu ihr. *Wie findest du sie?*
Sie sind sehr eigenwillig.
Jeder Künstler drückt seinen eigenen Willen aus. Ramon ist noch jung, es ist seine erste Ausstellung, Cécile bemüht sich, ihn zu fördern. Ist sie nicht hinreißend?
Sie ist außergewöhnlich.
Und so herrlich verrückt.
Isabella lächelt. Nun ist auch Luisa in einen verrückten Menschen verliebt, aber wer heute nicht verrückt ist, der ist nicht normal. *Ich denke, ihr paßt zueinander.*
Das ist die Antwort, die Luisa hören wollte. Zum ersten Mal in ihrem Leben liebt sie eine Frau. Das Gefühl hat so heftig von ihr Besitz ergriffen, daß sie sich selbst kaum begreift. Mußte sie fünfund-

vierzig Jahre alt werden, um zu erkennen, daß sie nicht geschaffen ist für die Liebe zu Männern? Ihr Versuch, Isabella zu trösten, schien ihr ein Ausweg aus der Reihe von Enttäuschungen mit dem anderen Geschlecht. Es hat keinen Sinn, das Heil in einer der üblichen Zweierbeziehungen zu suchen. Wer Charakter und Stolz besitzt, kann nicht erwarten, von Männern verstanden zu werden. Den eigenen Lebensanspruch der Frau versteht nur eine Frau. Isabella hat dreißig Jahre in der Illusion gelebt, einen treuen Mann zu haben. Seinetwegen gab sie ihren Beruf auf, sie zog die Söhne groß, während er sich ungestört seiner Arbeit widmen konnte. Rudolf ist in der Welt herumgereist und hat sie betrogen. In jener Nacht, die Luisa gern vergessen würde, hat sie ihn gefragt, ob er seine Frau zum ersten Mal hintergehe. Selbstherrlich hat er erklärt, daß er die Inspiration brauche, die vom Körper einer anderen ausgehe. Das bestärke ihn in dem Potenzgefühl, das für die Kreativität eines Künstlers unentbehrlich sei, und es beeinträchtige keinesfalls seine Liebe zu Isabella, der Mutter seiner Söhne. *Was sie nicht weiß, macht sie nicht heiß.* Männer seien von Natur aus ungeeignet für die Monogamie.

Und die Frauen? hat sie empört erwidert. *Sie müssen es gezwungenermaßen sein, wenn sie allein zu Hause hocken.* Sie fand es ungeheuerlich, daß er es nicht einmal für nötig hielt, ihr ein bißchen Verliebtheit vorzugaukeln. Nur ihren Körper hat er gewollt, was sie empfand, war ihm egal. Sie haßte ihn, und sie haßte sich, weil sie ihn nicht aus dem Bett gejagt hatte. Das Gefühl des Abscheus brachte sie in dem grinsenden Faunskopf zum Ausdruck, ein Denkmal schnöder Männlichkeit.

Der Yachthafen liegt versteckt hinter einem roten Häuserblock. Durch einen Torbogen gelangen sie hinein. Isabella ist überrascht von dem Anblick, der sich ihr bietet. Am Rande der Wasserbecken, in denen sich die Schiffe wiegen, stehen kleine Sommerhäuser in grün und gelb, hellblau und pastellrosa, eins hübscher als das andere. Die meisten Fensterläden sind geschlossen, die Saison hat noch nicht begonnen. Ein Junge schrubbt das Deck einer Motoryacht. *Hola,* ruft er den Frauen zu.

Sie erwidern den fröhlichen Gruß und gehen zum Strand.

Nun bin ich schon eine Woche am Meer, und ich habe noch nicht einmal gebadet, stellt Isabella fest.

Es ist noch zu kalt, meint Luisa.

Du beklagst, daß es in Spanien zu wenig Wasser gibt? Hier ist genug davon, und es ist bestimmt wärmer als die Ostsee. Kurz entschlossen zieht sie sich und springt in die Brandung. Luisa blickt sich um, kein Mensch in Sicht, da zieht auch sie sich aus und läuft nackt ins Wasser. Sie schwimmen ein Stück hinaus, Isabella genießt die sanfte Kühle auf der Haut.

Als sie zurück wollen, steht am Strand ein Mann mit einem Dalmatiner. Isabella, für die Nacktbaden etwas Normales ist, erhebt sich ungeniert aus den Fluten. Luisa bleibt bis zum Hals drinnen. Erst als der Spaziergänger verschwunden ist, wagt sie sich hinaus und schlüpft in ihre Sachen. Bewundernd sieht sie Isabella zu, die in der Sonne herumturnt, um trocken zu werden. *Du hast eine Figur wie ein junges Mädchen, obwohl du drei Kinder geboren hast. Und wie beweglich du bist.*
Es freut Isabella, daß Luisa die Größe besitzt, einer Frau Komplimente zu machen, die meisten suchen eher die Schönheitsfehler der anderen. Arm in Arm gehen sie in eine Bodega. Im Vorgarten trinken sie Sherry und essen Datteln, in Schinkenröllchen auf dem Grill geröstet. Das Leben ist schön, und beide ersehnen jetzt die Nähe des Menschen, in den sie verliebt sind. Einer wird der Wunsch erfüllt. Die schlanke Gestalt im schwarzen Overall, die mit großen Schritten auf sie zueilt, ist Cécile. *Ich wußte, daß ich euch hier finde. Bekomme ich auch einen Sherry?*
Luisa winkt dem Kellner.
Wir haben gebadet, berichtet Isabella, *ich fühle mich wie neugeboren.*
Das sieht man dir an. Wer ist der Glückliche, der mit dir lebt? Oder ist es die Glückliche?
Weder noch. Ich lebe allein in einem einsamen Haus auf dem Lande.
Wir besuchen dich, nicht wahr, Luisa?
Ja, wir werden viel gemeinsam unternehmen.
Sie stoßen darauf an, und dann will Luisa zurück zur Finca, sie ist begierig auf Céciles Urteil über die Männerköpfe.

Isabella hofft, daß am Gartentor Stefans Fahrrad lehnt. Aber da sind nur die Hunde, die sie kläffend begrüßen. Während Luisa damit beschäftigt ist, das Auto im Schatten zu parken, guckt sich Cécile in der Werkstatt um. Sie entdeckt den verhüllten Kopf und entfernt neugierig das weiße Tuch. Was sie erblickt, begeistert sie. *Genial. Das Abbild eines Schurken.*
Isabella betrachtet erschrocken den Faun aus grünem Porphyr.
O mein Gott, das ist ja Rudolf.
Du kennst ihn?
Ich kannte ihn.
Wie muß Luisa ihn gehaßt haben.
Sie hat mit ihm geschlafen, sagt Isabella tonlos. *Er war mein Mann.* Sie verläßt die Werkstatt.
Schuldbewußt hält Cécile Luisa das Tuch hin. *Ich wußte ja nicht ...*
Du kannst nichts dafür. Sie hat dreißig Jahre in dem Irrglauben gelebt, den besten Mann der Welt zu haben.
Und du hattest eine Affäre mit ihm?

Ich erkläre es dir später. Jetzt muß ich mich um sie kümmern, das war ein Schock, den ich ihr gern erspart hätte.
Isabella sitzt unterm Feigenbaum, wie versteinert. Der grüne Kopf hat sie noch einmal schmerzhaft mit der Tatsache konfrontiert, wie schmählich sie hintergangen worden ist. Komm nach Spanien, Isabella. Wäre sie zu Hause geblieben, sie hätte ihre Illusionen über Rudolf behalten. Was ist besser, mit einer schonenden Lüge zu leben oder mit der ernüchternden Wahrheit?
Hallo, ruft jemand am Tor. Es ist Stefan, er winkt ihr zu. Sie geht zu ihm.
Du siehst traurig aus, stellt er fest, *etwa meinetwegen? Entschuldige, ich war ein Idiot.*
Ich muß mit dir reden, Stefan.
Wer ist das? fragt Cécile.
Luisa zieht den Mundwinkel hoch. *Ihr nächster Irrtum.*

VIERTES KAPITEL

Stefan, warum sind Männer so?
Wie sind Männer, Isabella?
Verlogen. Sie versichern einer Frau, sie zu lieben, und dann ziehn sie los und schlafen mit einer anderen.
Ihn hat seine Frau betrogen, er könnte auch fragen, warum sind Frauen so.
Sie gibt ihm recht. Warum lassen sie sich mit verheirateten Männern ein? *Luisa hat es getan, und seit ich hier bin, ging es ihr um nichts anderes, als mir das mehr oder weniger schonend beizubringen.* Ihr Schuldgefühl hat sie sogar in Stein gehauen. *Diesen Kopf mußt du sehen, ein häßlicher geiler Bock.*
Sie ist eben ehrlicher, als dein Rudolf es war.
Du meinst, alle betrügen, die Männer verschweigen es, und die Frauen geben es zu?
Wir beide haben unsere Ehepartner nicht betrogen. Auch darum passen wir zueinander.
Wir treuen Seelen, ist das nicht schön? Sie zieht spöttisch den Mundwinkel hoch. *Vielleicht sind wir auch nur doof. Wir haben immer auf das falsche Pferd gesetzt, in jeder Beziehung.*
Keiner kriegt ein Leben zum Üben. Es war nicht alles falsch, wofür wir uns entschieden haben.
Hast du dir nicht schon mal die Frage gestellt, warum passiert das ausgerechnet mir? Es ist natürlich eine dumme Frage. Als ob Unglück nur anderen widerfährt.
Die Unfähigkeit, sich eigenes Unglück vorzustellen, ist eine Schutzhülle. Wenn sie zerreißt, verliert man die kindliche Gewißheit, verschont zu bleiben.
Erst durch Rudolfs Tod weiß ich, daß ich sterblich bin, das wußte ich immer, aber ich konnte es mir nicht vorstellen. Jetzt kann ich das, und es erschreckt mich.
Als mein Vater sich erschossen hat, habe ich gedacht, daß Sterben vielleicht besser ist als ein abgestorbenes Leben.
Er hat sich erschossen?
Die einzigen Schüsse beim Untergang der DDR waren die der Selbstmörder.
Hättest du dir gewünscht, daß 1989 geschossen worden wäre, Stefan?

Er schüttelt den Kopf. *Wir sind wenigstens ohne Blutvergießen abgetreten. Wie ist deine Mutter damit fertiggeworden?*
Überhaupt nicht. Erst hat sie ihre Arbeit verloren, sie war Schuldirektorin, und dann ihren Mann.
Was war dein Vater für ein Mensch?
Er hatte ein empfindliches Ehrgefühl, und er war äußerst mißtrauisch. Das hing mit seinem Beruf zusammen, er ist vielen Schurken begegnet, und er hat geglaubt, im Recht zu sein, wenn er sie einsperren ließ. Seine Strenge hat es uns Kindern schwergemacht, ihn zu lieben.
Du hast Geschwister?
Er hat eine jüngere Schwester. Sie war Leistungssportlerin bei Dynamo. *Hat sie aufgegeben. Meine Mutter und sie, das sind zwei vom Leben betrogene Frauen.*
Hilfst du ihnen?
Ich war ja selber hilflos. Aber das ist vorbei. Das beste Heilmittel gegen alten Schmerz ist eine neue Liebe.
Luisa hat auch eine neue Liebe.
Wen liebt sie denn?
Ein junges Mädchen.
Also hatte er recht. Sie ist lesbisch und wollte Isabella verführen.
Versucht hat sie es. Ich will nicht mehr hierbleiben, Stefan. Am liebsten würde ich abfahren. Schon heute.
Hat ein Mountainbike Platz in deinem Kofferraum?
Du willst mitkommen?
Ich laß dich nicht mehr allein.
Wolltest du nicht länger bleiben?
Ich bin ein freier Mann. Noch nie im Leben war ich so frei.
Dann laß uns zurückgehen, ich packe.
Wir fahren zusammen nach Hause. Er hebt sie hoch und trägt sie ein Stück. Sie lehnt den Kopf an seine Schulter. Was für ein Gefühl, von einem Mann auf Händen getragen zu werden.
Vor dem Gartentor setzt er sie ab. Die Frauen sind nicht zu sehen. Vielleicht liegen sie im Bett.
Das Gebell der Hunde ruft Luisa herbei.
Stören wir? fragt Stefan.
Aber nein, wir beraten die Konzeption für meine Ausstellung. Cécile, komm her, ich möchte euch miteinander bekanntmachen.
Die junge Frau erscheint mit freundlichem Lächeln, die Herzlichkeit, mit der sie Stefan begrüßt, entwaffnet ihn. Auch Isabella kann dem französischen Charme nicht widerstehen. Cécile legt die Hände auf ihre Schultern. *Du bist mir doch nicht böse?*
Warum sollte ich dir böse sein?
Ich war taktlos.

Du warst ahnungslos, das ist etwas anderes.
Cécile ist erleichtert. *Du bist eine wunderbare Frau, Isabella. Daß du sie liebst, kann ich verstehen,* sagt sie zu Stefan. *Du liebst sie doch?*
Eigentlich geht sie das nichts an, denkt er, doch er erwidert treu und brav, er liebe Isabella, sie sei in der Tat eine wunderbare Frau.
Hoffentlich vergißt du das nicht wieder, bemerkt Luisa spöttisch. *Er ist wie ein Wettermännchen,* erklärt sie der Freundin, *mal Sonne, mal Regen.*
Sind wir nicht alle so?
Du kennst ihn nicht.
Ich werde ihn kennenlernen, alle deine Freunde will ich kennenlernen. Wenn man die Freunde eines Menschen kennt, weiß man, wer er ist.
Ihre Toleranz und Offenheit erschweren den beiden die Mitteilung, daß sie abreisen wollen. Als sie es aussprechen, ist Luisa betroffen.
Es gefällt euch nicht mehr bei mir.
Es war schön, aber jetzt will ich nach Hause, erklärt Isabella.
Ich hatte noch so viel mit dir vor. Ich habe es verdorben.
Isabella umarmt sie. *Du hast mir etwas genommen, und du hast mir etwas gegeben.*
Kommst du wieder?
Schon möglich.
Wir wünschen euch Glück. Cécile ergreift Luisas Hand, als wolle sie das Wir unterstreichen.
Wir euch auch, erwidern Stefan und Isabella. Sie sehen einander an und lachen.
Beaucoup de bonheur et pas de malheur, wiederholt die Französin.
Pas de malheur, so ist das Leben nicht, widerspricht Luisa. *Etwas Pech gibt's immer. Sonst würden wir ja übermütig werden.*
Das bin ich schon. Cécile küßt sie auf die Wange. *Sieh mal, wie klug meine Sprache ist. Bon heur – gute Stunde, mal heur, schlechte Stunde. Es ist immer nur eine bestimmte Zeit schlecht, dann wird es wieder gut.*
Und umgekehrt, Cécile. Und umgekehrt.
Pessimistin!
Optimistin!
Realistin, fügt Isabella hinzu. *Stefan, hilfst du mir beim Packen?*
Luisa hätte gern noch ein Abschiedsmahl zubereitet. Isabella erklärt, sie wollen morgen in aller Frühe los, daher ziehe sie es vor, in Sagunto zu übernachten.
Stefan erkundigt sich, wieviel Geld Luisa von ihm bekommt. Sie nimmt ihm nichts ab. Er protestiert, das sei gegen die Vereinbarung. Vereinbart sei, daß er ihr zahlungsfähige Gäste schickt.
Du bist sehr großzügig, Luisa. Kannst du dir das leisten?
Die Leute, die es sich leisten können, sind selten großzügig. Hast du denn etwas zu essen im Haus?

Klar. Ich mache uns eine Pekingente, ich kann nämlich kochen.
Was für ein Mann, ruft Cécile amüsiert. *Er kann kochen.*
Du auch? kontert er.
Ich kann Büchsen aufmachen.
Eine Französin, die nicht kochen kann? Das glaubt ihr Luisa nicht.
Wie auch immer, ich liebe dich!

Bei Sonnenuntergang fahren Isabella und Stefan ab. Die Frauen stehen Hand in Hand am Gartentor und winken ihnen nach. Als sie nicht mehr zu sehen sind, hält Stefan an und nimmt Isabella in die Arme. *Endlich habe ich dich ganz für mich allein.*
Und Luisa hat Cécile.
Er verzieht das Gesicht.
Was ist? Kannst du sie nicht leiden?
Wen? Cécile? Sie ist ganz nett.
Es ist ein Glück für die beiden, daß sie sich gefunden haben.
Er bemüht sich, das zu verstehen, es fällt ihm schwer. Und er möchte sich nicht vorstellen, was sie im Bett miteinander treiben.
Maskuliner Größenwahn. Frauen, die Frauen lieben, gehen der Männerwelt verloren. Als ob jeder Mann Anspruch auf jede Frau der Welt hat.
Eine Weile sitzen sie schweigend nebeneinander. Dann murmelt er:
Du hast ja recht.
Das sagst du nur, um Streit zu vermeiden.
Nein. Du bist einfach klüger als ich.
Älter.
Reifer. Du bist wie ein Orangenbaum. Bei dir paart sich Blüte mit Reife.
Ein poetisches Kompliment. Sie küßt ihn, und dann treibt sie ihn an, weiterzufahren, sie kann es kaum erwarten, ins Bett zu kommen. Diesmal fällt er nicht über sie her, er läßt sich Zeit mit dem Liebesspiel. Weiß er um das Geheimnis, daß weibliche Lust durch Zärtlichkeiten in einer allmählich ansteigenden Kurve wächst, während die des Mannes nach steilem Hochschnellen in sich zusammenfällt wie eine abgeschaltete Fontäne? Er hat nicht allzuviel Erfahrung mit der Liebe. Den Partnerinnen, die er bisher hatte, schien die schlichte Art seiner Zuwendung zu genügen. Isabella aber will er davon überzeugen, daß er der einzig Richtige für sie ist, er streichelt und liebkost ihren Körper voller Phantasie, und er ist selig, als es ihm gelingt, gemeinsam mit ihr den Höhepunkt zu erleben.
So schön wie mit dir war es noch nie. Weißt du, wie sehr ich dich liebe?
Du hast es mir gezeigt. Sie liegt mit glänzenden Augen in den Kissen und strahlt ihn an. *Jetzt hab ich Hunger.*
Verdutzt springt er auf. Er hat vergessen, die Ente aus dem Tiefkühlfach zu nehmen. Sie ist steinhart, als Waffe zu gebrauchen wie Dahls

gefrorene Lammkeule. Isabella erzählt ihm die Geschichte, eine geniale Idee, das Corpus delicti den Kriminalbeamten als Gastmahl vorzusetzen, sie essen das einzige Beweisstück auf, das es für den Mord der Frau an ihrem Mann gibt.
Stefan findet Isabellas mörderische Freude an diesem Krimi besorgniserregend.
Hab keine Angst, Hammelfleisch kommt bei mir nicht auf den Tisch. Ich mag es nicht.
Er mag es auch nicht. Er kocht Nudeln mit Tomatensoße, brät Schinken mit Eiern, sie muß liegenbleiben, er bringt ihr das Essen ans Bett.
In der letzten Nacht finden sie wenig Schlaf. Der helle Morgen weckt Isabella. Stefan liegt neben ihr mit angezogenen Beinen wie ein Kind. Sie betrachtet ihn voller Zärtlichkeit. Dieser Junge liebt mich. Und ich dachte schon, es gibt keine Wunder mehr.

Das Wasser tröpfelt nur aus der Dusche, und es ist lauwarm. Sie tritt auf den Balkon, die Luft trägt den Duft von Orangenblüten. Verlockend wiegt sich zu Füßen der Stadt das Meer. Isabella verspürt Lust, noch einmal hineinzutauchen. Sie nimmt eins von Luisas großen bunten Handtüchern, und da sich Stefan mit einem Schnarcher auf die andere Seite wälzt, geht sie allein. Ihr ist leicht und froh zumute. Wie in jungen Jahren springt sie in großen Sätzen übers Kopfsteinpflaster, sie dreht sich im Kreis, daß ihr blauer Chiffonrock hochfliegt. Es ist sieben Uhr, kein Mensch sieht sie bei diesem übermütigen Treiben.
Auch am Strand ist sie um diese Zeit allein. Sie wirft die Sachen ab und läuft nackt ins Wasser. Es umspült sie mit sanften Wellen, zeigt sich zum Abschied von seiner besten Seite. Isabella läßt sich auf dem Rücken hinaustragen. Als sie zurückschwimmt, traut sie ihren Augen nicht. Am Strand steht ein Pferd. Ein weißes Pferd, wie aus dem Bilderbuch. Mit ernsten Augen blickt es ihr entgegen, als habe es sie erwartet.
Wer bist du denn, wie kommst du hierher? Sie streichelt die weiße Mähne, sieht sich nach dem Besitzer um. Niemand zeigt sich. Um diese Zeit schläft hier noch alles. Soll sie es wagen, ein Stück zu reiten? Lust hätte sie, sogar große, sie hat es gelernt, auch ohne Sattel, das gehörte zu ihrem Beruf. Als sie ihn aufgab, hat sie viel Schönes aufgegeben, das einmal ihr Leben war. Sanft klopft sie dem Schimmel auf den Hals, er steht geduldig da, als warte er, daß sie endlich aufsteigt. Sie tut es, fühlt die warme Haut des Pferdes unterm feuchten Hintern und preßt auffordernd die Schenkel an seine Flanken. Na los, Fallada, trag mich ein Stück.

Der Schimmel setzt sich in Trab. Unter seinen Hufen spritzt der Sand auf. Isabella hält das Gesicht in den Wind. Das Glück der Erde liegt auf dem Rücken der Pferde. Sie sollte sich eins anschaffen. Die Frau des Dorfbürgermeisters will eine Fuchsstute verkaufen. Platz wäre im Stall. Rudolf, in der Jugend ein begeisterter Reiter, wollte im Alter kein Pferd mehr haben. Er fürchtete, sie werde sich dann mehr um das Tier kümmern als um ihn. Es ist Zeit, daß sie sich um ihre eigenen Wünsche kümmert. Noch ist sie jung genug.
Plötzlich vollführt der Schimmel einen Sprung, sie hält sich an der Mähne fest, er ändert die Richtung und galoppiert zu einem der Ferienhäuser zurück, die den Strand säumen. An einem Zaun bleibt er stehen. Dahinter bellt wütend ein Hund. Isabella springt ab und eilt zu ihrem Auto. Es wäre ein Skandal, nackt erwischt zu werden. Das ist ihr einmal morgens um sechs in Ahlbeck passiert. Ein wachsamer Frühaufsteher hatte den Abschnittsbevollmächtigten der Volkspolizei über die nackt Badende an der Seebrücke informiert. Der war flugs herbeigeeilt, und als sie triefend aus dem Wasser kam, baute er sich breitbeinig in dieser dämlichen Unteroffiziersstellung vor ihr auf und wollte ihren Ausweis sehn. Sie lachte ihn aus, wo sollte sie den bitte schön hingesteckt haben? Der Sittenwächter kam mit in ihr Quartier und ließ sich beweisen, daß sie, Studentin an der Berliner Schauspielschule, eine anständige Bürgerin war. Sie mußte keine Strafe zahlen, aber er forderte mit ernstem Gesicht, als hätte sie ein Verbrechen begangen: *Tun Sie das nie wieder!*
Ich tue es bestimmt wieder, versetzte sie, *aber nicht hier!*
Atemlos sinkt sie ins Polster und schließt die Augen. Ist sie wirklich am Strand des Mittelmeeres geritten, auf einem weißen Pferd? Das glaubt ihr kein Mensch. Als sie hochblickt, ist der Schimmel verschwunden wie eine Fata Morgana. Wenn sie nicht ihren Hintern spüren würde, sie müßte glauben, geträumt zu haben.
Stefan steht vor dem Haus und hält besorgt nach ihr Ausschau. *Ich dachte, du hast mich verlassen.* Er streicht ihr über das feuchte Haar. *Du warst am Meer. Ohne mich. Wir haben nicht ein einziges Mal zusammen gebadet.*
Du wolltest ja lieber ins Gebirge. Nun ist es zu spät. Du glaubst nicht, was ich am Strand erlebt habe. Ich hatte eine märchenhafte Begegnung.
Mit einem Mann?
Mit einem Schimmel.
Was sie ihm erzählt, hält er für einen Scherz. *Kleine Spinnerin.* Er versetzt ihr einen Klaps wie einem Pferd und verspürt Lust, noch einmal mit ihr ins Bett zu gehen. Sie findet es vernünftiger, daß sie jetzt Kaffee macht und er inzwischen das Auto belädt.
Nach dem Frühstück bringen sie Luisas Häuschen in Ordnung. *Ich*

muß sie noch einmal anrufen, erklärt Isabella. *Vielleicht weiß sie, wem der Schimmel gehört.*
Luisa freut sich, Isabellas Stimme zu hören. Ein Pferd am Meer? Solange sie hier lebt, ist ihr noch keins begegnet. Aber sie wird sich erkundigen. *Vielleicht ist es aus dem Zirkus weggelaufen? Ich schreibe es dir, Isabella.*
Danke, Luisa. Es war wunderschön, alles war wunderschön. So unglücklich, wie ich gekommen bin, so glücklich fahre ich ab.
Und wie geht es weiter mit euch? Stefan braucht Arbeit, sonst wirst du nicht viel Freude an ihm haben.
Das ist ein Problem, an das Isabella gar nicht denken möchte. Luisa wird sich etwas einfallen lassen. *Paß auf dich auf, hörst du?*
Sei unbesorgt. Ich bin schon ziemlich lange erwachsen.
Du hast eine Mädchenseele, die ist verletzlich. Ich will nicht, daß er dich verletzt.
Er ist gut für mich, Luisa, so gut wie Cécile für dich.
Komm wieder, Isabella, mit ihm oder ohne ihn.

Um elf sind sie auf dem Weg nach Barcelona.
Es geht mir gut, chéri, chéri, es geht mir gut, das macht die Liebe, singt Isabella. Das quälende Nachdenken über ihren toten Mann ist zugedeckt wie der grüne Kopf mit dem weißem Tuch. Die Entdeckung seiner Untreue hat sich als bittere Medizin erwiesen, durch die sie geheilt wird von ihrer Neigung zur quälenden Rückschau. Endlich tritt sie aus dem Schatten der Vergangenheit ins Licht des Lebens, von dem noch ein gutes Stück vor ihr liegt. Wie es aussieht, muß sie es nicht allein verbringen.
Stefan fährt in gemäßigtem Tempo durch das Land, das ihnen ein unerwartetes Glück beschert hat. Sie haben es nicht eilig. Im Gegenteil. Isabella fragt sich auf einmal, warum sie so plötzlich hier verschwinden? Was liegt denn vor ihnen? Gemeinsamkeit? Er braucht Arbeit, die findet er in Mecklenburg noch weniger als in Berlin. Luisa hat recht, wenn er zum Nichtstun verdammt bleibt, wird es schwer sein, mit ihm zu leben. Aber sie schiebt den Gedanken beiseite. Sie kann sich nicht satt sehen an dem Meer, und er ist fasziniert von den Bergen. Meer und Gebirge, die Natur hat Spanien mit beidem reich beschenkt. *Aufsteigen und abtauchen, die zwei Möglichkeiten des Lebens,* sinniert er.
Es gibt eine dritte, ergänzt Isabella, *sich stinknormal auf ebener Erde zu bewegen wie ein Wurm. Wollen wir in Barcelona eine Pause machen? Uns die Kathedrale ansehen?*
Das dramatische Felsmassiv, das vor ihnen aufragt, reizt ihn mehr als alle Schätze der Architektur. Am liebsten möchte er es mit dem

Fahrrad überqueren. Aber Isabella würde ihn wohl für verrückt halten, wenn er das täte.
Warum? Wir treffen uns im Katalanischen Dörfchen. Das ist ein Hotel gleich hinter der Grenze. Ich habe es auf der Herfahrt gesehn.
Ist das dein Ernst?
Natürlich. Des Menschen Wille ist sein Himmelreich. Oder schaffst du es nicht bis heute abend?
Er hält auf einem Parkplatz und schlägt die Autokarte auf. Die als dünne schwarze Linien eingezeichneten Wege durch die Berge sagen nichts über die Schwierigkeiten für einen Radfahrer.
Gut. Ich warte. Wenn's sein muß auch bis morgen früh. Isabella wundert sich über die Gelassenheit, mit der sie auf seine abenteuerliche Idee reagiert. Mütterlicher Instinkt? Den Knaben gewähren lassen? Beim Umgang mit ihren Söhnen hat sie gelernt, daß jeder Widerstand gegen die männliche Sucht, sich zu erproben, zu einem pädagogischen Desaster führt. Sie machen es trotzdem, aber sie verachten dich, weil du es ihnen verbieten wolltest.
Du meinst, ich soll? fragt Stefan ungläubig.
Ich meine, du willst. Also tu's. Aber brich dir nicht die Knochen.
Bei dir kann ein Mann wirklich ein Mann sein.
Ich bin alt genug, das Kind im Mann zu erkennen.
Er gibt Gas, die Straße entfernt sich von der Küste, bedauernd sieht Isabella das Meer entschwinden. Bald ist es nur noch ein glitzernder Streifen. Vor ihnen türmt sich wie eine Gewitterwand das grauzerklüftete Gebirge. Auf den Gipfeln liegt Schnee. Und da will er rauf?
Es geht ja auch wieder runter. Das ist das Schöne, aufwärts schuftet man, abwärts erholt man sich. Hast du noch nie was von der Pyrenäenrundfahrt gehört?
Du bist kein Profi. Zweifelnd sieht sie ihn an. *Ich glaube, es ist besser, ich warte am Fuß der Berge auf dich.*
Das ist doch langweilig für dich. Fahr vor zum Hotel. Komm ich übern Hund, komm ich übern Schwanz.
Es ist ein ziemlich langer Schwanz, gibt sie zu bedenken.
Paßt das etwa nicht zu mir? Er grinst sie an.
Guck auf die Straße.
Er biegt in einen Landweg ein, der in ein Bergdorf führt. An einer Gartenmauer aus Feldsteinen hält er an. Es ist drei Uhr, mehr als fünf Stunden bis zum Sonnenuntergang. Während er sich umzieht und das Rad aus dem Kofferraum wuchtet, nimmt Isabella aus der Kühltasche eine Flasche Orangensaft und ein Paar Schinkenbrote, die sie als Wegzehrung eingepackt hat. *Damit du nicht vor Entkräftung vom Rad fällst.*
Du denkst an alles. Er bedankt sich mit einem langen Kuß.
Es ist ja kein Abschied für immer, sagt sie, als er sie wieder Luft holen

läßt. *Wenn du bis morgen früh nicht im Hotel bist, schicke ich einen Bernhardiner los.*
Aber mit Schnapsfaß. Er bindet den Zopf fest, schwingt sich aufs Rad und verschwindet winkend um die nächste Wegbiegung.
So ruhig, wie sie sich ihm gezeigt hat, ist sie nicht. Sie sieht ihn schon einen Hang hinabstürzen und liegenbleiben mit gebrochenen Gliedern. Rudolf wäre nie im Leben auf so eine Wahnsinnsidee gekommen. Das hat man nun davon, wenn man sich in einen jüngeren Mann verknallt.
Hinter der Gartenmauer taucht eine Frau mit schwarzem Kopftuch auf. Zwei Burschen auf Mountainbikes kommen den Berg herunter, sie grüßen die Alte am Tor. Es gibt noch mehr verrückte Gebirgsfahrer. Heldentaten der Männer von heute. Früher haben sie in Kriegen beweisen können, was für Mordskerle sie sind. Nun verschaffen sie sich den Kick, den sie brauchen, mit halsbrecherischen Abenteuern. Extremsport, bei dem man abstürzen oder im Wildwasser ersaufen kann – die Erregung der Lebensgefahr als Ausgleich für ein sinnentleertes Leben?
Isabella wendet und kehrt zur Autobahn zurück. Bald umfangen sie die Schatten der Berge. Sie gerät hinter eine Lastwagenkolonne, die schwerbeladenen Fahrzeuge kriechen auf der kurvenreich ansteigenden Straße, es gibt keine Chance, sie zu überholen. So übt sie sich in Geduld, betrachtet die malerische Umgebung mit bizarren Felswänden und dunklen Schluchten, in denen unsichtbar ein Wasser rauscht.
Sie schiebt eine Kassette in den Recorder. Vier Jahreszeiten. Dreihundert Jahre alt und unübertroffen. In der Musik sprechen die Stimmen der Toten zu uns. Warum berühren sie mich tiefer als die der Lebenden? Liegt das an den modernen Komponisten oder am konservativen Hören? Mit Rudolf hat sie darüber gestritten. Es müsse weitergehen in den Künsten, meinte er, sonst hätte nach Rembrandt niemand mehr wagen dürfen, einen Pinsel in die Hand zu nehmen. Die Menschen müßten lernen, das Neue anzunehmen. Aber wenn sie nicht wollen? erwiderte Isabella, niemand könne gezwungen werden, etwas schön zu finden, was ihm nicht gefällt. Also hätte sie nach den großen Heroinen der Vergangenheit Hemmungen haben müssen, Schauspielerin zu werden, versetzte er. Das ließ sie nicht gelten. Auf der Bühne sprechen die Lebenden. In der Musik sind es die längst Verblichenen.

Mit italienischen Frühlingsklängen verläßt sie Spanien. Als sie in Frankreich ist, besingen die Geigen den Sommer. Die Sonne kommt über die Berge, Isabella überholt die Lastwagenkolonne und braust auf glattem Asphalt in Richtung Perpignan. Sie freut sich auf das Wiedersehen mit Stefan. Er ist erst eine Stunde weg, und schon fehlt er ihr. Wie soll das zu Hause werden? Er muß arbeiten und kann sich nicht als Frührentner bei ihr auf dem Dorf verkriechen, dazu ist er dreißig Jahre zu jung. Idiotische Zeit, in der Menschen froh sein müssen, endlich alt genug für die Rente zu sein. Stefan will noch etwas leisten, sonst wird er unglücklich. Liebe allein schafft es nicht, einem Menschen das Gefühl eigener Bedeutung zu geben. Das aber braucht er, besonders Männer brauchen das. Die Tour durch die Berge, die ihm körperlich einiges abverlangt, soll ihm andere Erfolge ersetzen, die ihm seit Jahren versagt bleiben. Er war ja auch in seinem Beruf kein Held. Gestrickt und genäht hat er, im Dienstwagen der Staatssicherheit. Komische Vorstellung. Aber sympathischer als der Gedanke, daß er Andersdenkende verfolgt und drangsaliert hätte. So einen Mann könnte sie nicht lieben.

Am späten Nachmittag erreicht sie das Hotel „Village Catalane". Es liegt abseits der Landstraße. Die Anlage mit Marktplatz, Brunnen, Rathausturm, Kinderspielplatz und einem kleinen Park soll an ein Dorf dieser Grenzregion denken lassen. Neben dem Bettenhaus gibt es einen Swimmingpool, ein Restaurant, ein Café, Boutiquen und ein Denkmal, errichtet zu Ehren der *Ouvriers de la route*, wie ein Schild am Sockel erklärt. Die Gestalt des Bauarbeiters erinnert Isabella an die Denkmäler in ihrer einst sozialistischen Heimat.
Sie nimmt ein Doppelzimmer mit Bad, füllt das Anmeldeformular aus und läßt die junge Frau an der Rezeption wissen, daß ihr Partner etwas später kommt. Es tut ihr gut, darauf verweisen zu können, daß sie nicht solo reist. Den Zettel mit der Zimmernummer klemmt sie unter den Scheibenwischer. Dann geht sie ins Restaurant. Sie bestellt ein Rindersteak mit grünem Pfeffer, einen großen Salat und roten Landwein. Ihr Blick ist auf die Tür gerichtet. Es dämmert schon, bei Einbruch der Dunkelheit sollte Stefan die Berge hinter sich gelassen haben, sonst wird es gefährlich.
Am Nebentisch sitzt ein einsamer Mann, grau gewelltes Haar, randlose Brille, dunkelblaues Clubjackett, hellblaues Hemd, bunt gemusterter Seidenschal im offenen Kragen. Über den Rand der Speisekarte linst er zu Isabella hinüber. Als ihm der Wein serviert wird, hebt er das Glas und prostet ihr zu. Sie erwidert seinen Gruß mit verhaltenem Lächeln. Das ermutigt ihn, an ihren Tisch zu treten. *So allein, schöne Frau?* Er spricht mit Wiener Akzent. *Ich würde Ihnen gern Gesellschaft leisten, wenn Sie gestatten.*
Ich erwarte jemanden.
Oh, dann verzeihen Sie bitte. Er kehrt an seinen Platz zurück.

Die Zeit vergeht, er hat seine Forelle verspeist, sie ihr Filet, und Stefan ist noch immer nicht da. Der Tischnachbar bemerkt, wie oft sie zur Tür schaut. Er wagt einen erneuten Vorstoß. *Der Erwartete verspätet sich wohl? Sie sind in Sorge, ich sehe es Ihnen an.*
Er wollte mit dem Rad über die Pyrenäen. Das war vor vier Stunden. Wenn ihm nur nichts passiert ist.
Der Wiener setzt sich mit seinem Weinglas zu ihr. *Auf dem Rad über die Pyrenäen, ja, wenn das nicht verrückt ist.*
Isabella lächelt verkrampft. *Er ist ein geübter Fahrer.*
Trinken wir auf sein Wohl, gnädige Frau. Er wird schon kommen. Ich heiße Franz. Und Sie?
Isabella. Machen Sie Urlaub in Frankreich?
Er erzählt ihr, daß er geschieden ist und geschäftlich nach Spanien reist. Auf dem Feuerzeug, das er ihr überläßt, steht der Name seiner Lederwarenfabrik. Handtaschen, Kosmetikkoffer, Brillenetuis und so weiter. Er bittet um die Erlaubnis, noch eine Flasche Wein zu bestellen. Als sie geleert ist, hat Isabella einen schweren Kopf und das Bedürfnis, auf Stefan draußen zu warten. Es ist kühl geworden, sie holt ihre Strickjacke aus dem Volvo, der Wiener hilft ihr, sie anzuziehen, er berührt wie unbeabsichtigt ihre Brust.
Unwillig fährt sie ihn an: *Lassen Sie das!*
Er entschuldigt sich, wollte nicht aufdringlich sein. *Nachher krieg ich von Ihrem Gemahl noch eine Watschen.*
Im Schein der Parkplatzbeleuchtung sieht er sie so treuherzig an, daß sie unwillkürlich lächelt. Seit Rudolf tot ist, hatte sie keine Begegnung dieser Art. Der unsichtbare Witwenschleier machte sie unnahbar. Offenbar hat die Beziehung zu Stefan ihr wieder eine feminine Ausstrahlung gegeben. Franz geizt nicht mit Komplimenten, er sei viel in der Welt herumgekommen, keine Frau hätte ihn auf Anhieb fasziniert wie Isabella. Er erkenne sich selbst kaum wieder, eigentlich sei er eher schüchtern.
Es handelt sich um einen ansehnlichen Herrn, einen *Mann in den besten Jahren*, schätzungsweise Mitte Fünfzig. Im Alter würde er besser zu ihr passen als ihr zwanzig Jahre jüngerer Liebhaber. Aber was soll sie mit einem rüstigen Mittfünfziger? Daß Rudolf so alt war, als sie ihn kennenlernte, hat sie nicht gestört. Sie ist mit ihm gemeinsam älter geworden. Das ist etwas anderes, als noch einmal etwas Neues zu beginnen mit einem, der die Blüte seiner Jahre hinter sich hat. Da liegt abends das Gebiß im Zahnputzglas, vielleicht trägt er auch ein Toupet oder gar ein Bruchband wie Rudolf es hatte, man muß miteinander sehr vertraut sein, um sich von allen möglichen Ersatzteilen nicht abgestoßen zu fühlen. Nein, wenn schon ein Mann, dann ein jüngerer.

Hat er kein Handy dabei? erkundigt sich Franz, der ihre wachsende Unruhe bemerkt. *Ich hab auf Reisen immer eins in der Taschen.*
Er besitzt keins, und ich auch nicht.
Der Wiener gerät ins Schwärmen über die Vorteile des Mobilfunks. Im letzten Winter sei in den Alpen ein Bergsteiger gerettet worden, weil er über Handy seinen Absturzort mitteilen konnte. Sonst wäre er erfroren.
Wenn ich nicht wüßte, daß Sie Handtaschen verkaufen, ich würde Sie für einen Vertreter der Telefonindustrie halten.
Er lacht herzlich. *Sie haben einen so trockenen Humor. Sind Sie Berlinerin?*
Ja, hört man das?
Berliner sind unverkennbar wie wir Wiener.
Ich lebe schon seit dreißig Jahren in Mecklenburg.
Eine Ostfrau, da schau her.
Ein Mauerblümchen. Schrecklich, nicht?
Im Gegenteil. Sie sind so anders als alle, die ich kenne.
Du bist anders als all die andern, singt Isabella spöttisch.
Machen Sie sich ruhig lustig über mich, ich meine es ernst. Ich wünschte, Sie hätten nicht diesen Mountainbiker.
Empört blitzt sie ihn an. Das geht nun aber wirklich zu weit.
Er hat es nicht so gemeint, natürlich wünscht er dem Herrn eine gesunde Rückkehr.
Sie sind bis zur Hauptstraße vorgegangen, ein Lastwagen nach dem anderen fährt vorbei. Kein Radfahrer weit und breit.
Sollten wir die Polizei anrufen? Franz möchte seine Taktlosigkeit wiedergutmachen.
Isabella will nicht an ein Unglück glauben. *Er hat vielleicht eine Reifenpanne und muß schieben.*
Mit hohem Tempo nähert sich ein LKW. Plötzlich bremst er scharf und hält an. Die Beifahrertür wird aufgerissen, Stefan springt heraus, verschmutzt, mit blutigen Schrammen an den Beinen. Der Fahrer, ein kleiner rundlicher Spanier, rückt mit einem Blick auf Isabella die unter den Bauch gerutschten Hosen zurecht und hebt das Rad von der Ladefläche. Es sieht ramponiert aus.
Isabella umarmt Stefan erleichtert.
Endlich. Was ist denn passiert?
Mir nichts weiter, aber dem Rad. Hast du mal ein paar Peseten?
Im Hotel. Hilfesuchend sieht sie sich nach dem Wiener um. Franz zückt bereits das Portemonnaie und hält dem Fahrer einen Schein hin. Der will das Geld nicht nehmen, aber da es ihm in die Hemdtasche gesteckt wird, bedankt er sich, klopft Stefan ermunternd auf die Schulter, zwinkert Isabella zu und fährt los.
Isabella macht die Männer miteinander bekannt. Stefan ringt sich

ein gequältes Grinsen ab. *Kaum dreht man den Rücken, hast du schon einen anderen.*
Frau Isabella hat nur an Sie gedacht. Sie sind ein Glückspilz, junger Mann.
Da gibt ihm Stefan recht. Er ist in der Dämmerung auf losem Geröll ins Schleudern geraten und einen Abhang runtergerutscht, das Vorderrad war eine Acht. Er konnte es notdürftig zurechtbiegen, aber es war eine elende Schinderei, bis ihn endlich bei Figueras der Laster mitgenommen hat. *Trotzdem war es wunderschön. Weißt du, daß es in den Bergen Wildpferde gibt? Ganz zutrauliche Tiere. Und was für seltene Blumen dort oben wachsen. Ich habe dir einen Strauß gepflückt, der ist beim Sturz leider in die Schlucht gefallen.*
Besser der Strauß als du. Sie streichelt sein erhitztes Gesicht. *Hast du dir wirklich nichts gebrochen?*
Die Handgelenke tun ein bißchen weh, sie sind gestaucht, aber heil. *Und Sie haben sich meiner Frau angenommen?* fragt er den hilfsbereiten Wiener mißtrauisch.
Das war sehr nett von ihm, sagt Isabella, *ich wäre sonst vor Sorge verrückt geworden.*
Schaffen's sich ein Handy an, rät Franz.
Der Fahrer hatte eins im Auto, das hat mir nichts genützt. Jetzt brauche ich eine kalte Dusche.
Sehn wir uns beim Frühstück? fragt Isabella den Wiener. *Sie bekommen noch Geld von uns.*
Geschenkt. Ich starte in aller Herrgottsfrühe. Küß die Hand, gnädige Frau. Galant beugt er sich über ihre Rechte. *Vielleicht trifft man sich ja mal wieder.* Er nickt Stefan zu und überläßt die beiden ihrer Wiedersehensfreude.
Dich kann man wirklich nicht allein lassen, Isabella. Der hat Glück, daß ich keine Pistole mehr habe.
Du hättest ihn erschossen?
Das kannst du wohl glauben.
Du bist ja ein ganz Gefährlicher, kein Wunder, daß die Stasi so einen miesen Ruf hat.
Das hat mit Stasi nichts zu tun, das ist mein Charakter. Bei der Firma habe ich nur auf Pappkameraden geschossen. Aber immer getroffen. Gib mir mal die Autoschlüssel. Er legt das Rad in den Kofferraum.
Das Mädchen an der Rezeption teilt ihnen mit, daß das petit déjeuner bis um zehn Uhr eingenommen werden kann und wünscht ihnen eine gute Nacht.
Stefan wirft sich aufs Bett und breitet die Arme aus.
Komm her, gnädige Frau.
Ich denke, du willst duschen.
Das hat Zeit. Er zieht sie an sich, beißt in ihr Ohrläppchen. *Niemand darf dich auch nur berühren, wenn ihm sein Leben lieb ist.*

Lächelnd gibt sie sich seinen Zärtlichkeiten hin. Es tut ihrer Beziehung gut, daß sie sich immer mal trennen müssen. Abschied und Wiederkehr werden zu ihrem künftigen Leben gehören.

Am Morgen erwacht sie durch die Geräusche der Arbeiter, die das Wasser aus dem Swimmingpool ablassen, um ihn zu reinigen. Schade, sie wäre gern hineingesprungen. Stefan schläft noch. Leise erhebt sie sich und geht zum Spiegel. Welch ein Anblick! Ihre Wimperntusche ist verschmiert, das Haar steht nach allen Seiten ab, wie bei der faulen Grete im Bilderbuch, der ausgeblichene Scheitel muß dringend nachgefärbt werden, im sogenannten Altersblond, wie sie es voller Selbstironie nennt. Über der Oberlippe zeigen sich kleine Falten. Die Sonne hatte eine ausdörrende Wirkung. So ist das eben bei einer rüstigen Mittfünfzigerin. Isabella cremt das Gesicht, Hals und Dekolleté bedürfen ebenfalls der Pflege. Sie wirft das Hemd ab. Wenigstens etwas Gutes – an Bauch und Taille hat sie abgenommen. Während sie sich kritisch betrachtet, merkt sie nicht, daß Stefan aufgewacht ist. Die Arme unter dem Kopf verschränkt, sieht er ihr zu. *Du bist schön.*
Du bist wach?
Jemand hat mich geweckt.
Die Arbeiter am Swimmingpool.
Nein. Er. Stefan lüftet die Bettdecke.
Der Anblick seiner gebeulten Schlafanzughose schmeichelt ihr. Der Junge kann nicht genug von ihr bekommen. Noch ziert sie sich.
Aber das petit déjeuner. Bist du nicht hungrig?
Nach dir, Isabella, steig auf, du reitest doch so gern.
Als sie kurz vor zehn im Frühstücksraum erscheinen, ist kein Gast mehr da. Die Serviererin, ein dunkelhäutiges Mädchen, räumt das benutzte Geschirr ab, nur auf einem kleinen Tisch stehen noch zwei saubere Tassen. Sie gießt ihnen Kaffee aus der Thermoskanne ein, mit großem Appetit verspeisen sie gekochte Eier und knusprige Brötchen.
Was machen wir mit diesem Tag? Stefan reibt seine Handgelenke. *Du willst doch nicht auf dem kürzesten Weg nach Deutschland?*
Isabella würde sich gern Avignon ansehen. *Sur le pont d'Avignon on y dance, on y dance, mit diesem Liedchen hat meine Schauspielerlaufbahn begonnen. Bei einer Schüleraufführung.*
Du bist Schauspielerin?
Jetzt erst fällt ihr auf, daß sie darüber bisher nicht gesprochen hat, auch nicht darüber, daß sie Geschichten schreibt. Sie haben sich noch viel zu erzählen.
Ich war am Theater, aber mit drei Kindern ...

Drei hast du?
Drei Söhne.
Wie alt?
Der Älteste ist so alt wie du.
Stefan schweigt. Nun wird ihm wohl bewußt, daß Isabella seine Mutter sein könnte.
Was denkst du?
Ich überlege, wie er mich aufnehmen wird.
Klaus? Er wohnt nicht bei mir.
Wo denn?
In Berlin. Er wird in Kürze Vater.
Forschend blickt er sie an. *Das ist dir nicht recht, oder?*
Sie haben lange genug gewartet. Heute überlegt man sich ja, ob man sich Kinder leisten kann. Ich frage mich nur ...
Du fragst dich, ob ich eine Großmutter lieben kann? Die Antwort ist: ja. Er lacht. *Dann werde ich Opa .... Mit fünfunddreißig. Klasse!*
Wie unbekümmert er mit dem Altersunterschied umgeht. Sie sollte aufhören, immer wieder darauf anzuspielen. Wenn das ein Problem werden sollte, ist immer noch Zeit, sich darüber Gedanken zu machen.
Sie holen das Gepäck aus dem Zimmer und gehen zum Auto. Unter dem Scheibenwischer steckt ein Zettel. Franz hat einen Gruß hinterlassen und seine Adresse in Wien.
Er gibt nicht auf, sagt Stefan erbost. *Ich werde mir wieder eine Pistole zulegen müssen.*
Wo hast du denn deine gelassen, Genosse Leutnant?
In der Normannenstraße. Wer weiß, wer jetzt damit rumballert.
Mir ist es lieb, daß du kein Ballermann bist. Willst du fahren, oder soll ich?
Wieso du?
Mit deinen gestauchten Handgelenken ...
Ich halte eine Menge aus. Nur eins nicht, Verrat. Du darfst mich nie betrügen, Isabella, sonst bin ich weg. Das kannst du glauben.
Er nimmt ihr die Autoschlüssel aus der Hand, lädt das Gepäck ein und setzt sich ans Steuer.
Und wenn du mich betrügst, Stefan? Wie sind wir nur auf das blöde Thema gekommen, an diesem strahlenden Frühlingsmorgen? Eifersucht ist ja ganz schmeichelhaft, aber nicht, wenn sie übertrieben wird. Stefan scheint eine Neigung dazu zu haben. Sie streichelt seine Wange.
Er hält ihre Hand fest. *Ich würde dich nie betrügen, Isabella. Wenn ich dich nicht mehr liebe, sage ich es dir. Aber das wird in hundert Jahren nicht sein. Auf nach Avignon!*
Es ist schön, durch fremde Länder zu reisen, andere Kulturen ken-

nenzulernen. Als Isabella aufbrach, schien ihr diese immer noch ungewohnte Freiheit nicht viel wert zu sein. Ein einsamer Mensch ist überall in der Welt allein, da kann er auch gleich zu Hause bleiben. Zum Glück hat Luisas Ruf sie aus dem Schneckenhaus gelockt, und nun sitzt sie wundersamer Weise neben einem Mann, der sie liebt und den sie liebt, und sie fahren durch Frankreich.
Am Rande der Autobahn wird nicht nur auf touristische Sehenswürdigkeiten verwiesen, auch auf die *Hautes lieus de la Résistance*. Das beeindruckt Isabella. Sie erzählt Stefan von dem Arbeiterdenkmal im Katalanischen Dörfchen. In ihren Augen drückt das den demokratischen Geist eines Volkes aus, dem eine große Revolution geglückt ist.
Napoleon, der Revolutionsgeneral, hat sich zum Kaiser krönen lassen.
Geschichte geht nun mal vor- und rückwärts, Stefan.
Das sieht man in Jugoslawien.
Gleich kommt die Abfahrt. Fahr rechts rüber.
Du mußt mir nicht sagen, wie ich fahren soll. Ich kann lesen.
Nicht so lange wie ich. Und Autofahren kann ich auch schon länger als du.
Klar, als du Fahrschule gemacht hast, bin ich noch mit der Klapper um den Weihnachtsbaum gerannt.
Sie lacht bei der Vorstellung, wie der kleine Stefan die Babyklapper geschwungen hat. Er ist eingeschult worden, als sie ihr zweites Kind bekam. So ist das, wenn man sich an einer anderen Generation vergreift. Sie sollte ihn nicht dauernd daran erinnern, wie jung er ist. Er ist ein Mann und hat schon eine Menge Lebenserfahrungen machen müssen.
Die Landstraße führt durch die Weinberge des Rhônetals. *Nun sehe ich mal, wo der gute Rotwein herkommt. Côte du Rhône. Wußtest du, daß die Rhône im Französischen der Rhône heißt?*
Wußte er nicht. Ist ihm auch egal. Wenn es um Fremdsprachen geht, kann er nur mit Russisch dienen, mit Armeerussisch vor allem, ras, dwa, tri, towarischtsch kompanie. Er hält an.
Is was?
Immer wenn meine Frau sagt, is was, dann eß ich was. Ich muß pinkeln, gnädige Frau. Er reibt sich die Handgelenke.
Kann es sein, daß du nachtragend bist?
Wieso? Weil ich pinkeln will?
Weil du mich nach Art des Wieners gnädige Frau nennst. Tun dir die Hände weh?
Nicht so schlimm. Er tritt an einen Baum und verrichtet, was altdeutsch *Notdurft* genannt wird. Man ist in Nöten, daher darf man.
Isabella und Stefan sind nicht die einzigen, die es nach Avignon zieht. Die Parkplätze sind voll. Nach einigem Herumirren finden sie eine

Lücke an der Mauer, die mit wuchtigen Türmen und Toren die Altstadt umschließt. Stefan hängt sich die Kamera um, sie gehen zu Fuß ins Zentrum, essen Eis und kaufen Ansichtskarten für ihre Mütter.
Wo ist denn nun deine Brücke, mein Schatz? Ich will dich fotografieren.
Vor dem Laden wartet eine kleine weiße Bahn mit offenen Wagen. Sie steigen ein und nehmen an der Stadtrundfahrt teil. Im Schrittempo geht es durch die engen Gassen, vorbei an Adelspalästen, Bürgerhäusern, Kirchen, Denkmälern, Museen, eine Stimme vom Tonband erzählt, was man über Avignon wissen muß. Die Geliebte des Dichters Petrarca, Laura de Sade, starb hier 1348 an der Pest. Rabelais nannte die Stadt wegen des dauernden Glockengebimmels der zwanzig Mönchs- und fünfzehn Nonnenklöster *la ville sonante*. Das Portal der gotischen Sandsteinkathedrale auf dem Roc-des-Domes, einem über dem Rhônetal aufragenden Kalkfelsen, gilt als Rest eines Herkulestempels. Nach einem Fotostop, den auch Stefan nutzt, um Isabella auf der hundertstufigen Patertreppe abzulichten, gelangen sie zur berühmtesten Sehenswürdigkeit, dem Papstpalast. Das Bauwerk aus dem 14. Jahrhundert gleicht mit seinen starken Mauern, Türmen und Schießscharten einer Festung. Sieben Päpste hielten hier die Stellung Gottes auf Erden.
Die Rundfahrt endet an der vielbesungenen Brücke, die im 12. Jahrhundert auf neunzehn Pfeilern über die Rhône gebaut wurde. Seit dem 17. Jahrhundert stehen nur noch vier davon. Le Pont d'Avignon endet im Fluß, wer zum anderen Ufer will, muß über eine Hängebrücke, und es ist niemand zu sehen, der tanzt. Isabella tut es, Stefan zuliebe. Vor den Augen neugieriger Touristen fotografiert er sie, bis der Film alle ist.
Das war sehr schön, sagt er, *und wo wollen wir nun Geschichte studieren?*
In Paris, erwidert sie übermütig. *Ich will nach Paris.*
Zu Befehl! Wie weit ist das?
Einmal quer durch Frankreich. Aber wir haben Zeit. Ohne mich wärst du noch in Sagunto.
Und mein Rad wäre noch heil.
Deine Welt auch?
Du kennst die Antwort. Wohin in Paris? Es ist eine etwas größere Stadt.
Zum Louvre. Dort hängt die Mona Lisa, die schönste Frau der Welt.
Schöner als du kann sie nicht sein. Er küßt sie.

FÜNFTES KAPITEL

Das Hotel liegt in einer kleinen Seitenstraße. Nach sechs Stunden Fahrt haben sie lange und tief geschlafen. Isabella erwacht in Stefans Arm. Vom Bett aus kann sie ein Stück Himmel sehen, es ist von durchsichtigem Blau. Die Sonne scheint, im Efeu, der die Hauswände hochwächst, zwitschern Vögel. Ein Frühlingsmorgen in Paris.
Vor der gläsernen Pyramide, dem Eingang zum Louvre, steht eine Menschenschlange. Es herrscht babylonisches Stimmengewirr.
Das Frauenbildnis des Leonardo da Vinci ist dicht umlagert, Isabella muß sich auf die Zehenspitzen stellen, um es zu sehen. Es ist kleiner, als sie dachte und mit dickem Glas geschützt. Obwohl Fotografieren verboten ist, bannt Stefan die Dame mit dem unergründlichen Lächeln auf seinen Film. Wen lacht sie an, wen lacht sie aus? Das hat sich schon Tucholsky gefragt. Einer amerikanischen Reisegruppe wird erläutert, daß Mona Lisa die Frau eines gewissen Francesco Giocondo aus Florenz war, dessen Name der Nachwelt nur überliefert wurde, weil Leonardo La Gioconda gemalt hat.
Sie ist fast fünfhundert Jahre alt, sagt Isabella andächtig.
So eine alte Dame, und immer noch schön.
Isabella schneidet eine Grimasse, Stefan drückt blitzschnell auf den Auslöser. *Das ist jetzt festgehalten für die nächsten fünfhundert Jahre.*
Es ist unmöglich, alle Schätze des Museums an einem Tag anzuschauen. Sie entscheiden sich für italienische und holländische Malerei und landen am Ende bei den französischen Skulpturen. Isabella ist beeindruckt von der Schönheit fürstlicher Grabmale. Obwohl ihr der religiöse Totenkult zuwider ist, erkennt sie, daß er große Kunst hervorgebracht hat. Lange betrachtet sie einen Marmorsarkophag, der von schwarzen Figuren getragen wird. Aus den Kutten sehen fein geschnittene Elfenbeingesichter hervor. Sie setzt die Brille auf und liest die Namen der in Mönchsgestalt porträtierten Edelleute, bis Stefan erklärt, nun müsse er raus an die Luft, zu viele Engel und Kreuze gingen ihm auf den Geist.
Von der hoch aufsteigenden Fontäne im Geviert der Palastbauten treibt der Wind Wasserspritzer herüber. Isabella benetzt ihre Hände und kühlt ihr Gesicht. Sie will noch in den Renaissanceflügel, in

dem Napoleon III. Wohn- und Arbeitsräume hatte. Es ist ein aufdringlicher Pomp, dem sie begegnen. Alles viel zu groß, die Schlachtengemälde, die Gobelins, die Teppiche, die Kronleuchter, die Henkelvasen in Gold und Kobaltblau, die langen Plüschsofas, auf denen ganze Kompanien Platz hätten, dazu die imitierten griechischen Skulpturen, der Kitsch auf den Kaminsimsen, unvorstellbar, daß sich jemand in diesem Sammelsurium wohl fühlen konnte. Geschmack eines Parvenüs. *Man fragt sich, warum Tausende französischer Adliger guillotiniert wurden, wenn die Monarchie so anmaßend wiederauferstehen konnte.* Isabella kommt das vor wie ein großkotziger Triumph über das Volk. Wir sind wieder da! Und wie!
Das Volk, ich kann das Wort nicht mehr hören. Wir sind das Volk, wir sind ein Volk. Stefan erinnert sich, bei Marx gelesen zu haben, wenn in der Geschichte etwas wiederkehre, dann als Farce. *Dieser dritte Bonaparte hat sie doch alle verarscht. Wetten, daß die Franzosen auch noch stolz auf ihn sind?*
Sicher nicht so stolz wie die Sachsen auf ihren König Kurt. Komm, ich habe mehr gesehen, als ich verarbeiten kann. Gehn wir was essen. Was hältst du von einem Entrecote und einem Salat dazu?
Viel hält er davon. Er dachte schon, sie wird von Kunst und Liebe satt.
Sie finden ein kleines Lokal, vor dem einladend gedeckte Tische und Korbstühle stehen. Es ist warm, sie setzen sich ins Freie. Auf der Seine sehen sie einen Ausflugsdampfer. Wie schön muß die Stadt vom Wasser aus sein. Isabella wünscht sich eine Mondscheinfahrt.
Nachts siehst du nicht viel, meint Stefan. Aber was sie sich wünscht, soll sie haben. Ihm scheint, sie wird von Tag zu Tag jünger, und da er sich einen Anteil daran zurechnet, ist er stolz darauf. Wenigstens etwas, worauf er stolz sein kann.
Sie erkundigt sich beim Kellner, wo es die Schiffs-Tickets gibt. Er erklärt es in lebhaften Worten und weist zu einem weißen Holzhaus am Ufer.
Das Entrecote ist köstlich, die Soße gut gewürzt, der Salat knackig mit viel Knoblauch, dazu Rotwein, besser kann Napoleon auch nicht gespeist haben.
Stefan, Isabella schiebt die Hand über den Tisch, *ich fühle mich wie neugeboren.*
Er schreibt auf einen Bierdeckel das Datum dieses glücklichen Tages und darunter in großen Buchstaben: ICH LIEBE DICH! *Heb ihn auf, mein Schatz, zur Erinnerung.*
Lächelnd steckt sie das kleine Stück Pappe in ihre Umhängetasche. Sie hatte geglaubt, alles Gute im Leben hinter sich zu haben, vor ihr schien nur das Alter zu liegen, das Verblassen und Verzichten. Ihr ist

noch einmal ein Frühling vergönnt, ein Aufblühen der Seele wie in der Jugend. Und das mit dem Wissen der Reife. Schließlich wird sie Großmutter, ist es vielleicht schon. *Wie sieht es mit unseren Geldbeständen aus, Stefan?*
Sie haben ihre Barschaft zusammengelegt, soll er rechnen, ihr macht es keinen Spaß, und sie kann es auch nicht besonders gut. Das war immer Sache ihres Mannes.
Es reicht noch bis nach Hause, warum fragst du?
Ich möchte ein paar Kleinigkeiten kaufen. Vielleicht auch etwas für das Baby, Worauf warten wir? Ich brauche Rasierwasser.
Sie fahren zum Boulevard Haussmann. In dem Stadtplan, den sie im Hotel bekommen haben, wird der Besuch der Kaufhäuser Lafayette und Printemps empfohlen. Stefan chauffiert den Volvo geduldig durch die verstopften Einbahnstraßen. Isabella bewundert die Polizisten, die mit Würde und Trillerpfeife das Chaos des Berufsverkehrs meistern. Zwischen Autoströmen und Fußgängermassen bewegen sich artistisch die Radfahrer. *Das sind die Ritter des zwanzigsten Jahrhunderts,* meint sie.
Dann bin ich also auch einer. Er stoppt an einer roten Ampel.
Ja, der Ritter von der traurigen Gestalt.
Das war ich, aber jetzt ... Er landet einen schnellen Kuß auf ihrer Wange.
Jetzt hältst du den Verkehr auf.
Ein Polizist mit einer Trillerpfeife im Mund droht ihm scherzhaft.
Sie wandern durch die Kaufhäuser. Isabella ersteht ein Lackköfferchen mit Babykosmetik und für Stefan After Shave von Chanel. Er kauft ihr ein Parfum, das Angel heißt. Der Duft gefällt ihm und der Name auch. *Für dich, mein Engel.*
Das letzte französische Parfum, das sie geschenkt bekam, war von Rudolf. An ihn kann sie nun denken ohne Schmerz und ohne Groll. Er erscheint ihr in mildem Licht, weit entrückt. Unter dem verständnisvollen Blick der Verkäuferin umhalst sie Stefan. *Merci, chéri.*
Am nächsten Tag besuchen sie Montmartre. Ein Straßenmaler will Isabella porträtieren. *Vous êtez très jolie, Madame.*
Sie setzt sie sich auf den Klappstuhl neben seiner Staffelei, mit flinken Strichen entsteht ihr Porträt. Eine gewisse Ähnlichkeit ist unverkennbar, wenn er ihren Zügen auch schmeichelhafte Glätte verliehen hat. *Vor zwanzig Jahren sah ich so aus.*
Stefan findet sie gut getroffen. Er bezahlt den Maler, ein Kunststudent, wie sich herausstellt, und klemmt die Zeichnung in einer Papprolle unter den Arm. Nun hat er Lust auf einen Calvados. *In Frankreich muß man Calvados trinken.* Er steuert auf ein Café zu, vor dem lebhaft gestikulierende junge Leute in der Sonne sitzen. Isabel-

la meint, für Schnaps sei es zu früh. Er steigt ihr auch gleich zu Kopf.
Stefan versetzt er in Hochstimmung, er will noch einen. *Auf einem Bein kann man nicht stehen.*
Besser auf einem Bein stehen, als auf allen vieren kriechen. Laß uns den zweiten heute abend trinken. Wir haben noch viel vor.
Als nächstes steht Notre Dame auf dem Programm, dann wollen sie zum Eiffelturm.
Stefan fühlt sich bevormundet. Er verkneift sich die Bemerkung, du benimmst dich, als wärst du meine Mutter. In der Kathedrale setzt er sich auf eine Bank, während sie sich das gotische Bauwerk ansieht, das Victor Hugo zu seinem Roman über den buckligen Glöckner inspirierte. Sie würde gern den Glockenturm besteigen, aber dazu hat Stefan keine Lust. Dafür muß er sich mit ihr vor dem reich verzierten Portal fotografieren lassen. Sie gibt den Apparat einem Touristen, der ihr den Gefallen tut. Stefan zieht eine finstere Miene. Isabella lacht. *Jetzt siehst du aus wie Quasimodo.*
Am Eiffelturm warten eine Menge Leute auf die Fahrstühle.
Müssen wir wirklich da rauf? Das Gedränge und Geschubse strenge ihn mehr an als seine Radtour durch die Pyrenäen, erklärt Stefan. *Wenn du oben bist, siehst du auch nur das, was hier unten ist.*
Isabella bleibt hartnäckig stehen. Aber es geht überhaupt nicht vorwärts. Sie gibt nach, als er vorschlägt, sich mit der Außenansicht des Turmes zu begnügen, im Hotel etwas zu essen und Mittagsschlaf zu halten, damit sie für die nächtliche Fahrt auf der Seine ausgeruht sind. *Wir werden schon noch mal nach Paris kommen. Dann sehen wir uns Versailles an ...*
... und das Centre Pompidou.
Wir gehn ins Moulin Rouge ...
... und in die Oper. In die Tuillerien will ich auch.
An zwei Tagen kann man nicht alles haben.

Am Abend besteigen sie ein Motorschiff mit Namen *Marianne*. Nachts ist von Paris nicht viel zu sehen? Die Stadt leuchtet und funkelt wie der besternte Himmel. Die schönsten Gebäude werden von Scheinwerfern aus dem Dunkel geschnitten. Von fern grüßt der Eiffelturm. Sie bestellen Champagner zur Feier des Tages. Unter jeder Brücke küssen sie sich. Es gibt viele Brücken in Paris.
Stefan hat am Nachmittag zwei Stunden fest geschlafen, er ist guter Dinge. Als der Mann am Klavier einen Tango spielt, erhebt er sich: *Darf ich bitten, gnädige Frau?*
Tanzen – wie lange hat sie das nicht mehr getan. Rudolf hatte wenig übrig für das Gehopse, wie er es nannte. Einmal ließ er sich überreden, mit ihr zum Prominentenball in den Palast der Republik zu

fahren. Er saß Pfeife rauchend unter der gläsernen Blume im Foyer und sah zu, wie sie von älteren Herren herumgeschwenkt wurde, die sich jugendlich gaben, bis ihnen die Puste wegblieb. Es war kein Vergnügen. Mit Stefan ist es eins. Er hat vor zwanzig Jahren die Tanzschule besucht, der Kursus war ein Geschenk seiner Eltern zur Jugendweihe. Wunderbar ist es, sich mit einem jungen Mann dem Tango hinzugeben. Sie scheinen zu einem vierbeinigen Wesen zu verschmelzen. Bald hat sich ein Kreis um das Paar gebildet, das mit gekreuzten Schritten und eleganten Drehungen über die Tanzfläche gleitet, der schwarz gekleidete junge Mann mit dem Zopf, die blonde Frau im roten Kleid. Sie hat das Haar hoch gesteckt und lange silberne Ohrringe angelegt, sehr schön ist sie in dieser Nacht, und sie duftet nach dem neuen Parfum.

Plötzlich bleibt er stehen. *Ich habe Angst, Isabella. Vielleicht träume ich nur, und wenn ich aufwache, sitze ich im Warteraum vom Arbeitsamt.*

Es ist kein Traum, es ist traumhafte Wirklichkeit. Sie wirbelt um ihn herum: *Tanze Tango mit mir, tanze Tango die ganze Nacht.*

Er will nicht mehr, auf einmal tun ihm die Handgelenke wieder weh.

Du tanzt doch nicht auf den Händen. Isabella ist in Champagnerlaune, sie möchte stundenlang mit ihm übers Parkett schweben. Der Pianist spielt jetzt einen Walzer.

Stefan zieht sie an den Tisch zurück. Er trinkt sein Glas Champagner aus, gießt sich hastig den Rest aus der Flasche nach. Isabella mahnt ihn, das edle Getränk nicht hinterzukippen wie Wasser.

Ich habe Durst. Das klingt gereizt.

Was hast du, ist dir nicht gut?

Doch, doch, alles in Ordnung.

Das Schiff legt an, beim Aussteigen stolpert er den Steg hinauf, er ist unsicher auf den Beinen. So viel hat er doch gar nicht getrunken. In der Metro starrt er mit leerem Blick vor sich hin.

Stefan, was ist los? Hat es dir nicht gefallen?

Er wendet sich ab, guckt aus dem Fenster, es ist nichts zu sehen außer schwarzen Tunnelwänden.

Im Hotel zieht er sich hastig aus und legt sich ins Bett. Er wälzt sich hin und her, bei jeder Drehung zieht er Isabella die gemeinsame Decke weg. Sie versucht ihn durch Streicheln zu beruhigen, er will nicht gestreichelt werden. Ist ihm der Alkohol nicht bekommen? Oder hat er Angst vor dem, was ihn zu Hause erwartet? Sie bemüht sich, an etwas Angenehmes zu denken, um einschlafen zu können. Die Heimreise wird anstrengend, wie es aussieht, muß sie fahren, wenn sich Stefans Zustand nicht bessert, läßt sie ihn nicht ans Steuer. Am Morgen hat er tiefe Schatten unter den Augen, wieder erschreckt

sie der gläserne Blick. *Kann ich dir irgendwie helfen? Sag doch was, du machst mir angst.*
Laß mich in Ruhe, ich brauche nur Ruhe.
Sie packt die Sachen zusammen, er steht tatenlos herum und reibt sich die Handgelenke. Beim Frühstück trinkt er nur eine Tasse schwarzen Kaffee.
Du mußt etwas essen.
Ich muß gar nichts.
An der Rezeption sucht er mit fahrigen Bewegungen nach dem Geld, bis sie ihm die Brieftasche wegnimmt und die Rechnung bezahlt. Sie holt das Auto vom Parkplatz. Es weht ein kühler Wind, die Sonne hat sich hinter den Wolken versteckt. Paris zeigt kein freundliches Gesicht zum Abschied, und Isabella ist traurig. Die schönen Tage nehmen ein unschönes Ende. Wenigstens ist Stefan nicht aggressiv. Wortlos setzt er sich neben sie und schließt die Augen. Sie läßt ihn in Ruhe, konzentriert sich auf die Schilder, die den Weg zur Autobahn weisen. Bis zur Grenze will sie heute kommen, dort werden sie übernachten. Ab und zu wirft sie einen Blick auf sein angespanntes Profil. Er ist blaß, die Kinnmuskeln arbeiten, als kaue er einen harten Brocken. Vielleicht wirkt Musik entspannend auf ihn. Isabella steckt eine Kassette in den Recorder. *Magst du Vivaldi oder willst du was anderes hören?*
Er reagiert nicht. Seine Hände liegen verkrampft auf den Knien. Plötzlich richtet er sich auf. *Halt an!* Er greift ans Lenkrad, erschrocken macht sie einen Schlenker über drei Spuren und hält auf dem Standstreifen. Hinter ihr quietschen Bremsen. Stefan steigt aus und setzt sich auf die Erde, den Kopf in die Hände gestützt.
Ratlos steht Isabella neben ihm. Will er hier ewig so hocken? Allmählich wird ihr das zu bunt. Sie muß etwas tun, aber was? Keine Notrufsäule in der Nähe, der Verkehr rauscht vorbei, niemand hat einen Blick für die beiden am Straßenrand. Ein Streifenwagen der Polizei taucht auf. Ihr Winken scheint erfolglos, doch dann leuchten die Bremslichter, der Fahrer legt den Rückwärtsgang ein. Eine uniformierte junge Frau steigt aus. Streng mustert sie den Mann auf der Erde. *Ist er betrunken?*
Isabella radebrecht: *Non. Il est malade. Je ne sais-pas, ich weiß nicht, was ich tun soll. Wir müssen nach Deutschland zurück.*
Die Polizistin rüttelt ihn an der Schulter, er sackt zusammen und läßt sich auf den Rücken fallen. Sie hält es für angebracht, über Funk einen Notarzt zu rufen.
Isabella kniet neben Stefan mit einer Flasche Mineralwasser, sie hebt seinen Kopf, er nimmt einen Schluck und versinkt erneut in Lethargie. Es dauert eine Weile, bis mit Blaulicht und Sirene das Kranken-

auto kommt. Eine untersetzte Frau im weißen Arztkittel eilt mit energischen Schritten herbei. Sie fragt etwas im Ton mütterlichen Vorwurfs, und nach einem Blick auf das Autokennzeichen: *Sie sind Deutsche?*
Ja, wir sind aus Berlin.
Was ist mit Ihrem Mann?
Isabella erklärt ihr, daß Stefan manchmal Anfälle von Depression habe, aber der Meinung war, das sei vorbei. *Wir waren so glücklich in Paris.*
Das Polizeiauto fährt weg, die Ärztin sagt: *Hier kann ich wenig für ihn tun. Er müßte ins Hospital, um gründlich untersucht zu werden.*
Um Himmels willen, nein, protestiert Isabella. *Ich möchte ihn so schnell wie möglich nach Hause bringen.*
Es ist Stefan gleichgültig, was um ihn herum vorgeht. Die Ärztin fühlt seinen Puls, schiebt ihm das Stethoskop unters Hemd und hört ihn ab. Dann zieht sie eine Spritze auf. *Das ist ein harmloses Beruhigungsmittel in Kombination mit Vitaminen.*
Willenlos läßt er sich die Injektion verpassen.
Stehen Sie auf! Sie klopft ihm auf den Rücken, mühsam erhebt er sich. Er geht ein Stück beiseite und pinkelt an einen Busch.
Haben Sie etwas herausgefunden, Frau Doktor? fragt Isabella.
Nicht alle Fragen kann die Medizin beantworten. Er hat ein kräftiges Herz, aber schwache Nerven.
Das schwache Geschlecht. Isabella lächelt kläglich. *Was schulden wir Ihnen?*
Ein Autogramm. C'est tout.
Isabella unterschreibt eine Bescheinigung.
Bon voyage, Madame. Die Ärztin nickt ihr ermutigend zu.
Merci beaucoup.
Stefan kommt zurück. Als wäre nichts geschehen, erklärt er, nun habe er Hunger. Er ißt die beiden Butterbrötchen, die Isabella am Frühstückstisch in eine Serviette gewickelt hat, und trinkt das Mineralwasser aus. *Ich bin schrecklich müde. Fährst du?*
Sie ist schon die ganze Strecke gefahren. Das scheint ihm entgangen zu sein. *Wo sind wir überhaupt?* will er wissen.
Irgendwo zwischen Paris und Aachen. Geht's dir wieder gut?
Warum nicht?
Weil du weggetreten warst.
Eine steile Falte erscheint auf seiner Stirn. Entweder ist ihm nicht bewußt, was passiert ist, oder er drückt sich um die Erkenntnis, daß er Isabella wieder einmal Kummer bereitet hat. Er war so optimistisch zu glauben, daß Anfälle, wie sie sie in Sagunto miterleben mußte, nicht mehr vorkommen, und nun aus heiterem Himmel dieser Rückfall.

Steig ein und schnall dich an, Stefan.
Bist du böse mit mir?
Du hast mir einen Schreck eingejagt.
Tut mir leid.
Sie blickt in den Rückspiegel, mit einem kräftigen Tritt aufs Gaspedal manövriert sie den Volvo in den Autostrom. Die Heimreise hat sie sich anders vorgestellt. Erst der Streß mit seiner Radtour durchs Gebirge, und nun der Anfall, der sie für die Zukunft Böses befürchten läßt. Was mögen die beiden Helferinnen für einen Eindruck von diesem Deutschen gehabt haben, der ohne erkennbaren Grund am Rande der Autobahn hockte und dumm aus der Wäsche guckte? Das ist nicht sehr liebevoll gedacht, aber Isabella ist enttäuscht von Stefans Verhalten, auch wenn er vermutlich nichts dafür kann. Schweigend sitzt er neben ihr, sein Kopf ist auf die Brust gesunken, er schläft. Auf dem Parkplatz am Motel kommt er zu sich. Sie will gerade die Reisetasche aus dem Kofferraum heben, da steht er neben ihr. *Das mußt du doch nicht machen.* Er nimmt ihr das Gepäck ab.
Ich denke, dir tun die Handgelenke weh?
Nicht der Rede wert.
Im Zimmer hat sie das Bedürfnis, sich für ein paar Minuten auf dem Bett auszustrecken. Er setzt sich zu ihr und streichelt sie. *Mit mir hast du dir was aufgeladen.*
Ich lerne es, damit umzugehen. Du kennst doch die Geschichte von Dr. Jekyll und Mister Hyde?
Das ist sein Lieblingskrimi. In jedem steckt ein Mister Hyde, und seiner ist wieder mal zum Vorschein gekommen. Nur – Dr. Jekyll wußte, wann das Böse in ihm erwacht, er hat es selber hervorgerufen. Stefan wird davon überrascht. *Hab ich dich schlecht behandelt, mein Schatz? Dann verzeih mir.*
Wenn du mir versprichst, daß wir in Berlin gemeinsam zu deinem Arzt gehn.
Der kann mir nicht helfen. Ich bin kein Typ für die Couch. Die einzige, die mir helfen kann, bist du.
Ich bin kein Psychiater, Stefan.
Du bist die Frau, die ich liebe. Und Liebe kann Wunder wirken.
Das vermag sie nicht mehr zu glauben. Die letzten Stunden haben sie angestrengt, sie fühlt sich so alt, wie sie ist. Und sie wird nun wohl immer damit rechnen müssen, daß aus Dr. Jekyll Mister Hyde wird. Ein schrecklicher Gedanke.
Ihn scheint er nicht zu belasten. Die Spritze hat gewirkt, er ist ausgeruht und behauptet, Bäume ausreißen zu können.
Das soll er ihr nicht beweisen.
Dann trägt er sie eben auf Händen ins Restaurant. Er ist so fröhlich, als sei eine schwere Last von ihm gewichen. Isabella spürt sie noch.

Auch wenn er sich wieder wie ein normaler Mensch benimmt, hat sie das bittere Gefühl, daß eine ältere Frau nur von Alkoholikern oder Psychopathen geliebt wird. Stefan ist vermutlich beides. Sie gibt sich dennoch heiter. Getragen werden möchte sie nicht, mit Rücksicht auf seine gestauchten Gelenke, aber zum Essen darf er sie einladen, die letzten Francs müssen verbraten werden.
Worauf hast du Appetit?
Nicht auf Ente. Die heißt canard bei den Franzosen, und sie schmeckt wie Kanarienvogel roh.
Er schüttelt sich. Ihm wäre nach einer Pizza.
Schön, essen wir Pizza.
Und was trinken wir?
Ich, Multivitaminsaft.
Du kannst ruhig einen Rotwein zum Essen bestellen. Sei unbesorgt, Isabella, ich nehme Mineralwasser.
Sehr lieb von dir, aber ich will keinen Alkohol. Haben wir doch nicht nötig, um uns wohl zu fühlen, oder?
Ich brauche dich nur anzusehen, schon bin ich in Hochstimmung.
Sie stoßen mit Saft und Wasser an, jeder verspeist eine knusprige Pizza, die Welt scheint wieder in Ordnung.
Im Bett nimmt Stefan Isabella in den Arm, aber es regt sich nichts bei ihm. Er würde sie gern lieben, es geht nicht. *Ich bin ein Versager.* Beschämt wendet er sich ab.
Sie hat den Verdacht, daß seine Ex-Gattin ihn so beschimpft hat. Vielleicht liegt hier sogar ein Grund für seine seelische Labilität. Oder ist es umgekehrt?
Du bist kein Versager. Liebe ist nicht nur Sex, Stefan.
Aber er gehört dazu. Ich begehre dich wie verrückt und bin unfähig, es dir zu beweisen.
Das macht die Spritze. Laß uns schlafen, Stefan. Morgen wird ein anstrengender Tag.
Nicht für dich. Ich fahre, und du kannst dir die Gegend ansehen.
Freust du dich auf zu Hause?
Ich weiß nicht, wo wollen wir überhaupt hin? Nach Berlin oder nach Mecklenburg-Vorpommern?
Erst mal in die Hauptstadt, vielleicht hast du Post vom Arbeitsamt.
Ja, vielleicht wollen sie mich wieder zum Wachschutzmann ausbilden, das haben sie mir schon einmal angeboten. Ich mach mich doch nicht zum Obst.
Ein intelligenter Junge wie du wird schon noch was finden. Gib die Hoffnung nicht auf.
Liebevoll deckt er sie zu, in dieser Nacht wird er ihr die Decke nicht wegziehen.

Am Morgen ist der Himmel grau. Je weiter sie nach Osten kommen, um so dichter werden die Wolken. Als sie den Rhein überqueren, regnet es in Strömen. Isabella ist froh, daß sie nicht fahren muß bei diesem Sauwetter. Warum ist es am Rhein soooo schööööön? Solche blöden Fragen können nur deutsche Männergesangvereine stellen. Hier ist er nicht gerade besonders schön, der vielbesungene Strom. Kein Ruf wie Donnerhall, kein Schwertergeklirr und Wogenprall. Dichtbesiedelte Industrielandschaft. Schornsteine, Fördertürme, Kraftwerke, Kohle, Stahl, Chemie. Die Teutonen sitzen mit grimmigen Gesichtern in ihren Karossen. Alle haben es eilig, sie drängeln und hupen, es scheint, als sei das ganze Land auf Achse. Ein scharfer Gegensatz zu der schönen Zeit im Süden, die ihnen jetzt so unbeschwert erscheint, und sie liegt schon weit zurück.
Stefan wundert sich, wie verbissen die Leute wirken, an denen sie vorbeifahren. Sie haben schöne Autos, sie haben Arbeit und scheinen gar nicht zu wissen, wie gut sie dran sind, sie sehen aus, als hätte ihnen jemand in die Suppe gespuckt.
Hinter Dortmund entwirrt sich das Spinnennetz der Autobahn. Die Wolken werden durchsichtiger, an der Porta Westfalica kommt die Sonne zum Vorschein. Zart grünende Wälder versöhnen die Augen. In einer Raststätte machen sie Pause. Sie setzen sich in eine mit künstlichem Weinlaub berankte Nische, vor der mit künstlichem Grinsen ein Kellner aus Pappmaché steht. Überall sind solche lebensgroßen Figuren aufgestellt, ein Koch, ein Neger mit Saxophon, ein dralles Mädchen, das den Hintern rausstreckt, ein Kind mit Eistüte. Dazwischen ist Obst und Gemüse drapiert. *Sehr geschmackvoll*, spottet Isabella.
Du hättest meine Kneipe sehen sollen, sagt Stefan. *Wir haben alten Hausrat gesammelt und an die Decke gehängt, einen Handwagen, einen Holzroller, eine Heizsonne, ein Radio, einen Brotkasten, alles so 'n Zeug, was die Leute weggeschmissen haben, das war ganz ulkig.*
Er kommt ins Schwärmen bei der Erinnerung an das Kulturhaus im Harz, das er mit seinem Freund Uwe, einem gelernten Koch, vor dem Verfall bewahrt und zu einem kleinen Ferienhotel umgebaut hatte. *Schöne Aussicht* nannten sie es, in der Hoffnung, daß der Name Programm für ihre Zukunft wäre. Sie erwarben einen kleinen Bus, mit dem sie die Gäste von der Bahn abholten, gaben Annoncen auf, luden Bekannte und Verwandte ein, organisierten Kinderfeste, Kutschfahrten, Bergwanderungen, Tanzabende, das war eine Zeit, in der es Stefan gutging. Er nahm Susi zu sich, Britta ging schon zur Schule und blieb bei der Mutter in Berlin. Seiner kleinen Tochter gefiel es bei ihm. Doch die Gästezahl nahm spürbar ab, die Leute, die Geld hatten, wollten in wärmere Länder, die ohne Geld konn-

ten sich nicht mal den Harz leisten. Uwe fand wieder Arbeit als Schiffskoch, Stefan mußte den Kredit abzahlen, er konnte das Haus nicht mehr halten und gab auf. Susi brachte er zu seiner Ex-Gattin zurück. Die war nicht begeistert, sie hatte gerade ihre dritte Umschulung angefangen.
In Berlin versuchte er sich als Tankwart. Die Depressionen kamen wieder, und da er nach Anfällen verschlief, flog er raus. Eine Weile trug er Zeitungen aus. Das Aufstehen nachts um zwei hielt er nicht lange durch. Seine Ärztin schickte ihn zur Kur ins Riesengebirge. Dort lieh er sich ein Fahrrad aus und fuhr durch die Berge. Bei körperlicher Bewegung an frischer Luft besserte sich sein Zustand, doch die Arbeitslosigkeit deprimierte ihn. Es war ihm unerträglich, sich überflüssig zu fühlen, mit fünfunddreißig. Als er Luisas Anzeige las, kaufte er von seinem letzten Geld ein Mountainbike und reiste nach Sagunto. *Und nun hat mein Vorderrad eine Acht.*
Ich habe dich gewarnt.
Schön war es trotzdem.
Am Abend erreichen sie Berlin. Stefan wohnt in der Frankfurter Allee. *Krieg keinen Schreck,* sagt er, als er nach einigem Suchen einen Parkplatz in der Nähe seines Hauses gefunden haben, *bei mir ist es nicht sehr gemütlich.*
Ein Bett wirst du ja haben. Das ist das einzige, was Isabella jetzt interessiert.
Sein Briefkasten quillt über von Post, das meiste ist Werbung, vom Arbeitsamt ist nichts dabei, dafür die Telefonrechnung und eine Karte seiner älteren Tochter. Er liest sie gleich im Korridor. Britta teilt ihm mit, daß sie nach der zehnten Klasse die Schule verlassen und eine Kellnerlehre beginnen will, um möglichst schnell Geld zu verdienen. *Mutti ist dagegen, kannst du nicht mal mit ihr reden?*
Besorgt sieht Isabella, wie seine Kinnmuskeln arbeiten. Der Alltag hat ihn wieder.
Er zeigt ihr die Karte. *Soll ich mich da einmischen? Sie hat das Sorgerecht. Ich brüh uns einen Kaffee. Laß uns erst mal ankommen, Stefan.*
Die Küche macht einen trostlosen Eindruck, wie die ganze Wohnung. Wohnzimmer, Schlafzimmer, alles nur notdürftig möbliert, im ehemaligen Kinderzimmer steht ein leerer Hamsterkäfig auf dem Fußboden. Während das Wasser heiß wird, liest Isabella die Postkarte. Eine kindliche Handschrift, anstelle der Punkte über dem i bei Vati und Mutti sind Herzchen gemalt. Stefan ist kein alleinstehender junger Mann, er ist ein Vati, verwoben in ein Beziehungsgeflecht, das sie eigentlich nichts angeht und von dem sie nichts wissen will. Sie will einen Liebhaber, keinen Vater fremder Kinder.

Er tritt hinter sie und legt die Hände auf ihre Schultern. *Es gefällt dir nicht bei mir.*
Sie dreht sich um. *Überall, wo ich wir zusammen sind, ist es schön. Ich liebe dich. Du bist alles, was ich habe.*
Du hast zwei Kinder.
Und du drei. Aber das Wichtigste für mich bist du.
Das Pfeifen des Kessels unterbricht ihren Kuß. Sie trinken Kaffee und essen Gebäck, das noch aus dem Hypermercado stammt. In Sagunto scheint jetzt die Sonne. Berlin ist grau und kalt. Da ist es das beste, sich im Bett zu verkriechen. Stefans Schwächeanfall ist vorbei, sie lieben sich und schlafen bis zum späten Morgen.
Das Telefon weckt sie. Er läuft nackt in den Korridor, an seinem braungebrannten Körper ist nur der Hintern weiß. Isabella kuschelt sich ins Deckbett, es steckt in einem Kinderbezug mit rosa Röschen. Was man so übrigbehält nach einer Scheidung.
Stefan setzt sich mit dem Apparat auf den Bettrand. *Worum geht es? Ja, den P-Schein habe ich. Seit 1991. Ich habe einen Bus gefahren. Wann soll ich kommen? Heute noch? Moment, ich notiere mir die Adresse.*
Isabella springt aus dem Bett und holt aus ihrer Tasche Notizbuch und Kugelschreiber. Stefan schreibt auf, was ihm angesagt wird. Er legt den Hörer weg und strahlt sie an. *Ich habe Arbeit!*
Ist das wahr?
Ja, das war ein Taxi-Unternehmer, er sucht einen Fahrer für die Nachtschicht.
Wie ist er auf dich gekommen? Durchs Arbeitsamt?
Nein. Rate, wer dahintersteckt.
Deine Mutter?
Falsch.
Deine Ex-Gattin.
Noch falscher. Unsere gemeinsame Freundin Luisa. Dieser Sebastian ist ihr Cousin.
Sie hat einen Cousin in Berlin? Isabella erinnert sich, daß Luisa zum Abschied versprochen hat, sich etwas einfallen zu lassen. Taxifahrer. Nicht übel. Stefan fährt gut, und er fährt gerne. Wenn er damit Geld verdienen kann, wird ihm das gefallen.
Er geht unter die Dusche, reibt die Wangen mit Chanel-Rasierwasser ein, zieht ein weißes T-Shirt unter seinen grauen Anzug, sieht frisch und unternehmungslustig aus. *Raus aus den Federn, hopp hopp, du kommst doch mit?*
Wohin?
Nach Kreuzberg.
Hältst du das für gut? Ihr liegt die Bemerkung auf der Zunge: Der Mann könnte denken, du bringst deine Mutter mit.
Du bringst mir Glück, mein Schatz.

Dagegen vermag sie nichts einzuwenden. Was soll sie anziehen, um neben ihm nicht zu wirken wie ein aufgetakeltes Schlachtschiff? Sie entscheidet sich für einen schwarzen Rollkragenpullover, blaue Jeans und schwarzes Jackett. Auf Hackenschuhe, die den Hintern in den eng sitzenden Hosen betonen, verzichtet sie, außerdem tut ihr nach der langen Autofahrt das linke Knie weh. Abnutzungserscheinung. *Die Knochen sind nun mal so alt wie Sie,* hat der Orthopäde schonungslos erklärt, *damit müssen Sie leben.* Kein Problem an Rudolfs Seite. Der hatte ganz andere Wehwehchen, dagegen war ihr bißchen Knie ein Klacks. Aber Stefan hat so was nicht. Dafür hat er Abnutzungserscheinungen an der Seele, also Schluß mit der besorgten Selbstbespiegelung, sie liest in seinen Augen, daß sie ihm gefällt.

Der Taxiunternehmer ist ein Mann Ende Vierzig, schon mit Ansatz zur Platte. Er war die ganze Nacht unterwegs, das bringt Kohle, aber allein schafft er das nicht mehr.
Während er sich Stefans Papiere zeigen läßt und mit ihm über die Konditionen verhandelt, mustert ihn Isabella. Keine Spur von Ähnlichkeit mit Luisa. *Waren Ihre Väter verwandt oder Ihre Mütter?* erkundigt sie sich, als sie zu Dritt in seiner Veranda sitzen.
Luisas Mutter und mein Vater waren Stiefgeschwister. Suchen Sie Ähnlichkeiten? Cousinchen ist viel hübscher als ich. Bekümmert fährt er sich mit der Hand über die beginnende Glatze.
Auf jeden Fall hat sie mehr Haare, sagt Stefan.
Leben Sie schon lange in Berlin? will Isabella wissen.
Wie Luisa ist er in Heidelberg geboren. Er hat dort Soziologie studiert. Dann lernte er Marion, eine Berlinerin, kennen. Durch die Heirat mit ihr ist er nach Kreuzberg gekommen. Ihrem Vater gehörte das Taxiunternehmen. *Nach seinem Tod habe ich das Geschäft übernommen. Er ist von einem Gangster erstochen worden.*
Erstochen?
Ja, wegen siebzig Mark.
Ein gefährlicher Beruf.
Sehn Sie mich an, ich fahre seit fünfzehn Jahren, mir hat noch keiner was getan.
Isabella fragt sich, ob Stefan ihn über seine frühere Tätigkeit informiert hat. Das muß der Mann doch wissen, sonst gibt es eines Tages eine böse Überraschung. *Sie wissen, wo Stefan gearbeitet hat?*
Ich denke, er war Berufskraftfahrer.
Du hast es ihm nicht gesagt?
Was denn?
Daß du bei der Stasi warst.

Einen Augenblick herrscht Schweigen. Stefan polkt an der Wachstuchdecke, in Sebastians Gesicht arbeitet es. Dann murmelt er sichtlich verstört: *Davon hat Luisa nichts erwähnt.*
Weil sie es nicht weiß, erklärt Isabella.
Ist das so wichtig? Ich war beim Personenschutz, ich habe niemandem was getan. Stefans Ton klingt gereizt.
Scheiß drauf, sagt Sebastian, *das ist lange her, irgendwann muß Schluß sein mit dem Thema. Also du fängst heute abend bei mir an, okay?*
Stefan ist einverstanden.
Heute abend schon? Isabella dachte, daß er sie nach Mecklenburg begleitet. Aber Arbeit ist jetzt wichtiger. Sie wird den Tag nutzen, um ihre Mutter in Weißensee zu besuchen.
Auf der Rückfahrt schweigt Stefan. Erst als sie in seiner Wohnung sind, spricht er aus, was ihn ärgert. *Du mischst dich in meine Angelegenheiten. In Zukunft überlaß bitte mir, mit wem ich über mein früheres Leben rede. Das ist meine Sache.*
Meine auch, versetzt Isabella. *Was nützt es, wenn du Arbeit hast und wieder rausfliegst, weil du nicht ehrlich warst.*
Ich hätte es ihm schon noch gesagt.
Ich hab's gut gemeint.
Du bist nicht mein Vormund.
Dein Ton gefällt mir nicht. Am besten, ich laß dich jetzt allein.
Sie schnappt sich die Autoschlüssel, und sie sagt ihm nicht, wohin sie geht. Soll er ruhig denken, sie fährt nach Hause. Er hält sie nicht zurück. Auf der Treppe zögert sie. Doch die Überwindung, die es sie kosten würde, klein beizugeben, bringt sie nicht auf.

Die Mutter empfängt sie erfreut. *Wunderbar siehst du aus, Kind. Braun und erholt. Es war wohl sehr schön dort im sonnigen Süden?* Die Postkarten aus Albarracine und Avignon liegen im Wohnzimmer neben dem aufgeschlagenen Atlas.
Ja, sehr schön.
Wer ist Stefan? Er hat die Karten unterschrieben. Die Mutter ist neugierig. Sie weiß, wie die Tochter unter Rudolfs Tod gelitten hat, und auch wenn sie zu diesem bejahrten Schwiegersohn nie ein warmherziges Verhältnis finden konnte, so tat es ihr doch leid, daß Isabella allein war, noch dazu in dem einsamen Haus auf dem Lande.
Stefan? Ein Freund.
Was Ernstes?
Ja.
Das klingt nicht, als ob du glücklich bist.
Wir hatten Streit. Wie geht's dir?

Diese Frage ist das sicherste Mittel, die Mutter auf ihr Lieblingsthema zu lenken. Krankheiten. Sie hat eine Venenentzündung im linken Bein. Isabella muß sich die Tabletten ansehen, die der Arzt verordnet hat, auf dem Beipackzettel stehen die Nebenwirkungen. Zwei Seiten lang. *Man kann Allergien kriegen, Schwindelanfälle, Hautjucken, ich weiß nicht, Isabella, bei unseren Medikamenten früher war das anders. Ich habe kein Vertrauen zu diesem Zeug.*
Hast du Schwindelanfälle?
Nein.
Hautjucken?
Auch nicht. Aber bei schwangeren Frauen ...
Bist du schwanger?
Die Mutter nimmt ihr den Zettel weg. *Wenn man so viel allein ist, denkt man über alles mögliche nach. Hast du Hunger? Soll ich uns grüne Bohnen warm machen? Es sind noch welche von gestern da.*
Isabella ißt gern Mutters Eintopf. Sie stellt den Blumenstrauß, den sie unterwegs gekauft hat, in die Vase. Am Mittagstisch muß sie von Stefan erzählen. *Was ist das für ein Mann?*
Ein junger, Mama.
Jünger als du?
Viel jünger.
Fünf Jahre?
Mehr.
Zehn?
Noch mehr.
Zwanzig?
Zwanzig.
Erst einen fünfundzwanzig Jahre älteren, er hätte dein Vater sein können, und nun einen, der dein Sohn sein könnte. Nie was Normales.
Was heißt normal? Das ist doch ein Vorurteil.
Er ist so alt wie Klaus.
Ich weiß, Mama. Isabella schiebt den Teller weg. Die Mutter ist eine einsame Frau, sie hat nie wieder einen Mann gehabt, seit der ihre sie verlassen hat, folglich ist sie der Meinung, daß sich auch die Tochter mit dem Alleinleben abfinden müsse.
Was ist er denn von Beruf? Er muß ja noch dreißig Jahre arbeiten bis zur Rente.
Taxifahrer, sagt Isabella der Einfachheit halber.
Ach, du meine Güte. War er mit dem Taxi in Spanien?
Nein. Mit dem Fahrrad.
Die Mutter schüttelt den Kopf. Das klingt ihr alles zu abenteuerlich. Sie fand es schon riskant, daß Isabella allein auf diese lange Reise gegangen ist, aber daß sie gleich mit einem Kerl zurückgekommen ist –

Männer sind für sie Kerle, und zwar unzuverlässige. *Paß auf, daß er dich nicht ausnutzt. Du hast ein bißchen Geld, ein Haus, ein Auto, und was hat er?*
Einen langen Zopf.
Ein Langhaariger! Die Tochter muß verrückt sein. Hat sie etwa Torschlußpanik? *Ehe ich es vergesse, ich vergesse in letzter Zeit immer alles. Du bist Großmutter geworden.*
Das Kind ist schon da?
Seit gestern. Drei Wochen zu früh. Sieben Pfund. Ein kleiner Benjamin.
Glückwunsch, Urgroßmutter.
Glückwunsch, Oma. Was wird dein jungscher Kerl dazu sagen? Verschweig's ihm lieber. Sonst macht er einen Rückzieher.
Das ist für ihn kein Grund. Er hat eine sechzehnjährige Tochter. Wenn die sich beeilt, ist er auch bald Opa.
Mit dieser Welt kommt die Mutter nicht mehr zurecht. Sie will es auch nicht. Sie ist achtzig.
Sie trinken noch einen Kaffee zusammen, und dann hat Isabella einen guten Grund, sich zu verabschieden. Sie wird ins Krankenhaus fahren. *Wo liegt denn Ute?*
Im Friedrichshain.
Willst du mitkommen, Mama?
Nein, sie fühlt sich nicht wohl, und sie haßt Krankenhäuser, schon der Geruch geht ihr auf die Nerven. Sie wartet, bis Mutter und Kind zu Hause sind. *Viel Glück mit deinem jugendlichen Liebhaber.* Sie umarmt die Tochter, sieht ihr vom Balkon aus nach, wie sie es immer getan hat, von hinten wirkt das Mädel jung und schlank, aber sie ist nun mal Mitte Fünfzig, da muß man schon wissen, daß solche Abenteuer nicht gut enden. Irgendwann steht sie mir wieder vor der Tür, verheult und elend, muß sie mir und sich das antun?
Mit einem Winken aus dem geöffneten Autofenster fährt Isabella davon.
In der Berliner Allee, die früher Klement-Gottwald-Allee hieß, gibt es noch das kleine Kaufhaus, in dem sie nach den Besuchen bei ihrer Mutter zuweilen Pullover für ihre Jungs gekauft hat. Es heißt jetzt Multistore. Sie hält an und geht hinein. Hier war es immer voll. Jetzt stehen die Verkäuferinnen herum und langweilen sich. Dennoch bleibt Isabella lange unbeachtet. Endlich erbarmt sich eine. *Sie wünschen?*
Einen Strampelanzug für einen Jungen.
Was ihr gezeigt wird, sind samtene Prachtstücke für kleine Prinzen, nicht in den üblichen Babyfarben, sondern in kräftigen Tönen, dunkelblau, dunkelrot, dunkelgrün, sehr modisch mit allem möglichen Schnickschnack. Jedes Teil kostet so viel wie in HO-Zeiten eine ganze Säuglingsausstattung. Oma Isabella legt einen großen Schein hin und zieht mit dem teuersten Stück ab, einem blauen Samtanzug

mit weißem Spitzenkragen. Mohrrübenbrei wird sich gut darauf ausnehmen. Die Verkäuferin wollte ihr noch eine kecke Schirmmütze einreden, aber im Kofferraum liegt das Lackköfferchen mit Babykosmetik aus Paris. Es reicht fürs erste.
Ute sitzt im Morgenmantel auf dem Bettrand, sie erwartet ihren Mann. Statt dessen erscheint die Schwiegermutter. *Ach, du bist es. Wo kommst du denn her?*
Aus Spanien.
Darum bist du so braun. Woher weißt du's? Wir haben noch keine Karten verschickt.
Von Oma.
Ja, nun bist du selber eine. Das scheint Ute Triumph zu bereiten. Es gab immer ein bißchen weibliche Eifersucht zwischen ihnen, diese Schwiegermutter war nicht graumäusig genug, sie hatte einen unangemessenen Lebensanspruch, der sich auch darin ausdrückte, daß sie sich jugendlicher kleidete als Ute, die strenge Mathematiklehrerin. Heute sieht Isabella wieder unanständig gut aus, während die Wöchnerin sich häßlich fühlt mit ihrem fettigen Haar, das für gewöhnlich sorgfältig frisiert ist. Isabella gibt ihr die Geschenke.
Sehr hübsch, lobt Ute und stellt die Babybox auf den Nachttisch. *Aus Spanien?*
Aus Paris.
In Paris warst du auch? Du kannst es gut haben. Sie guckt in die Tüte mit dem Samtanzug. *Ach, davon hat er nun zwei. Einen blauen und einen grünen.*
Zum Wechseln. Lächelnd erinnert sich Isabella an die Lieblingsschallplatte ihrer Jungs, die Geschichte von der voreilig gerupften Weihnachtsgans Auguste, der zwei Pullover gestrickt wurden. Zum Wechseln. *Wo ist denn mein Enkel? Kann ich ihn sehen?*
Da fragst du am besten die Schwester. Ich bekomme ihn erst in einer Stunde zum Stillen.
Wie geht es dir, war es eine schwere Geburt?
Es war eine Steißgeburt, Ute hat zwölf Stunden gelitten, sie ist froh, daß sie es hinter sich hat. Allerdings – ein zweites Mal nicht mehr. Dafür ist sie zu alt mit ihren dreiunddreißig. Späte Erstgebärende. Klaus kommt, er wirkt abgehetzt, unrasiert, an seinem Hemd fehlt ein Knopf, wie Isabella feststellt. Er umarmt die Mutter sichtlich erfreut, das ist ja eine Überraschung, seit wann ist sie in Berlin? Er wähnte sie am Mittelmeer. Ute bekommt einen raschen Kuß auf die Stirn, er liefert die Wäsche ab, die er von zu Hause mitgebracht hat, dann wendet er sich wieder Isabella zu. *Du siehst super aus, Mama, so haben deine Augen lange nicht geleuchtet. Beichte, was ist los mit dir?*
Vor diesem Sohn kann sie nichts verbergen, er hat sie von allen drei

Söhnen immer am ehesten durchschaut, und er stellt ihr unverblümt die Frage: *Du bist doch nicht etwa verliebt?*
Ute verzieht spöttisch das Gesicht. Aus dem Alter ist man mit Mitte Fünfzig wohl raus.
Isabella gesteht, daß Klaus ins Schwarze getroffen hat. Wie jung ihr Geliebter ist, wird sie den beiden nicht auf die Nase binden.
Eine Säuglingsschwester unterbricht das Gespräch. Darf sie Benjamin schon etwas früher bringen, er schreit.
Er schreit? Isabella lacht. *Sein Papa hat auch aus Leibeskräften geschrien. In den ersten Wochen haben wir mit den Kopfkissen über unseren Köpfen geschlafen.*
Rabeneltern, sagt Klaus. *Ihr habt mich brüllen lassen?*
Aus pädagogischen Gründen. Dein Vater meinte, dann würdest du es dir abgewöhnen.
Hat's geholfen?
Nach einer Woche hatten wir das artigste Baby.
Ute findet das grausam. So entstünden schon in frühester Kindheit Frustrationen, die sich später verheerend auswirken könnten. Man muß sich ja nur Hitchcock-Filme ansehen.
Klaus ist schließlich kein Verbrecher geworden, versetzt Isabella, *sonst hättest du ihn wohl nicht genommen.*
Ich werde mein Kind jedenfalls nicht nächtelang schreien lassen.
Die Schwester bringt das Neugeborene, es hat erstaunlich viele schwarze Haare, ein rotes gerunzeltes Gesicht und geschwollene Lider. Die Händchen haben eine schuppige Haut. Isabella empfindet Rührung beim Anblick des Säuglings. *Diese langen Finger. Klavierspielerhände.*
Die hat er von dir, meint Klaus. *Gefällt dir mein Sohn?*
Natürlich gefällt er mir. Isabella streicht über den schwarzen Schopf. *Willkommen im Leben.*
Ute öffnet das Nachthemd und legt Benjamin an die Brust. Sie hat kleine flache Brüste, doch in der Schwangerschaft sind sie rund und voll geworden, die Milch fließt reichlich, wie sie stolz erklärt, sie wird stillen, so lange es geht.
Der Kindesvater sieht eine Weile zu, wie sich sein Sohn mit gierigen Saugbewegungen die Nahrung holt. *So ein Schluckspecht.*
Von wem er das wohl hat. Isabella lächelt. *Ein richtiger kleiner Mann.*
Komm, wir gehen eine rauchen. Klaus ist ein starker Raucher, zum Mißfallen seiner Frau. Die ist jetzt mit dem Kind beschäftigt, das heftige Saugen tut ihr ein wenig weh, doch es beglückt sie auch.
In dem verqualmten Aufenthaltsraum horcht der Sohn die Mutter aus. *Was ist das für ein Herr, wann zeigst du ihn uns?*

Das hat noch Zeit. Jetzt hast du erst mal damit zu tun, daß du Papa geworden bist.
Ihn muß ich doch wohl nicht Papa nennen? Die Frage klingt humorvoll, aber Isabella spürt, daß ihr Großer ein Problem damit bekommen könnte, einen anderen Mann an ihrer Seite, womöglich in seinem Elternhaus zu wissen, vom Bett ganz zu schweigen. Sie fühlt sich bemüßigt zu erklären, daß Stefan in Berlin lebt und arbeitet, und daß sich daran so bald nichts ändern wird.
Er arbeitet noch? Ist er denn nicht im Rentenalter?
Wie kommst du darauf?
Entschuldige, aber du bist Mitte Fünfzig, auch wenn man es dir nicht ansieht.
Und Stefan – platzt sie nun doch heraus – *ist Mitte Dreißig.*
Klaus ist verblüfft. Du bist gerade Großmutter geworden. Nun mal im Ernst, Mama, wie alt ist er wirklich?
Mein Gott, ist das so wichtig? Alle fragen immer nur danach, wie alt ein Mensch ist. Als ob das etwas über seinen Wert aussagt. Er liebt mich, und ich liebe ihn.
Handelt es sich um einen Schauspieler? Klaus ist außerstande, sich einen Mann seines Alters vorzustellen, der sich in eine zwanzig Jahre ältere Frau verliebt, es sei denn, er ist Künstler, die sind ja oft ein bißchen verrückt. Wenn er sich noch einmal für eine andere Frau interessieren sollte, dann müßte sie jünger sein als er.
Sie entschließt sich, mit der Wahrheit herauszurücken. *Er war bei der Stasi, und jetzt fährt er Taxi.*
Das wird ja immer besser. Mutter, Mutter, da hast du dich verrannt. Er steht auf. *Jetzt muß ich mich wieder um meine Familie kümmern. Wir reden später darüber.*
Wir reden überhaupt nicht mehr darüber. Es ist m e i n Leben, Klaus, ihr habt nicht gefragt, wie ich es allein ausgehalten habe dort oben in Mecklenburg, nun werde ich euch nicht fragen, ob ihr mit meiner Entscheidung einverstanden seid.
Sie fährt zurück in die Frankfurter Allee. Stefan reißt die Wohnungstür auf. Erleichtert nimmt er sie in die Arme. *Wo warst du so lange? Du kannst mich doch nicht einfach allein lassen.*
Sie lehnt den Kopf an seine Schulter. Er küßt sie. *Ich laß dich nicht wieder los. Ich wüßte gar nicht mehr, wie ich leben sollte ohne dich.*
Das tut gut. Das braucht sie jetzt. Alle meinen, ihr das Alter vorhalten und vorschreiben zu müssen, wie sie lebt. Die ganze Familie kann ihr gestohlen bleiben. Es ist, wie Karl Kraus gesagt hat, etwas Wahres an dem Wort *Familienbande.*

SECHSTES KAPITEL

Am Abend rüstet sich Stefan zur ersten Nachtschicht. Isabella packt eine Thermosflasche mit heißem Kaffee und Wurstbrote in seinen Rucksack und fühlt sich wie eine brave Ehefrau, die ihren Mann versorgt, bevor er auf Arbeit geht. Es ist der gewöhnlichste Vorgang der Welt, für sie ist er außergewöhnlich. In einem Land mit Millionen Erwerbslosen ist es ein seltenes Glück, daß er wieder einen Job gefunden hat, und bei Millionen Singles ist es ein seltenes Glück, daß sie wieder einen Mann gefunden hat.
Sie begleitet ihn nach Kreuzberg. *Nun wäre es doch schön, wenn wir ein Handy hätten,* sagt sie unterwegs. *Wir könnten jederzeit telefonieren.*
Nachts sollst du schlafen, mein Schatz, und von mir träumen. Morgen früh wecke ich dich mit einem Küßchen.
Das Taxi ist ein Mercedes älteren Baujahres mit rasselndem Dieselmotor. Sebastian übergibt Stefan Schlüssel und Papiere, er nennt ihm günstige Stellplätze, an denen mit Kundschaft zu rechnen ist. Im Handschuhfach liegt eine Sprühdose mit Reizgas. Für alle Fälle.
So was brauche ich nicht. Mir geht keiner an die Wäsche, wer das versuchen sollte, wird es bereuen.
Isabella wartet, bis er weg ist, dann fragt sie seinen Chef, warum er gerade einen Nachtfahrer gesucht hat. Der Gedanke an seinen ermordeten Schwiegervater geht ihr nicht aus dem Kopf. In der Zeitung hat sie gelesen, daß wieder ein Taximörder zugeschlagen hat. Am Tage passiert so was kaum.
Sebastian erklärt, er brauche mehr Zeit für die Familie, seine Frau lasse dem Sohn zuviel durchgehen, der nutze die Abwesenheit des Vaters, um die Abende in der Disko zu verbringen, statt Schularbeiten zu machen.
Das klingt plausibel. Dennoch ist sie voller Unruhe, als sie allein in Stefans Bett liegt. Sie schläft schlecht, sieht dauernd auf die Uhr. Wie soll das erst werden, wenn sie zu Hause ist, zweihundert Kilometer von ihm entfernt? Das Alleinleben ist schwer zu ertragen, aber wenn man sein Herz an einen Menschen gehängt hat und um ihn bangen muß, ist das auch nicht leicht. Alles hat seinen Preis. Selbst die Liebe. Gerade die Liebe.

Eine Autotür klappt, sie guckt aus dem Fenster. Jemand ist nach Hause gekommen. Das ist eine Großstadt, nicht ihr stilles Dorf, wenn sie bei jedem Autogeräusch aus dem Bett springen will, kann sie gleich aufbleiben. Sie muß versuchen, Schlaf zu finden, sonst wird sie am Morgen aussehen wie ein Gespenst. Ein Pfefferminztee hilft ihr, sich zu entspannen. Sie dämmert weg, träumt von einem schreienden Baby, das zu einer Riesengestalt vor ihr aufwächst und sie mit einem Messer bedroht. Sie flüchtet ins Bad, versteckt sich hinter dem Duschvorhang, das Phantom verfolgt sie, reißt den Vorhang zur Seite, hebt das Messer, um es ihr in die Brust zu stoßen. Von ihrem eigenen Schrei erwacht sie, hat Angst, wieder einzuschlafen, den Alptraum weiterzuträumen.

Draußen wird es allmählich hell, der Himmel ist gerötet, die Sonne geht auf über Berlin. Wie lange muß Stefan noch arbeiten? Sieben Stunden sitzt er jetzt im Auto, er wird müde sein. Tagsüber hat er kaum geschlafen. Sie haben sich hingelegt, aber es blieb nicht bei einer zärtlichen Umarmung, er war so verrückt nach ihr, als stünde ein Abschied für immer bevor.

Es wird sieben, es wird acht, Isabella hat sich einen Stuhl auf den Balkon gestellt und trinkt dort ihren Kaffee, sie läßt keinen Blick von der Straße. Um halb zehn klingelt das Telefon. Es ist Susi, die ihren Papa sprechen will. Er soll zu ihrem dreizehnten Geburtstag kommen. Das Mädchen ist erstaunt, daß eine fremde Frau in seiner Wohnung ist. *Wer sind Sie denn?*

Eine Freundin, sagt Isabella nervös. *Kann ich ihm etwas ausrichten? Er ist arbeiten.*

Heute? Am Sonntag?

Er fährt Taxi.

Wenn er kommt, soll er mich gleich anrufen.

Ich sag ihm Bescheid.

Kein Danke, kein Gruß, das Mädchen legt einfach auf.

Isabella sitzt da und starrt den Apparat an. Warum ruft er nicht an? Sie wählt Sebastians Nummer, die Stefan auf einen Zettel gekritzelt hat, niemand nimmt ab. In der Wohnung hält sie es nicht länger aus, sie geht zum Auto, entschlossen, nach Kreuzberg zu fahren. Da kommt er, erschöpft, aber fröhlich. Als er gerade Feierabend, besser gesagt Feiermorgen, machen wollte, erschien ein junges Ding, betrunken, verheult, ihr Freund hatte mit ihr Schluß gemacht, die ganze Nacht hat sie versucht, ihn umzustimmen, nun wollte sie nur noch nach Hause. Sie wohnte in Spandau. Stefan hat eine Weile am Bahnhof gewartet, in der Hoffnung auf eine Rücktour, es kam niemand, er mußte mit zwanzig Leerkilometern auf den Hof fahren.

Warum hast du nicht angerufen?

Ich wollte dich nicht wecken.
Wecken ist gut. Ich habe kaum ein Auge zu getan.
Meine Ärmste. Ich gehe schon nicht verloren, ich komme immer wieder zurück zu dir. Mich wirst du nicht los, gewöhne dich daran.
Ich weiß nicht, ob ich mich daran gewöhnen kann, Nacht für Nacht auf dich zu warten. Es passiert so viel.
Mir nicht.
Du bist sicher völlig kaputt?
Es geht. Das macht ja auch Spaß. Du lernst alle möglichen Leute kennen, sie erzählen dir ihre Lebensgeschichte, nachts sind sie meist gesprächig und großzügig mit Trinkgeld. Ich habe zweihundert Mark eingenommen. Sebastian war zufrieden. Er hat mich abgelöst, nun gehöre ich ganz dir.
Er ist aufgekratzt vor Freude, wieder Arbeit zu haben. *Was machen wir mit dem angebrochenen Tag?*
Du wirst schlafen, und am Abend, wenn du weg mußt, fahre ich nach Mecklenburg.
Das kannst du nicht machen. Soll ich morgen früh in eine leere Wohnung kommen?
Das wird er wohl müssen, sie ist entschlossen, zu Hause nach dem Rechten zu sehen. *Deine Tochter hat angerufen. Susi. Du sollst zu ihrem Geburtstag kommen.*
Ach ja, sie wird morgen dreizehn. Das hätte er beinahe vergessen.
Komm doch mit.
Den Teufel werde ich tun. Sie war geschockt, weil ich am Telefon war. Wer sind Sie denn? Isabella ahmt den empörten Ton des Kindes nach.
Stefan verzieht das Gesicht. Er muß wohl oder übel seine Vaterpflicht erfüllen, aber dann wird er Roswitha begegnen, und dazu hat er überhaupt keine Lust.
Isabella kann ihm nachfühlen, wie ihm zumute ist. Familienbande. Sie macht ihm Frühstück, er trinkt den Rest Kaffee aus, der noch in der Thermosflasche ist, wirft sich angezogen aufs Bett und streckt die Arme nach ihr aus. *Wärme mich, mir ist kalt.*
Zieh dich erst aus.
Nur wenn du dich auch auszieht.
Sie küssen und streicheln einander, und dann schläft er ein. Den Kopf in die Hand gestützt, betrachtet sie den Schlafenden. Er liegt auf dem Rücken und schnarcht. Sie geht unter die Dusche. Der Hitchcock-Traum fällt ihr ein. Es ist lächerlich, aber sie schiebt den Vorhang beiseite, guckt nach, ob da jemand mit dem Messer steht, ein Riesenbaby mit schwarzem Schopf und wulstigen Lidern.

Sonntag in Berlin. Ein Frühlingssonntag. Was fängt sie an mit dem Tag? Die Sonne scheint durch die Scheiben, und diese Scheiben sind

schmutzig. Isabella macht sich an die ungeliebte Hausfrauenarbeit, Fenster zu putzen. Sie spült das Geschirr, wischt das Bad, kauft im Blumenladen an der Ecke ein paar bunte Sträuße und Primeln für die leeren Balkonkästen. Stefan wird ein Auge kriegen, wenn er aufwacht, das segensreiche Wirken einer Frau – seiner Frau! – soll ihn versöhnen mit dem Gedanken, daß er vorübergehend allein gelassen wird. Vor Sebastian hat er sich Isabellas Mann genannt. Der schien sich überhaupt nicht zu wundern. Ist ihm der Altersunterschied nicht aufgefallen oder war er einfach nur höflich? Vermutlich war es ihm gleichgültig.
Während sie die Primeln einpflanzt, denkt sie an das Kind, das im Krankenhaus Friedrichshain das sogenannte Licht der Welt erblickt hat. Ob Peter in Schwerin schon weiß, daß er Onkel geworden ist? Sobald sie zu Hause ist, wird sie ihn anrufen. Warum bleibt sie so kühl? Läßt ihr Verhältnis zu dem jüngeren Mann keinen Raum für großmütterliche Gefühle? Wehrt sie sich dagegen, eine Oma zu sein, von der erwartet wird, daß sie ihre Liebesfähigkeit den Nachkommen schenkt statt einem neuen Partner? Der Mann, der nebenan im Bett liegt, ist ihr näher als alle Blutsverwandten. Ihr Lebensgefühl hat sich radikal verändert. Mit dem Schwinden der Trauer um den Toten, die auch Trauer um das eigene entschwindende Leben war, das sie als alternde Witwe zu beenden wähnte, ist die junge Isabella in ihr wieder erwacht, herausgetreten aus der Versteinerung, wie Luisas Gestalten aus dem Fels. Dieser Junge, der ihr Sohn sein könnte, hat ihr das Empfinden geschenkt, noch einmal jung zu sein. Eine Gnade. Sie wird ihn allein lassen und sich nicht allein fühlen. Es tut gut, zu wissen, daß da einer ist, der sich nach ihr sehnt. Sie wird sich auch nach ihm sehnen, hat jetzt schon Sehnsucht, obwohl sie noch gar nicht weg ist. Das ist ein beglückender Schmerz. Nur im Untergrund grummelt die Sorge, daß er zur Flasche greift, wenn sie nicht da ist. Aber das geht nicht bei seinem neuen Job, und sie kann nicht immer neben ihm stehen und aufpassen, daß er nicht ausflippt. Er muß selbst auf sich achten. Schließlich ist er ein Mann. Das ist es ja gerade – ein Mann! Männern fällt es schwer, Schmerz, Sehnsucht, Mangelbewußtsein auszuhalten, ohne sich mit einer Droge weg zu flüchten aus der belastenden Realität.
Am Nachmittag erwacht er von dem Duft, der aus der Küche kommt. Isabella hat Apfeleierkuchen gebacken. Sie trinken Kaffee auf dem Balkon, Stefan betrachtet erfreut die Primeln, die sie eingepflanzt hat.
Sie sollen dich an mich erinnern, solange ich weg bin.
Mußt du denn wirklich weg? Wie soll ich das aushalten?
Nachts sitzt du im Auto, am Tage schläfst du, und am nächsten Wochenende

steigst du auf dem Bahnhof Lichtenberg in den Zug, ich hole dich in Pasewalk ab. Das hat sie schon alles genau überlegt.
Am nächsten Wochenende! Er sieht sie empört an. Das ist noch lange hin, und er weiß gar nicht, ob sein Chef ihm freigibt.
Du hast ein Recht darauf. Nun zieh nicht so ein Gesicht.
Dir scheint es überhaupt nichts auszumachen, daß wir uns trennen müssen.
Natürlich macht es ihr ebensoviel aus wie ihm. Doch sie hat ein Haus zu versorgen, sie freut sich darauf, ihn dort zu empfangen. Ihr Koffer ist bereits gepackt, sie fahren zusammen nach Kreuzberg, und dann geht es ab in Richtung Norden. *Es ist doch schön, daß du wieder eine Aufgabe hast und Geld verdienst, Stefan.*
Ja, das ist schön, aber schöner wäre es, wenn sie immer zusammensein könnten.
Das geht nun mal nicht, wir müssen vernünftig sein.
Er will nicht vernünftig sein. In seiner Enttäuschung über ihren scheinbar leichtherzigen Entschluß versteigt er sich zu ungerechten Vorwürfen. Es gefällt der Dame nicht in seinem bescheidenen Heim. Sie ist Besseres gewöhnt. Luxus. Den hat ein armer Taxifahrer nicht zu bieten.
Sie kann nicht glauben, daß er das ernst meint.
Ihm ist es bitter ernst. Er war bereit, sein Leben ganz dem ihren anzupassen, er könnte das, sie kann es nicht, sie will es nicht. Nun gut, dann soll sie abhauen, er kommt allein zurecht, ist es ja seit Jahren gewöhnt. Ihretwegen hat er den Spanienurlaub abgebrochen, früher, als er es ursprünglich wollte. Ihretwegen hat er diesen Job angenommen. Sie muß ihn nicht zur Arbeit bringen, er kann genausogut mit dem Rad hinfahren.
Ist es nicht in der Werkstatt?
Er kann es abholen oder die S-Bahn nehmen, die U-Bahn, den Bus. Wer weg will, den soll man nicht aufhalten.
Stefan, das ist doch Unsinn. Ich will noch so lange wie möglich mit dir zusammensein.
Kontrollieren willst du mich, damit ich nicht schwänze.
Daran habe ich überhaupt nicht gedacht, sagt sie betroffen. Sie streichelt ihn besänftigend, er wehrt ihre Hände ab, gibt ihr den Koffer. *Gute Reise, Señora.*
Ohne Abschiedskuß? Das kannst du mir nicht antun.
Überleg mal, was du mir antust. Er schiebt sie hinaus in den Hausflur und schließt unsanft die Wohnungstür hinter ihr.
Empört klingelt sie. Er öffnet nicht. Schweren Herzens geht sie die Treppe hinunter. Vor dem Haus tritt sie beinahe in einen Hundehaufen. Sie setzt sich ins Auto, zögert abzufahren, wartet, bis Stefan erscheint. Bemerkt er den Volvo nicht oder tut er nur so? Er mar-

schiert schnurstracks, ohne sich umzusehen, zur U-Bahn. Sie überlegt, ob sie ihm hinterhergehen sollte, aber dann gibt es vielleicht noch eine Szene auf dem Bahnsteig. Er ist wie ein bockiges Kind. Soll er sich erst mal beruhigen, es wird ihm schon noch klar werden, daß er im Unrecht ist.
Sie fährt durch die Gegend, die sie aus Jugendjahren grau, zertrümmert, lückenhaft wie ein altes Gebiß in Erinnerung hat. Jetzt reiht sich Baustelle an Baustelle. Das Haus, in dem sie mit dem abenteuerlustigen Jungmimen und ihrer Freundin Uschi Liebe zu dritt probierte, ist abgerissen. An der Stelle steht ein Bankgebäude, goldene Lettern an der Fassade verkünden den Triumph der Spätheimkehrer des Kapitals. Fassungslos betrachtet sie, was die neuen Herren aus der Friedrichstraße gemacht haben. Glaspaläste, in denen Nobelkarossen glänzen, Bürohäuser, die zum großen Teil leerstehen, teure Modegeschäfte, Juwelierläden, Hotels. Das Metropol heißt nun Maritim und hat eine metallisch kalte Fassade bekommen, der Wasserfall, der die Stufen vor dem Restaurant Havanna hinuntersprudelte, ist verschwunden. Nur das Grandhotel, das zu DDR-Zeiten entstand, wahrt in seiner klassischen Gestalt und der vorgeschriebenen Traufhöhe den Charakter der Straße im Stil des 19. Jahrhunderts. In der *Goldenen Gans* war Isabella mit Rudolf essen, nach einem Abend im Schauspielhaus.
Am Gendarmenmarkt parken Kolonnen von Reisebussen, die Touristen aus der westdeutschen Provinz bilden sich wohl ein, das alles wäre erst nach 1989 entstanden. Isabella möchte nicht wissen, was in deren Köpfen vorgeht. Wahrscheinlich denken sie, hier war vorher eine Wüste. Es ist ein Jammer. Wir haben etwas angefangen, behutsam, stilvoll, sie vollenden es großkotzig, mit viel Geld und wenig Kultur. Junge Herren eilen geschäftig durch die Straßen, wir sind wichtig, verraten ihre Mienen, ohne uns liefe hier gar nichts. Die Welt, die sie sich schaffen, ist für Isabella eine fremde Welt. Das ist nicht mehr ihre Stadt. Sie will nur noch weg, raus in die Natur, in der die bestürzenden Veränderungen nicht so kraß ins Augen fallen.
Auf dem Weg zur Autobahn fällt ihr ein, daß sie durch den plötzlichen Aufbruch vergessen hat, Stefan ihre Telefonnummer zu hinterlassen. Macht nichts. Sie hat seine, und wenn er sie anrufen will, wird er herausfinden, wie er sie erreicht. Schließlich war er bei der Stasi, die haben ganz andere Sachen rausgekriegt.

Am späten Nachmittag kommt sie in ihrem Dorf an. Ihr ist, als wäre sie eine Ewigkeit weggewesen. Im Norden läßt die Natur sich Zeit mit dem Frühlingserwachen. Die große Buche neben der Einfahrt zeigt ihr kahles Geäst, nur die Schneeglöckchen blühen im Gras, und an der Haustür die Veilchen, die Rudolf vor Jahren aus dem Wald mitgebracht hat. Rudolf. Geht das nun wieder los mit den Erinnerungen? Das ganze Haus atmet seinen Geist. Doch das greift ihr nicht mehr ans Herz. Es ist m e i n Haus, sagt sie sich, alles gehört mir, die Möbel, die Antiquitäten, die Bilder, der Kamin, auf dessen Sims sie Luisas rotes Häschen gestellt hat, die Sauna, die moderne Küche. Rudolf hat sie noch kurz vor seinem Tod neu eingerichtet, mit Spülmaschine, Mikrowelle und einem Prachtstück von Herd, der aussieht wie eine bäuerliche Kochmaschine.

Im Briefkasten steckt eine Postkarte von Luisa. *Willkommen zu Hause, Isabella, ich hoffe, ihr seid gut gelandet. Der Schimmel, auf dem du am Strand geritten bist, wird wohl für immer ein Rätsel bleiben. Niemand hat ihn gesehen, niemand kennt einen Pferdebesitzer, dem er entlaufen sein könnte. Vielleicht war es ein Traum, aber wenn, dann ein schöner. Grüß Stefan, er soll mal schreiben, ob es mit der Arbeit geklappt hat. Seid beide innigst umarmt. Ich wünsche Euch Glück. Salute!*

Salute, Luisa. Ich habe mir das weiße Pferd nicht eingebildet, ich bin tatsächlich darauf geritten. Nackt! Mein Gott, wie weit liegt die Zeit in Spanien zurück. Vielleicht hat das Glück, das ich dort gefunden habe, mich schon wieder verlassen.

Isabella öffnet die Fensterläden, läßt Licht und Luft in die Zimmer, gießt die Grünpflanzen. Der Adlerfarn, den sie seit Jahren hegt und pflegt, hat viele vertrocknete Blätter abgeworfen. Sie duscht ihn in der Badewanne. *Du bist mir auch böse, weil ich dich allein gelassen habe. Zur Strafe bin ich nun auch wieder allein.* Selbstgespräche zu führen ist die Art alter Frauen. Bitte sehr, bin ich eben alt. Zu alt für einen launischen Bengel. Sie versucht, mit Wut ihre traurige Stimmung zu vertreiben. Wenn er sich einbildet, daß sie ihm dieses unerhörte Benehmen verzeiht, dann kennt er sie aber schlecht. Regelrecht rausgeschmissen hat er sie, ihren schweren Koffer mußte sie allein zum Auto schleppen. Er hat wirklich einen Dachschaden, das ist doch nicht normal!

Sie schaltet die Sauna an. Luxus? Ja, das ist ihr Luxus. Sich in den Schwitzkasten zu legen, die Hitze zu genießen, den eigenen Körper zu spüren. Unter der kalten Brause erwachen ihre Lebensgeister. Sie hüllt sich in ein Badetuch und geht in den Garten. Die Vögel zwitschern, hoch im blauen Mecklenburger Himmel tiriliert eine Lerche, ein winziges Lebewesen, und es verströmt soviel Kraft. Verdammt noch mal, das Leben ist schön. Mir geht es gut. Aber es ginge mir hundertmal besser, wenn jetzt das Telefon klingelte und er wäre dran. Verzeih mir, mein Schatz. Ich liebe dich. Es klingelt nicht, und ob er sie wirklich liebt, bezweifelt sie. Einen Menschen, den man liebt, schubst man nicht vor die Tür, man läßt ihn nicht ohne Kuß davonfahren.

Um auf andere Gedanken zu kommen, ruft sie ihren Sohn Peter in Schwerin an. Er ist erfreut. *Hallo, Mama, bist du wieder da? Ich hätte mich morgen früh gemeldet, erst mal wollte ich dich in Ruhe ankommen lassen.*
Sehr lieb von dir. Du weißt, daß du Onkel geworden bist?
Klaus hat's mir gesagt. Es wurde ja auch Zeit.
Peter und seine Frau Heidrun wollen nun auch ein Baby haben, aber dazu muß erst etwas geklärt werden.
Ein unruhiges Gefühl steigt in Isabella auf. *Was meinst du damit, Peter?*
Finanzfragen, Mama.
Sag bloß, ihr könnt euch kein Kind leisten. Ihr verdient doch beide gut.
Ich will mich selbständig machen, dazu brauche ich Geld. Viel Geld.
Willst du einen Kredit aufnehmen?
Er dachte an eine andere Lösung. *Sag mal, fühlst du dich nicht ziemlich allein in dem großen Haus?*
Ich bin nicht mehr allein.
Sprichst du von dem jungen Mann, den du in Spanien aufgegabelt hast?
Klaus hat ihn informiert. Offenbar hatte er nichts Eiligeres zu tun.
Müssen wir das am Telefon besprechen?
Sei nicht sauer, Mama, ich dachte, du wirst vielleicht nach Berlin ziehen.
Nach Berlin? Um Himmels willen, da komme ich gerade her. Es ist laut und dreckig, ein einziger Bauplatz, nein, mir gefällt es auf dem Lande, und Stefan wird es hier auch gefallen.
Wenn du das Haus verkaufen würdest, könntest du uns unseren Pflichtteil auszahlen.
Das ist es also. Das haben ihre Söhne hinter ihrem Rücken besprochen. Z.K.
Habt ihr nicht genug geerbt? Nun soll ich euer Elternhaus verscherbeln? Das wäre nicht im Sinne eures Vaters.
Dein junger Mann wäre auch nicht im Sinne unseres Vaters.
Was du nicht sagst. Ich werde Markus fragen. Der hat auch noch ein Wörtchen mitzureden.
Wer weiß, wann der wiederkommt. Ich muß mich schnell entscheiden, versteh das doch, es bietet sich gerade eine günstige Gelegenheit.
Aber ich kann mich nicht Hals über Kopf entscheiden. Hier habe ich dreißig Jahre meines Lebens verbracht.
Überleg es dir, Mama. Du würdest mir sehr helfen.
Ihre Herren Söhne fürchten offenbar, daß Stefan ein Erbschleicher ist und wollen sich schnell ihren Anteil sichern. Wie schäbig das ist. Hat sie ihre Kinder so erzogen? Nein, das ist diese Zeit. Alles dreht sich nur noch ums Geld.
Sie legt sich im Wohnzimmer aufs Sofa, trinkt ein Glas Rotwein und schläft ein. Als es dunkel ist, erwacht sie, fröstelnd in ihrem feuchten Badetuch. Sie zieht ihren Hausanzug an, kocht sich Milch-

reis und setzt sich mit dem Teller vor den Fernseher. *Ihre Pfeffermühle ist nie mehr allein,* blödelt ein Werbesprecher, der Gewürzmühlen anpreist. *Leider bin ich keine Pfeffermühle.* Isabella zappt sich ärgerlich durch die Kanäle. Sie muß sie sich erst wieder an den Schwachsinn gewöhnen, der dem Fernsehzuschauer zugemutet wird. *Ob ich ein günstiges Handy anzubieten habe?* Ein junger Mann lobt in höchsten Tönen ein kostengünstiges Modell. *Für null Mark!!!* kreischt er wie ein Papagei. *Für null Mark!* Die alberne Reklame erinnert Isabella an Franz, den Charmeur, der ihr dringend geraten hat, sich ein Mobiltelefon anzuschaffen. Sie wird Stefan eins schenken, falls sie sich wieder versöhnen sollten. In der kurzen Zeit, seit sie einander kennen, gab es schon mehr Krach als in den Jahren mit Rudolf. Der hätte sie nie so behandelt, er war immer freundlich und galant. Ja, aber er hat mich beschissen. Das würde Stefan nun wieder nicht tun. Wirklich nicht? Wenn ich siebzig bin, ist er fünfzig? Das ist ein Alter, in dem Männer es noch mal wissen wollen und sich jüngere Frauen suchen. Wer sagt mir denn, daß er eine Ausnahme ist? Aber wer sagt mir, daß wir überhaupt so lange zusammenbleiben? Es ist alles sehr fragwürdig nach dem unerfreulichen Abschied.

Sie legt sich in ihr Biedermeierbett, in dem sie sich einen gewissen jungen Mann mit braunem Pferdeschwanz gut vorstellen könnte. Rudolf hat das Möbelstück in den sechziger Jahren erworben. *Du hast arm geheiratet, nun sollst du dich bei mir fühlen wie eine Gräfin.* Isabella sieht ihren Jüngsten vor sich, der als Achtjähriger auf der feudalen Liegestatt hockte, Vaters Tabakspfeife im Mund, triumphierend grinsend mit seinem zahnlosen Oberkiefer. Erheitert von der Erinnerung an ihr Lieblingskind, versinkt sie in tiefen Schlaf.

Nachts schreckt sie hoch. Jemand klopft heftig ans Fenster. Sie bleibt liegen, starr vor Angst. Wer ist da draußen, und was will er von ihr? Sie greift zum Telefon, wenn es ein Einbrecher ist, ruft sie die Polizei. Aber klopfen Einbrecher ans Fenster? Leise steht sie auf, lugt durch die Gardine. Im Mondschein steht ein Mann auf der Wiese. Stefan? Das kann nicht sein, das ist eine Fata Morgana, wie das weiße Pferd. Nun ruft er laut und deutlich: *Isabella, ich bin's, laß mich rein!* Barfuß läuft sie zur Haustür, dreht mit zitternden Fingern den Schlüssel um, liegt in seinen Armen.

Ich hab es nicht ausgehalten, sagt er. *Es war wenig zu tun, da bin ich einfach losgefahren.*
Aber du wirst Ärger mit deinem Chef kriegen.
Wenn er fragt, werde ich ihm sagen, meine Frau ist krank, ich mußte dringend zu ihr. Das wird er verstehn.
Wie hast du mich gefunden?
So groß ist dein Dorf nicht. Ich habe nach einem Haus auf dem Hügel gesucht

und in der Einfahrt den Volvo gesehen. *Isabella, ich mußte kommen, ich war wieder mal ein Idiot.*
Ja, wieder mal.
Verzeihst du mir?
Mit dir kann man was erleben. Sie zieht ihn ins Haus. *Wie lange bist du gefahren?*
Zwei Stunden.
Und wann mußt du wieder weg?
Um fünf. Wir haben vier Stunden. Laß uns die Zeit nicht mit Reden vergeuden. Hast du Hunger?
Ja, nach dir. Er hebt sie hoch, sie läßt sich ins Schlafzimmer tragen.
Mitten im schönsten Liebesritt spürt sie plötzlich ein heftiges Stechen in der Wirbelsäule. Sie stöhnt auf, er hält es für einen Ausdruck der Lust. Um so leidenschaftlicher bewegt er sich.
Sie versucht, ihre Lage zu verändern, der wütend gewordene Nerv läßt sich nicht besänftigen.
Du bist wunderbar, flüstert Stefan, *ich kann gar nicht mehr aufhören, dich zu lieben.*
Um Himmels willen, wenn er nur zu Ende käme, bitte, komm zum Schluß, Junge.
Er läßt sich genußvoll Zeit, raunt zärtliche Worte, nicht ahnend, welche Beherrschung es sie kostet, seine heftigen Bewegungen zu ertragen. Endlich sinkt er ermattet zur Seite. Dankbar streichelt er ihr Gesicht, es ist naß von Tränen.
Weinst du?
Vor Glück, ächzt sie. *Aber nun mußt du schlafen.*
Sie rollt sich seitlich aus dem Bett, ist kaum imstande, sich aufzurichten, auf allen vieren möchte sie ins Bad kriechen, sich in heißes Wasser legen und auf Erlösung hoffen. Warum gesteht sie ihm nicht, wie ihr zumute ist? Ein Hexenschuß kann auch Jüngere ereilen.
War es so anstrengend? fragt Stefan zärtlich.
Nein, ich bin durstig geworden, ich hole mir einen Saft. Willst du auch was trinken?
Er streckt die Hand nach ihr aus. *Geh nicht weg.*
Ich bin gleich wieder bei dir. Stell den Wecker, damit wir nicht verschlafen.
Im Flur lehnt sie sich an die Wand und rutscht langsam zu Boden. So bleibt sie sitzen, kerzengerade aufgerichtet, bis sie aus dem Schlafzimmer sein Schnarchen vernimmt. Vorsichtig steht sie auf, geht an ihren Medikamentenschrank und nimmt zwei Rewodina. Ihr ist heiß von der Anstrengung, sich zusammenzunehmen, sie wagt sich nicht ins Bett, aus Angst, er könnte aufwachen und erneut nach ihr greifen. Rudolf hätte sie nichts vorspielen müssen, er hatte selbst Probleme mit der Wirbelsäule. Darum hat er die Sauna einbauen las-

sen. Aber dieser Junge kennt solche Zipperlein noch nicht. Wenn er wüßte, daß sie beim Liebesakt außer Schmerzen nichts gefühlt hat! Man sollte in seiner Altersklasse bleiben.
Mit dem Heizkissen legt sie sich im Wohnzimmer auf die Couch. Allmählich läßt das Reißen im Rücken nach, sie schläft ein.
Als der Wecker klingelt, springt Stefan aus dem Bett. Er geht auf die Suche nach Isabella und findet sie im Wohnzimmer.
Warum hast du nicht bei mir geschlafen? fragt er erstaunt.
Ich wollte dich nicht stören.
Du bist so lieb. Er zieht sie heftig an sich, der gereizte Nerv meldet sich wieder, sie sinkt mit einem Seufzer zurück.
Du bist müde, sagt er verständnisvoll, *bleib liegen, ich mache mir selber Kaffee.*
Nun hast du nichts verdient heute nacht. Soll ich dir hundert Mark mitgeben für deinen Chef?
Nicht nötig. Das hole ich rein, und wenn ich Überstunden mache.
Er geht in die Küche, sie zieht den Morgenmantel über und folgt ihm hinkend. Wie hundert fühlt sie sich, eine vom Schmerz geplagte alte Frau. Sie vermeidet es, in den Flurspiegel zu blicken.
Stefan sind die Strapazen der langen Fahrt und des kurzen Schlafes nicht anzusehen. Er kommt im Überschwang der Gefühle angesaust, schlägt sich die Nacht um die Ohren, um bei ihr zu sein, und was empfindet sie? Im Augenblick nur den Wunsch, daß er sich möglichst schnell davonmacht, damit sie in der Wanne ein Rheumabad nehmen kann.
Im Stehen trinkt er den heißen Kaffee, an der Tankstelle wird er eine Bockwurst essen. *Mach dir keine Sorgen um mich, mein Schatz, früher bin ich manche Nacht nicht zum Schlafen gekommen, ich kann das, ich bin noch jung.* Er nimmt sie in den Arm. *Und du auch. Die Liebe bekommt dir.*
Ach ja? Ihr Lächeln fällt kläglich aus. Sie schreibt ihm ihre Telefonnummer auf und bringt ihn zum Auto. *Versprich mir, daß du nicht deinen Job aufs Spiel setzt.*
Er verspricht brav zu arbeiten, damit Sebastian zufrieden ist. Jetzt weiß er, wo sie wohnt. So ist die Trennung leichter zu ertragen.
Wenn du am Wochenende nicht freinehmen kannst, komm ich zu dir nach Berlin, versichert sie. Bis dahin wird es ihr hoffentlich wieder gutgehen.
Er gibt ihr seinen Wohnungsschlüssel, sie wartet, bis die Rücklichter des Autos hinter dem Hügel verschwunden sind, schluckt zwei Tabletten und legt sich in die Wanne. Baden war für sie immer eine Lust. Als junges Mädchen hat sie zu Hause so lange das Badezimmer blockiert, daß die Mutter meinte, ihr müßten doch schon Schwimmhäute wachsen. Sie ahnte nicht, daß die Tochter geradezu

wollüstig ins Badewasser pinkelte. Isabella war bis zum zehnten Lebensjahr Bettnässerin. Der Arzt meinte, sie hätte eine schwache Blase, aber keins der Medikamente, die er verschrieb, half. Ein Psychologe wäre vielleicht daraufgekommen, daß es sich um einen unbewußten Protest des Kindes gegen die Trennung der Eltern handelte. Erst als Isabella einmal auf dem Wohnzimmersofa einer Schulfreundin übernachtete und vor Angst, das Plüschmöbel zu durchnässen, kaum Schlaf fand, war das peinliche Laster überwunden. Sie hatte zu jener Hemmschwelle zurückgefunden, die jahrelang nicht funktionieren wollte. Fortan, wenn sie im warmen Wasser lag, genoß sie es, der Blase lustvolle Entleerung zu gestatten. Auch heute gönnt sie sich dieses heimliche Vergnügen. Etwas vom Kind bleibt immer im Menschen, so alt er auch wird.

Wohlig durchwärmt, kehrt sie in ihr Bett zurück. Das Kopfkissen riecht nach dem Rasierwasser, das sie Stefan in Paris geschenkt hat. *Alles wird gut,* sagt sie beschwörend vor sich hin. *Er liebt mich, und ich liebe ihn. Nur das ist wichtig, sonst nichts auf der Welt.*

Gegen Mittag erwacht sie. Ihre Wirbelsäule benimmt sich, als sei nichts gewesen. Idiotisch. Der Anfall hat gerade so lange gedauert wie Stefan hier war. Zum Glück hat er nichts gemerkt. Isabella fährt in die Kreisstadt und kauft ein Handy für ihn. Als sie zurückkommt, steht Peters Audi in der Auffahrt. Hätte es nicht das Telefongespräch mit ihm gegeben, sie würde sich freuen, ihn nach langer Zeit wiederzusehen. Die Schwiegertochter bleibt im Wagen, während er auf seine Mutter zueilt und sie auf beide Wangen küßt.

Warum steigt Heidrun nicht aus? Isabella öffnet die Beifahrertür. *Komm, meine Liebe, ich beiße nicht.*

Tag, murmelt die Schwiegertochter maulfaul.

Ist es nicht wunderbar hier? Isabella zeigt in die Runde. *Eine Luft wie Seide. Es gibt nichts Schöneres als Frühling auf dem Land. Und du* – sie wendet sich ihrem Sohn zu – *du verlangst von mir, das alles aufzugeben?*

Ach Mama. Ich dachte ...

Du dachtest, ich würde ja und amen sagen. Was ist denn das für ein Geschäft, das dir vorschwebt?

Eine Computerfirma.

Ach, du liebe Güte, die gibt es wie Sand am Meer. Und sie machen der Reihe nach Pleite.

Unsere nicht. Ich könnte Geschäftsführer werden, wenn ich etwas einzahle. Hunderttausend Mark, und ich bin dabei.

Hunderttausend Mark? Die willst du im Ernst von mir?

Wenn du verkaufst ...

Ich verkaufe nicht.

Dann nimm eine Hypothek auf.

Ich soll mich verschulden bis über beide Ohren? Kommt nicht in Frage. Was an Geld da war, hab ich mit euch geteilt.
Das war nicht genug, Mama.
Du hast fünfzigtausend Mark bekommen.
Wir haben den Audi gekauft.
Eine Nummer kleiner ging's wohl nicht?
Wenn man heutzutage im Geschäftsleben etwas gelten will, muß man mindestens einen Audi fahren. Heidrun, sag du doch auch mal was. Schließlich war es deine Idee.
Die Firma? Seine Frau sieht ihn mürrisch an.
Das Auto.
Der alte VW fing schon an zu rosten.
Sie stehen immer noch vor der Haustür.
Kommt erst mal rein, ich mach uns einen Kaffee.
Isabella möchte es sich mit Peter nicht verscherzen, er ist seiner Gattin untertan, so wie Klaus der strengen Ute. Was habe ich nur für Weicheier von Söhnen? Rudolf hat ihnen Achtung vor Frauen beigebracht, das war ja richtig, aber mußten sie Pantoffelhelden werden? Heidrun tut, als wäre es allein Peters Angelegenheit, sich selbständig zu machen. Isabella ist sicher, es war der Wunsch der Schwiegertochter, und den muß er nun durchsetzen, koste es, was es wolle. Wortlos rührt diese in ihrer Kaffeetasse, während er der Mutter hartnäckig zu erklären sucht, was er von ihr verlangt. *Du wirst nicht jünger, es wird dir immer schwerer fallen, allein hier zu wirtschaften. Das große Haus, der große Garten, was meinst du, wie lange du das durchhältst?*
Das laß mal meine Sorge sein. Noch fühle ich mich jung genug, in letzter Zeit sogar jünger als vor einem Jahr.
Heidrun mustert sie. Die Schwiegermutter sieht nicht aus wie Mitte fünfzig. Das macht der jugendliche Liebhaber. Und der ist es auch, für den sie das Haus behalten will. Gern würde sie ihr das ins Gesicht sagen, doch sie traut sich nicht.
Peter traut sich. *Reden wir Klartext, Mama. Du hast einen jungen Freund, und den ziehst du deinen Söhnen vor. Findest du das in Ordnung?*
Ja, Isabella findet das völlig in Ordnung. *Es ist mein Leben, von dem du sprichst. Ich habe dieses Haus mit deinem Vater ausgebaut, da steckt meine Arbeit drin und meine Kraft.*
Eine Stadtwohnung kann man sich auch schön kuschelig einrichten, läßt sich Heidrun nun doch vernehmen. *Ich würde es hier nicht aushalten, in dieser Einsamkeit.*
Ich halte es aus. Sehr gut sogar.
Aber du mußt von deinem Freund getrennt leben.
Wir besuchen uns gegenseitig, das hat seinen Reiz. Und eines Tages wird er hierherziehen.

Aha, sagt Peter scharf. *Er will erben.*
Erben? Ich lebe noch, und ich gedenke, mindestens achtzig zu werden, wie dein Vater. Sobald ich tot bin, könnt ihr über die Immobilie verfügen. Wenn du willst, gebe ich euch das schriftlich.
Dann ist es zu spät.
Isabella erhebt sich. *Mein letztes Wort. Teile das bitte Klaus mit.*
Du tust so, als hätten wir uns gegen dich verschworen.
Habt ihr das etwa nicht?
Für ihn wäre es auch leichter, wenn er ein bißchen mehr Geld hätte, jetzt, wo Ute zu Hause bleiben muß.
Ich habe meinen Beruf aufgegeben und bin dreißig Jahre zu Hause geblieben, um euch großzuziehen.
Das waren andere Zeiten, Mama, und Papa hat gut verdient. Peter gibt sich nicht so schnell geschlagen.
Isabella weiß, daß sie mit ihrem unabänderlichen Entschluß zwei Söhne vor den Kopf stößt, das kann sie nicht ändern. Da ist ja noch Markus, und sie ist überzeugt, bei ihm Verständnis zu finden.
Heidrun blickt auf die Uhr. Sie hat einen Friseurtermin und will zurück nach Schwerin. Eher als ihr Mann begreift sie, daß hier nichts zu machen ist. Mit knappem Gruß und verschlossenen Gesichtern fahren sie ab.
Isabella kann sich vorstellen, was Peter jetzt zu hören bekommt. *Deine Mutter denkt nur an sich. Mit fünfundfünfzig muß sie sich noch einen Liebhaber zulegen. Hat die trauernde Witwe gespielt, und kaum war ein Jahr rum, hat sie sich einen Mann ins Bett geholt.* Lästere du nur, Schwiegertochter, ich lasse mir nicht von den eigenen Söhnen den Boden unter den Füßen wegziehen. Ihr fällt die hölzerne Keule ein, die am Stadttor von Jüterbog hängt, darunter der Spruch: *Wer seinen Kindern gibt das Brot und leidet dabei selber Not, den schlage man mit dieser Keule tot.* Unterwegs auf der Fahrt zum Schloß Wiepersdorf, in dem Rudolf jährlich drei Wochen Arbeitsurlaub verbrachte, haben sie das gelesen. Klaus und Peter waren dabei, und der Große, überzeugter Thälmann-Pionier, war empört. *So eine Familie möchte ich sehen, in der sie sich gegenseitig alles wegfressen. Wenn ihr mal alt seid, werden wir für euch sorgen.*
Dann bin ich beruhigt, scherzte Rudolf, *uns wird man also nicht mit dieser Keule totschlagen.*
Isabella greift zum Telefon. Sie hat das dringende Bedürfnis, Stefans Stimme zu hören. Er meldet sich nicht. Ach ja, er mußte zum Geburtstag seiner Tochter. Familienbande.
Am Abend ruft er an. *Wie war's?* erkundigt sich Isabella. *Was hast du Susi geschenkt?*
Ein Silberkettchen mit blauem Stein. Die Töchter haben sich gefreut, mich

wiederzusehen. Aber meine Ex-Gattin und meine Ex-Schwiegermutter, die haben mich behandelt wie einen Schwerverbrecher.
Warum denn?
Weil ich die Familie verlassen habe.
Sie haben dich doch verlassen.
Da kannst du mal sehen, wie Geschichte verfälscht wird, im großen wie im kleinen.
Hat Roswitha einen neuen Mann?
Zur Zeit wohl nicht. Ist mir so was von egal.
Will sie dich etwa wiederhaben?
Alles was sie an mir interessiert, ist Geld.
Das kommt mir bekannt vor. Isabella erzählt ihm vom Ansinnen ihres Sohnes Peter.
Der hat sie wohl nicht alle. Wenn du willst, rede ich mal mit ihm.
Nicht nötig. Das hab ich geklärt. Was hat dein Chef gesagt?
Begeistert war er nicht, aber er hatte Verständnis. Ist 'n Kumpel. Nur – am Wochenende muß ich durcharbeiten, Sebastian hat was vor. Kommst du zu mir? Ich halte es vor Sehnsucht nicht mehr aus.
Ich komme, verspricht sie. *Und ich bringe dir etwas mit.*
Was denn? Mir genügt, wenn du da bist. Dann bin ich wunschlos glücklich.
Du wirst schon sehn. Fährst du jetzt los?
Ich trinke noch ein Bier, und dann ...
Ein Bier? Bist du verrückt?
Nein, durstig. Ich habe Bratheringe gegessen.
Aber Stefan!
Er lacht. Ein Clausthaler. Du kennst doch den Spruch: Nicht immer, aber immer öfter. Wenn ich an einer Telefonzelle vorbeikomme, rufe ich dich an. Oder willst du nicht gestört werden?
Von dir jederzeit. Ich liebe dich nämlich.
Ich dich auch. Also bis später.
Was habe ich für ein Glück. Wenn meine Kinder das nicht begreifen, tut es mir leid. Die leben ihr Leben, ich meins.
Sie sucht eine ihrer Lieblingsschallplatten heraus, die Italienische Sinfonie von Mendelssohn-Bartholdy, schwungvoll-optimistische Musik eines jungen Mannes. Am Abend ist es kühl in dem alten Backsteinhaus, sie hat Feuer im Kamin gemacht, setzt sich in Rudolfs Samtsessel und schaut in die Flammen. Die Scheite glimmen in bizarren Formen. Sie wird es lernen, das Leben mit all seinen Erinnerungen und Schmerzen zu genießen. Weil da einer ist, der sie liebt. Während es aus den Lautsprechern jubiliert, liest sie Thomas Mann. Joseph und seine Brüder. Als junges Mädchen hat sie das Buch schon einmal gelesen, es ist ein Roman, der Muße verlangt. Die hat sie nun. Und wieder zieht sie der erste Satz in seinen Bann:

Die Vergangenheit ist ein tiefer Brunnen. Was würde der Dichter heute schreiben? Die Zukunft ist ein schwarzes Loch. Zum Glück ist einer an meiner Seite, der mit mir hineingeht, unerschrocken.
Isabella taucht in die Tiefe der biblischen Geschichte. Bis das Telefon klingelt und Stefan sie aus einer Zelle in Wilmersdorf mit Worten streichelt. *Gute Nacht, mein Liebling.*
Sie klappt das Buch zu, schaltet den Plattenspieler aus, löscht das Feuer und geht schlafen. Es ist angenehm, allein zu sein, wenn man nicht allein ist.
Am Morgen weckt er sie, er geht ins Bett und wird von ihr träumen. *Und ich stehe auf und denke an dich.*
Leider muß sie an etwas anderes denken. Kaum ist sie aus den warmen Federn, kehrt der Hexenschuß zurück, schlimmer als zuvor. Sie kann sich nicht aufrichten, es tut so weh, daß ihr Tränen in die Augen schießen. Ist das etwa ein Bandscheibenvorfall? Rudolf wurde davon ereilt, als er siebzig war, es hat Wochen gedauert, bis er wieder laufen konnte, und da hatte er noch Glück, der Arzt befürchtete, er müßte ihn zur Operation schicken. Vorsichtig versucht Isabella, mit den Zehen zu wackeln, das hat bei Rudolf damals nicht mehr funktioniert, er war kurz vor einer Lähmung. Soweit ist es bei ihr noch nicht. Doch bei jedem Schritt sticht es wie mit Messern im Rücken.
Sie kommt nicht umhin, den Orthopäden anzurufen. Er hat viel zu tun, im Frühling häufen sich die Knochenbeschwerden, es vergehen zwei Stunden, bis sein Jeep aufs Grundstück rollt. Isabella quält sich zur Haustür, er schimpft, weil sie in der Eile nichts an die Füße gezogen hat, kein Wunder, daß sie krank geworden ist, so ein Leichtsinn, und das in ihrem Alter!
Danke, daß Sie mich daran erinnern. Sie schleicht ins Bett zurück, legt sich auf den Bauch, er tastet sie ab. Die Bandscheiben sind in Ordnung, soweit er das fühlen kann, sicher ist er erst, wenn sie geröntgt worden ist. Er wird ihr einen Krankenwagen schicken, der sie ins Ärztehaus schafft.
Das Handy läutet. Der Verkäufer meldet, es ist nun geschaltet und kann benutzt werden.
Na wunderbar. Bloß wird sie nicht so bald Gelegenheit haben, es Stefan zu geben.
Mit Blaulicht und Sirene naht das Notarztauto, als ginge es um Leben und Tod. Sie bekommen mehr Geld, wenn es sich um einen Feuerwehreinsatz handelt. Isabella wird im Rollstuhl aus dem Haus gefahren. Täte es nicht so weh, es wäre zum Lachen. Wie eine Greisin muß sie sich in den Wagen hieven lassen. *Bringen Sie mich auch wieder zurück?* fragt sie die jungen Männer mit den roten Anoraks.

Nein, die Kasse zahlt nur die Hinfahrt, wenn sie niemanden hat, der sie nach Hause fährt, muß sie ein Taxi rufen.
Sie hat jemanden, und der fährt Taxi, aber er ist in Berlin und ahnt nichts von ihrer Not. Wüßte er es, er würde gleich wieder die Arbeit sausen lassen, das kann sie nicht verantworten.
Ein Bandscheibenvorfall ist es nicht, stellt die Röntgenärztin fest, *vermutlich ein eingeklemmter Nerv. In Ihrem Alter genügt eine heftige Bewegung. Haben Sie sich übernommen?*
Isabella verneint das, obwohl ihr durchaus heftige Bewegungen einfallen, bei denen sie sich übernommen haben dürfte.
Wärme, Einreibungen, heiße Bäder. Auf keinen Fall sollten Sie jetzt selber Auto fahren.
In meinem Alter. Alle tun so, als ob ich eine Oma bin. Aber ich bin eine Oma. Eine unwürdige Greisin mit empörten Erben, wie Brecht sie beschrieben hat.
Die Schwester ruft ihr ein Taxi, der Besitzer ist ein junger Mann, der früher Mähdrescher fuhr. *Wenn man das alles gewußt hätte,* klagt er, *ich bin ehrlich, ich habe auch CDU gewählt, weil da das dicke Geld sitzt. Die haben sich an der Einheit gesundgestoßen, und nun tun sie, als ob sie uns aus dem Dreck gezogen haben. Es war nicht alles schlecht hier.*
Späte Einsicht, denkt Isabella.
Sein Sohn muß jetzt mit dem Bus zur Schule fahren. *Zu DDR-Zeiten war sie im Dorf, eine schöne Schule, hab ich selbst mit renoviert. Nun steht sie leer und verfällt. Wie unsere LPG-Gebäude.* Er ist so offenherzig, weil er Isabella kennt. *Sind Sie nicht die Frau des Malers, der das Bild von unserer Brigade gemalt hat? Für die Aula?*
Ja, das steht jetzt bei ihr im Stall.
Und Ihr Mann? Malt er noch? Heute kauft doch keiner mehr Bilder.
Er ist tot.
Das tut ihm leid. War ein guter Mensch, überhaupt nicht eingebildet. Muß schwer für Sie sein, ganz alleine, besonders heutzutage.
Isabella will nicht bemitleidet werden, obwohl ihr jämmerlich zumute ist. Jede Unebenheit auf dem Pflaster spürt sie im Rücken wie einen Dolchstoß. Er fährt forsch, will ihr wohl imponieren. Als sie ihn bittet, etwas langsamer zu fahren, damit es nicht so rappelt, drosselt er auf der Stelle das Tempo. Sie gibt ihm ein gutes Trinkgeld, er versichert, daß er jederzeit für sie da ist, wenn sie ein Auto braucht. Anruf genügt.
Sie werden kaum zu Hause sitzen und auf Kundschaft warten.
So gut läuft das Geschäft nicht mehr, man merkt, daß die Leute ihre Mäuse zusammenhalten müssen. Er hilft ihr aus dem Wagen. Da sie sich kaum auf den Beinen halten kann, nimmt er ihr den Hausschlüssel ab und schließt die Tür auf. *Soll ich Sie reinbringen?*

Danke, es geht.
Schon im Flur hört sie das Telefon klingeln.
Wo warst du so lange? fragt Stefan vorwurfsvoll. *Ich hab schon paarmal angerufen.*
In der Stadt. Ich dachte, du schläfst noch.
Du klingst so traurig. Geht's dir nicht gut?
Soll sie ihm sagen, was mit ihr los ist? Sie gibt sich munter. *Alles in Ordnung, mein Liebling.*
Wann kommst du nach Berlin? Morgen?
Am Wochenende, wie verabredet. Sie setzt sich mit dem Hörer auf die Erde. Stefan protestiert. Das sind noch fünf Tage. Er will nicht so lange warten. Das Leben ist öde ohne sie.
Isabella sucht nach einer Ausrede. *Der Schornsteinfeger hat sich angesagt, die Wasseruhr wird abgelesen, und die Durchsicht am Auto ist auch fällig. Ich komme so schnell wie möglich.*
Übermorgen also? Ich zähle die Stunden.
Seufzend schleppt sie sich ins Bett. Sie reibt sich mit der Salbe ein, die der Arzt dagelassen hat, wickelt sich in ein Wolltuch und versucht, eine Lage zu finden, in der die Schmerzen erträglich sind. *Du hast die Pflicht, gesund zu sein,* donnerte ihr Intendant, als sie sich einmal erlaubte, wegen einer Erkältung die Probe zu versäumen. Das sagt sie sich nun selbst. Ich habe die Pflicht, gesund zu sein. Was soll ein junger Mann mit einer kranken Frau? Am Ende behalten die Söhne recht, das Haus wird sie überfordern. Aber so schnell gibt sie nicht auf. Wenn nur Markus bald aus Norwegen zurückkäme. Er hat ihr so schöne Briefe geschrieben. Die Arbeit mit den alten Menschen im Pflegeheim macht ihm Freude. Er erfährt deren Lebensgeschichten, ihren Leidensweg durch die Nazibarbarei.
Von ihm weiß Isabella, welche politische Haltung er hat, von Klaus und Peter weiß sie es schon lange nicht mehr. Die scheinen ihren Frieden mit dem System gemacht zu haben, das ihr Vater aus tiefster Seele haßte. Sie haben sich angepaßt, um zu überleben, das kann die Mutter ihnen nicht verübeln. Doch ihre Sympathie gehört denen, die sich verhalten wie ihr Jüngster.
Als hätte er ihre Sehnsucht gespürt, ruft Markus an. Er hat einen Wunsch an seine Mutter. Im Mai kommt er zurück, und er bittet sie, sich seiner Freundin Paula anzunehmen, die in Greifswald in einem vom Abriß bedrohten Haus lebt. *Kann sie zu dir ziehen, bis wir gemeinsam eine Wohnung gefunden haben, Mama?*
Natürlich. Sie soll ihre Sachen packen und herkommen. Isabella kennt die junge Frau nicht, Markus ist abgereist, bevor er sie der Mutter vorstellen konnte, wenn er sie liebt, muß sie ein guter Mensch sein. *Paula kann die oberen Räume beziehen. Das ist eine Hilfe, die ich gerne leiste.*

Er ist dankbar für ihre sofortige Bereitschaft. *Wie geht es dir, Mama?*
Im Augenblick nicht so gut. Ich liege im Bett mit einem Hexenschuß.
Paula wird dir helfen, sie ist Krankenschwester.
Muß sie nicht arbeiten?
Sie ist im Schwangerschaftsurlaub. Wir kriegen ein Baby.
Das sagst du erst jetzt? Ich werde schon wieder Oma?
Wieso schon wieder?
Weißt du es nicht, Klaus und Ute haben einen kleinen Benjamin.
Das weiß Markus nicht, er hat keinen Kontakt zu seinen Brüdern.
Wir bekommen ein Mädchen. Es wird Sarah heißen. Ich muß Schluß machen, die Pflicht ruft.
Als sich Stefan am Abend meldet, erfährt er die Neuigkeit. Er sieht ein, daß Isabella erst nach Berlin kommen kann, wenn sie ihren Gast empfangen hat. *Aber dann fährst du sofort los, Pionierehrenwort?*
Pionierehrenwort.

Am anderen Morgen hält ein blauer Renault vor dem Haus. Ein Mädchen mit schwarzen Zöpfen steigt aus. Der runde Bauch steckt in einer roten Latzhose. Isabella ist zur Tür gehumpelt. *Willkommen, Paula.*
Die beiden Frauen sind einander vom ersten Blick an sympathisch. *Was du für schönes Haar hast,* sagt Isabella lächelnd. Paula erklärt, daß sie es flechten muß, weil es nicht mehr zu bändigen ist. Es widerstrebt jeder vernünftigen Frisur. Sie würde es gern abschneiden, aber Markus liebt lange Haare.
Wußte er vor seiner Abreise, daß du schwanger bist? Isabella kann sich nicht vorstellen, daß er dann nach Norwegen gegangen wäre.
Nein, ich habe es ihm erst später geschrieben. Er sollte bei seinem Entschluß bleiben, ich finde es gut, was er da macht.
War er böse, weil du ihn nicht eingeweiht hast?
Er hat natürlich sofort angerufen und gefragt, ob er zurückkommen soll. Das habe ich ihm ausgeredet. Aber während der Geburt möchte ich ihn bei mir haben.
Er soll bei der Entbindung dabeisein?
Es ist ein gemeinsames Erlebnis, das uns noch enger verbinden wird.
Rudolf wäre nicht auf die Idee gekommen, Isabella beim Gebären zuzusehen, und sie hätte es auch nicht gewollt. Sie hat ihre Söhne unter Schmerzen und Schreien zur Welt gebracht, sollte er mit ihr leiden? Und noch ein Gedanke ist ihr unangenehm, wenn sie an die modernen Vatergeburten denkt. Der gebärende Körper sieht gräßlich aus, muß einem Mann beim Anblick der unansehnlich geweiteten Leibesöffnung nicht alle Lust auf künftige Liebe vergehen? So deutlich sagt sie es Paula nicht, aber sie versucht, ihre Bedenken zu

begründen. Es könne doch sein, daß Markus übel wird, er hat schwache Nerven, beim Zahnarzt ist er als Junge grün vor Angst vom Stuhl gerutscht, dabei sollte ihm nur ein Milchzahn gezogen werden.
Paula lacht. *Empfindlich ist er immer noch, er kann kein Blut sehen, aber da muß er durch. Ich bin ja bei ihm.*
Ihr seid eine andere Generation. Ich hoffe nur, daß du's nicht so schwer haben wirst wie ich.
Paula hat keine Angst davor. Sie macht regelmäßig ihre Turnübungen, in einem Kursus hat sie das richtige Atmen gelernt, und wenn Markus dabei ist, wird sie besonders tapfer sein. Damit er nicht so leidet.
Sie läßt sich kaum Zeit, ihre Sachen aus dem Auto zu holen. Isabella muß sich langlegen und wird kräftig massiert. *Tut das weh?*
Es tut mir gut.
Wenn ich nicht wüßte, wie alt du bist, ich würde es nicht glauben. Du hast noch einen schönen festen Körper.
Dir sieht man auch nicht an, daß du älter bist als Markus.
Und wenn man es sähe, wäre das schlimm?
Die Frage verblüfft Isabella. *Der Mann, den ich liebe, ist zwanzig Jahre jünger als ich, Paula.*
Das ist doch toll für dich.
Und für ihn?
Hat er ein Problem damit?
Später vielleicht.
Ich möchte ihn gern kennenlernen. Wann besucht er dich?
Isabella erzählt von Stefans Arbeit und daß sie ihm versprochen hat, am Wochenende nach Berlin zu kommen. *Meinst du, daß ich das schaffe? Ich habe ihm verschwiegen, daß es mir nicht gutgeht.*
Das begreift Paula nicht. *Warum spielst du ihm die Unverwundbare vor? Krankheit ist menschlich.*
Ich wollte ihn mit meinem Problem verschonen. Er betrachtet mich als junge Frau. Ich bin nicht mehr jung.
Du hast Alterskomplexe? Fällst du etwa auf diesen Jugendwahn rein, mit dem uns die Werbung nervt? Bloß keine Falten, immer eine glatte Visage, das ist doch lächerlich.
Die Angst vor dem Alter ist die Angst vor uns selbst, hat meine Freundin in Spanien gesagt, die Angst vor den Veränderungen des eigenen Körpers.
Und mit dieser Angst läßt sich viel Geld machen. Krank werden kann man in jedem Alter. Meinst du, er liebt dich nur, wenn du strahlend gesund bist? So ist das Leben nicht. Jeden kann es mal erwischen, ihn auch.
Paula hat recht. Klaus war zwanzig, als er sich beim Fußballspiel einen Muskelriß zuzog, er humpelte drei Monate lang.

Nach der Massage legt sie sich rücklings auf den Teppich, Paula zieht ihr die Beine lang, schaukelt sie auf der Wirbelsäule hin und her, bis es plötzlich einen Knacks in der Lendengegend gibt. Auf einmal ist der eingeklemmte Nerv frei. Isabella kann es kaum glauben. Vorsichtig erhebt sie sich. Es tut nicht mehr weh. *Du bist eine Zauberin, Paula, ich danke dir. Wollen wir jetzt zusammen in die Sauna gehen? Oder darfst du das nicht?*
Klar darf ich.
Isabella betrachtet die anmutig gerundete Figur der werdenden Mutter. Auch in der Schwangerschaft ist sie eine Schönheit mit ihrer glatten brünetten Haut, den prallen Brüsten und den langen schlanken Beinen. Markus hat Glück. Das scheint eins der Weiber zu sein, bei denen sich Festigkeit des Charakters mit der Weichheit eines zärtlichen Körpers verbindet.
Du hast ein wunderbares Haus, stellt Paula fest, als sie im Garten liegen und die Hitze ausschwitzen.
Meine Söhne wollen, daß ich es verkaufe.
Aber Markus doch nicht.
Nein, die beiden Großen.
Und wo sollst du hin?
Vielleicht ins Altersheim.
Paula ist empört. Markus wird seinen Brüdern den Kopf waschen. So ein Haus ist geprägt von den Menschen, die darin lebten und leben. Das gibt man nicht auf, um damit Kohle zu machen.
Heutzutage sind Häuser Immobilien, Paula, Gegenstände der Begierde, was zählen da menschliche Werte?
Für mich sind das die einzigen Werte, die zählen. Wie fühlst du dich, Isabella?
Besser, Paula, viel besser. Es ist gut, daß du hier bist.

SIEBENTES KAPITEL

Zwei Tage später packt Isabella ihre Reisetasche. Sie legt das Handy oben drauf und fährt nach Berlin. Gut gelaunt schaut sie in die Landschaft. Unter der Aprilsonne atmen die Äcker die Nachtfeuchte aus. Der Winterroggen grünt im Frühlingslicht wie englischer Rasen. Es ist ein schöner Tag. Stefan ahnt nichts von ihrem Kommen, er rechnet erst am Wochenende mit ihr. Sie will ihn überraschen. Die Autobahn ist frei, selbst an den ewigen Baustellen läuft der Verkehr reibungslos, sie ist nach zwei Stunden am Ziel.
Vor seiner Wohnungstür nimmt sie das Handy aus der Tasche und wählt seine Nummer. Es rührt sich nichts. Er wird tief schlafen. Schade, sie wollte sein Gesicht sehen: Überraschung! Ich steh bei dir auf der Matte. Sie schließt auf, geht ins Schlafzimmer. Schon beim Eintreten riecht sie den Alkohol, den er ausdünstet. Er liegt mit geöffnetem Mund auf dem Rücken, neben dem Bett zwei leere Bierflaschen und ein Taschenfläschchen *Kleiner Feigling*. Die Blumen in den Vasen sind vertrocknet, die Primeln auf dem Balkon lassen die Köpfe hängen, die Wohnung sieht aus wie die eines Asozialen. Sie reißt das Fenster auf und rüttelt ihn wach.
Entsetzt starrt er sie an, als stünde eine Medusa vor ihm. *Isabella!* Er steigt aus dem Bett, will sie in die Arme nehmen, sie stößt ihn so heftig zurück, daß er beinahe die Balance verliert. Taumelnd steht er vor ihr. Sie hält ihm die Flaschen unter die Nase. *Clausthaler, was?* Er versucht ein klägliches Lächeln. *Ich habe gesagt, nicht immer, aber immer öfter.*
Verschone mich mit deinen dummen Sprüchen.
Sei nicht so böse zu mir.
Du verdienst es nicht anders. Auf dein Wort ist kein Verlaß. Ich fahre nach Hause.
Bitte bleib. Es kommt nicht wieder vor.
Es kommt wieder vor, es wird immer wieder vorkommen. Ich habe es satt. Hier – sie wirft das Handy aufs Kopfkissen – *das schenke ich dir.*
Warum hast du nicht angerufen, daß du heute kommst?
Hättest du dann nicht getrunken?

Nein, bestimmt nicht.
Ist jetzt egal, es ist alles egal. Beenden wir das Drama, ich halte das nicht mehr aus.
Was soll ich sagen? Du glaubst mir ja doch nicht, wenn ich dir verspreche, von nun an keinen Tropfen mehr.
Nein, das glaube ich dir nicht mehr. Du bist eine Flasche, Stefan. Such dir eine Frau, die mit dir säuft. Sie nimmt ihre Tasche und geht.
Ich will nur dich! ruft er ihr nach.
Kann ein Mann einer Frau etwas Schöneres sagen? Isabella will es nicht hören. Vorbei die Illusion von Liebe und Glück. Es konnte nicht gutgehen. Er ist zu jung für sie, und er ist Alkoholiker. Sie hat geglaubt, ihn heilen zu können. Eher macht er sie noch kaputt.

Paula empfängt sie verwundert. *Du bist schon wieder da?*
Isabella erzählt ihr unter Tränen, in welchem Zustand sie Stefan angetroffen hat.
Und da bist du gleich wieder umgekehrt, meinst du, das war richtig?
Was hätte ich denn machen sollen?
Liebst du ihn?
Ich weiß nicht, ob ich mir das noch länger antun soll. Ich verstricke mich immer tiefer in eine aussichtslose Beziehung. Er hat einen Dachschaden, wäre er normal, hätte er sich nicht in eine alte Frau verliebt.
Paula schüttelt den Kopf. *Er hat sich in dich verliebt, weil du stark bist. In puncto Alkohol sind viele Männer schwach. Mit Markus habe ich auch einiges durch.*
Markus trinkt?
Eine Zeitlang hat er das getan, aus Eifersucht. Er hat sich eingebildet, ich hätte ein Verhältnis mit meinem Chefarzt. Wir waren kurz davor, uns zu trennen. Aber dann habe ich überlegt, was wird aus diesem liebenswerten Burschen, wenn ich mich nicht um ihn kümmere?
Isabella hat sich auch gefragt, was aus Stefan wird, wenn sie sich nicht um ihn kümmert. *Aber dieser Schock heute morgen. Mir ist zumute, als hätte er mich betrogen. Nicht mit einer anderen Frau, dafür mit Flaschen. Es ist unter meiner Würde, Paula.*
Du willst in Würde allein leben?
Ich habe alles versucht. Er ist nicht davon abzubringen, sich zu zerstören. Müssen Frauen Männer nicht permanent davon abhalten, Kamikaze zu begehen? Dieses Geschlecht wird mit der Sucht zur Selbstvernichtung geboren. Wenn man das nicht akzeptiert, sollte man lesbisch werden. Paula gibt ihr ein Taschentuch. *Ich habe Kuchen gebacken, mit Äpfeln aus deiner Vorratskammer. Laß uns Kaffee trinken.*
Als sie am Tisch sitzen, klingelt das Telefon. *Geh du ran, Paula, wenn es Stefan ist – ich bin nicht da.*

Es ist Stefan. Daß Isabella nicht zu Hause ist, will er nicht glauben. *Oder ist ihr unterwegs was passiert?*
Dieser besorgten Frage vermag Paula nicht mit einer Lüge zu begegnen. *Nein, es geht ihr gut, sofern es einer Frau gutgeht, die schrecklich enttäuscht worden ist.*
Sie will nicht mit mir reden? Das werden wir sehen! Ich bin gleich da.
Er hat mit dem Handy telefoniert. Zehn Minuten später klopft er an die Tür. Isabella späht durch die Gardine, er hat einen großen Rosenstrauß in der Hand.
Nun laß ihn schon rein, drängt Paula.
Mach du das. Isabella verschwindet im Bad. So verheult will sie ihm nicht unter die Augen treten. Ihr Entschluß, die Beziehung zu beenden, ist beim Anblick des Rosenkavaliers ins Wanken geraten.
Paula öffnet die Haustür. *Sind Sie der Bote von Fleurop?* foppt sie ihn. Soll er ruhig ein bißchen zappeln.
Wo ist sie? fragt er ungeduldig.
Wer? Paula steht immer noch auf der Schwelle.
Isabella kommt aus dem Bad. Stefan drückt ihr die Blumen in die Hand. *Ich liebe dich.* Sein Atem riecht nach Lorbeerblatt.
Paula stellt eine dritte Tasse auf den Kaffeetisch.
Du bist wieder mit dem Taxi los. Isabella sieht ihn vorwurfsvoll an. *Wir sausen hin und her, nur weil du deine Sucht nicht überwinden kannst. Und wenn du nun rausfliegst, du Chaot?*
Sebastian weiß Bescheid. Ich mache eine Doppelschicht.
Taxifahrer dürfen keine Überstunden machen.
Er kann nicht fahren, er hat einen Hexenschuß.
Den hatte ich auch, Stefan. Wenn Paula mich nicht behandelt hätte, läge ich jetzt noch flach.
Warum hast du mir das nicht gesagt? Ich dachte, es ist dir egal, ob wir zusammen sind oder nicht.
Und darum hast du dich besoffen?
Mir war hundeelend ohne dich. Verzeih mir, nur noch dieses eine Mal.
Isabella schweigt. Hilfesuchend sieht er Paula an. *Reden Sie mit ihr.*
Das müßt ihr schon unter euch ausmachen. Paula erhebt sich. *Ich gehe ein bißchen über die Felder.*
Stefan schiebt die Hand über den Tisch, streichelt Isabellas Finger. *Soll ich vor dir auf die Knie fallen?*
Da sie nicht antwortet, tut er es. Er legt den Kopf in ihren Schoß. Sie müßte ein steinernes Herz haben, wenn diese Geste sie nicht berührte. Wird das immer so gehen zwischen ihnen, himmelhoch jauchzend, zu Tode betrübt? Es ist zu befürchten.
Gib mich nicht auf, Isabella, ohne dich wäre ich verloren. Ich brauche dich doch. Ich brauche dich mehr als du mich.

Ich brauche dich auch, Stefan.
Er springt auf, nimmt sie in die Arme. *Laß uns ins Bett gehen, ich bin verrückt nach dir.*
Aber Paula ...
Er zeigt aus dem Fenster. Paula ist weit unten bei den Schlehdornbüschen.
Es vergeht eine halbe Stunde, bis sie zurückkehrt. Die Nachbarin ruft über den Zaun: *Ist das Taxi frei? Ich muß nach Prenzlau zum Augenarzt.*
Paula wird sich erkundigen. Absichtlich laut die Füße abtretend, geht sie ins Haus. Mit erhitztem Gesicht kommt Isabella aus dem Schlafzimmer, gefolgt von Stefan, der seinen Zopf zusammenbindet. *Du hast Kundschaft,* sagt Paula zu ihm, *die Nachbarin will nach Prenzlau.*
Isabella ist erfreut. Dann hat er nicht so viele Leerkilometer.
Er gießt sich einen Kaffee ein, während sie durch die kleine Tür zwischen den Gärten hinübergeht, um Bescheid zu sagen, daß es klappt mit dem Taxi.
Das sind ja nette junge Leute, die bei Ihnen zu Besuch sind, sagt die alte Frau. *Freunde von Markus?*
Paula ist die Freundin von Markus.
Und der Taxifahrer?
Das ist mein Freund.
Ihr Freund? Ist er nicht ein bißchen jung?
Es bereitet Isabella Genugtuung, zu erklären: *Er ist so alt wie mein ältester Sohn.*
So alt wie Klaus? Sie haben ja Mut.
Isabella lächelt.
Es geht mich nichts an, sagt die Nachbarin rasch. *Entschuldigen Sie, wenn ich Sie gekränkt habe.* Sie ist eine gute Seele. Für eine Frau vom Lande ist es schwer vorstellbar, daß die alte Regel, nach der der Mann der Ältere sein muß, auf den Kopf gestellt wird. *Sie sehen ja wirklich viel jünger aus, als Sie sind,* beeilt sie sich hinzuzufügen.
Auf dem Tisch liegt ein aufgeschlagenes Schreibheft. Schräge gleichmäßige Schriftzüge füllen die Seiten.
Das ist Sütterlin, kennen Sie noch die Sütterlinschrift? Aber nein, dafür sind Sie zu jung.
Was schreiben Sie denn?
Ein bißchen was aus meinem Leben.
Isabella ist überrascht. Das hätte sie der alten Bäuerin nicht zugetraut. Offenbar weiß man wenig voneinander, selbst wenn man Zaun an Zaun lebt.
Jetzt bin ich gerade bei meinem alten Klarapfelbaum. Die Nachbarin zeigt aus dem Fenster auf einen schartigen Knorzen, der aussieht, als wäre

er vom Sturm zu Boden gedrückt worden. *Er war ein dünnes Reis, als die Russen mit Panzern durch unseren Obstgarten gefahren sind. Die Straße war ja vermint. Da sehen Sie mal, wie zäh das Leben ist. Er bringt mir jedes Jahr die ersten Äpfel. Mein Mann wollte ihn immer absägen, nun hat der Baum ihn überlebt.*
Isabella erinnert sich an den Alten, der in den letzten Jahren ziemlich verwirrt schien. Er lief mit hellgrünen Damenstrumpfhosen herum und feixte sich eins, wenn die Briefträgerin bei seinem Anblick peinlich berührt wegsah.
Man schreibt sich manches von der Seele, wenn man niemanden mehr hat, mit dem man sich unterhalten kann. Leider machen mir meine Augen zu schaffen. Ich habe den grauen Star.
Das kann man jetzt operieren. Mit Laser.
Darum will ich ja zum Arzt nach Prenzlau. Es trifft sich gut, daß Ihr junger Mann mit dem Taxi da ist. Die Frau eilt in den Stall und kommt mit einem Körbchen frischer Eier zurück. *Ich wünsche Ihnen Glück. Nach allem, was Sie durchmachen mußten. Ich weiß, wie schwer das Alleinsein ist.*
Stefan hat den Kaffee ausgetrunken und schlüpft in seine Lederjakke. Unter Paulas nachdenklichem Blick fühlt er sich verunsichert.
Haben Sie was gegen mich?
Was soll ich gegen dich haben. Wir können uns doch duzen, ich bin ja so 'ne Art Schwiegertochter von dir.
Richtig. Diese Familie hat ihn zum Opa gemacht, folglich auch zum Schwiegervater. *Wann kommt mein nächstes Enkelkind?* erkundigt er sich.
Paula sagt es ihm.
Als Isabella kommt, verkündet Stefan mit würdiger Miene: *Im Mai werde ich zum zweiten Mal Großvater. Wie findest du das?*
Sie begreift nicht gleich. *Ist Britta etwa schwanger?*
Nein, aber meine Schwiegertochter Paula.
Sie lachen alle drei. Die Frauen sehen ihm vom Berg aus nach, wie er mit der Nachbarin davonfährt.
Hältst du ihn für einen Alkoholiker? fragt Isabella.
So sieht er nicht aus. Er hat ein festes Gesicht, und er besitzt Humor. Ich glaube, er ist ein ernstzunehmender Mann.
Ja, wenn er nüchtern ist. Dann liebe ich ihn sehr.
Wie hast du ihn kennengelernt?
Isabella erzählt ihr von Luisas Einladung nach Spanien, von dem jungen Mann, der mit dem Mountainbike durch die Berge fuhr, um seinen Depri wegzuradeln, vom explosiven Ausbruch ihrer Gefühle füreinander. Und da sie einmal ins Plaudern geraten ist, läßt sie auch Luisas Liebe zu Cécile nicht unerwähnt. Die Affäre zwischen Rudolf und der rothaarigen Bildhauerin verschweigt sie allerdings, sie will nicht, daß Paula ein schiefes Bild von dem Toten bekommt,

und sie möchte vermeiden, daß Markus von der Untreue seines Vaters erfährt. Vielleicht wird sie es ihm eines Tages sagen, aber das überlegt sie sich noch.

Stefan meldet sich aus Prenzlau. Vierzig Mark hat er eingenommen, nun ist er auf dem Weg nach Berlin. *Wann kommst du, Isabella?*
Ich bin kein Maikäfer, Stefan, ich will nicht ständig hin- und herfliegen.
Ich warte auf dich.

Zwei Tage und Nächte läßt sie ihn warten. Er ruft dauernd an. Sobald er einen Fahrgast abgesetzt hat, greift er zum Handy. *Es hilft mir schon, wenn ich deine Stimme höre.*

Am dritten Tag hält sie es nicht mehr aus. *Ich fahre nach Berlin, Paula.*
Tu das, Isabella. Ich werde inzwischen Unkraut jäten.
Übernimm dich nicht, sonst kriegst du noch eine Frühgeburt. Im achten Monat wäre das gefährlich.
Bewegung an frischer Luft ist gesund. Soll ich Markus von dir grüßen? Er ruft heute an.
Grüß ihn ganz lieb von seiner alten Mutter. Isabella küßt sie auf die Wange. *Ist es nicht wunderbar, geliebt zu werden? Ich hätte nicht gedacht, daß mir das auf meine ollen Tage noch einmal blüht.*
Hör auf mit deinen ollen Tagen. Die Frauen sind heute im Durchschnitt zehn Jahre jünger als frühere Generationen. Zu Balzacs Zeit war die Frau mit dreißig schon im problematischen Alter. Du bist im Grunde eine rüstige Mittvierzigerin, und jetzt siehst du aus wie Mitte Dreißig.
Übertreib nicht, Paula, sagt sie, doch das Kompliment schmeichelt ihr. Sie blickt in den Spiegel. Ihre Haut ist gebräunt und erstaunlich glatt, die Augen unterm grauen Lidschatten, geschickt ummalt mit einem schwarzbraunen Stift, wirken groß und leuchtend, das halblange Haar sitzt gut, sie hat es gefärbt, der verräterische Grauton ist einem natürlich wirkenden Aschblond mit ein paar hellen Strähnen gewichen. Oben drauf thront modisch die italienische Sonnenbrille. Zum schmalen grauen Wollkleid trägt sie ein weißes Jackett und ein grauweiß gestreiftes Seidentuch. Paula hat sie beraten, gemeinsam haben sie die Schränke durchwühlt, der Strohhut bekam null Punkte, er bleibt zu Hause. Ein Spritzer Angel umhüllt sie mit einer zarten Duftwolke.

Wer schöner ist als du, ist operiert, meint Paula. *Du solltest in deinen Beruf zurückkehren.*
Du glaubst doch wohl nicht, daß mir noch ein Regisseur eine Rolle geben würde.
Warum nicht? Vanessa Redgrave ist älter als du, und man kann sich nicht satt sehen an ihr. Manche Frauen werden immer schöner, je älter sie werden.
Marlene Dietrich war nicht überzeugt davon, Paula.
Sie hat sich zu oft liften lassen. Aber mit sechzig war sie noch sehr attraktiv.

Gut, ich werde in Hollywood anfragen.
In Hollywood? Da gilt es schon als gewagt, Frauen über Vierzig sexuell aktiv zu zeigen. Hab ich gerade gelesen.
Siehste. Es wird nichts mit einem Comeback. Isabella steigt ins Auto.
Viel Glück, sagt Paula. *Und hab Geduld mit ihm.*
Geduld? Was ist das? Sie legt eine Kassette der Rolling Stones ein. Die Söhne haben sie ihr hinterlassen, und heute ist ihr nach Mick Jagger zumute. *Dear Lady Ann, I've done what I can.* Lady Isabella ist überzeugt, das melancholische Lied hat der Barde einer reiferen Dame gewidmet. Sie ist nicht die einzige, die einen jüngeren Liebhaber hat. Am Abend zuvor wurden in einer Talkshow vier Paare vorgestellt, bei denen die Frauen erheblich älter waren, und alle sahen sehr zufrieden aus.
Diesmal ist die Autobahn voll, es ist Freitag, da sind Massen unterwegs. Es wird ihr bewußt, daß sie zunehmend gereizt auf andere Autofahrer reagiert. Die meisten Leute sind Egoisten geworden, und sie gehen ihr alle auf den Keks. Früher hielt sie es mit Brecht: *Wie angenehm ist es doch freundlich zu sein,* und es schien ihr, als sähe sie nur freundliche Gesichter. Sie hatte das gute Gefühl, wir gehören zusammen, wir haben die gleichen Interessen, für jeden ist Platz in der Gesellschaft, jeder wird gebraucht. Friede, Freude, Eierkuchen. Jetzt muß jeder um seinen Platz im Leben kämpfen, einer ist des anderen Deibel, und wenn es beim Autofahren ist. Sie fährt hundertzwanzig, und sie wird ständig überholt. Warum haben die es alle so eilig, nach Berlin zu kommen? Früher ging es um Apfelsinen, Bananen und andere rare Dinge, die Exquisitgeschäfte am Alex und Unter den Linden hatten mehr französische Klamotten und italienische Schuhe als die in Neubrandenburg oder Schwerin. Heute gibt es überall das gleiche. Keine Stadt ohne Einkaufscenter und Gewerbepark, in jedem Nest machen sich Filialen der großen Handelsketten breit und diese unsäglichen Plünnenmärkte, was um Himmels willen treibt die Menschen, sich Isabella staubildend in den Weg zu stellen? Wer von ihnen hat einen so wichtigen Grund wie sie, die es kaum erwarten kann, in die Arme des Geliebten zu fallen?
Bei vielen jungen Männern hat sie den Verdacht, daß sie nur durch die Gegend juckeln, weil sie Langeweile haben, ein gepumptes Auto und den Ehrgeiz, andere riskant zu überholen. Ein armseliger Sport, noch dazu ohne Medaillen. Aber was hat diese Generation denn sonst für Möglichkeiten zur Bewährung? Viele Arbeitslose wollen freiwillig zur Bundeswehr. Im zivilen Leben bietet dieses System, das mit immer weniger Beschäftigten immer größere Geschäfte macht, der Jugend zu wenige berufliche Perspektiven. Zynisch nennt die Werbung sie die Fun-Generation. Als Konsumenten sind sie

gefragt, sie sollen Fanta trinken, Donald's Pappbrötchen verschlingen, Mars kauen, bis die Plomben kommen und sich am Fernseher einbilden, auf Hawaii warten die Mädchen mit Blumengirlanden auf sie, sobald sie nur ein Los der Goldenen Eins gezogen haben. Isabella findet es mutig, in dieser Zeit Kinder in die Welt zu setzen. Benjamin und Sarah, was wird eure Zukunft sein? Meine Jungs erfuhren die Gnade der frühen Geburt, sie wuchsen in einem Land auf, das für sie sorgte. Dafür wird die DDR als diktatorischer Fürsorgestaat diffamiert. Z.K.

Wieder rauscht ein Knabe mit Hühnerkopf in einem BMW an Isabella vorbei. Ihr Mitleid hält sich in Grenzen, als sie ihn an einer Notrufsäule wiedersieht, die nicht funktioniert. Der Junge mit den weiten Beutelhosen und dicken Schuhsohlen sieht auf einmal bedauernswert aus. In letzter Minute entschließt sie sich doch noch anzuhalten. *Kann ich Ihnen helfen?*

Scheiße, das Benzin ist alle. Er würde gern mitfahren bis zur nächsten Tankstelle. *Oder haben Sie zufällig einen Reservekanister dabei?*

Isabella hat zufällig einen dabei, noch von der Spanienreise. Sie kann den Jungen retten, und sie nimmt ihm nicht die zehn Mark ab, die er aus seinem Portemonnaie fischt.

Du bist Spitze, Oma, sagt er dankbar.

Du bist auch Spitze, Kleiner. Fahr vorsichtig, das Geschoß ist doch sicher von Opa geborgt.

Ehe er sich von seiner Verblüffung erholt hat, ist sie abgefahren. Im Rückspiegel sieht sie ihn stehen, wie er ihr hinterherguckt.

Oma, aber immerhin Spitze. Was will sie mehr? Sie beschließt, ab sofort nicht mehr über ihr Alter nachzudenken. Dazu hat sie immer noch Zeit, wenn Stefan anfängt, jungen Weibern hinterherzustieren. Er hat es ja mit Gleichaltrigen probiert und ist nicht klar gekommen. Die Probleme, die sie mit ihm hat, haben nichts mit dem Altersunterschied zu tun. Ob er inzwischen im Bett liegt? Als sie ihn am Morgen angerufen hat, saß er noch im Auto.

Vor seinem Haus findet sie keinen Parkplatz, sie fährt einmal ums Karree, dann hat sie Glück, gerade wird ein Platz frei. Voller Freude auf das Wiedersehen eilt sie die Treppe hinauf, klingelt stürmisch. Es öffnet niemand. Sie schließt auf, sieht erstaunt, seine Wohnung ist blitzsauber. Blumen in den Vasen, Luisas Häschen hat er auf die Kommode gestellt und überall Staub gewischt, die Primeln in den Balkonkästen sind gegossen, ein frisch bezogenes Bett – doch von Stefan keine Spur. Wo steckt er? Auf dem Tisch liegt ein angefangener Brief. An Luisa. Er schreibt ihr, wie er mit Sebastian auskommt, dankt ihr für die Vermittlung, sie habe ihm sehr geholfen, er hoffe, daß es ihr gutgeht, so gut wie ihm mit seiner großen Liebe. Jetzt

müsse er Schluß machen, Isabella sei auf dem Weg zu ihm, sie werde sicher noch ein paar Zeilen hinzufügen wollen.
Merkwürdig. Das sieht nach einem plötzlichen Aufbruch aus. Sie versucht ihn über sein Handy zu erreichen. Funkstille. Dann die seelenlose Frauenstimme des Computers: *Der gewünschte Gesprächspartner ist zur Zeit nicht erreichbar.* Isabella ruft seinen Chef an. Per Anrufbeantworter teilt Sebastian mit, daß er auf Tour ist, Nachrichten nach dem Piepton. Hatte Stefan einen Unfall? Es passiert soviel, und er war bestimmt übermüdet. Aber nein, er war ja schon zu Hause. Ist er einkaufen? Sie wird zum Supermarkt gehen, vielleicht trifft sie ihn dort.
Sie trifft ihn nicht, kauft etwas zum Mittagessen, immer noch in der Hoffnung, daß er inzwischen gekommen ist. Ein Trugschluß. Als sie ins Bad geht, sieht sie das Handy, es liegt neben dem Rasierapparat. Abgeschaltet. Offenbar will er nicht angerufen werden. Warum nicht? Paulas Rat fällt ihr ein: hab Geduld. Sie fängt an Kartoffeln zu schälen, paniert die Koteletts, setzt den Blumenkohl aufs Feuer. Nun ist sie schon zwei Stunden hier, und immer noch kein Lebenszeichen von Stefan. Besorgt ruft sie zu Hause an. *Hat er sich bei dir gemeldet?*
Paula verneint. Isabella ist am Ende ihrer Beherrschung. Schluchzend erzählt sie, daß sie eine leere Wohnung vorgefunden hat und ein abgeschaltetes Handy.
Denk nicht gleich schlecht von ihm. Er muß einen ernsthaften Grund gehabt haben, plötzlich aufzubrechen. Vielleicht ist etwas mit seiner Ex-Gattin?
Dann hätte er mir eine Nachricht hinterlassen. Das kippt ihn doch nicht aus den Latschen.
Oder mit einer seiner Töchter?
Warum hat er das Handy abgeschaltet? Nein, ich fürchte, er ist versackt, sitzt in irgendeiner Kneipe und will beim Saufen nicht gestört werden.
Was ist, wenn du ihm unrecht tust?
Soll ich die Polizei anrufen?
Damit würde Paula noch warten.
Ich halte es nicht aus, hier untätig rumzusitzen.
Um sie zu beruhigen, verspricht Paula, in Berliner Unfallkliniken nachzufragen. *Rauch eine Zigarette oder trink einen Schnaps, ich melde mich wieder.*
Schnaps hat Stefan nicht im Haus. Nur eine Packung Clausthaler. Isabella nimmt den Blumenkohl vom Gas, öffnet eine Bierbüchse und steckt sich eine Zigarette an. Sie sucht sich etwas zum Lesen aus seinem Bücherregal. *Wie der Stahl gehärtet wurde.* Es steht eine Widmung darin. Dem Genossen Leutnant wird für treue Pflichterfüllung gedankt. Unterschrift: Mielke. Das hat er aufgehoben? Der

Genosse Minister hat ihn in die Psychiatrie geschickt. Wird Stefan mit der Geschichte nicht fertig? Sie liegt zehn Jahre zurück, mein Gott, wir haben alle unsere Wunden, das ist kein Grund, immer wieder abzutauchen mit dem Trunk des Vergessens. Er hat doch nun Arbeit, und er hat eine Frau, die ihn liebt.
Das Telefon klingelt. Isabella reißt den Hörer ans Ohr. *Stefan?*
Es ist Paula. *In keiner Unfallklinik ist etwas bekannt. Und bei der Polizei auch nicht, ich hab mich überall erkundigt. Also beruhige dich, er wird bestimmt bald aufkreuzen.*
Paula scheint mehr Vertrauen zu ihm zu haben als ich. Isabella versucht zu lesen. *Das Höchste, was der Mensch besitzt, ist das Leben. Es wird ihm nur einmal gegeben, und nutzen soll er es so ...* Ideale eines Helden der Vergangenheit. Der Mensch soll sein Leben der Befreiung der Menschheit widmen. Wenn Ostrowski wüßte, wohin die Menschheit geraten ist und was die Leute heute aus ihrem Leben machen. Viele vergeuden es sinnlos. Sie selber auch, wenn sie noch länger wartet. Ihre Geduld ist erschöpft. Sie widersteht dem Wunsch, ihm einen Brief zu hinterlassen. Nichts wird er von ihr vorfinden, nur zwei panierte Koteletts, einen halbgaren Blumenkohl und geschälte Kartoffeln.
Noch einmal ruft sie Paula an. Das Telefon ist besetzt. Sie geht auf den Balkon. Rangucken nannte ihre Mutter das. Wenn man ungeduldig auf einen Menschen wartet, muß man ihn sich rangucken. Aber es hilft nichts.
Endlich ist der Anschluß zu Hause frei. *Paula, ich komme zurück.*
Wenn du meinst, daß das richtig ist. Schönen Gruß von Markus. Er ist in drei Wochen hier.
Wenigstens ein Trost. Sie wird ihr Lieblingskind wiedersehen. Isabella zieht die Jacke an, nimmt die Reisetasche, wie oft hat sie die in letzter Zeit hin- und hergeschleppt. Auf der Treppe fällt ihr ein, daß sie noch Stefans Wohnungsschlüssel hat. Sie geht zurück und wirft ihn durch den Briefschlitz, den braucht sie nun nicht mehr.
Neben ihrem Auto steht ein Lieferwagen in der zweiten Spur. Der Fahrer ist weg. Isabella hupt lang anhaltend. Endlich erscheint er, betont langsam mit pomadigem Grinsen. Sie steigt aus und beschimpft ihn, er bleibt ihr nichts schuldig. Alter Penner! Alte Henne! Passanten amüsieren sich über die Streitenden. Isabella lädt ihre angestaute Wut an dem Parksünder ab, es ist lächerlich, doch es erleichtert. Er zeigt ihr den gestreckten Mittelfinger und fährt weg. Sie würgt vor Ärger den Motor ab. Als sie erneut starten will, klopft jemand aufs Dach. Entnervt läßt sie die Scheibe runter, wer will da was von ihr?
Durchs Fenster schiebt sich ein blasses Gesicht.

Stefan!
Steig aus, bittet er, *ich muß dir was erklären.*
Sie bleibt sitzen, legt den Kopf an die Lehne und schließt die Augen. Er muß mir was erklären. Sicher. Aber ich will es nicht hören.
Stefan öffnet die Beifahrertür. *Ich weiß, wie dir zumute ist.* Er setzt sich neben sie und küßt sie auf die Wange. *Es ist etwas passiert.*
Mit dir? Sie wendet ihm das Gesicht zu und erschrickt. Er sieht elend aus. Aber getrunken hat er nicht.
Britta, beginnt er, die Stimme versagt ihm, er hat Mühe, die Tränen zu unterdrücken.
Isabella vergißt sofort ihren Zorn. *Was ist mit ihr?*
Sie wollte Selbstmord begehen. Mit Schlaftabletten.
Isabella zündet zwei Zigaretten an und gibt ihm eine. *Erzähl mir alles.*
Sie nimmt Drogen.
Um Himmels willen. Etwa Heroin?
Hasch, schon zwei Jahre. Sie hat versucht, aufzuhören, aber sie steckt in so 'ner Clique. Roswitha behauptet, an allem sei ich schuld. Die Mädchen müßten ohne Vater aufwachsen, Susi verkrafte das, aber Britta nicht.
Nun hör mir mal zu. Viele Kinder wachsen ohne Vater auf, und nicht alle nehmen Drogen. Wie ist ihr Zustand? Lebensbedrohlich?
Der Arzt konnte es nicht sagen, sie ist noch ohne Bewußtsein. Nun weint Stefan wie ein Kind. *Ich kann doch nichts dafür.*
Isabella wischt ihm die Tränen ab. *Bei Susis Geburtstag war sie doch noch ganz gesund?*
Sie hat viel geraucht, und sie sah müde aus, ich dachte, das käme daher, daß sie Nächte in der Disko verbringt. Ihre Mutter sagt, dort hat das angefangen mit Ekstasy und solchem Scheiß. Und sie meint, wenn der Vater sich um die Erziehung gekümmert hätte ...
Du hast getan, was du konntest. Die Frau benimmt sich, als hättest du sie sitzenlassen und nicht sie dich.
Inzwischen glaubt sie das wirklich. Sie ist der Typ, der immer die Schuld bei anderen sucht.
Laß uns nach oben gehen, falls du angerufen wirst. Du hast ja dein Handy nicht mitgenommen.
Als Roswithas Anruf kam, war ich dabei, mich für dich frisch zu machen. Ich hab alles stehenlassen und bin los
Warum hast du es abgeschaltet?
Sicher aus Versehen, ich war total durcheinander.
Du, Genosse Leutnant? Habt ihr nicht gelernt, im Katastrophenfall eiskalt zu bleiben?
Das konnte ich nie. Hat sie dir Bescheid gesagt?
Wer? Roswitha?
Ich habe sie darum gebeten.

Sie hat es vergessen.
Oder sie wollte es vergessen. Ein Glück, daß du noch nicht weg warst.
Dank einem Kraftfahrer, der mir den Weg versperrt hat.
Sie sind kaum in der Wohnung, als das Telefon klingelt. Stefan steht mit hängenden Armen an der Tür, er fürchtet eine schlimme Nachricht.
Isabella nimmt ab. Es ist Roswitha. *Ich will meinen Mann sprechen.*
Sie hält ihm den Hörer hin. *Sie will ihren Mann sprechen.*
Roswitha? Ich bin nicht ihr Mann.
Aber Brittas Vater.
Zögernd nimmt er den Hörer. *Sie ist zu sich gekommen?* Erleichtert läßt er sich in einen Sessel sinken. Doch sein Gesicht wird gleich wieder ernst. *Was ist sie? Schwanger?*
Und ich hielt es für einen Witz, als ich meiner Mutter sagte, er könnte auch bald Großvater sein, wenn Britta sich beeilt. Sie hat sich beeilt, denkt Isabella.
Ja, ich komme. Wir kommen.
Sie sieht ihn fragend an. *Du meinst, wir sollten beide ...*
Bring mich nach Biesdorf, ins Griesinger-Krankenhaus. Ich kann jetzt nicht fahren. Mir dreht sich alles im Kopf.
Du bist müde. Willst du dich nicht erst ausruhen und etwas essen?
Ich muß meine Tochter sehen, um das Bild loszuwerden, wie sie dalag mit dem Sauerstoffschlauch in der Nase, schneeweiß, als wäre sie schon tot.
Isabella fährt ihn ins Krankenhaus. Voller Mitgefühl betrachtet sie das junge Mädchen. Fun-Generation? Britta hat die Augen geschlossen, ihr langes braunes Haar umfließt ein zartes Gesicht. Sie hat auffallende Ähnlichkeit mit ihrem Vater.
Roswitha sitzt auf dem Bettrand, unwillig räumt sie den Platz, als Stefan näher tritt. Er küßt Britta auf die Stirn. *Schläfst du?*
Papa, sagt sie leise, *sei mir nicht böse.*
Warum sollte ich dir böse sein?
Ich mache nur Mist.
Die Hauptsache ist, du lebst. Es wird alles gut.
Aber ich kriege ein Kind. Sie hält seine Hand fest. *Ich wollte es dir schon bei Susis Geburtstag sagen, ich hab mich nicht getraut.*
Roswitha zieht die Brauen hoch. *Dein Vater hatte ja wie immer wenig Zeit.*
Ich mußte zur Arbeit, entgegnet er heftig, *das weißt du doch.*
Streitet euch nicht, bittet Britta.
Wir streiten uns nicht. Sieh mal her, ich möchte dir jemanden vorstellen.
Sie öffnet mit Mühe die Augen und schließt sie gleich wieder. *Ich bin müde. Ich möchte jetzt schlafen. Kommst du morgen wieder, Papa?*
Natürlich, mein Liebling. Wenn du dich besser fühlst, reden wir über alles.

Roswitha folgt ihm hinaus auf den Gang. Isabella ignorierend, fragt sie: *Mußtest du sie unbedingt mitbringen?*
Sie hat mich hergefahren. Ich erwarte, daß du sie respektierst. Isabella ist meine Frau!
Deine Frau? Roswitha lacht laut auf. *Wie alt ist sie eigentlich?*
Ich bin eine Oma, erklärt Isabella ruhig. *Und Sie werden auch bald eine sein.* Sie schenkt der Blondine ein spöttisches Lächeln und geht zum Ausgang.
Du hast gut reagiert, lobt Stefan. *Das ist ihr wunder Punkt. Daß sie so früh Oma wird. Ich habe nichts dagegen, Opa zu werden. Die Menschheit stirbt nicht aus.*
So wenig wie die Dummheit, versetzt Isabella.

Kommst du morgen mit? fragt er unterwegs.
Britta will nur ihren Vater sehen. Sieht Susi dir auch so ähnlich?
Sie ist blond wie Roswitha, aber ein liebes Kind. Beide werden dich gern haben. Du bist eine warmherzige Frau. Anders als Roswitha.
Du hast sie mal geliebt. Wie habt ihr euch überhaupt kennengelernt?
Sie war Sekretärin in unserer Dienststelle, die Männer waren verrückt nach ihr. Es hat mir geschmeichelt, daß sie mich allen anderen vorgezogen hat. Wir waren zusammen im Singeklub.
Da hattet ihr sicher eine gute Zeit.
Das kann ich nicht bestreiten. Heute denke ich allerdings, daß sie mich bei jeder Gelegenheit betrogen hat. Ich war viele Nächte unterwegs, und sie wollte ausgehen, tanzen, sich amüsieren. Daß ich in meiner Arbeit unglücklich war, hat sie überhaupt nicht interessiert. Ihr ging es darum, daß ich Karriere machte, mehr Geld nach Hause brachte. Als ich sie am nötigsten gebraucht hätte, ließ sie mich im Stich. Das würdest du nie tun.
Beinahe hätte ich es getan, denkt Isabella. Ich sollte dem Kerl, der sich vor mein Auto gestellt hat, dankbar sein.
Sie essen Koteletts mit Blumenkohl, dann zieht es Stefan unwiderstehlich ins Bett. Er möchte, daß sie sich zu ihm legt, doch seine Lust auf sie wird durch die Müdigkeit gelähmt. Er schläft auf ihrem Bauch ein. Vorsichtig schiebt sie ihn zur Seite und steht auf, um mit Paula zu telefonieren.
Siehst du, sagt Paula, *es war gut, daß du nicht abgehauen bist. Stell dir vor, er wäre mit diesem Schock allein geblieben. Schlimm, was mit seiner Tochter passiert ist.*
Du meinst, daß sie schwanger ist?
Daß sie drogensüchtig ist. Es ist schwer, da wieder rauszukommen, sie wird Hilfe brauchen
Sie ist in der Nervenklinik.

Die geben ihr Beruhigungsmittel. Aber sie braucht eine Therapie. Paula kennt einen Psychologen in Friedland.
Isabella schreibt Namen und Adresse auf. Am Abend weckt sie Stefan mit einem starken Kaffee. Dann bringt sie ihn zur Arbeit. Das Handy nimmt er mit, um ihr gute Nacht zu sagen.
Isabella fährt zurück durch das nächtliche Kreuzberg. Für sie ist klar, Stefan und sie gehen einer schwierigen Phase entgegen. So ist das, wenn sich zwei Menschen zusammentun, die aus früheren Bindungen kommen. Das Vorleben holt sie immer wieder ein. Er muß sich um seine Tochter kümmern, das wird viel Zeit in Anspruch nehmen. Das Wichtigste ist, daß er nicht mehr trinkt. Dann kann sie alles mit ihm ertragen. Von wem mag das Mädchen schwanger sein? Von einem Jungen ihres Alters? Minderjährige Eltern, und drogensüchtig. Soll Britta das Kind wirklich austragen? Fragen über Fragen, die Stefan belasten. Der Schuldvorwurf der Ex-Gattin, so heftig er ihn abwehren mag, geht nicht spurlos an ihm vorüber.
Am Morgen ruft er an. Er fährt jetzt gleich ins Krankenhaus, wie er es der Tochter versprochen hat. Isabella rät ihm, etwas über die Clique herauszufinden, mit der sie zusammensteckt. Vermutlich gehört der Kindesvater dazu. *Wenn du die Adresse hast, sehen wir uns den Burschen mal an.*
Das würdest du für mich tun?
Jedes Problem, das einer von uns hat, ist ein gemeinsames Problem. Erinnerst du dich? Einer trage des anderen Last.
Das war sein Lieblingsfilm. Er heult nicht im Kino, aber damals sind ihm die Tränen gekommen. Er hat begriffen, daß christliche Nächstenliebe ein anderes Wort für Solidarität ist.
Beides brauchen wir heute mehr denn je, Stefan.
Ich weiß nicht, was ich ohne dich machen würde.
Saufen, denkt sie sarkastisch. Alkohol ist auch eine Droge. Wenn sein Kind es schaffen soll, von der Sucht wegzukommen, muß er es erst recht schaffen. Darüber wird sie mit ihm reden, doch nicht am Telefon. *Soll ich was kochen oder gehen wir essen?*
Ich lade dich zum Chinesen ein. Es ist so schön, daß ich mich auf zu Hause freuen kann, wenn du da bist.
Auch wenn ich nicht da bin, bin ich da. Also bis nachher. Und grüß Britta.
Sie ruft den Therapeuten an. Der ist bereit, sich des Mädchens anzunehmen, Britta müßte allerdings zu ihm nach Friedland kommen. Er kann ihr nur helfen, wenn sie es selber will. Und wenn sie es will, wird ihr kein Weg zu weit sein.
Beim Essen erzählt er von dem Gespräch mit der Tochter. Der Junge, von dem sie schwanger ist, ein gewisser Alexander, wohnt am Rosenthaler Platz. *Er hat sie schon besucht, scheint also kein Schuft zu sein.*

Wir müssen ihm ins Gewissen reden, damit er ihr hilft, von den Drogen wegzukommen, sagt Isabella.
Er kifft selber.
Das hat sie sich gedacht. Vielleicht begreift er, welche Verantwortung er hat gegenüber dem Mädchen und dem Kind, das sie von ihm kriegt. *Wie alt ist er?*
Neunzehn.
Hat er einen Beruf?
Er ist Zivi.
Will sie das Kind behalten?
Sie weiß es noch nicht. Im Moment ist sie zu schwach, um Entscheidungen zu treffen.
Sie geben ihr Medikamente, der Arzt meint, kritisch wird es, wenn sie wieder draußen ist. Dann dürfen wir sie nicht sich selbst überlassen.
Habt ihr über die Therapie gesprochen?
Ja, sie ist dazu bereit.
Das ist doch schon was. Paß mal auf, wir kriegen das in den Griff. Sie kann bei mir wohnen, ich bringe sie nach Friedland zum Therapeuten, dann sind wir sicher, daß sie hingeht. War deine Exe wieder da?
Meine Echse? Er verzieht das Gesicht. *Das paßt zu ihr. Nein, sie muß sich ja auch mal um Susi kümmern.*
Hat Britta dir Vorwürfe gemacht? Meinetwegen? Die Mutter hat sie bestimmt aufgehetzt.
Das weiß ich nicht. Und wenn, dürfte Britta das egal sein. Sie ist vollkommen mit sich beschäftigt.

Am Sonntag hat Stefan frei und schläft sich erst einmal aus. Nach einem kräftigen Mittagessen, Isabella serviert ihm Rinderrouladen mit Rotkohl und Klößen, setzen sie sich ins Auto, um Brittas Freund aufzusuchen.
Ich könnte mir was Schöneres vorstellen an so einem Frühlingssonntag, seufzt Stefan. Sie stehen vor einem häßlichen Haus mit schäbiger Fassade. Ihm graut, hineinzugehen.
Isabella schiebt ihn in den Flur. *Los, sehn wir uns den Herrn an, der dich zum Großvater macht.*
Falls sie das Kind kriegt, schränkt Stefan ein.
Sie guckt am Stillen Portier nach, in welche Etage zu müssen, sie hätte wetten können, daß es die vierte ist. Es ist die vierte. Oben angekommen, sind beide außer Puste, und Stefan klagt über Schmerzen im Knie. Die hat er in letzter Zeit öfter, vom langen Autofahren. An der Wohnungstür klebt ein Plakat: *Keine Macht den Doofen.* Die Klingel geht nicht, Stefan klopft. Es dauert eine Weile, bis ein verschlafener Bursche erscheint, Brille, Jeans, schmächtiger nackter

Oberkörper, das zerzauste blonde Haar ist zu einem Zopf geknotet.
Hallo, begrüßt er sie, *seid ihr vom Sozialamt?*
Ich wüßte nicht, daß die sonntags arbeiten, erwidert Isabella. *Sie sind Alexander?*
In voller Lebensgröße. Wollt ihr 'n Moment reinkommen?
Dazu sind wir eigentlich hier. Stefan hat auf einmal das dumme Gefühl, daß er aus dem Alter raus ist, einen Zopf zu tragen wie dieser junge Mann. *Ich bin Brittas Vater.*
Und du vermutlich die Mutter. Alexander sieht Isabella an. Er macht sich keinen Kopp darüber, wie alt sie ist. Für einen Neunzehnjährigen sind alle über Dreißig Gruftis. *Hei, liebe Eltern.*
Sie lassen ihn in dem Glauben und treten in den Korridor. An der Wand lehnt ein Fahrrad.
Gehn wir in die Küche, im Zimmer schläft noch jemand. Kein Mädchen, fügt Alexander hinzu, als er Stefans fragende Miene bemerkt, *mein Kumpel Eddy.*
War wohl 'ne lange Nacht?
Er trägt Zeitungen aus und kommt erst morgens nach Hause.
Ihr seid eine Wohngemeinschaft?
Ja, 'ne WG.
Wieviele seid ihr?
Mit Britta drei.
Stefan ist erstaunt. Er dachte, sie lebt bei der Mutter.
Sie ist fast immer bei uns.
In dem einen Zimmer?
Wir sind ihre Familie. Sie braucht 'ne breite Schulter.
Isabella unterdrückt ein Lächeln. Damit kann er kaum dienen.
Setzt euch. Alexander rückt zwei Klappstühle zurecht und stellt Tassen auf den Tisch. *Wollt ihr Tee? Was andres hab ich nicht.*
Tee ist okay, sagt Stefan, sich der lässigen Ausdrucksweise des Jungen anpassend. *Du weißt, daß Britta schwanger ist?*
Im zweiten Monat, denke ich mal.
Und was soll das werden?
Wenn's nach mir geht, ein Mädchen.
Warum kein Junge?
Jungs müssen zum Bund.
Du bist doch auch nicht gegangen.
Weiß ich, wofür er sich entscheiden würde?
Erziehungssache, wirft Isabella ein.
Da seid ihr nicht grade Experten, wenn ich mir Britta ansehe.
Mein Sohn ist mit der Aktion Sühnezeichen in Norwegen.
Britta hat 'n Bruder? Wußte ich nicht.
Sie weiß es auch nicht, sagt Stefan, *aber sie wird ihn bald kennenlernen. Isabella ist meine zweite Frau.*

Verstehe. Britta ist ein Scheidungskind.
Hat sie das nicht erzählt?
Sie spricht nicht über ihr Zuhause. Das ist ein Thema, bei dem sie abkotzt. Mir geht es genauso. Meine Alten sind auch getrennt. Er setzt Teewasser auf.
Nicht mein Ding. Die leben ihr Leben, ich meins.
Was ist, wenn euer Kind wegen der Drogen eine Behinderung haben wird? fragt Stefan. *Habt ihr mal daran gedacht?*
Logisch. Darum ist Britta ja durchgeknallt und hat die Schlaftabletten von ihrer Alten geschluckt. Alexander lehnt am Küchenschrank, seine blaßblauen Augen hinter den Brillengläsern blicken bekümmert. *Was soll ich machen?*
Vor allem aufhören mit dem Kiffen, sagt Isabella. *Du mußt ihr dabei helfen, Alexander.*
Sie ist verrückt danach, mehr als Eddy und ich.
Aber sie ist bereit, eine Therapie zu machen, teilt Stefan ihm mit.
Ehrlich?
Sie hat es mir versprochen.
Der Teekessel pfeift, beim Aufbrühen verschüttet Alexander Wasser, so zittrig ist er.
Isabella nimmt ihm den Kessel aus der Hand. *Für dein Alter bist du ganz schön klapprig, mein Lieber. Hast du Zucker?*
Nee, eigentlich bin ich sonst ganz gesund.
Ich meine für den Tee.
Ach so. Er nimmt eine Tüte aus dem Schrank, wäscht einen Löffel ab. *Sorry, auf Besuch war ich nicht vorbereitet.*
Tut uns leid, wir wollten dich gern kennenlernen.
Gefalle ich euch?
Hätte schlimmer kommen können. Isabella wendet sich an Stefan. *Was sagst du? Schließlich ist es deine Tochter, um die es hier geht.*
Von der Pille habt ihr wohl noch nichts gehört? fragt Stefan.
Ich dachte, sie nimmt sie. Aber dann habe ich gemerkt ... Alexander stockt
Was hast du gemerkt?
Ach, Mensch, Scheiße. Ich war ihr erster. Er führt die Teetasse mit beiden Händen zum Mund, um nicht zu kleckern.
Fast tut er Isabella leid. *Was machst du denn als Zivi?*
Seniorenheim. Ich wische alten Leuten den Hintern. Besser Scheiße als Schießen.
Da hast du recht. Dann wirst du ja auch einen Babyhintern wischen können.
Logisch.
Britta braucht einen Beruf, sagt Stefan. *Ich war lange genug arbeitslos, ich weiß aus eigener Erfahrung, Lernen und Arbeiten ist die einzige Möglichkeit, wieder Freude am Leben zu haben. Darum muß sie die Schule zu Ende machen. Wenn sie das nicht begreift, mach du es ihr klar.*
An der Küchentür erscheint ein lang aufgeschossener Schwarzer

mit rechteckig gestutztem Haar. *Hei.* Er bleckt sein schneeweißes Gebiß. Das ist Eddy, jenseits von Afrika. Isabella könnte ihn sich als Massai-Krieger vorstellen, mit dem Speer auf großen nackten Füßen die Savanne durcheilend, um Löwen zu jagen. Und der trägt in Berlin Zeitungen aus. Seltsame Welt.
Brittas Vater mit seiner Frau, erklärt Alexander. *Willst du Tee?*
Eddy will erst eine rauchen, um zu sich zu kommen, und dann verschwindet er auf dem Klo.
Gib Schub, Rakete, ruft Alexander ihm nach. *Wir haben noch was vor.*
Was habt ihr denn vor? fragt Isabella.
Was schon? Wir fahren zu Britta ins Krankenhaus.
Alle beide?
Wir sind ihre Familie.
Stefan schreibt seine Telefonnummer auf einen Zeitungsrand. *Wenn du mich brauchst, ruf an.*
Okay. Alexander bringt die beiden zur Wohnungstür. *Find ich echt cool, daß ihr gekommen seid.*
Isabella weist auf das Plakat. *Keine Macht den Drogen muß es heißen. Wenn ihr damit nicht aufhört, seid ihr wirklich doof.*
Er seufzt. *Es ist der Weg zum schnellen Glück.*
Habt ihr keine Zeit, auf normalem Weg glücklich zu werden?
Ach, Mutter, sagt er nachsichtig, *das verstehst du nicht. Wenn das Leben Scheiße ist, braucht man den Kick. Etwas, worauf man sich tierisch freuen kann.*
Liebe zum Beispiel. Liebst du Britta?
Sie ist 'ne geile Braut.
Was soll das heißen, geil? Stefan mißfällt die Vorstellung, daß sich seine Tochter diesem Jungen an den Hals geworfen hat.
Ich fahr auf sie ab.
Fun-Generation. Isabella streicht ihm über den Kopf. *Mach's gut, Junge. Mal sehen, was sich machen läßt.*
Du meine Güte, sagt Stefan vor der Haustür, *das ist vielleicht ein Typ.*
Ein Softy. Isabella ist überzeugt, er meint es ehrlich.
Schon möglich, aber der kann doch kein Kind ernähren! Britta muß es abtreiben lassen. Sie versaut sich ihr ganzes Leben.
Du willst dich einmischen? Das wird ihr nicht gefallen.
Sie ist noch nicht volljährig, und sie hat immer auf mich gehört.
Isabella versteht ihn. Er dachte, Britta ist noch ein Kind, und nun kriegt sie eins. Doch er muß behutsam vorgehen. Eine Abtreibung ist keine Kleinigkeit.
Sprich mit Roswitha darüber.
Das wird er wohl tun müssen.

Kannst du Haare schneiden? fragt er, als sie wieder zu Hause sind. *Meinen Söhnen habe ich sie immer geschnitten.*
Wieviel nimmst du? Er drückt ihr die Schere in die Hand.
Ich gar nichts, aber der Friseur. Den hast du zehn Jahre lang gespart.
Manchmal verflucht sie das Telefon. Es klingelt in dem Augenblick, als sie gerade den abgeschnittenen Zopf hochhält wie eine Trophäe. Paula teilt ihr mit, Isabellas Mutter habe angerufen. *Sie will nicht länger in ihrer Wohnung bleiben.*
Warum denn nicht?
Sie hört die ganze Nacht Bumsgeräusche.
Bumsgeräusche?
Nebenan wird angeblich dauernd gebumst. Du sollst sie da rausholen.
Es wird nichts mit dem ruhigen Sonntag. *Ich muß zu meiner Mutter, Stefan.*
Würdest du bitte erst die Frisur vollenden? Seine Haare stehen widerborstig nach allen Seiten ab. *So kannst du mich nicht rumlaufen lassen. Ich sehe aus wie ein gerupfter Hahn.*
Ich bin noch nicht fertig. Halt still.
Mit geschickten Schnitten formt sie einen Bubikopf. Nun noch waschen und fönen, und das gewellte Haar legt sich gefällig um sein Gesicht.
Zweifelnd betrachtet er sich im Spiegel. *Sehe ich aus wie ein werdender Großvater?* Er sieht noch jünger aus als vorher.
Laß dir ein Bärtchen wachsen, dann bist du ein cooler Typ wie D'Artagnan. Fechten kannst du doch?
Er findet das nicht komisch, und er weiß nicht, ob das Haareschneiden eine gute Entscheidung war.
Mir gefällst du. Es war ja auch ein symbolischer Akt. Du hast dich von deiner Vergangenheit verabschiedet. Der Zopf ist ab.
Die Mutter empfängt sie mit Wattepfropfen in den Ohren. Für Stefan hat sie nur einen flüchtigen Blick. Sie zieht Isabella ins Schlafzimmer und verlangt, daß sie das Ohr an die Wand legt. *Hörst du das?*
Isabella hört nichts. *Du bildest dir was ein, Mama.*
Kommen Sie mal her, verlangt die Mutter. Auch Stefan muß an der Wand horchen. Und auch er hört nichts. *Wer wohnt denn nebenan?*
Eine verrückte Alte. Sie füttert alle Katzen der Umgebung, das Zeug, das sie aus den Müllkästen sammelt, stinkt schon durch die Tür.
Und die soll einen Liebhaber haben? Isabella sieht die Mutter zweifelnd an. *Vielleicht sind es die Katzen.*
Springen Katzen auf dem Bett rum, daß die Sprungfedern krachen? Nein. Da ist so ein Penner, den sie im Park aufgelesen hat, der kommt abends, wenn er denkt, daß ihn keiner sieht. Aber ich habe ihn gesehen. Kaum ist er drin, geht's los. Widerlich. Ich will hier weg. Nimm mich mit nach Mecklenburg.

Ich lebe zur Zeit in Berlin, Mama, in Stefans Wohnung.
Dann bring mich ins Heim. Die Mutter preßt die Hände an den Kopf. Ob sie sich etwas einbildet oder nicht, sie leidet wirklich.
Wollen wir nicht alle drei ein bißchen um den See laufen? fragt Stefan. *Frische Luft wird Ihnen guttun.*
Nun erst betrachtet ihn die Mutter genauer. Ist das der Mann, von dem Isabella erzählt hat? Es war doch von einem Langhaarigen die Rede. Oder hat sie schon wieder einen Neuen? *Wo ist denn der Zopf?*
Den habe ich ihm abgeschnitten, erklärt Isabella.
Er hat mich zu alt gemacht. Stefan grinst.
Junger Mann! In einer plötzlichen Anwandlung von Rührung legt ihm die Mutter die Hände auf die Schultern, sie muß sich ein wenig recken, er ist einen Kopf größer als sie. *Machen Sie mein Kind glücklich.*
Isabella ist die Floskel, die sie aus Kitsch-Filmen kennt, peinlich.
Nimm die Watte aus den Ohren, Mama, wir gehen spazieren. Gibt es noch das Milchhäuschen am See? Die hatten gutes Eis.
Ich war ewig nicht mehr dort. Alleine gehe ich kaum raus. Nur zum Einkaufen und zum Arzt.
Wenn du altes Brot hast, könnten wir die Enten füttern.
Sie hat alte Schrippen. *Heutzutage werden sie so schnell hart,* klagt sie, *früher, als sie noch einen Sechser kosteten, blieben sie länger frisch.*
Stefan führt sie am Arm die Treppe hinunter. Im Hausflur stolpert sie über eine grau gestreifte Katze, die ihr zwischen die Füße gerät. Fauchend entweicht das Tier. *Da seht ihr's! Früher war das ein ordentliches Haus. Ich will hier raus.*
Wir werden eine Lösung finden, beruhigt er sie.
Gemächlich schlendern sie durch die Grünanlage zum See, in dessen Mitte eine Fontäne tanzt. Der Bootsverleih ist bereits geöffnet, ausgelassen schreiend, rudern Kinder unter dem spritzenden Wasser hindurch.
Weißt du noch, Isabella, im Winter war hier früher eine Eisbahn, dein Vater ist mit dir Schlittschuh gelaufen.
Isabella weiß es noch.
Er hatte so viel mit dir vor. Lieschen, hat er gesagt, aus der wird mal was ganz Großes. Sie konnte singen, tanzen, hat kleine Geschichten geschrieben. Aber dann hat er uns sitzenlassen.
Mama!
Du mußt ihm deine Kinderbilder zeigen, sie war ein so hübsches Kind. Stefan. Ich war nie hübsch, Mama.
Und warum bist du Schauspielerin geworden?
Da lernt man, etwas aus sich zu machen.
Voll gelungen, sagt Stefan fröhlich.
Isabella ist froh, daß die Mutter auf andere Gedanken kommt, auch

wenn ihr das Schwärmen von *Früher* auf den Nerv geht. Sie packen die Schrippen aus, schnatternd watscheln die Enten herbei und scharen sich um sie, bis die Tüte leer ist. Das Milchhäuschen ist geschlossen. Stefan kauft Eis an einem Stand mit rotweißgrünem Sonnenschirm, sie setzen sich auf eine Bank.
Schmeckt dir das, Mama?
Bißchen kalt an den Zähnen.
Das ist so bei Eis.
Ich würde jetzt gerne eine Tasse Kaffee trinken. Gegenüber war früher ein Café.
Das Café gibt es noch. Sie essen Erdbeertorte mit Schlagsahne. *Das hast du früher ...*
Isabella blickt auf die Uhr. *Es wird Zeit, Mama. Wir bringen dich nach Hause, Stefan muß zur Nachtschicht.*
Ich will nicht in die Wohnung. Ich halte das nicht aus.
Wir machen folgendes, erklärt er in entschiedenem Ton, *ich rede mit der Frau.*
Die hört nicht auf dich.
Das werden wir ja sehen.
Wieder streunt die Katze durch den Hausflur. Kurz entschlossen nimmt Stefan das Tier auf den Arm und klingelt bei der Nachbarin. Es öffnet ein graues spindeldürres Weibchen mit geblümter Kittelschürze.
Ach, mein kleiner Strolch, wo warst du denn so lange? Hast du gar keinen Hunger?
Darf ich einen Moment reinkommen? Da sie Stefans Frage überhört, tritt er ein und schließt die Tür hinter sich. Die Katze stürzt sich auf den Freßnapf in der Küche. Auf dem Fensterbrett liegt ein großer schwarzer Kater und sieht gelassen zu, wie die Graugestreifte schlingt. Es riecht wirklich nicht gut, Essenreste auf dem Gasherd, schmutziges Geschirr im Abwaschtisch, ein überquellender Mülleimer. Aus einem altmodischen Kasten von Radio dröhnt laute Musik.
Leben Sie allein hier?
Wie bitte? Das Weiblein hält die Hand ans Ohr.
Leben Sie allein?
Nein, nicht allein, mit meinen Tieren.
Haben Sie öfter Besuch?
Zu mir kommt ja keiner. Alle sagen, es stinkt nach Katze.
Ob tatsächlich manchmal ein Mann bei ihr ist, wie Lieschen behauptet? Schwer vorstellbar. *Ich würde mir gern Ihre Räumlichkeiten ansehen, wenn Sie nichts dagegen haben.*
Bereitwillig öffnet sie die Stubentür. An der Wand zur Nachbarwohnung steht ein schmales Sofa mit einer alten braunen Decke über dem Bettzeug.

Stefans Blick fällt auf den Fernseher. Den wird sie so laut stellen wie das Radio.
Gucken Sie abends lange fern?
Das meiste ist Quatsch, ich sehe mir nur Tierfilme an. Oder Liebesfilme. Sie kichert. *Obwohl ich schon siebenundsiebzig bin.*
Für die Liebe ist man nie zu alt, meint er diplomatisch.
Sie setzt sich auf das Sofa, unter ihrem Leichtgewicht gibt es keinen Ton von sich. Von wegen Sprungfedern. Es bietet auch kaum Platz für zwei.
Ich habe vor dem Haus einen alten Herrn gesehen, schwindelt er.
So einen mit einem großen Hund? Das ist Bernhard.
Ihr Freund?
Ich gebe ihm manchmal was zu essen. Wenn man Katzen füttert, muß man auch einem armen Menschen helfen, oder nicht?
Und dann bleibt er über Nacht?
Wo soll er denn schlafen?
Hier vielleicht. Er zeigt auf das Sofa.
Nein, nein, das geht zu weit. Das will er auch gar nicht. Er war lange nicht hier.
Ihre Nachbarin glaubt, etwas gehört zu haben.
Die spinnt. Hat sie gesagt, daß ich hier Orgien feiere? Das erzählt sie im ganzen Haus. Die Alte sieht ihn mißtrauisch an. *Sie hat Sie geschickt!*
Das hat sie nicht. Ich wollte Ihnen die Katze bringen.
Aber Sie fragen mich aus. Sind Sie von der Polizei?
Ich arbeite in der Altenpflege. Er schwindelt, ohne rot zu werden.
Einen Pfleger brauche ich nicht. Sie schaltet den Fernseher an. Es läuft ein Trickfilm im Kinderprogramm. Laut quiekend, rennt ein Schwein über den Bildschirm.
Stellen Sie den Ton etwas leiser, bittet Stefan. *Nehmen Sie Rücksicht auf die Nachbarn.*
Aber dann höre ich nichts.
Es gibt Kopfhörer.
Dafür habe ich kein Geld. Ärgerlich dreht sie am Lautsprecherknopf. Als er die Wohnung verlassen hat, dringt ohrenbetäubendes Quieken durch die Tür. Er wird ihr Kopfhörer besorgen. Vielleicht hat Isabellas Mutter dann Ruhe.
Die empfängt ihn mit neugierigem Gesicht: *Hast du den Penner gesehen, mit dem sie es treibt?*
Sie ist ganz allein. Mit zwei Katzen.
Die Mutter hält das Ohr an die Wand. *Aber ich höre es doch, jetzt grunzt er wie ein Schwein.*
Stefan lacht. *Das ist ein Kinderfilm.*
Isabella begreift. *Es sind Fernsehfilme, die du hörst, Mama.*
Ich will hier raus, sagt Lieschen störrisch.

ACHTES KAPITEL

Als sie aus Spanien zurückkamen, waren sie mit ihrer Liebe allein. Jetzt müssen sie sich um Kinder, Enkel, Omas sorgen. Familienbande, denen sie sich nicht entziehen können. Stefans Mutter hat den Selbstmord seines Vaters nicht verwunden, sie macht eine Busreise nach der anderen, um sich abzulenken. Jetzt ist sie in Dänemark.
Britta ist in ein Zweibettzimmer verlegt worden. Stefan findet den Raum leer vor. Auf dem Nachbarbett sitzt ein großer rosa Teddybär. Von der Stationsschwester erfährt er, daß die beiden Mädchen weggegangen sind, um Zigaretten zu kaufen. Das ist eine Stunde her. Ein wenig ist sie nun schon beunruhigt. Sie sollten längst wieder hier sein.
Warum lassen Sie sie frei herumlaufen? Wer weiß, was sie anstellt in ihrem Zustand.
Wir sperren sie nicht ein, wer nicht freiwillig hierbleibt, dem können wir sowieso nicht helfen.
Vielleicht ist sie bei Alexander, meint Isabella, die er mit dem Handy angerufen hat. *Warte noch ein bißchen.*
Er geht durch den Park. Auf einer entlegenen Bank bemerkt er seine Tochter und ihre Zimmergefährtin Anna. Beide rauchen mit gierigen Zügen. Britta wirkt verstört, ihr Haar hängt strähnig herunter. Bleich und abgemagert in abgewetzten Jeans mit Löchern auf den Knien, ein schlampiges schwarzes T-Shirt – was ist nur aus dem schönen Mädchen geworden?
Wie geht es dir? fragt Stefan hilflos, es ist ihr anzusehen, daß es ihr schlecht geht.
Sie zuckt mit den Schultern und nimmt einen tiefen Zug aus ihrer Zigarette.
Meinst du, rauchen ist gut in deinem Zustand?
Ich kann nicht mit allem aufhören, was ist denn das für ein Leben? Sie ist den Tränen nahe.
Anna blickt ihn düster an. Blauschwarz gefärbte kurze Haare betonen die Blässe ihres pickeligen Gesichts. Das ist die Besitzerin des Teddys. Vielleicht braucht Britta auch ein Kuscheltier. Sie halten sich

für erwachsen, im Grunde sind sie Kinder, liebebedürftige Kinder, die sich allein gelassen fühlen. Er zieht eine Tafel Schokolade aus der Tasche. Seine Tochter will nichts Süßes, Anna greift danach.
Was soll ich dir denn das nächste Mal mitbringen, Britta?
Zigaretten.
Und einen Plüschbären?
Sag mal, tickst du noch richtig?
Anna hat auch einen.
Heb dir das Geschenk für mein Baby auf.
Du willst es wirklich bekommen?
Britta nickt mit trotziger Miene.
Natürlich muß sie es kriegen, mischt sich Anna ein. *Alleinstehende minderjährige Mutter, da kann sie Knete abfassen.*
Ich bin nicht alleinstehend. Ich habe Alex und Eddy.
Nun hör mal, Britta. Stefan bemüht sich um einen ruhigen väterlichen Ton. *Ein Kind in die Welt zu setzen, das bedeutet eine große Verantwortung, meinst du, daß du reif dafür bist?*
Hör du bloß auf, mir Moral zu predigen. Faß dir an die eigene Nase.
Brittas plötzliche Aggressivität trifft ihn unerwartet. *Wie meinst du das?*
Daß du Kinder in die Welt gesetzt hast, geht dir doch kalt am Arsch vorbei.
Wie kannst du so was behaupten? Er ist fassungslos.
Ihr seid auseinandergerannt, ohne zu fragen, wie wir damit fertigwerden
Er wußte nicht, daß sie noch unter der Trennung ihrer Eltern leidet. Ihm schien, sie hätte verstanden, daß zwei Menschen, die sich nicht mehr lieben, besser auseinandergehen. Auch im Interesse der Kinder. Außerdem war es nicht seine Idee. Hätte Roswitha ihn nicht verlassen, er wäre wohl noch immer ihr betrogener Ehemann.
Was meinst du, warum ich in der Klapsmühle gelandet bin?
Weil du Schlaftabletten genommen hast. Du wolltest dir das Leben nehmen.
Und warum habe ich das getan?
Erklär es mir.
Weil ich eine Scheißkindheit hatte. Kinder brauchen einen Vater.
Dein Kind wird einen haben?
Zwei! Sie drückt die Zigarette aus und steht auf. *Komm vorläufig nicht her, ich brauche meine Ruhe.*
Er sucht Brittas behandelnden Arzt auf und schildert ihm ihren Ausbruch.
Nehmen Sie es nicht zu schwer, das ist ihre Hilflosigkeit, meint der Neurologe. *Vielleicht war es gut, daß sie ausgesprochen hat, was ihr auf der Seele liegt. Das muß raus, wenn sie gesund werden soll.*
Mir ist zumute, als hätte sie mir eine runtergehaun.
Lassen Sie ihr Zeit.

Soll ich sie wirklich nicht mehr besuchen?
Rufen Sie mich an. Ich sage Ihnen, wann es angebracht ist.
Auf dem Parkplatz steigt Roswitha aus einem dunkelblauen Sportwagen mit aufgeklapptem Verdeck. Ein Mann hat sie hergefahren, Bauch, Halbglatze, nicht ihr Geschmack, vermutlich betucht. *Das ist Kurt,* stellt sie ihn kurz vor, *wie geht's unserer Tochter?*
Schlecht. Sie will nicht gestört werden.
Von dir vielleicht nicht. Ich bin ihre Mutter.
Hör zu, wir müssen reden.
Sie mustert ihn von oben bis unten, als hätte er ihr ein unanständiges Angebot gemacht. *Worüber? Über deine neue Freundin?*
Über Britta. Sie will das Kind bekommen.
Wenn du dich mehr um sie gekümmert hättest, wäre sie jetzt nicht in dieser Lage. Zahl pünktlich deine Alimente und halte dich raus. Ich kläre das allein, wie alles in den vergangenen zehn Jahren.
Wer hat denn wen verlassen?
Du kannst mich mal. Energisch stöckelt sie auf hochhackigen roten Pumps dem Eingang zu. Kurt, ohne Helm und ohne Gurt, wartet im Wagen.

Isabella hat vergeblich versucht, ihre Gedanken auf eine Geschichte über die Katzenoma zu konzentrieren. Ihr fehlt die innere Ruhe. So hat sie Wäsche gewaschen. Sie ist unzufrieden mit dem Ergebnis ihrer Arbeit. In der alten Trieselmaschine sind Stefans T-Shirts den Grauton aus Strohwitwerzeiten nicht losgeworden. Sie mag es, wenn Schneeweißes unter dem Oberhemd hervorsieht. Zu Hause hat sie einen modernen Automaten.
Sie sehnt sich nach ihrem Hügel. In einer Zeitschrift hat sie gelesen, daß in den ärmeren Ländern die Menschen in die großen Städte strömen. Siehe Eddy. Den hat der Völkerstrom bis nach Berlin getragen. In den reichen Ländern zieht es mehr und mehr Leute zurück in die Natur, weg von Lärm und Schmutz. Isabella würde den Frühling auch lieber auf dem Lande verbringen als in der Großstadt, wo es nicht nach Blüten duftet, sondern nach Abgasen, dem Bratöl der Imbißbuden und anderen die Nase beleidigenden Gerüchen. Rundum sind Baustellen, der Aprilwind wirbelt Kalkstaub auf, daß einem die Augen tränen. Wenn das so weitergeht, muß man in Berlin auch bald einen Mundschutz tragen wie in Tokio. Das Nebenhaus wird eingerüstet, die Bauarbeiter unterhalten sich laut auf polnisch, vermutlich schlecht bezahlte Schwarzarbeiter. Isabella gönnt den Jungs ihren Job, nur der Krach, den sie jeden Morgen ab sieben veranstalten, nervt sie, besonders, da sie um Stefans Schlaf fürchtet, den er nach der Nachtschicht dringend braucht.

Sie sieht ihm an, daß ihn etwas bedrückt. *Was ist passiert?*
Obwohl Brittas Vorwürfe ihm gegenüber ungerecht sind, fühlt er sich wie ein geprügelter Hund.
Sie sucht einen Schuldigen für eigenes Versagen.
So kenne ich sie nicht. Die Drogen haben sie verändert.
Sie ist in guten Händen, tröstet ihn Isabella. *Die werden ihr helfen, und wir werden es auch tun. Hast du Roswitha gesprochen?*
Auf dem Parkplatz. Irgendein Kerl hat sie gefahren, vor dem hat sie mich runtergeputzt. Sie macht mich für alles verantwortlich, für den Selbstmordversuch, die Schwangerschaft, die ganze Misere.
Wenn dir jemand etwas Böses angetan hat, vergißt er dir das nie. Isabella bringt es nicht fertig, ihm zu sagen, daß sie nach Mecklenburg fahren wird. Mit seinen Sorgen kann sie ihn jetzt nicht allein lassen. Es ist erstaunlich, daß er sich nicht betrunken hat. Er hat schon aus geringfügigeren Anlässen Trost im Alkohol gesucht. Ein gutes Zeichen, daß ihn die Katastrophe der Tochter nicht in alte Verhaltensmuster zurückwirft.
Morgen besorge ich die Kopfhörer, nimmt er sich vor, *vielleicht können wir wenigstens ein Familienproblem aus der Welt schaffen.*
Am nächsten Tag überrascht er sie damit, daß er noch etwas gekauft hat. Feierlich zieht er eine viereckige Schachtel aus der Jackettasche. Ein Ring liegt darin, Gold mit kleinen Brillanten.
Stefan, du bist verrückt, soviel Geld auszugeben.
Er schließt ihr den Mund mit einem Kuß. *Wofür verdiene ich es denn?*
Für dich, mein Schatz. Setz ihn auf.
Sie steckt ihn auf den linken Ringfinger. *Er ist sehr schön, Stefan. Ich danke dir.*
Und wann willst du ihn an der rechten Hand tragen?
Erstaunt blickt sie ihn an.
Wie meinst du das?
Wir sollten heiraten.
Ein Heiratsantrag! In ihrem Alter! Hält er das für eine gute Idee?
Für die beste seines Lebens. Am liebsten würde er gleich zum Standesamt gehen, um sich einen Termin geben zu lassen. *Wie wär's am 8. Mai? Tag der Befreiung.*
Das war einmal, Stefan. Die befreien jetzt Tschetschenien.
Für mich bleibt es ein historisches Datum.
Warum hast du's so eilig? Wir kennen uns erst zwei Monate.
Ich liebe dich, Isabella, werde meine Frau.
Das bin ich auch ohne Trauschein.
Er beharrt darauf, er will mit ihr zum Standesamt.
Laß mir noch ein wenig Zeit. Erst mal fahre ich nach Hause.
Wann?

Heute. Da sie sein enttäuschtes Gesicht sieht, fügt sie rasch hinzu: *Und am Wochenende kommst du nach.*
Ich will für immer mit dir zusammenleben. Es muß ja nicht in dieser Wohnung sein. Wir suchen uns was im Grünen.
Und mein Haus?
Sollen wir denn dauernd hin- und herfahren? Du hast selbst gesagt, du bist kein Maikäfer.
Du verlangst, daß ich das Haus aufgebe? Peter und Klaus wären dir dankbar.
Isabella, ich lege dir mein Herz zu Füßen, und du trittst drauf.
Sie streichelt ihn. *Wenn ich zurück bin, reden wir in aller Ruhe darüber. Das will gut überlegt sein.*
Und die Kopfhörer? Soll ich sie alleine nach Weißensee bringen?
Die kann ich mitnehmen, ich fahre sowieso dort vorbei. Geh ins Bett, du siehst müde aus.
Diesmal fragt er nicht, ob sie sich zu ihm legt. Er ist gekränkt. Sie wartet, bis er eingeschlafen ist, dann geht sie.

Die Mutter empfängt sie mißmutig. Es war bis in die Nacht Remmidemmi nebenan.
Ich bringe ihr die Kopfhörer. Dann hast du Ruhe, Mama.
Hast du dich um einen Heimplatz gekümmert?
Dazu ist immer noch Zeit. Isabella klingelt bei der Katzenoma. Durch die Tür dringt Gelächter und Kreischen, dann ein lauter Knall, ein Aufschrei. Sie klingelt ein zweites Mal. Der Lärm verstummt, die Tür wird einen Spaltbreit geöffnet. Die Frau zupft verlegen an der Strickjacke, die sie über das Nachthemd gezogen hat. *Sie müssen entschuldigen, ich habe geschlafen.*
Bei dem Radau?
Der stört mich nicht. Nachts liege ich wach und finde keine Ruhe. Da geht einem so manches durch den Kopf.
Ich habe hier was für Sie.
Mißtrauisch beäugt die Alte die Kopfhörer. *Die soll ich aufsetzen?* Sie stülpt den Bügel über das schüttere Haar. *Nun höre ich gar nichts mehr.*
Sie müssen erst angeschlossen werden.
Wie denn? Wo denn?
Das weiß Isabella auch nicht. Sie guckt auf der Rückseite des Gerätes nach, es ist ein alter Fernseher, er scheint keine Buchse für den Stecker zu haben. Wäre Stefan mitgekommen, er hätte bestimmt eine Lösung gefunden. *Ich schicke Ihnen meinen Mann. Bis dahin wäre ich Ihnen dankbar, wenn Sie den Ton etwas leiser stellen würden. Meine Mutter ist schon ganz verzweifelt, der Apparat steht genau an der Wand zu ihrem Schlafzimmer. Sie will ins Heim.*

Ins Heim? Hat sie denn so eine hohe Rente? Die wollen mindestens tausendfünfhundert Mark im Monat.
Daran hat Isabella noch gar nicht gedacht. Die graue Katze streicht um ihre Beine. *Ist das ein liebes Tier.*
Sie mögen Katzen? Ihre Mutter nicht.
Ich habe eine Geschichte über einen Jungen und sein Kätzchen geschrieben.
Sind Sie Schriftstellerin?
Das ist nur ein Hobby. Wissen Sie was? Schalten Sie den Fernseher wieder an, so laut wie immer, und kommen Sie mit rüber.
Ich muß mich erst anziehen.
Die Mutter hat ihre Wattepfropfen in den Ohren. Als sie erfährt, daß die Nachbarin gleich erscheinen wird, ist sie empört. *Die holst du mir ins Haus, die alte Schlampe?*
Sie soll sich überzeugen, daß der Lärm eine Zumutung ist. Du wohnst doch nun schon eine Weile hier, habt ihr euch früher nicht ganz gut verstanden?
Wir haben uns guten Tag und guten Weg gewünscht. Bis sie den Penner aufgelesen hat. Ich hasse mannstolle Weiber. Wenn man so alt ist, braucht man keinen Kerl mehr.
Und wie ist das mit mir? Stefan will, daß wir heiraten. Sie zeigt der Mutter den Ring.
Du bist jung, Kind, und er ist ein sehr netter Mann.
Zwanzig Jahre jünger als ich.
Er liebt dich, das habe ich gesehn, und zu mir ist er auch gut.
Zaghaft klopft es an der Wohnungstür. Isabella läßt die Nachbarin herein. Die ist kaum wiederzuerkennen mit einem lila Turban aus Samt, weißer Bluse und schwarzem Rock. Die Kopfhörer bringt sie zurück. *Wenn Ihr Mann kommt, soll er meinen Fernseher in die andere Stube stellen. Dann hört sie nichts.*
Treten Sie näher. Isabella möchte, daß die beiden Frauen miteinander reden. *Soll ich Kaffee machen, Mama, ich hab Kuchen mitgebracht.*
Beim Anblick der herausgeputzten Besucherin legt die Mutter verstohlen die Wattepfropfen weg und stellt Geschirr auf den Tisch. *Nehmen Sie Platz.*
Bescheiden setzt sich die Alte auf eine Stuhlkante, sie faltet die Hände im Schoß und guckt stumm vor sich hin. Isabella stellt in der Küche die Kaffeemaschine an. Nebenan ist es still, auch der Fernseher schweigt. *Ist es nicht herrliches Frühlingswetter?* ruft sie.
Keine Antwort.
Meine Tochter fragt, ob es nicht herrliches Frühlingswetter ist, brüllt die Mutter.
Herrlich, bestätigt die Nachbarin. *Ich würde gern mal wieder an den See gehen, die Enten füttern.*
Das haben wir am Sonntag gemacht.

Ja, wenn man jemanden hat, an dem man sich festhalten kann, mir ist immer so schwindelig.
Sie haben doch einen Freund, sagt Isabellas Mutter spitz.
Ich? Einen Freund? Meinen Sie etwa Bernhard? Der war lange nicht mehr da. Vielleicht ist er schon gestorben, der Ärmste, er war sehr krank.
Ich glaubte ihn erst gestern gehört zu haben.
Da irren Sie sich. Das war sicher der Fernseher. Entschuldigen Sie, wenn ich Sie gestört habe.
Ihre Sanftmut ist entwaffnend.
Geht doch mal zusammen spazieren. Isabella legt gefüllten Streuselkuchen auf die Teller.
Wer? Wir? Die Mutter wirft ihr einen mißbilligenden Blick zu.
Ach, das wäre schön, läßt sich die Nachbarin vernehmen. *Sie sind ja noch gut zu Fuß.*
Sie können das nicht beurteilen, ich gehe am Stock.
Das ist das Neueste, Mama. Isabella setzt sich neben sie. *Seit wann gehst du am Stock?*
Seit heute! Die Mutter tritt ihr unter dem Tisch auf den Fuß.
Sie trinken schweigend Kaffee, die Nachbarin lobt den Kuchen.
Und die Kopfhörer wollen Sie wirklich nicht? fragt Isabella.
Vielleicht kann Ihre Mutter sie gebrauchen.
Ich bin nicht schwerhörig. Ich höre noch sehr gut. Leider.
Isabella lacht. *Darum ja gerade, Mama. Du könntest Musik hören und brauchst keine Watte mehr in die Ohren zu stopfen.*
Die Nachbarin schiebt ihre Tasse zurück. Sie hat ausgetrunken und aufgegessen, vielen Dank, nun wird sie wieder zu ihren Katzen gehen.
Fressen sie Leberwurst?
Ich?
Ihre Tiere. Die Mutter steht auf. *Ich habe noch ein Stück im Kühlschrank.*
Da werden sie sich freuen. Ich heiße übrigens Käte ... Vielleicht gehen wir doch mal zusammen an den See.
Vielleicht, erwidert Lieschen. *Guten Tag.*
Isabella räumt den Tisch ab. *Sie ist eigentlich ganz nett, findest du nicht?*
Mächtig aufgetakelt hat die sich. So habe ich sie noch nie gesehn. Immer nur mit der ollen Schürze und den verzumpelten Haaren. Und du meinst, die Kopfhörer sind was für mich?
Stefan kann sie dir ans Radio anschließen, du wirst dir vorkommen wie im Konzertsaal. Mozart in Stereo, Mama.
Ich werde es versuchen. Aber um den Heimplatz kümmerst du dich, ja?
Isabella hofft, daß die Mutter nicht darauf bestehen wird. Käte und Lieschen – sie sieht die beiden schon zusammen im Park die Enten füttern. Vielleicht werden sie sich gegenseitig aus ihrem Leben er-

zählen. Alte Menschen haben vieles hinter sich, sie möchten darüber reden und brauchen jemanden, der ihnen zuhört. Und je mehr sie von einander wissen, um so eher schwinden Vorurteile. Markus hat das in seinem letzten Brief aus Norwegen so einfühlsam beschrieben. Wenn er wieder im Lande ist, wird er sich bestimmt auch mal um seine Großmutter kümmern.

Paula sonnt sich auf der Wiese. *Isabella! Wie schön, daß du wieder da bist. Es war ziemlich einsam ohne dich. Wo ist Stefan?*
Er kommt am Wochenende.
War er nicht traurig, daß du ihn allein gelassen hast?
Traurig ist gar kein Ausdruck. Paula, sitzt du gut?
Warum?
Er hat mir einen Heiratsantrag gemacht.
Und du hast ja gesagt?
Nein. Isabella zeigt ihr den Ring.
Ihm ist es ernst. Warum willst du nicht?
Ihr habt doch auch nicht geheiratet, dabei kriegt ihr ein Baby.
Vielleicht tun wir das, sobald Markus zurück ist. Er möchte es gern, damit das Kind seinen Namen bekommt. Ein bißchen altmodisch, aber ich habe nichts dagegen.
Stefan vereinnahmt mich völlig. Ich büße meine Unabhängigkeit ein, an die ich mich gewöhnt habe.
Wer liebt, begibt sich in Abhängigkeit. Wenn du das als belastend empfindest, liebst du ihn nicht so wie er dich.
Liebe braucht Freiheit. Sie darf nicht zur Fessel werden. Ich kann ja nicht einmal mehr nach Hause fahren ohne seine Erlaubnis. Jedesmal gibt es Krach. Was würde das erst werden, wenn wir verheiratet wären?
Vielleicht würde er sich dann sicherer fühlen.
Mir kommt das alles abenteuerlich vor. Er verlangt, daß ich für immer zu ihm nach Berlin ziehe. Es ist schrecklich in der Stadt, besonders um diese Jahreszeit.
Das ganze Haus ist mit blühenden Zweigen geschmückt. Forsythien, Kirsch- und Apfelblüten. Isabella geht durch die Räume mit den honigfarbenen Dielen und freut sich an der lange entbehrten Schönheit. Diese Wohnkultur, die in Jahrzehnten gewachsen ist, soll sie aufgeben? Kann Stefan ein so großes Opfer von ihr verlangen? Sie würde nicht glücklich werden. Die räumliche Trennung wird zu ihrem Leben gehören, und Isabella findet, daß es seinen Reiz hat, das Weggehen, die Sehnsucht und das Wiedersehen. Es ist nun einmal nicht zu ändern, daß er einen Job in Berlin hat. Andere müssen zum Arbeiten bis ins Rheinland oder nach Bayern.
Paula holt einen zweiten Liegestuhl aus dem Stall. Isabella nimmt ihn ihr ab. *Du darfst nichts Schweres tragen.* Sie sieht sich im Garten um.

Das Unkraut ist gejätet, Krokusse blühen, die ersten Tulpen strekken grüne Blattspitzen aus dem lockeren Erdreich. *Umgegraben hast du auch. Du mußt dich doch schonen.*
Schwangerschaft ist keine Krankheit, ich fühle mich wohl, wenn ich etwas tun kann.
Isabella legt sich lang. Die Sonne schiebt sich Stück für Stück durch einen Wolkenschleier, erst wärmt sie ihr die Beine, dann den Bauch, dann strahlt sie ihr mit voller Kraft ins Gesicht. Sie schließt die Augen. *Ach, Paula, ich möchte mal wieder in Ruhe ausschlafen, sonst sehe ich bald so alt aus, wie ich bin. Eine Frau braucht ihren Schönheitsschlaf.*
Ich finde, du siehst sehr schön aus. Was hast du die ganze Zeit gemacht?
Auf dem Balkon gesessen und gelesen, wenn ich nicht abgewaschen, Staub gesaugt, eingekauft und gekocht habe. Sie lauscht dem Gezwitscher über sich im Baum. Ein Buchfinkenpärchen fliegt aufgeregt hin und her, in den Schnäbeln Baumaterial für den Nistkasten, den Rudolf vor Jahren aufgehängt hat. Durchs Gras hüpfen mit wippenden Schwanzfedern zwei Bachstelzen, hübsche Vögel. In der Stadt hat sie keinen Singvogel gehört, nur das aufdringliche Gegurre der Tauben, die den Balkon vollscheißen und das verfressene Tschilpen der Spatzen. Lerchen, Schwalben, Finken, Bachstelzen, Nachtigallen, von Kranichen ganz zu schweigen, auch die Kühe und Pferde auf der Weide, die Rehe im Roggen, das alles hat sie vermißt.
Auf Paulas rundem Bauch erscheint eine kleine bewegliche Beule. Isabella legt die Hand darauf und fühlt, wie das Kind sich bewegt.
Sarah strampelt ja tüchtig.
Es wird Zeit, daß sie rauskommt. Was ist mit Stefans Tochter? Will sie das Kind?
Ich fürchte ja.
Das ist mutig von ihr. Es könnte ihr helfen, von den Drogen wegzukommen.
Isabella erzählt vom Besuch bei Alexander und Eddy. *Sie hat zwei Freunde, einen Schwarzen und einen Weißen.*
Und wer ist der Kindesvater?
Alexander, blöndlich, bläßlich, scheint seiner Sache sicher zu sein. Er fühlt sich für Britta verantwortlich. Sie hat Stefan allerdings erklärt, ihr Kind werde zwei Väter haben. Aber das war Trotz. Sie wirft ihm vor, er hätte sie und ihre Schwester im Stich gelassen.
Das muß schrecklich für ihn sein, Isabella. Er braucht dich jetzt mehr denn je.
Ich bin ja auch für ihn da. Wenn er kommt, werde ich ihn verwöhnen.
Und wenn er nicht kommt? Isabella hat ihm einen Tiefschlag verpaßt, als er zu einem Höhenflug ansetzte. Das wird ihn sehr getroffen haben. Ob er es verkraftet?
Er ruft nicht an, und er ist nicht zu erreichen, weder zu Hause noch auf dem Handy. Erwartet er, daß sie aus Angst um ihn reumütig

zurückkehrt? Eine Kraftprobe, die sie bestehen muß, so schwer es ihr fällt. Sie schickt ihm ein Telegramm. *Erwarte dich Sonnabend mittag in Pasewalk.*
Obwohl er nicht antwortet, fährt sie zum Bahnhof. Der Zug hat Verspätung, ungeduldig hält sie Ausschau, raucht eine Zigarette nach der anderen. Endlich wird durch den Lautsprecher die Ankunft des Interregio aus Berlin verkündet. Viele Leute steigen aus, Stefan kann sie nirgends entdecken.
Der nächste Zug aus der Hauptstadt kommt in zwei Stunden. Es lohnt sich nicht, nach Hause zu fahren. Isabella treibt sich in der Stadt herum, sieht sich freudlos die Schaufenster an, geht in einer Eisdiele Kaffee trinken und kehrt zum Bahnhof zurück. Ungeduldig mustert sie die Ankommenden, Stefan ist nicht unter ihnen. Der Bahnsteig leert sich, da klettert noch einer aus dem letzten Abteil. Erleichtert rennt Isabella auf ihn zu. *Stefan! Mein Gott, bin ich froh.*
Er blickt sie verlegen an. *Da bin ich, mein Schatz.* Seine Sprache ist schleppend, er hat getrunken. *Nur ein Bier*, versichert er.
Sie entzieht sich seiner Umarmung. *Es geht also immer so weiter. Und dich soll ich heiraten?*
Ich kann ja wieder zurückfahren.
Von mir aus. Ihr ist zum Heulen. Erst die tagelange Ungewißheit, und nun dieser erneute Rückfall.
Stefan bleibt stehen, er hält sich an der Parkuhr fest. So kann sie ihn nicht allein lassen, am Ende landet er wieder auf der Straße, wie in Frankreich. Sie hakt ihn unter und zieht ihn zum Auto.
Es tut mir leid, lallt er, *nur ein Bier, ich schwöre es, nur ein Bier.*
Und davon bist du so fertig?
Ich habe nicht geschlafen.
Warum bist du nie ans Telefon gegangen?
Er schweigt. Sie weiß es auch so. Er hat befürchtet, daß sie seinen Zustand bemerken würde. *Hast du etwa auch bei der Arbeit getrunken?*
Was denkst du von mir? Nur morgens ein Bierchen zur Entspannung.
Es wird wohl noch ein kleiner Feigling dabei gewesen sein.
Ich bin bald wahnsinnig geworden vor Sehnsucht nach dir. Isabella, du darfst mich nicht verlassen.
Schweigend fährt sie mit ihm auf den Hügel. Sie sieht keinen Sinn darin, ihm jetzt Vorwürfe zu machen.
Paula hat das Mittagessen fertig, es gibt Kohlrouladen. Sie begrüßt Stefan freundlich, obwohl ihr seine Fahne nicht entgeht. Er stochert auf dem Teller herum. *Schmeckt's dir nicht?*
Ich hab keinen Hunger. Isabella, bringst du mich ins Bett?
Geh allein, sagt sie barsch. *Wie du siehst, esse ich noch.*
Er trollt sich, bemüht, seine Gleichgewichtsstörung zu verbergen.

Nach einer halben Stunde guckt sie ins Schlafzimmer, sie findet ihn schnarchend auf dem Teppich. Das Deckbett hat er über den Kopf gezogen, als wollte er sich verstecken. Diesem haltlosen Menschen zuliebe soll sie alles aufgeben, sich aus ihren Wurzeln reißen? Sie zieht den Ring vom Finger und wirft ihn in die Nachttischschublade. Der Bierdeckel aus Paris liegt darin. ICH LIEBE DICH! Leere Worte.
Ich brauche frische Luft, Paula, sonst ersticke ich.
Die beiden Frauen machen einen Spaziergang über die Felder. Plötzlich greift sich Paula mit einem leisen Schmerzenslaut an den Bauch.
Ich glaube, es geht los.
Dann müssen wir sofort zurück.
Paula hängt sich bei Isabella ein, nach wenigen Schritten bleibt sie stehen, preßt die Lippen aufeinander, um nicht zu stöhnen.
Soll ich vorlaufen und den Arzt anrufen?
Paula will nicht allein zurückbleiben. Sie quält sich den Berg hinauf, immer wieder verharrend, bis das Ziehen nachläßt. *Verflixtes Ding, du willst doch nicht auf dem Acker zur Welt kommen?*
Ein paar Meter vor dem Haus krümmt sie sich vor Schmerz. *Ich kann nicht mehr.* Sie läßt sich auf der Wiese nieder, Isabella rennt zum Telefon, ruft die Schnelle Medizinische Hilfe. Dann rafft sie eine Decke vom Sofa und eilt zu Paula, die sich mühsam aufgerichtet hat.
Bleib liegen, Paula. Sie schiebt ihr die Decke unter den Körper, *der Arzt ist gleich hier.*
Die Wehen kommen nun in dichten Abständen. Paula bemüht sich, nicht zu schreien, sie beißt in ihr Taschentuch, Schweißperlen stehen auf ihrer Stirn. Wozu hat sie Schwangerengymnastik gemacht und Atmen geübt? Alles vergessen.
Endlich ist das Signal des Notarztautos zu vernehmen, es sind nur zwanzig Minuten seit dem Anruf vergangen, Isabella erscheint es wie eine Ewigkeit. Mit einer Trage eilen zwei Männer herbei, gefolgt von einer jungen Ärztin. Sie tastet Paulas Bauch ab. *Das schaffen wir noch,* sagt sie beruhigend. Die Schwangere wird in den Wagen gehoben. Isabella steigt mit ein, hält während der Fahrt Paulas Hand, wischt ihr den Schweiß ab. Sie erreichen das Krankenhaus in letzter Minute. Paula liegt kaum im Kreißsaal, da bahnt sich das Baby energisch den Weg ans Licht.
Markus wollte doch dabeisein, sagt sie, als Isabella zu ihr ans Bett tritt.
Ja, nun war es keine Vatergeburt, sondern eine Omageburt. Isabella küßt sie auf die Stirn. *Sei froh, daß alles gutgegangen ist.*
Du hast mir sehr geholfen. Sarah hatte es plötzlich so eilig. Neugierig wie alle Weiber.

Die Hebamme legt ihr das Neugeborene in den Arm. Ein rotes zerknautschtes Gesichtchen guckt aus dem weißen Tuch. Zärtlich betrachtet Isabella ihre Enkelin. Die blonden Haare auf dem runden Kopf, die gerunzelte Denkerstirn, genau wie Markus. Sie erinnert sich an die euphorischen Gefühle, mit denen sie nach schmerzhaften fünf Stunden den ersten Lebensschrei ihres Dritten vernahm. Die Sekunden seines Herausgleitens aus ihrem geplagten Körper – kein Gefühl der Welt ist dieser Seligkeit vergleichbar. Es ist die Belohnung der Natur für eine schwere Arbeit.
Nun fahre ich nach Hause und hole dir erst mal eine Zahnbürste. Erst vor der Kliniktür fällt es Isabella ein, daß ihr Auto auf dem Hügel geblieben ist. Sie geht zum Telefon und versucht Stefan zu erreichen. Er könnte sie abholen. Doch er meldet sich nicht, liegt wohl noch im Tiefschlaf, der Schluckspecht. Sie muß ein Taxi nehmen.
Absichtlich laut öffnet sie die Schlafzimmertür, um ihn aufzuwecken. Am liebsten würde sie ihm einen Eimer Wasser über den Kopf kippen. Doch er ist nicht da. Auch im Wohnzimmer ist er nicht. Was mag er angestellt haben im Suff? Sie guckt in die Speisekammer, dort stehen ein paar Flaschen Rotwein, vollzählig und ungeöffnet. Auf einmal vernimmt sie ein dumpfes Geräusch, es kommt aus dem Stall. Stefan hackt Holz.
Wenigstens eine nützliche Tat.
Er schlägt die Axt in den Hauklotz. *Wo warst du?*
Im Krankenhaus.
Verstört blickt er sie an. Was ist passiert, während er seinen Rausch ausgeschlafen hat? *Fehlt dir was?*
Im Gegenteil. Ich habe etwas bekommen, eine Enkeltochter.
Erleichtert nimmt er sie in die Arme. *Ich gratuliere der schönsten Oma der Welt.*
Der Schmeichler. Er denkt, nun ist alles wieder gut. Aber er kriegt noch sein Fett. Sie packt Paulas Sachen zusammen. Sein Angebot, sie nach Pasewalk zu fahren, lehnt sie ab. Bestimmt hat er Restalkohol im Blut.
Darf ich mitkommen? Ich will bei dir sein.
Von mir aus, komm mit.
Er küßt ihre Hand. *Wo ist der Ring?*
Den setze ich erst wieder auf, wenn ich sicher bin, daß wir zusammenbleiben.
Du zweifelst daran?
Was soll ich mit einem Mann, der sich betrinkt, kaum daß ich den Rücken gekehrt habe. Sie startet den Motor. *Ich fürchte, du bist hoffnungslos süchtig.*
Du brauchst eine Entziehungskur.
Ich kriege es selbst in den Griff, du wirst sehen.
Warten wir's ab.

Hast du mich nicht mehr lieb?
Wenn du betrunken bist, empfinde ich nur Verachtung für dich. Du machst alles kaputt. Irgendwann merkt Sebastian, was mit dir los ist. Dann schmeißt er dich raus.
Zerknirscht blickt er vor sich hin. *Ich mache mir Sorgen um Britta. Manchmal wird mir das alles zuviel, und wenn du dann nicht bei mir bist ...*
Jeder hat Konflikte im Leben, und nicht jeder schüttet sich mit Alkohol zu, um damit fertigzuwerden. Du bist keine sechzehn mehr, du müßtest die seelische Kraft aufbringen, die deiner Tochter fehlt. Stell dich deinen Problemen, ich tue es doch auch.
Du bist stark, Isabella.
Wenn du es nicht sein kannst, wird aus uns beiden nichts. Mit einem kleinen Feigling will ich nicht leben.
Kapiert, sagt er. *Reden wir nicht mehr davon.*
Es ist ja auch alles gesagt. Laß uns zu Paula gehn.
Vor dem Krankenhaus steht ein Händler mit bunten Sträußen. Stefan kauft rote Tulpen für die junge Mutter. Sie dankt ihm mit einem Lächeln. *Auferstanden aus Ruinen?*
Und der Zukunft zugewandt, erwidert er forsch.
Er hat Kaminholz gehackt, lobt ihn Isabella. Bisher ist nur sie Zeugin seiner Zusammenbrüche gewesen, nun ist da noch jemand, der seine Schwäche miterlebt hat, und das ist nicht gut für sein empfindliches Ehrgefühl. Bei seiner Veranlagung kann jede Kränkung der Grund für einen Rückfall sein.
Paula versteht. *Ein Mann im Haus ist nützlich,* sagt sie. *Morgen wirst du zwei davon haben, Isabella.* Sie hat Markus angerufen und ihm mitgeteilt, daß er bereits Vater ist.
Er ist sicher aus allen Wolken gefallen.
Er nimmt die Nachtfähre.
Kann ich meine Enkeltochter sehen? fragt Stefan.
Natürlich, Opa. Paula zieht den Bademantel über, und gemeinsam gehen sie zum Kinderzimmer. Nachdenklich betrachtet er das Neugeborene. Britta wird siebzehn sein, wenn sie Mutter ist. Was wird aus ihr? Ohne Schulabschluß, ohne Beruf? Soll das Baby in der WG groß werden? Aber das Hauptproblem – kommt sie von den Drogen los? Er weiß nur zu gut, wie leichtfertig man zu solchen Hilfsmitteln greift, wenn man sich beschissen fühlt. Danach fühlt man sich noch beschissener, aber man versucht es immer wieder, bis man nicht mehr davon lassen kann. Hat er ihr diese Schwäche vererbt? Er muß sie überwinden, und er muß auch Britta dabei helfen.
Zu Hause im Briefkasten steckt eine Ansichtskarte aus dem Spreewald. Lieschen und Kätchen, wer hätte das gedacht, sind zusammen

auf Kaffeefahrt. Die Lamadecken haben sie nicht gekauft, aber das Essen war gut, Aal grün. *Das machen wir jetzt öfter.*
Isabella ist froh. Eine Sorge weniger. Sie eilt hinauf ins Zimmer ihres Jüngsten, um sein Bett zu beziehen.
Stefan entfacht ein Kaminfeuer mit den frisch gehackten Buchenkloben. Sie bereitet Darjeelingtee zu, wie Rudolf ihn liebte, goldfarben, mit Honig. Stefan soll sich an die Kultur des Teetrinkens gewöhnen. Den Kopf an seine Schulter gelehnt, sieht sie in die Flammen. Beide hängen ihren Gedanken nach. Ihr ist die kleine Sarah schon ans Herz gewachsen, bevor sie sie ans Herz drücken konnte. Sie wehrt sich nicht länger gegen großmütterliche Gefühle. Der junge Mann an ihrer Seite ist ein werdender Großvater.
Er tut alles, um sie von seinen guten Vorsätzen zu überzeugen, spricht nicht mehr davon, daß sie zu ihm nach Berlin ziehen soll. Zusammen gehen sie in die Sauna, unter der Gartendusche kühlen sie sich ab. *Du brauchst ein Tauchbecken,* erklärt er. *Ich werde dir eins bauen.*
Sie liegen auf der Wiese und blicken in die Sterne, die über ihnen glitzern wie Edelsteine, weiß, blau, rot, grün. *So schön ist der Himmel nirgends auf der Welt,* sagt Isabella.
Er legt ein Bein über ihren Bauch, sie spürt seine Sehnsucht, sich mit ihr zu vereinen. Die Erde ist kühl unterm Badetuch. Sie denkt an ihren gerade überstandenen Hexenschuß. Doch dann vergißt sie alles in der Hitze der Gefühle. Das müßten die Söhne sehen – ihre Mutter wälzt sich nackt mit einem jungen Mann im Gras. Aber niemand sieht sie. Nur der Mond, der auf sie herabblickt.
Am Morgen schlafen sie lange. Stefan bringt Isabella Frühstück ans Bett, auf dem Tablett mit Eiern, Schinken und frisch gebackenen Sonntagsbrötchen liegt der Brillantring. Sie steckt ihn auf den Finger der linken Hand.
Als sie aus der Badewanne kommt, steht Markus vor ihr. Norwegerpullover, Strickpudel, blond und bärtig wie ein Wikinger, über der Schulter Seesack und Gitarre. Sie erkennt ihn kaum wieder, er ist ein Mann geworden. Voller Freude hängt sie ihm am Hals. *Ich gratuliere dir, mein Sohn, nun bist du Vater. Warst du schon bei Paula?*
Er ist direkt zum Krankenhaus gefahren. Und dann per Anhalter auf den Hügel. Eigentlich wollte er ja bei der Geburt Paulas Hand halten, daraus ist nun nichts geworden. Egal, Hauptsache, beide sind gesund.
Gefällt dir Sarah?
Sie ist bildschön, so schön wie ihre Mama.
Und wie ihre Großmama, ergänzt Stefan.
Markus schüttelt ihm freundschaftlich die Hand. Gut, daß die Mutter seinem Rat gefolgt ist, sich einen jüngeren Mann zu suchen.

Ich habe nicht gesucht. Ich habe ihn gefunden.
Wir haben uns gefunden, betont Stefan. Der Jüngste von Isabellas Söhnen ist der erste, den er kennenlernt, und der akzeptiert ihn.
Markus zu Ehren gibt es gefüllten Schweinebraten mit Backpflaumen. Sein Lieblingsgericht. Er stellt eine Flasche Rotwein auf den Tisch.
Norwegischer? scherzt Stefan.
Französischer. Markus hat ihn auf der Fähre gekauft. Er holt drei Gläser aus dem Schrank.
Für mich nicht, wehrt Stefan ab.
Du trinkst nicht?
Doch. Mineralwasser. Er holt sich eine Flasche Wasser aus dem Kühlschrank, sie stoßen mit dem jungen Vater an.
Isabella legt Markus noch ein Stück Braten auf den Teller, dazu den fünften Hefekloß.
Ich liebe das Muttertier in dir. Er streicht sich über den Bauch. *Aber nun bin ich satt.*
Am Abend sitzen sie zu dritt auf der Terrasse. Markus spielt Gitarre, sie singen Volkslieder. Der Mond ist aufgegangen, die goldnen Sternlein prangen. In Norwegen hat er die Sterntagebücher von Stanislaw Lem gelesen, er erzählt ihnen die Geschichte von dem dunklen Planeten, der vom Leuchten seiner Bewohner erhellt wird. Der Raumfahrer wird an der Kasse gefragt: *Beabsichtigen Sie für die Dauer Ihres Aufenthaltes auf diesem Stern zu leuchten?* Markus beabsichtigt, für die Dauer seines Aufenthaltes auf der Erde zu leuchten.
Das gefällt Stefan, der Junge hat noch Ideale. *Was hast du beruflich vor?*
Ich hab mir überlegt, ich werde in Greifswald Nordistik studieren. Vielleicht wandere ich irgendwann in den Norden aus. Die Norweger sind freundliche Leute.
Und Paula? fragt Isabella.
Die Mädels kommen natürlich mit.
Stefan läßt sich die Gitarre geben. Es amüsiert Markus zu hören, daß der Leutnant vom Personenschutz der Staatssicherheit an der Protokollstrecke im Dienstwagen Gitarre spielen gelernt hat. *Da hast du aber deine Pflichten gröblich verletzt, mein Lieber.*
Das fand Mielke auch. Er hat mich aus dem Verkehr gezogen. Stefan schlägt ein paar Akkorde an, dann überläßt er Markus das Instrument. *Die Zeit zum Üben war zu kurz.*
Isabella hat lange nicht mehr gesungen, allmählich gelingen ihr wieder die hohen Töne. Ein Lied nach dem anderen fällt ihnen ein. In Norwegen hat Markus jiddische Lieder gelernt. *Es brennt, Briderlach, 's brennt,* singt er mit schönem Bariton. Und: *Oifm Wagen liegt a Kälbe, is gebunden mit an Strick.*
Was für traurige Lieder, bemerkt Stefan. *Sie drücken Angst aus.*
Eine alte Dame hat Markus von ihrer galizischen Heimat erzählt,

vom Ghetto, von der Flucht vor den Nazis mit falschem Paß, vom Leben in Israel. Er hat viel begriffen während der Zeit im Norden. Auch durch die Lieder.
In der Musik, sagt Isabella, *bleibt das Vergangene lebendig, es spricht zu uns, und es rührt an unsere Seele.* Sie singen bis spät in die Nacht.
Vor dem Schlafengehen steigt Isabella noch einmal hinauf in die Mansarde, um ihrem Sohn einen Gutenachtkuß zu geben, wie in alten Zeiten. Als kleiner Junge konnte er nicht einschlafen ohne ihren Kuß. Manchmal, wenn er zuviel ferngesehen hatte, erschienen ihm drohende Nachtgestalten, Affen so groß wie King Kong, die ihn mitnehmen wollten in den Urwald. *Junge Angst,* flüsterte er. Sie legte sich zu ihm, bis er sich beruhigt hatte. Sie mußte ihm etwas vorsingen und eine Geschichte erzählen. Beides hat er heute selber getan, er ist erwachsen geworden, und er trägt einen Vollbart. Ungewohnter Anblick.
Der kommt wieder ab, versichert er, *in Norwegen war es bequemer, sich nicht täglich rasieren zu müssen.*
Sie setzt sich zu ihm auf den Bettrand. *Wie findest du ihn?*
Den Bart?
Du weißt schon, was ich meine.
Ganz in Ordnung, sofern er nicht erwartet, daß ich ihn Papa nenne. Sag mal, hat er ein Alkoholproblem?
Hast du das gemerkt?
Mich wundert, daß er nicht mal ein Glas Wein getrunken hat. Aber es schien ihm nichts auszumachen. Wäre er Alkoholiker, hätte er gezittert beim Anblick der Flasche.
Ich versuche, ihm das Trinken abzugewöhnen.
Wenn man eine Frau liebt, tut man ihr zuliebe fast alles.
Das hoffe ich sehr. Sieht man uns den Altersunterschied eigentlich an? Es sind zwanzig Jahre.
Mutter! Machst du dir etwa 'n Kopp darüber? Er kann froh sein, so eine schöne Frau erwischt zu haben, und das weiß er auch.
Du findest mich altes Weib also immer noch schön?
Wenn ich nicht dein Sohn wäre, ich könnte mich glatt in dich verlieben.
Laß das nicht Paula hören.
Die liebt dich auch.
Für Ute und Heidrun bin ich die böse Schwiegermutter.
Warum das denn?
Weil ich das Haus nicht verkaufen will. Sie brauchen Geld.
Markus schüttelt den Kopf. Geld braucht er auch. Deswegen darf die Mutter nicht die Hütte verscherbeln, das wäre ja noch schöner. Sein Elternhaus. Er versteht die Brüder nicht. In der Kindheit haben sie ihm imponiert. Nun sind sie Weicheier, denen die Weiber auf der Nase rumtanzen.

Paula tut das nicht?
Nein. Sie ist für die Gleichberechtigung des Mannes. Eine Frau, die älter ist als der Mann, darf ihr Alter nie ausspielen, das solltest auch du dir merken.
Sie küßt ihn auf die Stirn. *Wie recht du hast, mein Kleiner. Gut, daß ich jetzt einen Ratgeber habe.*

Am Sonntag besuchen sie zu dritt Paula und Sarah. Markus fährt den Volvo, das macht ihm Spaß. In Norwegen hat er Autofahren gelernt und mit einem Kleinbus die alten Leute, die nicht mehr laufen konnten, in der Gegend herumkutschiert, zum Einkaufen in die Stadt, zum Arzt, ins Museum, ans Meer. Sie waren ihm dankbar, daß er ihnen ein Stück der Welt gezeigt hat, in der sie ihren Lebensabend verbringen.
Isabella und Stefan sitzen Arm in Arm auf dem Rücksitz. Sie genießen es, durch Vorpommern chauffiert zu werden. Die Dörfer sind ansehnlicher geworden in den letzten Jahren. Erstaunlich, wo die Leute das Geld herhaben, Häuser zu bauen oder die alten zu renovieren, bei der hohen Arbeitslosigkeit gerade auf dem Land. Es scheint, als wetteifern sie um die schönsten Haustüren. Viele Dächer leuchten in frischem Rot. Die Bauern hatten Geld auf dem Konto, nicht abgeschöpfte Kaufkraft aus DDR-Zeiten, das Ersparte haben sie in ihre Häuser gesteckt und in neue Autos.
Paula empfängt sie mit strahlendem Lächeln. Sie hat das Baby bei sich. Isabella darf es auf den Arm nehmen. Stefan fotografiert sie mit der kleinen Sarah. Familie kann doch etwas Schönes sein.
Nachmittags bringt sie Stefan zum Zug. Er hat Nachtschicht. *Versprichst du mir ...*
Pionierehrenwort. Kein Bier, kein Schnaps. Nur Kaffee und Tee. Ich will doch, daß du den Ring rechts trägst.
Sag mir Bescheid, wie es Britta geht. Du weißt, sie kann bei mir wohnen, wenn sie sich in Friedland behandeln lassen will.
Dann hast du ein volles Haus.
Es ist groß genug.
Ich sage es ihr. Hoffentlich ist sie ansprechbar.
Hab Geduld mit ihr, leg nicht jedes Wort auf die Goldwaage, sie ist krank.

Nach der Nachtschicht besucht er die Tochter in der Klinik. Sie hockt allein im Zimmer, Anna ist entlassen worden. Achtlos legt sie die Blumen beiseite, die er ihr mitgebracht hat, die beiden Schachteln Zigaretten schiebt sie ins Nachttischschubfach.
Wie fühlst du dich, Britta?
Spielst du den Sozialarbeiter?
Ich mach mir Sorgen um dich, das werde ich wohl noch dürfen. Er setzt sich

zu ihr aufs Bett und nimmt sie in den Arm. *Wir waren doch immer gute Freunde.*
Das ist lange her.
Isabellas Mahnung im Kopf bemüht er sich, Langmut zu zeigen. *Ich möchte dir helfen. Was kann ich für dich tun?*
Bring mir Wolle mit. Ich will für das Baby stricken.
Du bist nach wie vor entschlossen, es zu kriegen? Mit der Schule ist dann sicher Schluß.
Schule. Boah! Was andres fällt dir wohl nicht ein.
Du mußt an deine Zukunft denken. Er kommt sich blöd vor bei diesem altväterlichen Satz. Aber sie scheint nicht zu begreifen, daß sie ohne Ausbildung, ohne Beruf weder sich noch ein Kind ernähren kann.
Ich will einen Menschen haben, der ganz mir gehört. Ich schaff mir meine eigene Familie.
Du hast eine Mutter, einen Vater, eine Schwester, Freunde, was willst du mit einem Kind, du bist selber noch eins.
Meine Sache.
Der Arzt hat ihm mitgeteilt, daß Britta entlassen werden kann, sofern sie sich einer Therapie unterzieht. Stefan übermittelt ihr Isabellas Angebot.
Vergiß es. Sie mag deine Geliebte sein, aber sie wird niemals meine Mutter!
Darum geht es doch nicht, Britta. Sie bietet dir ihre Hilfe an.
Kein Bedarf. Ich komme allein zurecht. Und jetzt geh. Ich bin müde.
Sie legt sich lang und zieht die Decke über den Kopf.

Mit einem Gefühl der Hilflosigkeit kehrt er in seine leere Wohnung zurück. Ein Schnaps würde ihm guttun. Er hat keinen im Haus. Zu Essen braucht er auch etwas, er könnte noch einmal runtergehen. Wie stark ist die Schranke, die er sich mit dem Versprechen an Isabella aufgebaut hat? Das wird er erproben. Nichts trinken, wenn nichts da ist, das ist keine Kunst. Die Flasche vor sich zu haben und sie nicht zu öffnen, das ist ein Beweis der Willensstärke. Von dem Gedanken beflügelt, eilt er in den Supermarkt. Er kauft eine Büchse Bohneneintopf, Darjeelingtee und ein Glas Honig. Am Schnapsregal geht er tapfer vorbei, doch an der Kasse, der letzten Station der Verführung, stehen sie in Reih und Glied, die *Kleinen Feiglinge.* Einer davon landet in Stefans Einkaufswagen.

Er macht sich den Eintopf warm, schaltet den Fernseher an, die Werbung führt ihm ein kühles Pils vor Augen. Von den stark gewürzten Bohnen – die Konservenindustrie scheint mit der Getränkeindustrie im Bunde – wird er durstig. Dagegen hilft ein Glas Mineralwasser. Er trinkt, die Augen unverwandt auf den Schnaps geheftet. Falls er den hinterkippt, wird Isabella nichts merken. Sie

ist weit weg – warum gerade jetzt, wo er sie so nötig braucht? Sie ist selbst schuld, wenn er sie hintergeht. Am Abend werden sie telefonieren, dann ist der Alkohol verflogen. Er nimmt die Flasche mit ins Bett. Ein Schluck genügt, und die Suchtspirale baut sich wieder auf. Das weiß er, und das will er nicht. Doch es ist schwer, der Versuchung zu widerstehen. Mitten im Grübeln überfällt ihn die Müdigkeit, er schläft ein, ohne sein Wort gebrochen zu haben.
Am späten Nachmittag erwacht er, die Flasche steht ungeöffnet auf dem Nachttisch. Er ruft Isabella an.
Sie will wissen, was Britta gesagt hat.
Weggeschickt hat sie mich. Was soll ich machen?
Ich fahre nach Friedland und frage den Therapeuten.
Du fehlst mir, Isabella.
Du fehlst mir auch. Ich liebe dich. Vergiß das nie.
Wie könnte ich das vergessen. Du bist das Wichtigste in meinem Leben. Isabella?
Ja, Stefan?
Ich habe eine Flasche Kleiner Feigling gekauft.
Schweigen in der Leitung.
Bist du noch da?
Du hast also getrunken.
Nein. Hab ich nicht.
Wozu hast du den Schnaps dann gekauft?
Um zu sehen, wie stark ich bin.
Warum erzählst du mir das? Behalt deine Experimente für dich. Das Thema ist ätzend für mich.
Ich wollte, daß du weißt, wie wichtig es mir ist, mein Wort zu halten.
Daß du es überhaupt in Betracht gezogen hast, zu trinken, ist schlimm genug. Willst du nun dauernd die Pulle anstarren und an den Knöpfen abzählen, soll ich oder soll ich nicht?
Es ist nur ein Flachmann.
Der reicht, um dich ins Schleudern zu bringen. Wirf ihn in den Müll.
Vermutlich hast du recht.
Tu es, ich bitte dich. Denk an Britta, sie braucht einen Vater, der mit seiner Sucht fertig wird.
Das interessiert sie nicht.
Eines Tages wird es sie interessieren.
Auf dem Weg zur U-Bahn wirft er den Schnaps in den Müll. Fahr zur Hölle, Teufel.

Am Morgen nach der Arbeit kommt er wieder an dem Container vorbei. Er blickt sich um, ob ihn jemand beobachtet. Niemand ist zu sehen, er öffnet die Klappe. Die Flasche ist noch da, er nimmt sie heraus und steckt sie in die Jackentasche.

NEUNTES KAPITEL

Vor der Haustür steht Britta. Sie wartet auf ihren Vater.
Stefan erschrickt. Hat sie etwa beobachtet, wie er die Schnapsflasche aus dem Müllcontainer genommen hat? Was muß sie von ihm denken. Er ist doch ein Idiot.
Was machst du hier? Bist du aus dem Bett gefallen?
Ich habe die ganze Nacht nicht geschlafen. Es tut mir leid, daß ich so eklig zu dir war, Papa. Der Morgen ist frisch, sie zittert vor Kälte in ihrem T-Shirt und den durchlöcherten Jeans. Seit Anna weg ist, fühlt sie sich einsam und eingesperrt. Sie will raus aus der Klinik, und wenn es um den Preis ist, daß sie sich der Therapie unterzieht.
Das hört er gern. *Komm mit rauf, du hast sicher noch nicht gefrühstückt.*
Er brüht Darjeelingtee und serviert ihn mit Honig. Kaum hat sie einen Schluck getrunken, wird ihr übel. Sie rennt aufs Klo und übergibt sich. Er hält ihr den Kopf, während sie grüne Galle rauswürgt. Weinend lehnt sie sich an ihn. *Es geht mir sauschlecht, Papa.*
Mein armes Kind. Jetzt mach ich dir erst mal ein Bett, und du schläfst dich aus. Anschließend überlegen wir, wie es weitergeht.
Es tut ihr gut, bevatert zu werden. Auf dem Wohnzimmersofa kuschelt sie sich in die weiche Decke. Stefan legt sich auch lang. An die Flasche denkt er nicht mehr. Kaum erwacht, fällt sie ihm wieder ein. Er wird sie vor Brittas Augen ins Klo schütten. Nimm dir ein Beispiel daran, wie dein Vater mit seiner Sucht fertig wird, mein Kind. Klingt vielleicht zu belehrend. Besser ist es, ihr einfach zu zeigen, daß es ihm nichts ausmacht, der Droge Schnaps zu entsagen. Aber Britta ist nicht da. Sie hat die Decke ordentlich zusammengelegt und ist verschwunden. Was soll das nun wieder? Er fragt in der Klinik an, dort ist sie nicht. Roswitha, bei der er sich erkundigt, macht ihm Vorwürfe. Sie verlangt, daß er die Tochter sucht. *Wenn ihr was passiert, bist du schuld.*
Natürlich. Wer sonst? Sie läßt keine Gelegenheit aus, ihn klein zu machen. Aber das funktioniert nicht mehr, er hat ja Isabella.
Leider muß er den Schnaps nun einfach so beseitigen, ohne damit eine pädagogische Wirkung zu erzielen. Eigentlich sollte sie ein Mahnmal für seine Standhaftigkeit sein. Aber solange er sie aufbe-

wahrt hätte, wären seine Gedanken immer wieder um den Alkohol gekreist. Er muß aufhören, auch nur daran zu denken. Aus dem Blut ist das Gift raus, nun muß es auch aus dem Kopf verschwinden. Isabella kann ihn nur lieben, wenn er Stärke beweist im Umgang mit seiner Schwäche.

Es gibt wohl doch so etwas wie Bioströme, die zwei Menschen verbinden, wenn sie mit aller Energie des Herzens aneinander denken. Sie ruft an.

Er berichtet daß Britta bei ihm geschlafen hat. *Und nun ist sie weg, ohne eine Nachricht zu hinterlassen.*
Fahr mal bei den Jungs vorbei. Ich vermute, sie ist dort.
Sie hat gekotzt wie ein Reiher.
Das ist normal in den ersten Monaten der Schwangerschaft. Es ist doch schon mal gut, daß sie die Therapie machen will. Isabella hat den Psychologen aufgesucht. Er ist ein erfahrener Mann, und er hat gesagt, daß das Kiffen bei Jugendlichen meist nur eine Durchgangsstation ist, bis sie merken, daß es ihnen nicht guttut. Die wenigsten bleiben dabei, und Britta hat schon den ersten Schritt in die richtige Richtung getan.
Was sagt er dazu, daß sie schwanger ist?
Darüber haben wir nicht gesprochen. Erst soll er sie mal kennenlernen. Am besten, du bringst sie am Wochenende mit.
Isabella, ich wüßte nicht, was ich ohne dich machen würde. Du hilfst mir sehr.
Du hilfst mir ja auch. Geben und Nehmen gehört zur Liebe.
Von mir wollten die Frauen immer nur nehmen, du bist die erste, mit der ich es anders erlebe.
Und was ist mit dem Schnaps, mein kleiner Feigling?
Weggeschmissen, wie du gesagt hast. Mit dem Trinken ist es vorbei. Ein für allemal
Das hoffe ich.

Beim Einkaufen in der Stadt trifft sie den Bürgermeister. Leo ist ein alter Bekannter, er war schon zu DDR-Zeiten das Stadtoberhaupt. Damals war er in der SED, jetzt ist er in der SPD. Er fährt keinen Lada mehr, sondern einen Audi, sein Haar ist ergraut, und er ist dicker geworden, was der teure Maßanzug kaschiert. Mit jovialem Lächeln begrüßt er die Frau des Malers, von dem er mal ein Bild für sein Amtszimmer gekauft hat, eins mit viel Rot. Ob es noch hängt? Sicher nicht.
Was macht die Kunst, gnädige Frau?
Sie geht nach Brot.
Das hat sie immer getan, oder?
Ich habe es nicht so empfunden.

Weil Ihr Mann zu den Privilegierten gehörte.
Warst du vielleicht nicht privilegiert? Wir haben mal du zueinander gesagt, Bürgermeister.
Ich dachte, Sie hätten – du hättest es vergessen.
Ich habe nichts vergessen, Leonid. Oder willst du nicht mehr so genannt werden?
Warum so spitz, Isabella?
Sie stehen vor einem Backsteingebäude, das in Plastehüllen eingewickelt ist wie eins von Christos Kunstwerken. Es war einmal eine Schule und wird nun mit denkmalpflegerischer Sorgfalt zum neuen Rathaus hergerichtet. Das alte, ein Fachwerkbau, war in den letzten Kriegstagen ausgebrannt, unter dem Artilleriebeschuß der Roten Armee, die es mit dem selbstmörderischen Widerstand aus den Fenstern ballernder Hitlerjungs zu tun bekam. In den armen Jahren nach der DDR-Gründung wurde für die Stadtverwaltung ein schmuckloser Flachbau auf den Marktplatz gestellt. *Wann ziehst du um, Leo?*
In drei Wochen fallen die Gerüste. Ich lade dich zur Einweihungsfeier ein. Willst du etwas zur künstlerischen Umrahmung beitragen?
Soll ich ein Gedicht aufsagen? Was hältst du vom Zauberlehrling? Die Geister, die ich rief, die werd ich nun nicht los.
Ich habe sie nicht gerufen, und ich will sie nicht loswerden.
Singen könnte ich auch. Bau auf, bau auf oder Du hast ja ein Ziel vor den Augen ...
Leo lacht herzlich, er hat Humor, dafür war er schon früher bekannt. In vorgerückter Stimmung erzählte er gern politische Witze. Einen weiß sie noch. Drei Russen sitzen im Gefängnis. Einer fragt den anderen: Warum bist du hier? – Ich war gegen Popow. Und du?- Ich war für Popow. Sagt der dritte: Ich bin Popow.
Fröhlich sein und singen, Leo.
Der Jägerchor braucht eine Sängerin.
Der Jägerchor. Nun ist es Isabella, die lacht. Es blies ein Jäger wohl in sein Horn, und alles, was er blies, das war verlorn. *Muß ich mir ein Kostüm mit Hirschhornknöpfen anschaffen wie die Damen vom Landratsamt?*
Würde dich doch kleiden, Isabella. Nein, nun mal im Ernst, es wäre schön, wenn du mitmachen würdest. Du gehörst zur künstlerischen Prominenz, daran ist unsere kleine Stadt nicht gerade reich.
Ich überleg's mir, Leonid.
Ruf mich an. Er gibt ihr seine Visitenkarte, schwarz mit goldener Schrift.
Ich gehöre zur künstlerischen Prominenz? Aber ich tue ja gar nichts mehr für Kunst und Kultur. Vielleicht sollte ich wirklich in einen

Chor gehen. Ich könnte auch einen Zirkel schreibender Hausfrauen gründen, ein Mitglied wüßte ich schon. Irgend etwas muß ich jedenfalls machen, ich kann nicht nur zu Hause hocken, Blumen gießen und auf den Mann warten.
Im Vorbeigehen fällt ihr Blick auf ein unscheinbares kleines Haus mit hohem Dach. Das ehemalige Spritzenhaus. Es droht zu zerfallen. Die städtische Feuerwehr hat seit langem ein größeres Gebäude mit einem Turm für die Schläuche. Was wird aus diesem einst schmucken Häuschen mit den hübschen runden Fenstern? Es wäre das Richtige für meinen Leseklub. Ich werde mit Leo darüber reden. Beflügelt fährt sie zurück auf den Hügel.
Markus erwartet sie bereits ungeduldig. Er will nach Greifswald, eine Wohnung besichtigen. *Du kommst doch mit, Mama?*
Klar komme ich mit. Weiß es Paula schon?
Nein, er will sie überraschen. Nächste Woche wird sie aus der Klinik entlassen, bis dahin möchte er klären, ob und wann sie umziehen.

Während Mutter und Sohn auf dem Weg nach Greifswald sind, steigt Stefan in Berlin aufs Rad und fährt zu Brittas Freunden. Isabella hatte recht, sie ist dort. Alexander arbeitet noch, nur Eddy ist zu Hause.
Du hättest mir einen Zettel schreiben können, statt einfach abzuhaun, murrt Stefan.
Sie hat gedacht, er würde schlafen, bis sie zurück wäre. *Sei nicht sauer, Papa, ich wollte wissen, ob einer hier ist, wenn ich komme.*
Ruf deine Mutter an.
Warum? fragt sie aufsässig. *Die nölt mich bloß voll, daß ich wieder bei ihr wohnen soll. Im Kinderzimmer. Boah.*
Deine Sache. Aber am Wochenende will ich dich mitnehmen.
Wohin?
Zu Isabella. Sie geht mit dir zum Therapeuten.
Britta verdreht die Augen.
Ich denke, du bist einverstanden? Du wirst nur entlassen, wenn du dich behandeln läßt.
Ja, ja, ist gebongt. Bist du mit dem Auto hier? Du kannst mich an der Klinik absetzen.
Ich habe kein Auto. Nur ein Fahrrad.
Weißt du, daß Radfahren impotent macht?
Wie kommst du auf solchen Unsinn?
Habe ich gelesen. Der schmale Sattel des Herrenfahrrades verhindert die Durchblutung des Penis.
Eddy grinst. Er fährt auch Rad, er hat davon noch nichts bemerkt.

Nun ist es aber gut. Stefan ist peinlich berührt. Das ist ein Thema, über das er nicht mit seiner Tochter zu reden gedenkt. *Ich muß zur Nachtschicht. Deinetwegen werde ich noch zu spät kommen.*
Ich bringe dich zur Klapsmühle, Baby, erbietet sich Eddy. *Und tschüs, Papi.*
Stefan eilt hinunter zu seinem Rad, das er im Hausflur angeschlossen hat. Da strampelt man sich nun ab für sein Kind, getrieben von Sorge und schlechtem Gewissen, und das Mädchen, ungerührt von Vaters Bemühungen, redet über Penisdurchblutung. Eine Jugend ist das. Kein Schamgefühl. Und dieser Massai-Krieger grient wie ein Schmalzkanten. Ob das Baby nicht doch schwarz wird?
Im Slalom durch den abendlichen Großstadtverkehr braucht er eine Weile, bis er zu Hause ist. Er setzt den Teekessel aufs Gas und füllt zwei Löffel gemahlenen Kaffee in einen Henkeltopf, auf dem ein rot gekleideter Sowjetmensch mit Budjonnymütze und Besen abgebildet ist: AUCH DU RÄUMST DIE KÜCHE AUF, GENOSSE, steht darunter. Während das Wasser heiß wird, geht er ins Bad. Er zieht das durchgeschwitzte T-Shirt aus und stellt sich unter die Dusche. Beim Rasieren betrachtet er sich im Spiegel. An die kurzen Haare hat er sich immer noch nicht gewöhnt. Hallo, Opa! Er streckt seinem Spiegelbild die Zunge raus, sprüht ein erfrischendes Deo in die Achselhöhlen und schlüpft in ein kurzärmliges hellblaues Hemd, das Isabella gewaschen und gebügelt hat. Den Kaffee schlürft er im Stehen, es ist spät geworden, er nimmt die schwarze Lederjacke vom Flurhaken und geht aus dem Haus.
Die U-Bahn ist gerammelt voll, zwischen Menschen mit gleichgültigen, müden Gesichtern drängelt er sich ins Wageninnere. Er hält sich an einem der schaukelnden Gurte über den Köpfen fest, während der Zug mit leichtem Schlingern die schwarzen Röhren unter der Stadt durchquert. Am Alexanderplatz steigt er um, wieder erwischt er nur einen Stehplatz, es ist stickig heiß, er ist froh, als er am Kottbusser Tor angelangt ist und frische Luft atmet.
Sein Chef hat im Hof hinter dem Haus einen Schlauch angeschlossen und wäscht das Auto. Prasselnd trifft der Wasserstrahl auf das verschmutzte Dach. Sebastian schimpft über die Tauben, die im Flug ihre Scheiße abladen. *Biermann hat recht, das sind fliegende Ratten.*
Stefan kann Biermanns Lieder nicht leiden, aber die fetten Großstadttauben auch nicht. Er nimmt die Sprühflasche mit Fensterputzmittel und reinigt die Scheiben.
Ach übrigens, ich soll dich schön grüßen, sagt Sebastian.
Von Möbel Hübner?
Von meiner Cousine Luisa. Sie kommt im Juni nach Berlin.
Das freut Stefan, er würde sie gern wiedersehen. Schließlich verdankt er ihr die Begegnung mit Isabella. *Was treibt Luisa her?*

Irgendeine Nostalgie-Fete. Sebastian gibt ihm die Wagenschlüssel.
Wie ist das Geschäft heute gelaufen?
Flau. Hoffentlich hast du in der Nacht mehr Glück. Ich hau mich jetzt hin. So long. Er tippt an seine speckige Ledermütze und trollt sich.
Stefan stellt sich ans Hallesche Tor und wählt auf dem Handy Isabellas Nummer. Sie meldet sich nicht. Vielleicht ist sie im Garten.
Ein bayerisches Ehepaar will zum Potsdamer Platz. Sie im blauweißen Dirndl, einen runden Strohhut auf den vergilbten Dauerwellen, Rollsöckchen an den strammen Beinen, er in Lederhosen mit Edelweiß auf dem Latz, grünweiß gestreiften Kniestrümpfe und Haferlschuhen. Es ist, als wollten sie alle Klischees bedienen. Stefan würde sie gern fragen, ob sie jodeln können. Er soll ihnen zeigen, wo die Mauer verlief und muß sich anhören, daß die Kommunisten, diese Verbrecher, an den Füßen aufgehängt gehört hätten. Es liegt ihm auf der Zunge zu sagen, Sie lassen sich gerade von so einem Verbrecher fahren, das verkneift er sich, obwohl es ihm schwerfällt.
Wo die Mauer verlief? Er zeigt aus dem Fenster irgendwohin, sie recken die Hälse, sind enttäuscht, *man sieht ja gar nix mehr.*
Vielleicht hätte man ein paar Galgen aufstellen sollen.
Die beiden schweigen, sie wissen nicht recht, meint er das ernst? Bei diesen Preußen kann man nie sicher sein, ob sie einen verarschen. Vor ihnen ragt die futuristische Glasarchitektur des Sony-Gebäudes auf. Die Bayern wollen aussteigen.
Er bremst scharf. *Macht zwölffünfzig.*
Die Frau zählt das Geld genau ab. *Grüß Gott.*
Wenn ich ihn treffe. Er wendet und gibt Gas. Wie pflegte Isabellas früherer Mann zu sagen? Z.K.
In einer Seitenstraße versucht er noch einmal, sie zu erreichen. Wieder ertönt nur das Rufzeichen. Es ist schon dunkel, wo steckt sie denn um diese Zeit? Wie soll er die Nacht überstehen, ohne das zu wissen?

Die Wohnung, die sie sich mit Markus in Greifswald angesehen hat, ist schön, aber teuer. Dachgeschoß, Blick auf die Klosterruine von Eldena, Paula würde das gefallen. Doch sie müßten tausendfünfhundert Mark im Monat zahlen, das können sie nicht, er als Student, sie als Krankenschwester im Babyjahr.
Wir werden Lotto spielen, sagt Markus, *wenn wir den Jackpot knacken, kaufen wir das ganze Haus.*
Wenn ich mein Haus verkaufen würde, hätte ich genug Geld, die Wünsche meiner Söhne zu erfüllen.
Kommt gar nicht in Frage, Mutter. Wir werden schon was finden, es eilt ja nicht, oder willst du uns los sein?
Natürlich nicht. Ihr könnt bei mir wohnen, so lange ihr wollt.

Wo warst du? fragt Stefan vorwurfsvoll, als er sie endlich erreicht. Sie sagt es ihm.
Ich dachte schon, du gehst fremd.
Das ist nicht dein Ernst.
Meinst du, ich bilde mir ein, der einzige Mann zu sein, dem du gefällst?
Ein eifersüchtiger Liebhaber, und das in ihrem Alter. Rudolf hätte es sich nicht erlaubt, Rechenschaft über jeden ihrer Schritte zu fordern. Solange sie ihren Beruf ausübte, kam sie mit vielen gut aussehenden Männern zusammen, die küßten sie, nicht nur auf der Bühne. Küßchen gehörten zur Umgangsform unter den Schauspielern, und mancher wäre gern weiter gegangen. Sie hat es keinem gestattet, sie liebte ihren Mann. Wenn er Eifersucht gezeigt hätte, wäre ihr das lästig gewesen. Jetzt schmeichelt es ihr, daß da einer ist, der sie ganz für sich beansprucht.
Ich hab ein bißchen mit Leo geflirtet.
Wer ist Leo? Den erschieße ich.
Der Bürgermeister unseres Kreisstädtchens. Er will, daß ich bei der Einweihung des Rathauses im Jägerchor mitsinge.
Der Mann hat recht. Mit deiner Stimme könntest du Massen begeistern.
Aber ich brauche ein Jägerkostüm. Bayernlook.
Den habe ich gerade genossen. Er beschreibt ihr das Ehepaar.
Provinztrottel, sagt Isabella. *Berlin ist voll davon, mach dir nichts draus, du kannst dir die Kunden nicht aussuchen.*
Es kommt gerade wieder einer. Dunkler Typ mit Sonnenbrille, goldenes Halskettchen im offenen rosa Hemd, goldenes Armband. Er will zum Kurfürstendamm. Mit einem Kuß durchs Telefon verabschiedet sich Stefan von Isabella.
Im Rückspiegel beobachtet er den Mann, der aussieht, als gehöre er zum Rotlichtmilieu. *Kurfürstendamm, wo denn genau?*
Fahren Sie, ich sage, wenn Stopp. Der Akzent ist kaum zu merken. Vielleicht ein Russe, der schon länger in Berlin lebt. Einer von der Mafia? Warum rutscht er so unruhig auf dem Sitz hin und her? Er guckt sich dauernd um, fürchtet er, verfolgt zu werden?
Ich habe zu viele Krimis gesehen. Stefan biegt in den Tauentzien ein, am nächtlichen Himmel zeichnet sich der Turmtorso der Gedächtniskirche ab.
Halt! Der Fahrgast beugt sich nach vorn. Stefan riecht ein süßliches Parfum. *Nehmen Sie Karte?*
Geldkarte? Nee, so modern sind wir noch nicht. Bargeld lacht.
Der Mann kramt in der Jackentasche, fischt einen Zwanzigmarkschein heraus. *Stimmt so.* Er hat es offenbar eilig, wegzukommen. Stefan steckt das Geld ein. Merkwürdige Menschen trifft man in der Nacht. Wenigstens hat er bezahlt und nicht das Messer gezogen.

Am Bahnhof Zoo nimmt er eine junge Frau auf, die sich fürchtet, so spät allein mit der S-Bahn zu fahren. Sie wohnt in Treptow. Da sich Stefan als Ossi outet, beschreibt sie ihm die Geburtstagsfeier mit Kollegen, von der sie gerade kommt. Sie ist technische Zeichnerin beim Autobahnbau. Der Betrieb entstand aus ehemaligen DDR-Firmen, die Leiter sind Wessis, die Mitarbeiter vorwiegend aus dem Osten.
Wenn ich an frühere Betriebsfeiern denke, was wurde da getratscht und gelacht. Heute sitzen sie da wie doof, keiner redet über sein Privatleben, über die Arbeit schon gar nicht. Sie kennen sich alle aus DDR-Zeiten, jeder weiß vom anderen, wie er mal gedacht hat, der eine war Parteisekretär, der andere hat FDGB kassiert, heute sind sie alle SED-Opfer. Eine war dabei, die hat auf der FDJ-Versammlung ein Fürnberg-Gedicht aufgesagt: Jeder Traum, an den ich mich verschwendet, jeder Kampf, da ich mich nicht geschont, alles hat am Ende sich gelohnt. Nun nimmt sie übel, daß es sich eben doch nicht gelohnt hat.
Sie hat ein paar Gläser Wein getrunken und redet sich ihren Unmut von der Seele. *Jeder zittert um seinen Arbeitsplatz, um seine Knete, alle denken nur an sich. Bin ich froh, daß ich es schon mal anders erlebt habe. Wenn mir als Kind einer gesagt hätte, daß ich eines Tages im Kapitalismus leben müßte, ich wäre von der nächsten Brücke gesprungen.*
Wäre schade um Sie gewesen, wirft Stefan ein.
Ich bin die einzige, die sich traut, den Wessis gegenüber für die eigene Biographie gradezustehen. Und das Komische ist, das gefällt denen. Mehr als die Arschkriecherei.
Davon ist Stefan überzeugt. Wenn die Ossis mehr Rückgrat hätten, wären sie besser angesehen. Jedenfalls bei vernünftigen Wessis, und die gibt es ja auch.
Kennen Sie einen?
Er überlegt. *Zwei,* sagt er.
Als er sie in der Baumschulenstraße abgesetzt hat, ist es ein Uhr. Gern würde er Isabella anrufen, aber er muß warten bis zum Morgen. Am Bahnhof Schöneweide bekommt er die nächste Fuhre. Diesmal geht es nach Hellersdorf. Sein Fahrgast, ein älterer Mann, fängt auch gleich an zu reden. Er hat seine Frau in Beelitz besucht, sie ist nach einer Hüftoperation in der Reha-Klinik. Allein fühlt er sich nicht wohl, das ist er nicht gewöhnt, er muß selber einkaufen, kochen, abwaschen, und abends fehlt ihm die Spielgefährtin, sie spielen immer Mensch-ärger-dich-nicht, aber er ärgert sich, weil sie dauernd gewinnt.
Die Frauen, bemerkt Stefan, *sind eben das stärkere Geschlecht.*
Davon will der Strohwitwer nichts hören. Er war noch nie im Krankenhaus, sie mußte sich schon mehrfach operieren lassen, Krampfadern, Schilddrüse, Unterleib, *nee, nee, das starke Geschlecht sind wir Männer. Ohne uns wären die Frauen aufgeschmissen.*

Wir ohne sie auch. Und nicht nur wegen kochen und abwaschen.
Sie sind jung, warten Sie ab, bis Ihre Frau über Fünfzig ist.
Meine Frau ist über Fünfzig, denkt Stefan, aber was geht das den Fremden an? Der ist am Ziel, ein löchriger Sandweg am Stadtrand, hier wird niemand ein Taxi brauchen.
Zur Hauptstraße zurückgekehrt, fällt ihm ein seltsames Pärchen auf. Das Mädchen ist barfuß, ihr durchsichtiges Gewand sieht wie ein Nachthemd aus. Sie stolpert neben einem baumlangen Burschen mit rotem Anorak her. Beim Näherkommen erkennt Stefan, daß der auf dem Rücken einen Kontrabaß im roten Futteral schleppt. Stefan hält an und öffnet die Beifahrertür. *Wollen Sie mitfahren?*
Das Mädchen läuft weiter wie aufgezogen, der junge Mann weist auf seine Baßgeige. *Ob die reinpaßt?*
Versuchen wir's. Stefan steigt aus und bugsiert den Baß auf die Rücksitze. *Wenn wir das Fenster aufmachen, geht es vielleicht. Wie weit müssen Sie?*
Zionskirchplatz.
Das nächste Ende. Quer durch die Stadt mit so einer Ladung? Man könnte den Baß auch längs legen, aber dann wäre kaum noch Platz für zwei Fahrgäste.
Das Mädchen ist stehengeblieben, es hält sich an einem Gartenzaun fest und übergibt sich.
Was ist mit ihr? erkundigt sich Stefan.
Ich kenne sie nicht, sie ist einfach mitgekommen.
Das ist doch ein Nachthemd, was sie da anhat?
Soviel ich verstanden habe, war sie auf einer Geburtstagsfeier. Den Fummel hat ihre Freundin geschenkt bekommen, sie hat ihn anprobiert, dann ist ihr schlecht geworden, und sie ist auf die Straße gerannt.
Und niemand hat sie zurückgeholt? Diese hilflose Person kann man doch nicht ihrem Schicksal überlassen. Stefan geht zu dem Mädchen, das so alt sein dürfte wie Britta, es lehnt sich an ihn, frierend in dem dünnen Hemd.
Ich will nach Hause.
Wo wohnen Sie denn?
In Kaulsdorf.
Der Junge hat sein Instrument wieder aus dem Auto gezerrt. *Ich nehme die U-Bahn, hab sowieso kein Geld fürs Taxi.*
Das Mädchen dürfte auch keins haben, aber bis Kaulsdorf ist es nicht weit, Stefan wird sich als Samariter betätigen.
Der Junge geht seiner Wege, die Baßgeige schleppend, die größer ist als er.
Die Jungfer im Nachthemd läßt sich ins Polster sinken, sie schließt die Augen, Stefan hat Mühe, ihre Adresse herauszukriegen. Nach einigem Herumirren findet er das Grundstück. Sie ist eingeschlafen. Unter dem durchsichtigen Stoff hebt und senkt sich die runde Brust,

ganz netter Anblick für einen Mann. Aber Stefan empfindet nur väterliches Mitleid für das betrunkene Ding. Er rüttelt sie an der Schulter. *Aufwachen!*
Verwirrt sieht sie sich um, dann erkennt sie, daß sie zu Hause ist und stolpert in den Garten. Ein Hund schlägt an, hinter einem Fenster geht Licht an, die Gardine wird zurückgezogen, eine Frau sieht hinaus. Sicher die Mutter. Die wird sich wundern.
Stefan wartet nicht, bis das Mädchen im Haus verschwunden ist, am Ende wird er verdächtigt, ein Sittenstrolch zu sein. Jede gute Tat rächt sich von selbst, pflegte sein Parteisekretär zu sagen.
Gegen Morgen muß er eine schwangere Frau in die Klinik bringen, sie stöhnt und ächzt, der werdende Vater treibt ihn zur Eile an.
Warum haben Sie nicht den Notarzt gerufen?
Haben wir ja, aber Sie waren eher da. Nun fahren Sie schon, oder wollen Sie, daß sie das Baby im Auto kriegt?
Das fehlte noch. Stefan ist heilfroh, als er die beiden am Virchow-Krankenhaus abgesetzt hat. Für diese Nacht reicht es. Die Zeit ist schnell vergangen, nun spürt er die Müdigkeit in den Knochen. Er sehnt sich nach seinem Bett, selbst wenn Isabella nicht darin liegt. Noch drei Tage, dann hält er sie wieder im Arm.
Auch in seinem früheren Beruf war er viele Nächte unterwegs. Die Familie hat wenig von ihm gehabt, so wenig wie er von Frau und Kindern. Aber er glaubte, die Sache, der er sich verschworen hatte, lohnte den Einsatz. Es war schön, an etwas zu glauben, selbst wenn das heute kaum mehr einer begreift. Woran glaubt er jetzt? An die Liebe, die er für Isabella empfindet und die sie, so hofft er, ebenso leidenschaftlich erwidert. Wenn die große Balance gestört ist, muß das innere Gleichgewicht intakt sein.
Sein Handy klingelt. *Bist du noch unterwegs?* Ihre Stimme, eine unverhoffte Freude.
Ich fahre gerade auf den Hof. Warum schläfst du nicht mehr?
Ich bin plötzlich aufgewacht. Hast du an mich gedacht?
Sehr intensiv.
Das habe ich gespürt. Ich liebe dich.
Ich dich auch. Schlaf weiter.
Er stellt den Wagen ab, immer noch das Lächeln im Gesicht. Ein Glück, daß es Mobiltelefone gibt, sonst wäre das Getrenntsein viel schwerer zu ertragen. Die Erfindungen des modernen Zeitalters sind Helfer gegen die Einsamkeit. Heutzutage fühlen sich viele einsam, weil sie aus dem Berufsleben ausgeschlossen sind.
Mancher, von dem keiner mehr was will, spaziert mit dem Handy über die Straße, um beim Telefonieren gesehen zu werden. Sogar beim Autofahren halten Wichtigtuer das kleine schwarze Ding

ans Ohr. Sie haben es offenbar nötig, vorzuführen, hallo, ich bin gefragt, ich bin bedeutend, selbst unterwegs habe ich Dringendes zu erledigen. Dabei haben Millionen Handy-Besitzer einen Haufen Schulden bei den Telefongesellschaften, wie kürzlich ein Fernsehmoderator beklagte. Zeitgemäße Form der Selbstdarstellung.

Bevor Stefan Isabella kennenlernte, war er mit seinen Alltagsphilosophien allein. Mit dem Vater hätte er solche Gespräche gern geführt, durch ihn war er zu der Weltanschauung gelangt, an der er trotz allem festhält. Doch der Ex-Oberst, unter der Verachtung seines Berufsstandes leidend wie ein Hund, versank in Depressionen, bis er am Ende zur Pistole griff und sich das Leben nahm. Mutter und Schwester trauern dem Verlorenen nach und haben alle Hoffnung aufgegeben, daß diese Welt noch einmal zu verändern sei. Eine zerstörte Familie wie es so viele im Osten gibt. Er aber hat eine Frau, die ihn liebt und versteht, das ist sein Glück.

Als er die Jacke aus dem Auto nimmt, hört er ein leises Fiepen. Er sieht hinter den Sitzen nach und entdeckt eine Einkaufstasche aus schwarzem Kunstleder. Die hat jemand vergessen, vermutlich das werdende Elternpaar. Das Fiepgeräusch wird lauter und entwickelt sich zu einem kläglichen Bellen. Er zieht den Reißverschluß auf, zwei braune Hundeaugen blicken ihn an, halb verdeckt unter einem weißblonden Pony.

Stefan nimmt das wuschelige Tier auf den Arm. Es beleckt ihm die Hand, er spürt etwas Feuchtes am Hemd und setzt den Hund auf die Erde.

Sebastian erscheint im Trainingsanzug. *Bist du auf den Hund gekommen?* Er bückt sich und streichelt den Kleinen.

Den hat jemand im Auto vergessen.

Und du hast es nicht bemerkt?

Stefan zeigt ihm die Kunstledertasche. *Hier steckte er drin. Wahrscheinlich haben sie ihm was ins Fressen getan. Schlaftabletten.* Er zieht das Hemd aus und schnuppert daran. *Das Ferkel hat mich vollgepinkelt.*

Sebastian entdeckt einen zusammengerollten Zettel am Halsband des Findlings. Er liest vor: *Ich bin Conny, ein Yorkshiremädchen. Weil Frauchen ein Baby bekommt, kann sie mich nicht behalten. Ich brauche neue Hundeeltern. Bin auch ganz lieb.*

Stefan, das feuchte Hemd in der Hand, ist empört. *Darum haben sie keinen Notarztwagen gerufen, die hätten ihnen die Tasche nachgetragen. Na warte, die Leute kriege ich. In der Klinik wird herauszufinden sein, wer sie sind.*

Sicher. Aber sie wollen den Hund ja loswerden.

Behalt du ihn doch, Sebastian.

Geht nicht, wir haben Katzen. Die kosten keine Steuern. Warum nimmst du ihn nicht deiner Frau mit? Das ist ein Rassehund, mindestens tausend Mark wert.
Isabella wird sich bedanken.
Und deine Töchter?
Stefan überlegt. Er könnte ihn Britta schenken, dann hat sie was zum Schmusen. Der Hund schmiegt sich an sein Bein und sieht treuherzig zu ihm auf. *Also gut, ich behalte dich, oller Pinkelfritze.* Er reibt das Hemd mit einem Papiertaschentuch trocken, so gut es geht, und zieht es wieder an. Dann gibt er Sebastian das Geld, das er in dieser Nacht verdient hat.
Der ist erfreut. Scheint ja doll was los gewesen zu sein.
Kann man wohl sagen. Zwei Bayern, die die Mauer sehen wollten, ein Zuhälter, der sich verfolgt fühlte, ein Mann, der beim Mensch-ärger-dich-nicht immer verliert und sich immer ärgert, ein verstörtes Mädchen im Nachthemd ...
Warum passiert mir so was nicht? War sie hübsch?
Weiß ich nicht. Sie war betrunken.
Sebastian grinst. *Da hätte sie wohl nichts gegen einen Quicky gehabt.*
Ich hab so eine schöne Frau, andere interessieren mich nicht.
Von mir aus – fahr zu ihr. Sebastian steckt die Autoschlüssel ein. *Kannst bis Sonntagabend freimachen. Ich hab 'ne Bestellung Berlin-München und zurück. Das bringt Knete.*
Die gute Nachricht muß Stefan gleich Isabella mitteilen, selbst wenn er sie wecken sollte.
Sie ist bereits aufgestanden. *Schlaf dich erst mal aus*, sagt sie besorgt.
Er ist überhaupt nicht mehr müde. Sie soll ihn vom Mittagszug abholen, ins Bett gehen kann er dann bei ihr. Mit ihr.
Gut gelaunt trabt Stefan mit dem Hündchen zur Hochbahn. Die Stadt wirkt frisch gewaschen, ein Sprengwagen ist vorbeigefahren. Im Rinnstein baden Spatzen in einer Pfütze. Mit jagdeifrigem Kläffen will der Yorkshire sich auf sie stürzen.
Laß die Vögel in Ruhe. Stefan zieht an der Leine, der Hund gehorcht. Scheint gut erzogen zu sein.
Auf den Bahnhofsstufen kauert ein schläfriger Bettler. Vermutlich hat er die Nacht hier verbracht, der Ärmste. Die Büchse vor ihm auf dem Boden ist leer. Stefan wirft ein Markstück hinein.
Er macht sich auf den Weg zu Britta. Hätte er gewußt, daß sein Chef ihm freigibt, er hätte sie mit dem Auto vom Rosenthaler Platz abholen können. Nun muß er mit der Bahn hinfahren. Sie wird noch in den Federn liegen, aber das ist ihm egal.
Es dauert eine Weile, bis ihm geöffnet wird. Britta, zottlig, aber nicht mehr ganz so blaß, staunt über sein unverhofftes Erscheinen, noch

dazu mit Hund. Der springt an ihr hoch und wedelt freudig mit dem Schwanz. Sie hebt ihn hoch. *Ist der süß. Deiner, Papa?*
Deiner, wenn du willst.
Du schenkst ihn mir? Cool, Papi. Sie umarmt ihn. Der Yorkshire bellt eifersüchtig.
Mach nicht solchen Krach. Sie legt den Finger an die Lippen. Die Jungs schlafen noch. Daß sie sich gleich anziehen soll, um ihren Vater nach Mecklenburg zu begleiten, paßt ihr überhaupt nicht. Sie will am Abend zu einer Fete, Anna hat Geburtstag. Die wird Augen machen, wenn sie das Hündchen sieht. *Du kommst mit, ja? Wie heißt du überhaupt?*
Conny, sagt Stefan und erklärt, woher er ihn hat.
Leute gibt's. Wie kann man so was Niedliches vergessen?
Sie haben ihn nicht vergessen. Sie haben ihn absichtlich im Auto gelassen. Sein Frauchen kriegt ein Baby.
Na und?
Ein Baby und ein Hund, das paßt nicht zusammen.
Ich bekomme auch ein Baby. Aber dich gebe ich nicht mehr her. Sie liebkost das Tier.
Und du willst wirklich nicht mitkommen?
Ich sagte doch, ich gehe zu Anna.
Was ist nun wichtiger, die Fete oder die Therapie?
Die Therapie läuft nicht weg. Ich kann ja nachkommen. Du hast gesagt, am Wochenende.
Das hat er gesagt, er gibt es zu. Im Grunde ist er froh, daß er Isabella noch eine Weile für sich allein hat. Er folgt der Tochter in die Küche, in der es aussieht wie nach einem Bombeneinschlag. Britta füllt eine Schale mit Wasser, gierig trinkt der kleine Hund. *Du hast Durst, und Hunger hast du sicher auch. Ob ich ihm Jagdwurst gebe?*
Probier's.
Sie nimmt aus der Speisekammer die Wurst und schneidet ein Stück davon ab. Der Yorkshire verschlingt es gierig. Stefan schreibt seine Handynummer auf. *Ruf mich an, mit welchem Zug du kommst, dann holen wir dich ab.*
Britta steckt den Zettel in die Brusttasche des karierten Männerhemdes, in dem sie geschlafen hat.
Muß Alexander nicht zur Arbeit?
Sie streichelt Conny. *Ich glaube, er muß erst um zehn da sein.*
Es ist gleich neun. Du solltest ihn wecken.
Halt dich da raus, okay?
Immer sollen die Eltern sich raushalten, bis die Katastrophe da ist. Aber er hat keine Lust, mit ihr zu streiten. *Wie du fahren mußt, weißt du?*

Nee.
Bis Pasewalk.
Wo liegt denn das?
In der Uckermark. Der Zug fährt von Lichtenberg ab, wo das liegt, weißt du?
Papa, ich bin nicht doof. Sie steckt sich eine Zigarette an und hält ihm die Packung hin. *Auch eine?*
Nein. Für ihn wird es Zeit, und sie sollte lieber erst frühstücken, bevor sie raucht. Er verkneift sich diese Ermahnung, ebenso die Frage, ob sie wirklich keine Drogen mehr nimmt. Wenn sie sich an die Abmachung hält, wird es genügend Gelegenheit geben, auf sie einzuwirken. Er gibt ihr Geld für die Fahrkarte. *Also dann bis Sonnabend.*
Bis Sonntag. Der Therapeut ist sowieso erst Montag zu sprechen. Ich hab keinen Bock drauf, aber sei beruhigt, ich komme. Wir kommen, Conny und ich.
Er küßt sie auf die Wange, tätschelt das Hündchen und verzieht sich. Wenigstens darf er nun mit gutem Gewissen die Liebste besuchen. Er hat seine Vaterpflicht erfüllt, niemand – außer Roswitha natürlich – kann ihm den Vorwurf machen, daß er sich nicht um die Tochter kümmert. Daß sie raucht während der Schwangerschaft, wundert ihn. Er weiß noch genau, daß Roswitha schon im zweiten Monat damit aufgehört hat. Ihr wurde schlecht, wenn sie nur den Qualm einer Zigarette roch. Britta sah eigentlich ganz gesund aus. Und wie sie sich gefreut hat über den Hund. Vielleicht wird doch noch alles gut. Er hat getan, was er konnte, und er wird es weiterhin tun.

Von weitem sieht Stefan Isabella auf dem Bahnhof in Pasewalk, schlank und schick mit schwarzen Jeans und einer hellblauen Bluse, die ihre gebräunte Haut betont. Heiße Freude zwickt sein Herz. Diese schöne Frau wartet auf mich? Langsam kommt sie auf ihn zu, sie mustert ihn, will wohl sehen, ob er einen sitzen hat. Das kann er ihr nicht verübeln, oft genug hat er sie enttäuscht. Er hat im Zug nur Kaffee getrunken, und er stellt fest, daß er den Alkohol nicht vermißt.
Ohne Rücksicht auf die Leute ringsum küßt er sie. *Beinahe hätte ich dir einen Yorkshireterrier mitgebracht.* Er berichtet von dem Findling in der Einkaufstasche und dem Brief an dessen Halsband..
Natürlich nehmen wir ihn, sagt sie entschieden. *Der arme kleine Kerl. Wo hast du ihn?*
Bei Britta. Wenn sie kommt, bringt sie ihn mit. Aber ich glaube, sie will ihn behalten.
Auch gut. Sie gibt ihm die Autoschlüssel. Er fährt sie durch die blühende Landschaft, die nicht Helmut Kohl zu danken ist, sondern dem Frühling und den Bauern. Raps breitet einen gelben Teppich

über die sanft geschwungenen Felder, die die Eiszeit geformt hat. Mitten drin kleine grüne Inseln, Wasserlöcher, an denen Büsche und Bäume wachsen und Berge von Steinen, die von den Äckern gelesen werden. Im Radio singen die ewig jungen Beatles, die mittlerweile im Opa-Alter sind, außer John Lennon, der mit 47 Jahren von einem Wahnsinnigen erschossen wurde. Wer nicht alt werden will, muß jung sterben. Sicher wäre er gern alt geworden, an der Seite seiner Yoko.
Er hat Klavier gespielt wie ein Gott. Isabella hat die Schuhe ausgezogen und legt die Füße aufs Armaturenbrett.
Du solltest auch mal wieder spielen, meint Stefan.
Ich weiß nicht, ob ich es noch kann.
Das verlernt man ebensowenig wie Radfahren. Versuch's einfach.
Mach ich. Wenn du schläfst.
Das geht nicht.
Warum nicht?
Weil du dann bei mir liegst. Er streichelt ihre Brust.
Sie legt seine Hand zurück ans Lenkrad. *Markus ist doch da.*
Den schicken wir ins Kinderzimmer.
Sie lachen. Sie sind glücklich. Am glücklichsten ist Isabella, weil Stefan sein Versprechen gehalten und nichts getrunken hat.
Markus steht im Garten, als der Volvo in die Einfahrt biegt. Er wartet auf das Auto, er will zu Paula und Sarah. *Ihr kommt doch eine Weile ohne mich aus?*
Mach, daß du wegkommst, mein Sohn, sagt Isabella mit Seitenblick auf Stefan. *Nur wer die Sehnsucht kennt, weiß, was du leidest.*
Er zwinkert den beiden zu und läßt sie allein.
Sie lieben sich, bis Stefan ermattet zur Seite rollt und einschläft. Isabella setzt sich auf die Terrasse. Sie hat Lust bekommen, zu schreiben. Das Telefon unterbricht sie. Es ist Leo, der Bürgermeister. Ob sie sich überlegt hat, was sie bei der Einweihung des Rathauses zum besten gibt. Er entwirft gerade das Programm. *Dein Name sollte darauf nicht fehlen.*
Ich werde bei Brecht nachschlagen. Wir wären gut anstatt so roh, doch die Verhältnisse, die sind nicht so.
Mach's nicht zu politisch. Es kommen auch Herren von der CDU.
Und die sind unpolitisch? Das ist mir neu.
Sie geht mit dem schnurlosen Hörer zum Bücherregal und zieht einen Gedichtband heraus. Es liegt ein Lesezeichen von Rudolf darin. *Leo, hörst du?* Sie liest vor:

Geh ich zeitig in die Leere
Komm ich aus der Leere voll

> *Wenn ich mit dem Nichts verkehre*
> *Weiß ich wieder, was ich soll.*

Das ist sehr anzüglich, wirft er ein.

Es geht ja noch weiter:
> *Wenn ich liebe, wenn ich fühle*
> *Ist es eben auch Verschleiß*
> *Aber dann, in der Kühle*
> *Werd ich wieder heiß.*

Du wirst es schon machen, Isabella. Ich verlaß mich auf deinen guten Geschmack.
Ach, Leo? Was wird eigentlich aus dem alten Spritzenhaus?
Ein Schandfleck, das reißen wir ab.
Man könnte es ausbauen.
Wozu?
Ich möchte einen Leseklub gründen.
Wir haben die Bibliothek.
Isabella erläutert ihm, was ihr vorschwebt. *Jetzt schreiben viele ihre Erinnerungen auf, sie halten gelebtes Leben für die Nachkommen fest. Ich übrigens auch.*
Leider ist das eine brotlose Kunst.
Mir geht es darum, daß wir einander vorlesen und zuhören. Das kann ungemein bereichernd sein, nicht materiell, aber ideell. Du solltest mal sehen, was meine Nachbarin zu Papier bringt, eine achtzigjährige Bäuerin. Sie schreibt noch Sütterlin.
Er wird mit den Abgeordneten beraten. Es gibt zu viele abrißreife Gemäuer in der Stadt. Und ein bißchen mehr Kultur würde ihr gut zu Gesicht stehen. *Aber das Haus ist klein, Isabella.*
Wir werden auch ein kleiner Zirkel sein. Bitte, Leo, sag ja.
Ja, sagt er, *wir suchen uns Verbündete. Den Dachdecker, den Glaser, den Tischlermeister. Die wollen Aufträge von der Stadt, also können sie auch was für uns tun. Schöner unsre Städte und Gemeinden, mach mit.* Er lacht über den alten DDR-Spruch.
Darüber rede ich bei der Einweihungsfeier, erklärt Isabella enthusiastisch. *Anmut sparet nicht noch Mühe, Leidenschaft nicht noch Verstand ...*
... daß ein neues Deutschland blühe wie ein andres gutes Land, setzt Leo fort.
Er hat noch nicht alles vergessen. *Ein schönes Lied, Isabella, sing es doch.*
Was wird der Jägerchor dazu sagen?
Der hat sein eigenes Repertoire. Also du machst mit?
Einverstanden. Und wann sehen wir uns das Spritzenhaus an?
Er guckt in seinem Terminkalender nach. *Montag, wenn's dir paßt.*
Montag geht nicht, da muß sie mit Britta nach Friedland.
Dann am Dienstag?

Das paßt ihr. Am liebsten würde sie alles gleich mit Stefan bereden. Er schläft noch, sie muß sich gedulden. Ach, es ist gut zu wissen, daß sie wieder einen Menschen hat, mit dem sie ihre Gedanken und Ideen austauschen kann.
Sie setzt sich ans Klavier und beginnt zu spielen, ein Lied aus dem Notenbüchlein der Anna Magdalena Bach. *Bist du bei mir, geh ich in Freuden ...* Leise singt sie die Weise vom Lieben und vom Sterben. Das stimmt sie nicht traurig, denn sie hat nun keinen alten Mann mehr, sondern einen jungen, der noch lange lebt und sie jung erhält. Stefan hat recht, das Klavierspielen verlernt man ebensowenig wie das Radfahren. Ihre Finger sind nicht mehr ganz so beweglich wie früher, aber sie greifen automatisch die richtigen Akkorde, und auch ihre Stimme läßt sich hören.
Am Abend zuvor gab es eine Radiosendung zur Erinnerung an Erna Berger. Sie hat noch als Achtzigjährige so bezaubernd gesungen, daß es unmöglich war, sich ihr Alter vorzustellen. Isabella empfindet das als Ermutigung. Altsein heißt nicht alle angeborenen und ausgebildeten Fähigkeiten einzubüßen. Es ist eine Frage der Lebenskultur und des Willens.
Als sie das Notenbuch zuklappt, sagt Stefan hinter ihr: *Sing bitte weiter.*
Du bist schon auf? Habe ich dich geweckt?
Schlafen kann ich, wenn ich allein bin.
Sie schlingt die Arme um seinen Hals. *Ich mache uns Tee, und dann setzen wir uns in den Garten, ich muß dir was erzählen.*
Das ist doch ein Wendehals, sagt er unwillig, nachdem er sich ihre begeisterte Schilderung des Gespräches mit dem Bürgermeister angehört hat. *Mit dem willst du gemeinsame Sache machen?*
Stefan. Er hat das Sagen. So sind nun mal die Zeiten.
Hör auf mit solchen Altweibersprüchen.
Sie ist empört. Altweibersprüche. Was erlaubt er sich?
Hab ich nicht so gemeint. Ich finde nur, daß du wenig Stolz beweist, wenn du dich bei den neuen Herren andienst. Das sind doch die Typen, die die DDR verraten haben.
Du redest wie ein Betonkopp. Die DDR wurde von ganz anderen Leuten verraten! Von alten Männern, die sich an ihrem Stuhl festgeklammert haben.
Dein Leo klammert sich auch an seinem Stuhl fest. Dafür hat er sogar die Partei gewechselt.
Mein Leo! Hast du sie noch alle? Deine blöde Eifersucht.
Ich hab meinen Standpunkt.
Klar, einen festen Klassenstandpunkt. Mann, wo lebst du denn?
In der Bundesrepublik Deutschland. Gezwungenermaßen.
Ich hab's mir auch nicht ausgesucht, aber es hat keinen Sinn, sich ins Jammertal

zurückzuziehen. Übrigens gondelst du mit der Taxe in Westberlin rum. Das hättest du dir zu Mauerzeiten nicht träumen lassen, Genosse Leutnant.
Er schweigt. Was ist nur in ihn gefahren? Sie hat sich so gefreut, und er hat ihr die Freude verdorben. Altweibersprüche. Betonkopp. Ist das die Sprache von Liebenden? *Mach, was du willst,* brummt er.
Sowieso! versetzt sie. *Ich will eine Aufgabe. Du hast doch auch eine. Ich muß Geld verdienen. Du wirst für deine Zirkelarbeit keine müde Mark sehen.*
Na, wenn schon. Denkst du, es genügt mir, für dich am Kochherd zu stehen und deine Unterhosen zu waschen?
Was sind denn das für Töne? fragt Markus, dessen Rückkehr sie bei ihrem Wortgefecht gar nicht bemerkt haben. *Zankt ihr euch etwa?*
Isabella läuft an ihm vorbei ins Haus.
Was ist euer Problem? Markus gießt sich Tee ein.
Das wirst du nicht verstehen.
Ich kann's versuchen. Zuhören hab ich in Norwegen gelernt. Was meinst du, wie oft es da Streitereien zu schlichten gab.
Hier ist nichts zu schlichten, hier sind zwei Standpunkte aufeinandergeprallt, zum ersten Mal in dieser Heftigkeit. Bisher waren wir uns zumindest in Grundsatzfragen einig.
Man kann nicht immer einer Meinung sein. Bin ich mit Paula auch nicht.
Deine Mutter will sich auf diesen Staat einlassen, ich nicht. Ich kann es einfach nicht. Stefan bemüht sich, in ruhigen Worten zu erklären, was ihn auf die Barrikade getrieben hat.
Das ist nicht der Staat, sagt Markus, *das ist die Kommune. Wenn du mich fragst, ich finde es gut, daß sich Mama eine Aufgabe sucht.*
Der Bürgermeister ist ein Wendehals. Das kotzt mich an.
Kann es sein, daß du das alles viel zu verbissen siehst? Mach deinen Frieden mit diesem Land, wir haben kein anderes mehr.
Ja, ja, ich weiß. Wir sollen ankommen in der BRD, wir sollen uns einbringen, wie es so schön im Wessideutsch heißt. Das predigt sogar die einzige Partei, die man noch wählen kann. Mir fällt das schwerer als deiner Mutter.
Sie ist eine kreative Frau. Das konnte sie lange nicht ausleben, sie war nur für die Familie da. Ich habe sie fast ein Jahr nicht gesehen und beinahe nicht mehr wiedererkannt.
Ist das wahr?
Als ich wegfuhr, war sie eine trauernde Witwe, die glaubte, das Leben sei für sie gelaufen. Nun blüht sie auf, und du nimmst ihr das übel. Dabei bist du es doch, der sie verändert hat. Eigentlich paradox – du bist der Jüngere und willst mit dem Kopf nach hinten leben, sie sieht nach vorn.
Vorn ist das Licht, haben wir als junge Soldaten gesungen, nennst du das etwa Licht, was vor uns liegt?
Was hinter uns liegt, hatte auch seine Schattenseiten.

Du warst erst zwölf, als die DDR zugrunde ging.
Zwölf Jahre, ja, davon habe ich ungefähr zehn bewußt erlebt.
Und? Warst du geknechtet? Hattest du einen roten Ring am Po vom kollektiven Nachttopfsitzen?
Ich war nicht in der Krippe, aber Paula, und die hat einen sehr hübschen Hintern. Weißt du was, Stefan? Hör auf rumzumotzen, verdirb es dir nicht mit Mama, du kannst froh sein, daß du sie hast. Markus steht auf. *Jetzt gehn wir zu ihr, und ihr vertragt euch, sonst sperre ich euch beide in den Stall.*
Die Vorstellung amüsiert Stefan. Der Junge hat ja recht. Was ist schon passiert? Isabella will einen Klub gründen, in einem alten Spritzenhaus. Daß sie dazu die Hilfe des Bürgermeisters in Anspruch nimmt, ist wohl unvermeidlich.
Mit verheulten Augen steht sie in der Küche. Sie schneidet Zwiebeln für den Kartoffelsalat. Am Abend wollen sie grillen.
Du hast mir noch keine deiner Geschichten vorgelesen, sagt Stefan.
Unter Tränen sieht sie ihn an. *Denk bloß nicht, ich heule.* Sie schnieft. Er gibt ihr sein Taschentuch. *Markus sperrt uns in den Stall, wenn wir uns nicht wieder vertragen. Willst du in den Stall?*
Sie wischt sich vorsichtig die Augen ab, um die Tusche nicht zu verschmieren.
Laß die Frau, die dich liebt, niemals weinen, denn sie weint ja aus Liebe zu dir, knödelt Markus so laut wie falsch und schwenkt seine Mutter im Kreis herum. *Laß die Sonne des Glücks stets ihr scheinen, und sei immer recht zärtlich zu ihr ...*
Sie muß lachen. *Woher kennst du solche alten Schnulzen?*
Von Papas Schellackplatten.
Ja, er schwärmte für Ufa-Filme, die hat er als junger Soldat im Fronturlaub gesehen. Nach dem Krieg fing er an, die Platten zu sammeln. Eine Geschmacksverirrung. Nicht die einzige übrigens.
Will sie den Sohn jetzt etwa über die Verfehlungen seines Vaters aufklären? Sie spürt selbst, daß das kein idealer Zeitpunkt ist.
Markus fährt unverdrossen fort, Johannes Heesters nachzuahmen: *Und wenn sie dir auch einmal weh tut, verzeih ihr und kränke sie nie, laß die Frau, die dich liebt, niemals weinen, denn sonst weinst du eines Tags um sie!*
Mit Grandezza führt er sie an den Küchentisch zurück. *Wie schmeckt der Salat?* Er schnappt sich einen Löffel und kostet.
Fehlt noch was?
Bißchen Essig. Er reicht ihr die Flasche. *Können wir dir helfen, Mama?*
Nimm die Kammkoteletts aus dem Kühlschrank und bestreiche sie mit Senf.
Das kann Stefan machen.
Zu Befehl! sagt der und erfüllt den Auftrag mit Sorgfalt.
Markus gießt Bier in eine Schüssel, um das Fleisch hineinzulegen.

Besorgt blickt Isabella auf Stefan. Der wird doch nicht gleich wieder Lust auf Alkohol bekommen? Wie dumm von Markus, daß er das nicht bedacht hat. Der trinkt den Rest aus der Flasche, wischt sich die Lippen und sagt: *Durst ist schlimmer als Heimweh.*
Strafend sieht seine Mutter ihn an. Jetzt erst fällt ihm ein, daß das taktlos war gegenüber einem, der mit dem Trinken Probleme hat.
Wie geht es Paula? erkundigt sie sich, um das Thema zu wechseln.
Sie kann es kaum erwarten, nach Hause zu kommen.
Und Sarah?
Heute hat sie mich zum ersten Mal angelacht. Weißt du, wie schön es ist, Vater zu sein?
Nein, ich weiß, wie schön es ist, Mutter zu sein. Jedenfalls manchmal.
Ein Wetterleuchten zuckt über den Himmel, Sekunden später zerreißt ein Donnerschlag wie ein Kanonenschuß die ländliche Stille. Dann gießt es mit einem Mal so heftig, daß sie keine Zeit mehr haben, die Gartenmöbel ins Haus zu räumen. Vor dem Fenster hängt ein Vorhang aus Wasser. Die Vögel sind verstummt, sie haben sich im Laub versteckt. Ein junges Eichhörnchen verharrt noch auf einem vom Wind gepeitschten Tannenast, es hat an den Zapfen geknabbert. Nun flitzt es den Stamm hinunter und flüchtet ins Gebüsch. Nur eine Amsel läßt sich nicht stören, sie sitzt in der Spitze des Birnbaumes, spreizt das Gefieder und badet im Regen.
Markus ist sauer. Er hat sich, Pyromane wie alle Männer, aufs Feuermachen gefreut, ein lange entbehrtes Ereignis. Seit der Vater tot ist, haben sie nicht mehr im Garten gegrillt.
Dann braten wir das Fleisch eben in der Pfanne. Isabella findet Gewitter schön, es ist ein Himmelsereignis, wenn es kracht und blitzt und das Wasser mit Urgewalt aus den Wolken rauscht. Gierig saugt der Boden die Nässe auf, es war schon alles so trocken, die Wiese begann sich gelb zu färben, nun erholt sie sich wieder.
Eine halbe Stunde schüttet es wie aus Eimern, dann ist die Sonne wieder da und taucht die Landschaft in goldenes Licht. Die schwarze Wand hinter dem Schlehdorn löst sich auf in Grau und Blau, ein göttlicher Aquarellmaler hat seine Farben neu gemischt. Die Vögel zwitschern so eifrig, als nähmen sie an einem Sängerwettstreit teil. Besonders tut sich der Kuckuck hervor. Isabellas alter Englischlehrer pflegte die Schüler mit einem Vers zu plagen, bis sie es nicht mehr hören konnten. Lispelnd deklamierte er, und sie mußten es im Chor nach beten: *Kuckuck comes in April, sings his songs in May, changes tune in the middle of June, and then he flies away.* Es ging um die Endungen in der dritten Person. Ihr ist noch nie aufgefallen, daß der Vogel Stimmbruch hat. Sie zählt mit, weil es ja heißt, man habe noch so

viele Jahre zu leben, wie man den Kuckuck rufen hört. Bei vierzig hört sie auf. Dann ist sie 95, das reicht.
Stefan kommt zu ihr auf die Terrasse. Tief saugt er die frische Luft in die Lungen. Der reine Ozon. *Bist du mir noch böse?*
Das halte ich nicht lange durch. Sie lächelt. *Sieh mal, der Himmel grollt auch nicht mehr.*
Ein Regenbogen spannt sich über das Roggenfeld.
Nun können wir grillen. Schweinekamm in der Bratpfanne schmeckt gräßlich.
Markus geht in den Stall, um die Holzkohle zu holen. Als er zurückkommt, sieht er seine Mutter und Stefan in enger Umarmung. Sie küssen sich. *Na also,* sagt er. *Geht doch.*

ZEHNTES KAPITEL

Conny zerrt kläffend am Halsband, als sie Stefan auf dem Bahnsteig bemerkt. Wäre der Hund nicht, würde der Vater die Tochter kaum erkennen. Dieses Wesen mit den kurzgeschorenen, weißblond gebleichten Haaren und den dunkelbraun geschminkten Lippen, im knöchellangen schwarzen Kapuzenkleid, auf Plateausohlen staksend, das soll Britta sein?
Er bemüht sich, seinen Schock nicht zu zeigen. *Hattest du eine gute Fahrt?*
Boah.
Er nimmt ihr den schweren Rucksack ab. *Was hast du da drin? Preßkohlen?*
Klamotten, Schuhe, Kosmetik, Fön.
Den brauchst du doch nicht mehr. Bei deiner neuen Frisur.
War Annas Idee.
Das hat er sich gedacht. Die blau lackierten Nägel sicher auch. *Hat dir jemand mit dem Hammer auf die Finger gehaun?*
Sehr witzig, Papa. Ich könnte dich auch fragen, ob du mit dem Kopf in den Rasenmäher gekommen bist.
Gefalle ich dir nicht ohne Zopf?
Egal, mit Zopf, ohne Zopf, ihr ist übel von der Fahrt in dem stickigen Abteil, das Fenster konnte sie nicht öffnen, weil da zwei alte Schrippen drin saßen, mindestens vierzig, die haben sich doch tatsächlich verbeten, daß Britta rauchte, obwohl es ein Raucherabteil war. *Ätzend.* Sie kramt eine Zigarettenschachtel aus ihrer Umhängetasche. Gauloises, eine Männersorte, die selbst Stefan zu stark ist.
Hast du Feuer, Papa?
Warte, bis wir im Auto sind.
Mit der unangezündeten Zigarette zwischen den Lippen stampft Britta schlecht gelaunt neben ihm her zum Parkplatz. Er ist gespannt, was Isabella sagen wird.
Die sagt freundlich guten Tag und streichelt den kleinen Hund, der an ihr hochspringt, als seien sie alte Bekannte. *Der ist ja zutraulich. Schön, daß du ihn mitgebracht hast.*
Ich nehme ihn überall mit hin.

Auch in die Disko? scherzt Stefan.
Stell dir vor, ja.
Da kriegt er doch Ohrenschmerzen. Weißt du nicht, daß er vierzehnmal mehr hört als ein Mensch? Für mich ist das Tierquälerei, ein Yorkshire in der Disko. Den hätte ich dir lieber nicht überlassen sollen.
Du nervst, Papa.
Ich zeige dir dein Zimmer. Isabella führt sie ins Obergeschoß. Conny springt aufs Bett, trampelt dreimal im Kreis auf den Kissen herum wie auf einem Heuhaufen und macht es sich in der Kuhle gemütlich.
Braucht der Hund ein Körbchen? Dann müssen wir eins besorgen.
Nicht nötig. Er schläft bei mir.
Isabella hat Gartenblumen ins Zimmer gestellt, auf dem Tisch liegt eine Tafel Schokolade, Obst in einer Schale, auch der Aschenbecher fehlt nicht.
Stefan bringt Brittas Rucksack. *Gefällt's dir?*
Hm. Ist hier irgendwo ein Klo?
Nebenan.
Sie schließt sich ein und bleibt lange drin.
Kifft sie etwa? fragt er besorgt.
Sie wird ihr Make-up erneuern.
Sieht sie nicht schrecklich aus? Ihre schönen Haare. Anna hat sie ihr abgeschnitten. Und dieses Weißblond. Das macht sie noch käsiger.
Junge Mädchen haben ihren eigenen Geschmack. Wenn du wüßtest, wie ich mit sechzehn rumgelaufen bin. Pony bis auf die Nase, hochtoupierte Locken, mit Haarlack verklebt, scharf abgeschnittene Koteletten – man braucht ein gutes Gedächtnis für die eigenen Blödheiten, wenn man die Jugend beurteilen will. Sei nachsichtig mit ihr. Immerhin ist sie gekommen. Das ist ihr bestimmt nicht leicht gefallen.
Isabella hat einen Apfelkuchen mit Streuseln gebacken und den Tisch auf der Terrasse gedeckt. Appetitlos stochert Britta im Kuchen herum, sie füttert den Hund mit Streuseln. Kaffee will sie nicht, sie würde lieber Cola trinken.
Ist mir zu spät eingefallen, sagt Isabella geduldig, *ich habe Markus zur Tankstelle geschickt. Nimmst du solange mit Milch vorlieb?*
Milch? Boah. Britta steckt sich eine Zigarette an.
Gibst du mir auch eine?
Sie rauchen?
Ja, aber sag doch nicht Sie zu mir, wir werden eine Weile miteinander leben.
Isabella nimmt eine Gauloises. Nach dem ersten Zug hustet sie. *Sind die nicht ein bißchen zu kräftig?*
Für mich nicht.
Stefan ist es unangenehm, wie maulfaul seine Tochter auf das freund-

liche Entgegenkommen reagiert. Wenn das in diesem Stil weitergeht, wird er ein ernstes Wörtchen mit ihr reden müssen.
Isabella scheint es nichts auszumachen. Sie hört Markus kommen und geht ihm entgegen. *Laß dir bloß nichts anmerken*, sagt sie leise, *sie sieht ziemlich schräg aus.* Und etwas lauter: *Hast du Cola mitgebracht?*
Cola, Fanta, was ihr wollt. Er hält Britta den Korb hin. *Was darf's denn sein, gnädiges Fräulein?*
Sie runzelt die Brauen. *Willst du mich verarschen?*
Würde ich mir nie erlauben. Er reicht ihr die Hand. *Markus.*
Ich dachte, der Weihnachtsmann, erwidert sie patzig.
Der Hund kommt unter dem Tisch hervor. *Na, du kleiner Handfeger.*
Markus hebt ihn hoch. Er hat wohl ein bißchen kräftig zugegriffen, Conny jault auf.
Britta nimmt ihm den Hund weg. *Das ist kein Handfeger, sondern ein Yorkshireterrier, stimmt's, Papi?*
Auf einmal Papi. Stefan versteht das Mädchen nicht. Alle sind nett zu ihr, doch sie benimmt sich wie die Axt im Walde. Die Cola trinkt sie aus der Flasche, dann holt sie ihr Strickzeug und legt sich in Isabellas Liegestuhl unter der Kastanie. *Ich darf doch?* Erstaunlich, daß sie fragt.
Natürlich. Mach's dir bequem, du wirst müde sein.
Der Hund springt auf Brittas Schoß. Sie fängt an zu stricken, die Augen fallen ihr zu, wenig später ist sie eingeschlafen.
Ganz schön durch 'n Wind, das Mädchen, meint Markus. *Was machen wir mit ihr?*
Schlafen lassen und lieb zu ihr sein, meint Isabella. *Sie läßt sich nicht anmerken, wie schlecht es ihr geht, weil sie auf keinen Fall bedauert werden möchte. Darum spielt sie uns die Forsche vor.*
Stefan staunt. *Du kennst sie besser als ich.*
Ich kann mich in sie hineinversetzen, ich bin eine Frau.
Noch dazu eine kluge.
Am Abend muß er zurück nach Berlin. Es beruhigt ihn zu wissen, daß seine Tochter in guten Händen ist. Sie liegt da, den kleinen Hund auf dem Schoß, ihr blasses Gesicht wirkt so kindlich, daß es schwer ist, sie sich als werdende Mutter vorzustellen. Er zieht ihr die unförmigen Schuhe von den Füßen, Isabella holt eine Wolldecke, die legt er behutsam über die Schlafende. Conny läßt es sich gefallen, nur die kleine feuchte Nase steckt sie raus.
Isabella räumt das Geschirr ins Haus und macht belegte Brote für Stefan zurecht. Der Abschied tut immer ein bißchen weh, aber sie wissen ja, daß sie sich bald wiedersehen.
Soll ich ihn zum Zug bringen? schlägt Markus vor. Nicht ganz selbstlos. Er kann dann gleich noch einen Abstecher zu Weib und Kind ma-

chen. Außerdem hält er es für besser, daß seine Mutter hier ist, wenn Britta wach wird.
Das sieht sie ein, und Stefan auch. *Paß auf, daß sie nicht zuviel raucht, bittet er. Dieses schwarze Zeug, ob da Hasch drin ist?*
Isabella hat eine Gauloises probiert, das war eine ganz normale Zigarette, allerdings sehr stark. *Vielleicht braucht sie das, um die Entwöhnung von den Drogen besser zu verkraften. Mach dir keine Sorgen, morgen bringe ich sie zum Therapeuten.*
Nach einem zärtlichen Abschiedskuß steigt er in den Volvo, sie winkt, bis er hinter einer Kurve verschwunden ist. Drei schöne Tage haben sie miteinander verbracht. Eine harmonische Zeit ohne störende Zwischenfälle. Kein Alkohol, keine Eifersüchteleien, kein Streit. Markus hat sich in den Stall zurückgezogen, um eine Wiege für Sarah zu bauen. So waren sie meist allein, haben gekocht, Musik gehört, im Garten gearbeitet.
Stefan hat begonnen, die Grube für das Tauchbecken auszuheben. Als er bis zum Hals in der Erde steckte, bestand Isabella darauf, daß er aufhörte, schließlich sollte er sich ein bißchen erholen bei ihr. Abends haben sie zu dritt Canasta gespielt, wie früher im Familienkreis mit Rudolf. Der hat seine Söhne nur selten gewinnen lassen. Diesmal war Markus der Sieger, bis Stefan, der außer Skat kaum ein Kartenspiel gekannt hat, ihm am Ende den Rang ablief. Er ist nun begeistert vom Canasta und freut sich schon auf die nächste Runde am kommenden Sonnabend.
Britta ist aufgewacht. Mit düsterer Miene starrt sie in die Krone des Kastanienbaumes. Conny springt von ihrem Schoß und läuft zu Isabella, als wolle sie melden, daß ihr Frauchen ausgeschlafen hat.
Isabella bringt ihr ein Glas Cola. *Fühlst du dich besser?*
Gehn Sie nicht mit mir um, als wäre ich ein Pflegefall, ich bin nicht krank. Sie trinkt die Cola aus und greift nach ihrem Strickzeug. Isabella läßt sie allein. Wie soll man sich nur verhalten, damit Britta nicht immer gleich hochgeht wie eine Rakete?
Nach einer Weile erscheint sie in der Küche. *Conny braucht was zu fressen. Ich habe das Hundefutter vergessen.*
Zum Glück hat Stefan daran gedacht und ein paar Büchsen gekauft. Isabella füllt etwas davon in eine Schale, der Hund stürzt sich darauf und frißt alles auf. Das kleine Tier scheint den Wechsel erstaunlich gut verkraftet zu haben. Es hat nicht ein einziges Mal geheult, ist nicht zur Wohnungstür gerannt, hat keine Sehnsucht nach den früheren Besitzern gezeigt, sagt Britta. *Die waren vielleicht nicht so gut zu ihm wie wir.* Jetzt würde sie sich gern ein bißchen frisch machen. Oben ist nur eine Dusche. *Haben Sie auch eine Wanne?*
Isabella führt sie ins Bad. Der Hund läuft ihnen nach. Mit gesenkten

Ohren weicht er in die Ecke zurück, als er das Wasser rauschen hört.
Du bist ja wasserscheu. Britta lacht.
Zum ersten Mal sieht Isabella das Mädchen lachen. *Komm mit, Conny, Mäuschen suchen.* Sie läuft in den Garten, wo es frische Maulwurfshügel gibt. Das richtige Signal für einen Yorkshire. Er fängt sofort an, auf der Wiese herumzuschnüffeln und in der aufgeschütteten Erde zu graben.
Britta badet lange. Als sie wieder zum Vorschein kommt, trägt sie nicht mehr das schwarze Kleid, sondern hellblaue Jeans, weiße Turnschuhe und einen kurzen rosa Pulli, unter dem ihre schmale Taille hervorsieht. *Ab wann wird man eigentlich dicker?*
Bei mir ging es im dritten Monat los. Du bist im zweiten?
Ja, das Baby kommt um Weihnachten herum.
Willst du einen Jungen oder ein Mädchen?
Das ist ihr eigentlich egal, wenn es ein Junge wird, soll er Mortimer heißen, für ein Mädchen weiß sie noch keinen Namen. Vielleicht Bea.
Freust du dich auf dein Kind?
Logisch. Sonst würde ich es ja nicht kriegen. Alle sagen, ich soll es wegmachen lassen.
Wer, alle?
Mutti und Papi.
Ich habe deinem Vater abgeraten, dich zur Abtreibung zu drängen.
Warum?
Weil das ein Eingriff ist, der dein ganzes Leben verändern kann.
Ein Baby verändert mein Leben auch.
Hast du mal daran gedacht, es zur Adoption freizugeben? Viele Frauen, die keine Kinder haben können, warten auf ein Baby.
Ich soll es weggeben?
Du mußt noch zur Schule gehen, einen Beruf lernen. Es ist natürlich deine Sache. Entschuldige.
Ich weiß, es wird Streß, aber ich habe ja Alex.
Alexander ist der Vater?
Logisch, wer sonst?
Wie hast du ihn kennengelernt?
In der Disko. Ich fand's cool, daß er Eddy verteidigt hat. Den wollten welche anmachen. Alex hat sich mit denen geprügelt.
Wieviele waren es denn?
Drei. Er sieht nur so dünn aus, er hat Kraft und kann Karate.
Hat sich Eddy nicht gewehrt? Der ist doch ein Hüne.
Logisch. Zusammen haben sie die Ärsche verjagt. Dann haben wir in Alexanders Bude gefeiert, und seitdem wohnen wir zusammen. Wie eine richtige Familie.

Conny kommt gerannt, die Schnauze voller Sand.
Dich werden wir wohl auch baden müssen, meint Isabella.
Bei dem Wort Baden haut der Yorkshire sofort wieder ab.
Meinst du, ein Hund und ein Baby, das geht nicht?
Du mußt aufpassen, daß sie nicht miteinander in Berührung kommen, er kann Flöhe haben, Zecken, Krankheiten übertragen. Isabella tut, als wäre es ihr nicht aufgefallen, daß Britta sie geduzt hat. Allmählich scheint sich das Mädchen zu öffnen. *Morgen lernst du Paula und ihre kleine Sarah kennen.*
Brittas eben noch entspannte Miene verdüstert sich. *Morgen muß ich zur Therapie.*
Du brauchst dich davor nicht zu fürchten, es wird dir guttun.
Ich hab keinen Schiß, es stinkt mich an.
Isabella legt behutsam den Arm um sie, und Britta läßt es sich gefallen. Der Hund prescht herbei, er bellt eifersüchtig.
Mein Frauchen, neckt ihn Isabella und gibt Britta einen Kuß auf die Wange.
Er bellt noch wütender.
Zärtlich hebt Britta ihn hoch. *Ist er nicht süß?*
Ein liebenswertes Hündchen. Weißt du was, in der Zeit, in der du dein Baby stillst, kann ich ihn nehmen. Er fühlt sich hier wohl.
Er schnuppert an Brittas blauen Fingernägeln, dann niest er. *Was sagst du? Die Farbe gefällt dir nicht? Dann fragen wir mal Isabella, ob sie Nagellackentferner hat.*
Oben im Spiegelschrank.
Danke. Britta flitzt die Treppe hinauf, der Hund hinterher. Kurz darauf kommt er wieder runter. Der Azetongeruch ist seiner empfindlichen Nase unangenehm.
Stefan meldet sich übers Handy. *Was macht mein Kind?*
Sie entfernt gerade den blauen Nagellack.
Hast du sie dazu überredet?
Nein, Conny.
Er lacht. *Ihr versteht euch wohl ganz gut?*
Sie taut langsam auf.
Das ging ja schneller, als er gedacht hat.
Willst du sie sprechen?
Keine Zeit, es kommt gerade Kundschaft. Grüß sie von mir, tschüs erst mal.
Isabella richtet Stefans Grüße aus.
Warum tust du das alles? will Britta wissen. Sie hat rote Flecken im Gesicht, weil sie Pickel ausgedrückt hat.
Was tue ich denn?
Du kümmerst dich um mich, als ob du meine Mutter wärst. Du bist aber nicht meine Mutter, auch wenn du Papas Freundin bist. Sei ehrlich, du tust es nur seinetwegen.

Seinetwegen und deinetwegen.
Das glaube ich dir nicht, fährt Britta auf. *In Wahrheit findest du mich schrecklich. Dein Sohn findet mich auch schrecklich. Denkt ihr, ich merke das nicht?*
Wie kommst du darauf?
Ich kriege ein Kind, ich habe Drogen genommen, ich muß zum Irrenarzt, ich mache nur Streß. Sie heult. Isabellas tröstende Hand wehrt sie mit einer heftigen Bewegung ab.
Bemitleide dich nur, sagt Isabella ärgerlich. *Es ist wahr, du machst deinem Vater Kummer. Ich will das nicht, er ist gerade dabei, sich wieder zu fangen. Er hat selber genug Probleme.*
Er braucht vielleicht 'ne Amme, ich nicht. Britta läuft ins Haus.
Was hat sie denn? fragt Markus.
Sie meint, wir finden sie schrecklich.
Ich habe schon nettere Mädchen gesehn, aber schrecklich ist sie nicht. Bißchen doof vielleicht.
Britta erscheint mit ihrem Rucksack. Sie legt den Hund an die Leine und erklärt, sie wolle zurück nach Berlin.
Im Stall steht ein Fahrrad, sagt Markus ungerührt. *Das kannst du gerne nehmen.*
Verblüfft sieht sie ihn an. *Ich soll mit Conny radfahren?*
Wie willst du sonst wegkommen?
Sie wird loslaufen, unterwegs findet sich bestimmt ein Autofahrer, der sie mitnimmt.
Isabella geht zum Telefon und ruft Stefan an. *Sprich mit ihr, sie will plötzlich weg. Per Anhalter. Ich bin mit meinem Latein am Ende.*
Er ist gerade auf der Stadtautobahn, mitten im dicksten Verkehr. *Haltet sie fest, und wenn ihr sie anbinden müßt. Die spinnt doch.*
Bis eben war sie ganz friedlich, auf einmal spielt sie verrückt.
Paß mal auf, sagt Markus, *wir essen jetzt Abendbrot, dann gehst du in dein Zimmer, und morgen früh, wenn ich meine Frau aus der Klinik hole, nehme ich dich mit nach Pasewalk.*
Sein entschiedener Ton verfehlt nicht die Wirkung. Das Mädchen wirft den Kopf in den Nacken und marschiert mit dem Hund die Treppe hinauf.
Willst du nichts essen? ruft Isabella ihr nach.
Sie bekommt keine Antwort. Britta schließt sich in ihrem Zimmer ein. Ihr plötzlicher Sinneswandel ist unbegreiflich.
Kommt von den Drogen, vermutet Markus. *Sie muß zum Therapeuten.*
Zwingen können wir sie nicht.
Warten wir den Montag ab.
So hieß ein guter sowjetischer Film, erinnert sich Isabella. *Weißt du, wie mir solche Filme fehlen? Ich mag gar nicht mehr ins Kino gehn.*
Auch nicht letzte Reihe mit Stefan, Händchen halten, Küßchen schenken,

Westfilm gucken? Das ist eine Anspielung auf einen lange zurückliegenden Abend, an dem Rudolf den Jüngsten früh ins Bett geschickt hatte, weil er in Ruhe eine bestimmte ARD-Sendung sehen wollte. Die Großen waren damals schon aus dem Haus. Im Schlafanzug erschien Markus, sieben Jahre alt und eifriger Jungpionier. Anklagend erklärte er, daß er wüßte, warum sie ihn los sein wollten. *Schnäpschen trinken, Küßchen schenken und Westsender gucken.* Der Satz ist in die Familiengeschichte eingegangen.
Westfilme können wir auch zu Hause gucken, sagt Isabella.
Als sie beim Essen sind, ruft Stefan an. Er hat seinen Fahrgast abgesetzt, nun will er mit der Tochter reden.
Sie ist ins Bett gegangen.
Dann laß sie schlafen.
In der Nacht wacht Isabella auf. Sie hört Britta nebenan im Wohnzimmer sprechen und geht hinüber. Das Mädchen sitzt in ihrem karierten Männerhemd auf der Erde und telefoniert. *Sie spielt die besorgte Freundin, das kotzt mich voll an. Nein, Mutti, ich komme morgen zurück. Ist mir egal. Nein. Ich will zu Alex und Eddy. Hör auf, mich vollzulappen. Nein. Mach ich nicht.* Sie legt auf.
Konntest du nicht schlafen? fragt Isabella.
Britta hat sie nicht gehört und erschrickt. *Ich hatte Hunger,* sagt sie mürrisch.
Komm mit in die Küche. Ich mach dir was zu essen. Rührei mit Tomaten?
Mir egal. Irgendwas. Morgen bist du mich los.
Ich will dich nicht los sein. Ich will, daß du hier bleibst und gesund wirst.
Britta stopft das Rührei in sich rein, die Scheibe Schwarzbrot beißt sie nur an, den Rest zerkrümelt sie auf dem Teller. Nach einem Schluck Cola rülpst sie ungeniert, reißt den Mund auf und gähnt. Es scheint, als benehme sie sich extra abstoßend, um Isabella zu ärgern. Die hat sich an den Tisch gesetzt und eine Zigarette angezündet. *Willst du mal eine von diesen versuchen?* Sie hält Britta die Duett-Schachtel hin.
Nee, ich bleibe bei meiner Sorte.
Schweigend rauchen sie, bis Isabella vorschlägt, noch ein bißchen zu schlafen, ehe die Hähne krähen.
Komisch, sagt Britta.
Was ist komisch?
Deine Arschruhe.
Ich bin gar nicht so arschruhig, aber ich kann mich beherrschen.
Meine Mutter hätte mir längst eine geknallt.
Möchtest du, daß ich dir eine knalle?
Britta grinst sie an. Der Hund kläfft, er will raus. Sie öffnet die Terrassentür. Die Wiese liegt im Licht des Mondes, der wie ein Lam-

pion in der Kastanie hängt. Nach ein paar Schnüffelrunden hockt sich das kleine Tier ins Gras, das linke Hinterbein hebt es an, um es nicht vollzupinkeln. Ein drolliger Anblick. Erleichtert rennt es die Treppe hinauf.
Isabella stellt das Geschirr in die Spülmaschine. *Ich glaube, jetzt werden wir alle drei besser schlafen. Britta?*
Was ist?
Du mußt immer aussprechen, was dir auf der Seele liegt.
Auch wenn ich abkotze?
Auch wenn du abkotzt. Gerade dann.
Okay. Britta seufzt. *Morgen fahren wir nach – wie heißt das Kaff noch mal?*
Friedland.
Als sie in ihrem Zimmer verschwunden ist, ruft Isabella Stefan an. *Das Gewitter ist vorbei.*
Hat es bei euch gewittert? In Berlin nicht.
Es war ja auch nur Theaterdonner. Sie erzählt ihm von dem Nachtgespräch mit seiner Tochter. Der Widerspenstigen Zähmung.
Sie wollte dich nur provozieren.
Nein, sie fand sich schrecklich und dachte, wir finden sie schrecklich. Nun kannst du in Ruhe arbeiten. Hast du viel zu tun?
Im Augenblick stehe ich am Bahnhof Friedrichstraße, höre Musik und denke an dich. Er dreht das Radio lauter. Beethovens Violinkonzert.
Das höre ich mir jetzt auch an. Und dann werde ich von dir träumen. Beruhigt kehrt Isabella in ihr Bett zurück. Sie liegt allein darin, doch sie ist nicht mehr allein. Sie hat einen Mann, der sie liebt, einen Sohn, der das akzeptiert, ein widerborstiges Pflegekind und einen Hund. Ab morgen wird sie auch noch eine Schwiegertochter und ein Baby im Haus haben. Familienbande. Sie lächelt vor sich hin und läßt sich von der unvergänglichen Schönheit des zweiten Satzes in den Schlaf wiegen.

Markus ist in aller Frühe aufgestanden und hat den Bart abrasiert. Er will Sarah nicht kratzen, wenn er mit ihr schmust. *Schluß mit Weihnachtsmann.* Nun sieht er wieder aus wie ein Junge. *Was ist denn mit der Dame?*
Sie schläft. Wir hatten in der Nacht ein klärendes Gespräch.
Bleibt sie hier?
Ja, sie kommt mit zum Therapeuten.
Dann brauchst du das Auto?
Daran hat sie noch gar nicht gedacht. *Nein, nimm du es, wir fahren mit dem Bus.*
Ihr könnt ja auch die Räder nehmen. Er äfft Britta nach: *Ich soll mit Conny radfahren?*

Nicht so laut, Markus, wenn sie das hört. Sie ist empfindlich.
Du mußt sie nicht mit Samthandschuhen anfassen. Sie braucht schon mal ein kräftiges Wort, hast ja gesehen, wie das wirkt.
Das Telefon klingelt.
Ich hau ab, Mama. Markus kann es kaum erwarten, Frau und Kind nach Hause zu holen.
Isabella lauscht Stefans Liebesgeflüster. Er liegt im Bett und sieht sie vor sich, wie sie sich bewegt, ihre aufregenden Brüste, ihre nackten Beine, die ihn umschlingen, ihren schönen Hintern, den er unter den Händen fühlt im sanften Auf und Ab. *Ich streichle dich, fühlst du es? Erst die Wangen, dann den Hals, die Brust, den Bauch, die Schenkel und das, was dazwischen liegt ...*
Hör auf, seufzt sie, *ich muß im Moment an etwas anderes denken.*
Er will an nichts anderes denken. *Ich weiß nicht, ob ich das ewig so aushalte, ich hier, du da.*
Stefan, ich bitte dich, fang nicht wieder damit an. Jetzt haben Brittas Probleme Vorrang.
Aber es ist ungerecht. Andere, die dauernd zusammenhocken, zanken sich und haben einander satt, und wir, die wir uns lieben wie verrückt, müssen getrennt leben.
Nur bis zum Wochenende. Inzwischen kümmere ich mich um deine Tochter. Das tue ich auch aus Liebe zu dir. Sie wirft mir das übrigens vor.
Sie sollte dir dankbar sein.
Das verlange ich nicht, ich bin schon zufrieden, wenn sie nicht bockig ist. Schlaf dich erst mal aus, heute nachmittag telefonieren wir wieder.
Ich liebe dich.
Ich liebe dich auch.
Stefans Zärtlichkeit, sein Verlangen nach ihr stimmen sie wehmütig. Natürlich wäre es tausendmal schöner, wenn er hier wäre anstelle seiner zickigen Tochter. Was verbindet mich mit dem Mädchen? Nur Pflichtgefühl.
Sie hört Conny auf der Treppe und ruft sich zur Ordnung. Britta braucht mich. Es ist gut, gebraucht zu werden. Noch vor ein paar Monaten schien niemand mich zu brauchen, ich fühlte mich nutzlos und leer, nun hat mein Leben wieder einen Sinn.
Der Hund springt an ihr hoch und leckt ihr die Hand.
Laß ihn raus, ruft Britta von oben, *er muß mal.*
Isabella öffnet die Tür, Conny bellt die Stare im Kirschbaum an und verschwindet hinter einer Hecke.
Britta ist bereits angezogen und geschminkt, ihr Haar steht struppig in die Höhe, sie hat Gel reingeschmiert.
Hast du gut geschlafen?
Nee. Ich hatte einen Alptraum. Der Therapeut wollte mir an die Wäsche.

So was tun Therapeuten nicht.
Weiß man's? Sie steckt sich eine Zigarette an. Nach dem ersten Zug schlägt sie die Hand vor den Mund und rennt aufs Klo, um sich zu übergeben. Mit schwarz verschmierten Augen kommt sie aus dem Bad. *Ich vertrage wohl keine Zigaretten mehr. Scheiße.*
Das ist normal in deinem Zustand. Ich koche dir einen Tee, wir frühstücken, und dann fahren wir nach Friedland.
Ich will nichts essen. Sie zieht einen Spiegel aus der Umhängetasche und erneuert ihren Lidschatten.
Isabella legt tiefgefrorene Brötchen in den Backofen. Ausgerechnet heute hat sie kein Auto. Die Busfahrt wird fürchterlich werden. Aber da müssen wir durch.
Britta ruft im Garten nach dem Hund. Er kommt zerzaust aus dem Gebüsch. *Wie siehst du denn aus? So kann ich dich nicht mitnehmen.*
Du kannst ihn überhaupt nicht mitnehmen.
Er bleibt solange im Auto.
Wir haben kein Auto. Markus holt Paula und Sarah ab.
Dann warten wir, bis er zurück ist.
Wir fahren mit dem Bus. Isabella stellt das Frühstücksgeschirr auf den Terrassentisch. Es ist ein milder Maimorgen. Der Tag verspricht warm zu werden.
Mit dem Bus? Boah.
Ich glaube, das wird das erste Wort sein, das dein Kind von dir lernt. Nicht Mama, sondern Boah.
Britta setzt sich an den Tisch und trinkt einen Schluck Tee mit Honig. Das tut ihr gut. Sie streicht Butter auf ein knuspriges Brötchen. *Hier ist es geil,* sagt sie mit vollem Mund. *Das müßten Alex und Eddy sehn.*
Sie werden es sehn. Isabella füllt den Freßnapf für Conny.
Du meinst, sie können auch mal herkommen?
Sie sind doch deine Familie.
Cool.
Das wird das zweite Wort. Und das dritte: geil.
Britta lacht.
Wie hübsch du bist, wenn du lachst.
Ich bin nicht hübsch. Ich hab Pickel.
Die hatte ich mit sechzehn auch. Sie gehn wieder weg.
Ob die vom Kiffen kommen?
Keine Ahnung. Du tust es doch nicht mehr, oder?
Bei Anna hab ich's noch mal probiert.
Wenigstens bist du ehrlich.
Aber nichts Papi sagen.
Es bleibt unter uns, wenn du mir versprichst, daß du es ein für allemal sein läßt.
Du schadest deinem Kind.

Britta nickt bedrückt. Sie geht nicht mehr zu Anna. Die kifft weiter. *Die Haare hat sie mir auch versaut.*
Isabella tröstet sie. *Die wachsen wieder.*
Hast du ein Foto, wie du mit sechzehn ausgesehen hast?
Isabella holt ein Album aus der Kommode. Neugierig blättert Britta darin. *Sag bloß, das bist du.* Sie tippt auf ein Bild.
Ja, da hatte ich eine saublöde Frisur.
Ich dachte, man wird häßlicher, je älter man wird. Bei dir ist es umgekehrt. Und wer ist der Alte? Dein Vater?
Rudolf. Er war mein Mann.
Warum hast du so einen ollen Knacker geheiratet? Wegen Geld?
Ich habe ihn geliebt. Geld war für mich nie ein Thema.
Da hat Papi aber Glück.
Rudolf war Maler, ein sehr guter. Isabella zeigt auf das Flamingo-Aquarell über dem Kamin.
Das ist von ihm? Geil. Wo ist er jetzt?
Vor einem Jahr ist er gestorben. Isabella legt das Album weg. *Laß uns später weiterreden, wir müssen los.*
Was machen wir mit Conny?
Die kann in deinem Zimmer bleiben. Markus kommt ja bald.
Der Bus stuckert durchs Mecklenburger Land. Im malerischen Farbkontrast zum Sonnengelb der Rapsfelder erblüht ein Teppich aus violettem Flachs. Mit leerem Blick starrt Britta aus dem Fenster. Sie merkt nicht, daß der geschniegelte Jüngling, der ihnen gegenüber sitzt, sie bewundernd betrachtet. Von wegen häßlich, denkt Isabella. Trotz der weißen Strubbelhaare sieht sie hübsch aus. Ihre Lippen sind heute nicht braun geschminkt, sondern in zartem Rosa, das zu ihrem Pulli paßt. Gut, daß sie sich von Annas Einfluß befreit.
Der Psychologe ist ein dünner Mann mit grauem Lockenkopf. Durch seine runde Brille sieht er Britta freundlich an. *Schön, daß Sie kommen konnten.*
Ich mußte ja, sonst hätten sie mich nicht aus der Klapper entlassen.
Oh, er hat schon andere Beispiele erlebt. Erst verspricht man, zur Therapie zu gehen, dann überlegt man es sich und lebt weiter wie bisher.
Anna vielleicht, ich nicht.
Anna ist Ihre Freundin?
Sie war es.
Der Warteraum ist noch leer, seine Patienten werden einzeln bestellt. *Die Frau Mama nimmt bitte hier Platz.*
Britta verzieht das Gesicht. *Sie ist nicht meine Mutter, sie ist ...*
...die Zimmerwirtin, erklärt Isabella.
Er hat den kurzen Blickwechsel zwischen den beiden bemerkt und

führt Britta ins Sprechzimmer. Sie sieht sich um. Ein Schreibtisch, darauf eine grüne Lampe, dahinter ein Sessel, davor ein Stuhl, an der Wand ein Medikamentenschrank, in der Ecke ein Gummibaum. Hinter einem halb zugezogenen weißen Vorhang eine Liege mit Nackenpolster. Da kriegt er mich nicht rauf. Sie denkt an ihren Traum.
Wie geht es Ihnen, Britta?
Ich muß jeden Morgen ... Sie unterbricht sich. Das Wort kotzen erscheint ihr hier nicht angebracht. *Jeden Morgen übergebe ich mich.*
Entzugserscheinung?
Nee, zweiter Monat.
Zweiter Monat?
Ich bin schwanger.
Er ist überrascht. Davon war in dem Vorgespräch mit Isabella nicht die Rede, nur von Drogen und dem Selbstmordversuch des Mädchens. Den weiß er nun anders zu deuten. Die Probleme sind ihr über den Kopf gewachsen. Danach wird er sie heute noch nicht fragen. Erst muß sie Vertrauen zu ihm gewinnen. *Sie sind sechzehn?*
Im Herbst werde ich siebzehn. Sie hockt sich auf die Stuhlkante. Gewohnheitsgemäß will sie die Zigarettenpackung aus der Tasche nehmen, dann fällt ihr ein, daß ihr das Rauchen heute morgen schlecht bekommen ist. Es wird wohl auch verboten sein.
Gehen Sie noch zur Schule?
Ich bin krankgeschrieben.
Einen Abschluß haben Sie nicht?
Nee. Sie korrigiert sich: *Nein, habe ich nicht.*
Berlinern Sie ruhig, ich höre das gern. Reden Sie, wie Ihnen der Schnabel gewachsen ist. Wollen Sie das Kind?
Ja.
Und der Vater?
Alex will es auch.
Er lehnt sich in seinem Sessel zurück. *Fangen wir von vorn an.*
Sie schielt auf das kleine Diktiergerät neben der Schreibtischlampe. *Nehmen Sie alles auf?*
Nein, das ist kein Verhör, es ist eine freundschaftliche Unterhaltung. Ich will mir ein Bild von Ihnen machen. Erzählen Sie von sich, von Ihrer Familie.
Meine Familie? Das sind Alex und Eddy.
Eddy ist Ihr Vater?
Sie prustet los. Komische Vorstellung, ihr Vater ein Neger. *Eddy ist aus Kenia. Wir wohnen zusammen, Alex, er und ich.*
Verstehe, sagt der Psychologe unbeeindruckt, er ist einiges gewöhnt von dieser Generation. *Sie sind also zu Hause ausgezogen. Was sagen Ihre Eltern dazu?*

Die sind geschieden. Mutti hat Kurt und Papa Isabella.
Und Sie haben bei Ihrer Mutter gelebt?
Ja, im Kinderzimmer mit Susi, meiner kleinen Schwester. Mutti hätte mir ja das Schlafzimmer geben können, aber sie braucht es selber, für sich und ihre Männer.
Hat sie so viele?
Ich hab aufgehört zu zählen.
War keiner dabei, den Sie gern hatten?
Doch. An einen muß ich noch manchmal denken. Er hat mit mir Schularbeiten gemacht, Robert, der war Physiker. Aber dann ist er arbeitslos geworden, und sie haben sich dauernd gestritten. Wegen Geld. Darum ist er bei uns ausgezogen.
Jedesmal, wenn Sie sich an einen gewöhnt hatten, war er wieder weg?
Sie sucht immer noch den Richtigen. Reich, schön, jung, am besten Mercedes.
Wer hat eigentlich wen verlassen? Der Vater die Mutter oder umgekehrt?
Müssen wir darüber reden?
Es tut Ihnen weh?
Wenn Sie mich zum Heulen bringen wollen, fragen Sie weiter.
Er hat den wunden Punkt gefunden. *Gut, lassen wir das. Hat Ihr Freund einen Beruf?*
Er ist Zivi und arbeitet im Altersheim.
Drogenabhängig?
Er kifft, Eddy auch. Aber nicht schlimm. Sie sagen, sie können es jeder Zeit lassen.
Warum lassen sie es dann nicht?
Weil sie den Kick brauchen.
Und Sie?
Britta schweigt.
Er wechselt das Thema, will wissen, wie ihre Kindheit verlaufen ist. Sie beschreibt die Zeit, in der sie drei Jahre alt war und sich wie verrückt über das Schwesterchen gefreut hat. *Susi, die war so süß. Dann wurde sie krank, sie bekam Diphtherie und ist beinahe gestorben. Ich hab so was von geheult, so hab ich nie wieder geheult, erst, als sich meine Eltern getrennt haben.*
Nun redet sie doch darüber, wie das war, als der Vater im Krankenhaus lag und die Mutter den Möbelwagen bestellte, um zu einem anderen Mann zu ziehen. *Wir wollten zurück zu Papa, aber Mutti hat gesagt, er ist verrückt. Wir durften ihn nicht mal besuchen. Susi war drei, die hat noch nicht viel verstanden. Aber ich war sechs, ich konnte mir vorstellen, wie beschissen er sich fühlen mußte, die haben ja gespuckt auf alles, was Stasi war.*
Ihr Vater war bei der Staatssicherheit, und das wußten Sie?
Logisch, Mutti und ihr Lover auch. Der hat von nichts anderem mehr geredet, Schiß hatte er, weil ihm jemand STASI an den Briefkasten geschmiert hatte.

Er hat sie sitzenlassen und ist ausgewandert. Sie wollte hinterher, aber sie wußte ja nicht, wohin er sich verpißt hat. Der ist nie wieder aufgetaucht, vielleicht ist er tot. Hoffentlich.
Und Ihr Vater? Wie ist er mit der neuen Situation fertiggeworden?
Britta erzählt von seinem Versuch, aus dem Kulturhaus im Harz ein Ferienhotel zu machen. *Susi nahm er zu sich, mich nicht. Ich dachte, daß er mich nicht mehr liebhat.* Sie kann sich nicht länger beherrschen und weint.
Der Psychologe läßt es für heute genug sein. Er legt den nächsten Termin fest und übergibt Isabella das schluchzende Mädchen. *Ist ja gut,* sagt sie beschwichtigend und wischt Britta die Tränen ab. *Glaub mir, es wird alles gut.*
Vor der Praxis wartet Markus mit dem Volvo. Er hat sich gedacht, daß er gebraucht wird. Da Paula sich mit dem Baby schlafen gelegt hat, ist er Kumpel und holt die Damen ab.
Woher wußtest du, bei welchem Therapeuten wir sind?
Von Paula. Er öffnet die Autotür. *Na los, Britta, reiß dich zusammen. Der Kopf ist ja noch dran.*
Sie setzt sich nach hinten.
Isabella freut sich über ihren Jüngsten. Weder Klaus noch Peter wären auf diese Idee gekommen. *Wann mußt du wieder her?* fragt er Britta. *Übermorgen.* Sie will jetzt eine rauchen, egal, wie schlecht ihr wird. Stumm pafft sie vor sich hin, es schmeckt nicht, doch es beruhigt.
Als sie das Haus betreten, hören sie das Baby schreien. Markus rennt die Treppe hinauf, Isabella hinterher. Paula sitzt auf dem Bettrand, sie wiegt Sarah im Arm, die ein krebsrotes Gesicht hat und aus Leibeskräften brüllt.
Hat sie Hunger? fragt der besorgte Vater.
Sie will nicht trinken, ich weiß nicht, was mit ihr los ist.
Komm mal her. Isabella legt die Kleine auf den Wickeltisch und reibt ihr das Bäuchlein. Es ist ganz hart. *Sie scheint Krämpfe zu haben, ist das schon öfter vorgekommen?*
Paula schüttelt den Kopf. *Ich verstehe das nicht, sie bekommt doch nur Muttermilch.*
Leise ist Britta ins Zimmer gekommen. *Darf ich sie mal sehen?*
Unter den streichelnden Händen der Großmutter hört das Kind allmählich auf zu schreien. Sie wickelt es aus, fasziniert betrachtet Britta die kleinen Hände, die kleinen Füße, die krummen strampelnden Beinchen. Isabella hüllt das Baby in frische Tücher und legt es seiner Mutter an die Brust. Gierig beginnt es zu nuckeln.
Paula lächelt Britta an. *Wir haben uns noch gar nicht bekannt gemacht. Wie war's beim Therapeuten?*
Isabella spürt, daß Britta nicht darüber reden möchte. *Das erzählt sie*

dir später, jetzt lassen wir euch erst mal allein. Wir haben nämlich auch Hunger.
Markus, der umsichtige Bursche, hat unterwegs eingekauft. Schnitzel und Spargel. Beim Duft das Gebratenen erwacht Brittas Appetit. *Hau rein.* Er packt ihr ein großes Stück Fleisch auf den Teller, dazu Spargel und frische, mit Petersilie bestreute Kartoffeln. *Sollst nicht leben wie ein Hund.*
Conny! Sie springt auf und läuft nach oben. Mit schlechtem Gewissen hockt der Yorkshire unter dem Bett. Er hat eine Wurst auf den Teppich gelegt.
Britta, ruft Isabella, *Telefon für dich.*
Ich kann jetzt nicht.
Aber es ist Alexander.
Im Nu vergißt sie Connys Untat. Sie eilt ins Wohnzimmer. *Alex? Ist ja cool. Woher hast du die Nummer?*
Von deinem Vater. Na, wie war's?
Er hat mir Löcher in den Bauch gefragt.
Schlimm?
Es geht. Und was macht ihr beide so ohne mich? Kifft ihr?
Alexander räuspert sich.
Also ja.
Nur ein bißchen.
Alex! Mein Kind soll keinen Drogenpapa haben.
Bis dahin ...
Nein! Du hörst sofort auf. Und Eddy auch. Sonst bleib ich hier.
Reg dich ab. Was macht der Hund?
Er hat auf den Teppich geschissen.
Das bringt Glück.
Hoffentlich. Alex, liebst du mich?
Weißt du doch.
Nein, sag es mir.
Okay, ich liebe dich. Sonst hätte ich wohl nicht angerufen.
Das leuchtet ihr ein. *Wo bist du jetzt?*
Auf Arbeit.
Und Eddy?
Der pennt.
Alex. Ihr könnt mich beide besuchen kommen, wenn ihr wollt. Es ist super hier. Die sind alle so nett zu mir, ich faß es nicht.
Markus, der Paula zum Essen holen will, hört im Vorbeigehen, was Britta sagt. Es freut ihn.
Alex, bist du noch dran?
Ich muß Schluß machen, meine Omas brauchen mich.
Alex! Versprich mir, daß du nicht mehr kiffst. Ich tu's auch nicht mehr.

Überhaupt nicht?
Nein. Ich höre sogar mit dem Rauchen auf.
Was denn, alles auf einmal? Saustark.
Alex! Geht ihr ohne mich in die Disko?
Einmal sind wir da gewesen, stinklangweilig. Zum Fußball waren wir, Union, Alte Försterei.
Wann kommt ihr her?
Mal sehn, vielleicht am Wochenende.
Ruf Papa an, er kann euch mitbringen, sonst findet ihr's ja nicht.
Okay.
Aufgekratzt geht sie in ihr Zimmer, um Connys Haufen wegzumachen. Der Hund verzieht sich eilig in den Garten.
Isabella sitzt alleine am Tisch. Bedauernd blickt sie auf die Schnitzel und den schönen, mit Butter übergossenen Spargel. Es wird alles kalt.
Markus kehrt mit Paula an den Mittagstisch zurück. Sarah schläft satt und zufrieden in ihrer Wiege, nun können sie in Ruhe essen.
Conny springt an Isabella hoch und bettelt. *Wo bleibt dein Frauchen so lange? Geh mal und ruf sie.*
Der Hund läuft ins Haus. Dann will er für dienstfertiges Kläffen belohnt werden und Fleisch haben.
Gib ihr nichts, sagt Britta. *Sie hat ein großes Verbrechen begangen.*
Markus lacht. Ihm ist nicht entgangen, was sie ins Klo gebracht hat.
Das war die Rache, weil du sie allein gelassen hast.
Wenn es danach ginge, hätte ich schon oft auf den Teppich kacken müssen.
Paula sieht sie mit ihren schönen ernsten Augen an. Es ist klar. Lebensangst, das Gefühl des Verlassenseins hat die Sechzehnjährige gemütskrank gemacht. Sie braucht Verläßlichkeit, eine Familie, in der sie sich geborgen fühlt.
Isabella, ich hab Alex gesagt, daß er mich besuchen kann, und Eddy auch.
In Ordnung, wann kommen sie?
Am Wochenende. Mit Papa. Dann sind wir – sie zählt es an den Fingern ab – *mit Sarah sind wir acht. Wird dir das nicht zuviel?*
Ich habe gern eine große Familie um mich. Das bin ich von früher gewöhnt. Wir waren fünf, und meine Söhne brachten oft Freunde mit.
Spielen die Jungs Canasta? erkundigt sich Markus.
Das weiß Britta nicht. *Mau Mau, glaube ich.*
Wir werden sie qualifizieren.
Mich auch? Ich kann nur Schwarzer Peter. Sie ist wie ausgewechselt. Entspannt, erleichtert.
Am Nachmittag erlaubt ihr Paula, mit Sarah im Wagen spazierenzugehen. Auf der Straße zum Nachbardorf begegnet ihr ein Radfahrer, es ist der junge Mann aus dem Bus. Erfreut steigt er ab. *Hallo, Baby, wohnst du hier?*

Nee. In Berlin. Ich bin zu Besuch.
Er guckt in den Kinderwagen. *Deins?*
Ja, meins, schwindelt Britta.
Bist du verheiratet?
Logisch.
Schade. Kann ich trotzdem ein Stück mitkommen?
Von mir aus.
Brian, stellt er sich vor. *Ich bin beim Bund, hab grade Urlaub.*
Sie bleibt stehen. *Beim Bund bist du? Wie viele hast du schon umgelegt?*
Ich? Niemanden. Wie kommst du drauf?
Soldaten sind Mörder.
Na, hör mal. Das ist ein Beruf wie jeder andere, bloß besser bezahlt.
Conny kläfft ihn an.
Siehste, der hat auch was gegen Soldaten. Warum hast du nicht verweigert?
Meiner ist Zivildienstleistender. Es macht ihr Freude, das komplizierte Wort auszusprechen. *Er arbeitet im Altersheim.*
Wieviel verdient er da?
Bestimmt weniger als du.
Ich kaufe mir einen Golf.
Schön für dich.
Wenn du willst, hole ich dich morgen abend mit dem Auto ab. In Holzhausen ist Schützenfest.
Weißt du was, verpiß dich.
Eh, nicht so aggressiv. Er will den Arm um sie legen. Der Hund springt hoch und schnappt nach ihm.
Brian reicht es. Er hat so viel zu bieten, und sie bildet sich ein, was Besseres zu sein, weil sie aus Berlin ist. *Dann eben nicht. Ich finde ein Dutzend andere.*
Warum suchst du sie dann nicht?
Ohne sich umzusehen, radelt er davon.
Fein gemacht, Conny. Britta belohnt den Yorkshire mit einem Brekkie. *Und nun halt die Klappe, du weckst ja Sarah.*
Sie schiebt den Wagen auf einen Feldweg, den Holunderbüsche und alte Kopfweiden beschatten, und pflückt Kornblumen, Mohnblumen, Margeriten. Der Hund wühlt begeistert in einem Mäuseloch. Als Sarah zu quaken beginnt, kehrt Britta auf den Hügel zurück. Sie gibt Isabella den Strauß und erzählt von der Begegnung mit Brian.
Der junge Mann aus dem Bus? Ich hab gleich gemerkt, daß du ihm gefallen hast.
Er ist beim Bund, der Arsch.
Paula nimmt das Baby aus dem Wagen. *Du urteilst sehr kraß,* sagt sie. *Hier sind viele junge Männer arbeitslos, die sind natürlich froh, wenn sie eine Zeitlang Geld verdienen.*

Geld. Genau darum geht es ihm. Und wenn er den Befehl kriegt, in den Krieg zu ziehen?
Isabella versteht. Das ist die Einstellung von Alexander. Lieber Scheiße als Schießen. Markus denkt genauso. Die Jungs, die sich anders entscheiden, verurteilt sie nicht, doch mehr Achtung hat sie vor denen, die aus Gewissensgründen schwere, meist schlecht bezahlte Arbeit auf sich nehmen. Ihr Jüngster hat in Norwegen auch nicht viel verdient. Aber es hat seiner Seele gut getan, und er ist ein Mann geworden.
Ihr hättet Conny sehen sollen. Britta kichert. *Sie hat den NATO-Krieger in die Flucht geschlagen. Das war vielleicht ein Held.*
Isabella stellt die Blumen ins Wasser. *Ein schöner Strauß.*
Zum nächsten Termin beim Therapeuten will Britta allein fahren. Er soll nicht denken, daß sie ein Kleinkind ist, das an die Hand genommen werden muß.
Und wenn du wieder deinen Verehrer triffst?
Der wird nicht wagen, mich noch mal anzumachen. Außerdem hat er sich inzwischen ein Auto gekauft, er fährt nicht mehr mit dem Bus.
Brittas Minderwertigkeitskomplexe scheinen verschwunden wie die Pickel in ihrem Gesicht. Sie zeigt sich selbstbewußt und nicht mehr so launisch, erzählt Isabella Stefan am Telefon.
Warte ab, warnt er, *ihre Stimmung kann ganz schnell umschlagen. Da sieht man nicht durch.*
Schon möglich, aber ich glaube, daß sie sich hier wohl fühlt, besonders, seit sie weiß, daß ihre Freunde sie besuchen werden.
Stefan ist mit ihnen verabredet, sie fahren alle drei am Sonnabend mit dem Mittagszug. *Und nun noch eine Überraschung. Rate, wer nach Berlin kommt?*
Clinton? Der Papst?
Luisa.
Wann?
Nächste Woche. Sie bringt uns einen Sack Apfelsinen mit, aus ihrem Garten.
Dann feiern wir eine Saftparty, Stefan.
Unsere Hochzeit?
Sagen wir, unsere Verlobung.

ELFTES KAPITEL

Isabella parkt den Volvo vor Sebastians Haus. Sie eilt auf den Hof, wo sie den Jeep aus Sagunto erspäht hat. Nach Luisas Anruf ist sie sofort losgefahren. Britta konnte sie getrost Markus und Paula überlassen. Am Wochenende waren sie in großer Runde. Alex und Eddy fanden es *tierisch cool* auf dem Hügel. Die Teenies waren happy. Sie haben alle zusammen Karten gespielt, am Abend wurde gegrillt und gesungen. Die Nachbarin bekam den Mund gar nicht mehr zu, als sie den baumlangen Schwarzen sah. Sein schöner Baß hat sie beeindruckt. Am Morgen rief sie ihn an den Zaun und gab ihm ein paar frische Eier. *Isabellas Freunde sind auch meine Freunde,* hat sie dem verblüfften Eddy erklärt. Sie sei ganz aufgeregt, seit sie wisse, daß sie im Leseklub ihre Geschichten vortragen dürfe. *Stellen Sie sich vor, das alte Spritzenhaus wird ausgebaut.* Eddy kam mit den Eiern zurück und wollte wissen, was ein Spritzenhaus ist. Er dachte, ein Asyl für Junkies.
Luisa umarmt die Freundin so stürmisch, daß auf ihrer weißen Leinenjacke Spuren von Isabellas Lippenstift bleiben. *Du ahnst nicht, wie ich mich freue, dich wiederzusehen.*
Ich freue mich auch. Hast du Cécile nicht mitgebracht?
Sie hatte keine Zeit, sie bereitet eine internationale Ausstellung vor, im Augenblick ist sie in Argentinien.
Du bist schmaler geworden. Wie geht es dir?
Gut. Und dir? Was frage ich, man sieht es dir an. Du schaust super aus.
Ich kann es Stefan nicht antun, daß die Leute denken, ich bin seine Mutter.
Luisa lächelt. *Demnach läuft es mit euch beiden. Gefällt ihm die Arbeit bei Sebastian?*
Ich glaube schon. Wir sind dir sehr dankbar für die Vermittlung.
Hab ich gern gemacht. Hat er noch Depressionen?
Unberufen, nein. Er trinkt nicht mehr.
Das hat er geschafft?
Sagen wir mal, wir haben es geschafft. Hoffentlich.
Ich hab euch so sehr Glück gewünscht. Stell dir vor, ich bin doch noch dahintergekommen, wem der Schimmel gehört. Einem Señor aus Valencia. Er war mit dem Pferd beim Tierarzt, wir haben einen sehr guten in Sagunto. Der Lümmel hat sich selbständig gemacht.

Der Tierarzt?
Der Schimmel.
Also habe ich das nicht geträumt. Mir erscheint schon alles wie ein Märchen. Es war schön bei dir.
Du wirst wiederkommen, Isabella. Luisa zerrt einen schweren Rucksack aus ihrem Jeep. *Ein saftiger Gruß von meiner Finca. Extra für dich geerntet. Du hast mir so gefehlt, ich bin oft allein.*
Was ist mit Cécile?
Das ist ein Irrwisch, ich sehe sie kaum. Wenn sie mal Zeit für mich hat, bin ich glücklich. Sie ist jung, ich kann sie nicht anbinden. Gut, daß ich meine Arbeit habe.
Ich werde auch bald eine haben. Isabella erzählt von ihrem Projekt.
Da würde ich gern mitmachen.
Kannst du doch. Hast du kein Fax?
Ich schaffe mir eins an. Dann schicke ich dir meine literarischen Versuche.
Heute schreiben viele, Luisa, weil ihnen niemand mehr zuhört.
Darum habe ich die Zeit mit dir so sehr genossen.
Isabella ißt eine Orange. Seit sie in Spanien war, merkt sie den Unterschied zwischen frisch gepflückten Früchten und den gespritzten Dingern aus dem Supermarkt.
Hol dein Auto her, sagt Luisa, *das ist ja fast ein Zentner.*
Als Sebastian kommt, findet er keinen Platz mehr für den Mercedes. Es stört ihn nicht, Stefan übernimmt den Wagen zur Nachtschicht.
Wie war die Fahrt, Cousinchen?
Reibungslos, bis auf die letzten hundert Kilometer in Deutschland. Dauernd Staus und Baustellen, ich habe zweiundzwanzig Stunden gebraucht.
In einem Ritt?
Als mir die Augen zufallen wollten, habe ich auf dem Rastplatz ein bißchen geschlafen.
Weiber sind eben starke Typen. Sebastian reibt sich die Hände. *Und jetzt ein kühles Pilsner. Ich lade euch in meine Stammkneipe ein.*
Aber Stefan wird gleich hier sein, gibt Isabella zu bedenken.
Der kennt meine Gewohnheiten. Wollt ihr solange auf dem Hof rumstehen?
Das wollen sie nicht. Luisa hat das dringende Bedürfnis nach einem Berliner Bier. Sie setzen sich in das Gartenlokal an der Ecke, Sebastian winkt dem Kellner und nimmt vier Henkelgläser vom Tablett. Zwei leert er, bevor die Frauen eins ausgetrunken haben, dann hält er erneut vier Finger hoch.
Isabella erkundigt sich nach Luisas Plänen. *Ich möchte dich für ein paar Tage auf meinen Hügel entführen. Wir machen eine Juice-Party. Zwei Apfelsinen im Haar ...*
Und an der Hüfte Bananen. Okay. Aber erst nach der Geburtstagsfete.
Wer hat denn Geburtstag?

Meine Freundin Susanne aus München wird morgen fünfzig.
Warum feiert sie in Berlin?
Sie hat hier einen Freund, dem eine Kellerbar gehört. Ihr müßt mitkommen, Stefan und du.
Wir kennen sie doch gar nicht.
Die freut sich. Sie ist Menschensammlerin.
Ist das ein Beruf?
Von Beruf ist sie Bewährungshelferin. Sie wird euch gefallen, und ihr werdet interessante Leute treffen, Studienfreunde, Professoren, Achtundsechziger.
Sebastian trommelt mit flachen Händen auf den Tisch und parodiert den Lennon-Song *All we are saying is give peace a chance.*
Wie du siehst, kennt er sich aus in der Szene.
Die Leute waren eine Legende für mich. Durch sie habe ich die Wahrheit über den Vietnamkrieg kapiert. Aber heute? Alles Nostalgie.
Seine Cousine ist anderer Meinung. *Die sind noch das Beste am ganzen Westen.*
Wo war denn ihre Stimme im Kosovokrieg? Ich hab sie nicht gehört. Nur Fischer, und den hätte ich lieber nicht gehört. Sie sitzen alle in Ämtern, verdienen ein Schweinegeld und machen genau das weiter, was sie ihren Vätern verübelt haben.
Da kommt Stefan! Isabella springt auf und geht ihm entgegen. Er hält in jeder Hand einen Strauß. *Einen für meinen Liebling, und einen für unsere Glücksfee.*
Luisa ist freudig überrascht, wie gut er aussieht, wenn sie auch bedauert, daß er keinen Zopf mehr hat.
Ich werde Großvater, erklärt er.
Ach ihr zwei. Luisa mustert sie. *Oma und Opa. Kaum zu glauben.*
Kaum zu glauben, Teichmannschuhe so günstig, singt der angeheiterte Sebastian.
Wirklich, wenn man euch zusammen sieht, denkt man, ihr seid gleichaltrig, gell, Sebastian?
Wieso gleichaltrig? Ist Isabella schon über Dreißig?
Oller Schmeichler. Ich bin zehn Jahre älter als deine Cousine.
Je öller, desto döller. Er hält ihr seinen bierduftenden Mund hin. *Küßchen.*
He, sagt Stefan, *das ist meine Frau. Wo hast du deine?*
Die sitzt im Keller und staubt die Kohlen ab.
Der Wirt erscheint mit einem Tablett Schaum gekrönter Biergläser.
Was trinkst du, Stefan?
Orangensaft. Frisch gepreßt, wenn's geht.
Es geht, sagt der Kneipier. *'n kleinen Wodka rein?*
Nee, pur.
Spielverderber. Sebastian weiß nicht, warum Stefan sich so enthaltsam zeigt.

Ich muß Auto fahren.
Aber ein Bier ...
Nicht eins.
Luisa wirft Isabella einen anerkennenden Blick zu. Der Junge hält sich tapfer. Einen gewissen Anteil an seiner Gesundung darf sie sich selbst zuschreiben. Bei ihr hat er gelernt, wieder Freude am Leben zu haben, und bei ihr haben sich die beiden gefunden.
Als er einen weiteren halben Liter hintergekippt hat, ist Sebastian müde. Mit schwerer Zunge erklärt er, jetzt wolle er ins Bett. *Marion soll mich abholen.* Er läßt den Kopf auf die Tischplatte sinken.
Stefan gibt Luisa das Handy, sie ruft Sebastians Frau an. Wenig später erscheint sie, eine rundliche Vierzigerin mit tomatenroten Haaren.
Setz dich einen Augenblick zu uns, sagt Luisa. *Wir bringen ihn dann gemeinsam nach oben.*
Stefan guckt auf die Uhr. *Ich brauche die Autoschlüssel.*
Marion fischt sie aus der Jackentasche ihres Mannes.
Isabella bewundert, wie gelassen sie bleibt beim Anblick des Betrunkenen.
So ist sie, sagt Luisa, *er weiß gar nicht, was für ein Glück er hat mit dieser geduldigen Frau.*
Ich habe ja auch Glück mit ihm, entgegnet Marion heiter. *Er ist ein guter Kerl, bloß vertragen kann er nicht viel.*
Der Kellner bringt den Orangensaft. Stefan trinkt ihn aus, verabschiedet sich von Luisa und Marion mit einem kräftigen Händedruck, von Isabella mit einem Kuß. *Du liegst hoffentlich in meinem Bett, wenn ich komme.*
Wo sonst?
Kann ja sein, ihr studiert das Berliner Nachtleben.
Heute nicht, sagt Luisa. *Ich muß mich erst mal von der Reise erholen. Zieh schon ab, Othello.*
Zu dritt gelingt es den Frauen, Sebastian ins Bett zu schaffen.
Marion hat das Zimmer ihres Sohnes Tim für die Cousine hergerichtet. Der Siebzehnjährige ist in England, um seine Sprachkenntnisse zu erweitern. Im August kommt er mit Andrew, dem Sohn der Gastgeber, nach Berlin zurück. *Solange kannst du hier wohnen.* Sie stellt Stefans Blumen auf den Schreibtisch.
Vielen Dank, aber das werde ich Cécile und meinen Tieren nicht antun. Luisa streckt sich auf dem Sofa lang. Sie verspürt nur noch einen Wunsch: Schlafen, schlafen, schlafen. *Holt ihr mich morgen gegen neunzehn Uhr ab, Isabella? Dann fahren wir gemeinsam zu Susanne.*

Stefan hat seine Wohnung mit bunten Sträußen geschmückt. Auf

dem Wohnzimmertisch steht eine Flasche Sekt. *Für meinen Liebling,* hat er auf einen Zettel geschrieben.
Sie ruft ihn an. *Vielen Dank für die Blumen, der Sekt wäre nicht nötig gewesen.*
Du mußt meinetwegen nicht auf die Freuden des Lebens verzichten.
Ich brauche keinen Alkohol, um mich wohl zu fühlen.
Trink trotzdem einen Schluck und denk an mich. Morgen früh bin ich bei dir.
Sie schläft sehr gut in dieser Nacht, wacht erst auf, als Stefan nach Hause kommt. Sie wartet, bis er eingeschlafen ist, zieht sich an und fährt in die Stadt, um sich für die Geburtstagsfeier ein Kleid zu kaufen. Das hat sie lange nicht getan. Ihre Schränke sind voller Klamotten, die noch aus Exquisitzeiten stammen. Aber heute ist ihr danach, sich etwas Neues anzuschaffen.

In einer kleinen Boutique am Alexanderplatz probiert sie ein Kleid nach dem anderen. Die Besitzerin wird nicht müde, sie zu beraten und ihr die Modelle in die Kabine zu reichen. *Irgendwie erinnern Sie mich an jemanden,* sagt sie, *ich überlege schon die ganze Zeit.*
Isabella dreht sich in einem roten Fummel mit schwarzem Tüllüberwurf vor dem Spiegel.
Jetzt weiß ich es. Sie ähnlen einer Schauspielerin, die ich sehr mochte. Früher bin ich viel ins Theater gegangen, ich habe im Kulturministerium gearbeitet.
Welche Schauspielerin meinen Sie?
Sie war ein hinreißendes Gretchen. Sooft ich den Faust gesehen habe, nie hat mir ein Gretchen so gefallen.
Überrascht dreht sich Isabella sich um. *Sie haben mich auf der Bühne gesehen?*
Sie? Das kann nicht sein. Es ist mindestens dreißig Jahre her.
Einunddreißig.
Die Frau betrachtet sie verwundert. *Sind Sie es wirklich? Ich habe Sie für jünger gehalten.*
Ich bin fünfundfünfzig.
Unglaublich. Wie ist es Ihnen nach der Wende ergangen? Ich bin gefeuert worden. Und Sie? Spielen Sie noch?
Schon lange nicht mehr.
Bei einer Tasse Kaffee unterhalten sie sich über das Auf und Ab des Lebens. Es kommt kaum Kundschaft, ab und zu klingelt die Ladenglocke, aber niemand kauft.
Ich bin den Leuten zu teuer, das Geld sitzt nicht mehr so locker. Aber ich sage mir, Plünnen gibt es genug, den Laden habe ich mir von der Abfindung aufgebaut, ich gehe nicht unter mein Niveau.
Wenn Sie das durchhalten.
Noch bis zweitausenddrei, dann bekomme ich Rente. Ist es nicht schrecklich,

daß man heute die Jahre bis zum Rentenalter zählt? Früher war der Gedanke daran für mich ein Greuel.
Isabella raucht ihre Zigarette auf, dann zieht sie das rote Gewand aus und schlüpft in ein weißes Leinenkleid mit taillenkurzer Jacke. Es gefällt ihr von allem, was sie anprobiert hat, am besten. Sie kauft es und verabschiedet sich mit dem Versprechen, wieder hereinzuschauen, wenn sie in Berlin ist.
Nun braucht sie noch passende Schuhe. Das wird ein teurer Tag. *Man gönnt sich ja sonst nichts.* Sie erwirbt für schlappe zweihundert Mark schwarze italienische Sandaletten mit modisch geschwungenen Absätzen.
Im Steakhaus verspeist sie ein Rinderfilet. Sie geht ungern allein essen. Doch sie ist hungrig, und es macht ihr Spaß, wie der Kellner um sie herumscharwenzelt, er nennt sie gnädige Frau, sie weiß, das gehört zum Geschäft, trotzdem genießt sie es.
Am Nachmittag kehrt sie zu Stefan zurück. Er schlägt die Augen auf, als sie mit ihren Tüten das Schlafzimmer betritt. Sie breitet ihre Schätze auf dem Bett aus, er verlangt, daß sie das Kleid vorführt.
Gefällt es dir?
Es gefällt ihm sehr. Das kann sie zur Hochzeit anziehen.
Erst mal zum Geburtstag, wir gehen heute abend aus.
Und was schenken wir?
Sie zieht ein flaches Päckchen aus der Tasche.
Ein Buch? Meinst du, sie hat noch keins?
Der Trend zum Zweitbuch ist in dieser Kulturgesellschaft unübersehbar.
Was ist es denn? Das Kapital?
Erinnerungen eines Schauspielers, der sich leider tot gesoffen hat. Als Drache war er genial. Hast du das Stück gesehen?
Was denkst du denn? In Kompaniestärke sind wir zum Deutschen Theater gefahren. Das gehörte zum Ökulei.
Wozu?
Zum Ökonomisch-kulturellen Leistungsvergleich. Theater brachte Pluspunkte im Wettbewerb, besonders, wenn es sich um ein sowjetisches Stück handelte. Wir waren nämlich wirklich eine Kulturgesellschaft.
Mit Sicherheit. Aber mich hast du nie gesehen?
Damals war ich noch ein Hosenscheißer und hatte nur Fußball im Kopf. Dyna-mo! Er läßt den Ruf der Fans ertönen.
Fast hätte sie es vergessen, er war ja erst vierzehn, als sie von der Bühne verschwand. Sie erzählt ihm von der Modistin, die sie wiedererkannt hat. *Stell dir vor, nach über dreißig Jahren.*
Du hast dich gut gehalten. Das macht meine Pflege.
Nun aber raus mit dir. Übermütig reißt sie ihm die Decke weg. Das hätte sie nicht tun sollen, Stefan zieht sie ins Bett, sie muß um ihr

neues Kleid fürchten. Er gestattet ihr, es abzulegen, bevor er mit der Pflege fortfährt.
Als er ins Bad gegangen ist, um sich zu rasieren, klingelt das Telefon. Es ist Britta. Sie hat keinen Bock mehr, zur Therapie zu gehen. Jedesmal muß sie heulen, und danach ist sie fix und foxy.
Solange es dich derartig mitnimmt, mußt du weitermachen, Britta. Erst wenn du in Ruhe über alles reden kannst, was dich krank gemacht hat, bist du übern Berg. Hast du mit Paula darüber gesprochen?
Sie sagt dasselbe wie du. Ist Papi nicht da?
Stefan, deine Tochter! Sie reicht ihm den Hörer.
Was macht mein Enkel? erkundigt er sich gut gelaunt. *Ist schon was von ihm zu sehen?*
Papa, ich bin gerade mal am Anfang des dritten Monats.
Und wie ist es mit der Übelkeit?
Kotzen muß ich nicht mehr.
Also geht es dir gut.
Nein, es geht mir sauschlecht. Wenn du das nächste Mal kommst, fahre ich mit dir zurück nach Berlin.
Darüber reden wir noch. Aber nicht am Telefon. Wir wollen jetzt weggehen, zu einer Geburtstagsfeier.
Viel Spaß, sagt sie schnippisch und legt auf.
Stefan wischt den Rasierschaum aus dem Gesicht. Seine gute Laune ist verflogen. *Sie versteht es wirklich, einem die Stimmung zu versauen. Wenn ich wieder zu Hause bin, rede ich mit dem Therapeuten. Ich rufe ihn gleich morgen früh an.*

Luisa empfängt sie mit Lockenwicklern im Haar. *Entschuldigt, ich habe so lange geschlafen.*
Du hattest einiges nachzuholen, sagt Isabella verständnisvoll. *Laß dir Zeit, der Geburtstag dauert bis Mitternacht.*
Marion bietet ihnen Kaffee an, zu dritt setzen sie sich in die Veranda. Sebastian ist noch unterwegs. *Er macht heute länger*, erklärt sie.
Will er etwa die Nacht durchfahren? fragt Stefan.
Bevor du bei uns angefangen hast, hat er das öfter gemacht. Wir brauchen das Geld. Unser Sohn soll studieren.
Morgen abend löse ich ihn ab. Nett von ihm, daß er mir diese Nacht freigegeben hat.
Er ist so gutmütig. Marion kann gar nicht genug Loblieder auf ihren Mann singen, den treu sorgenden Familienvater. *Wir sind bald zwanzig Jahre verheiratet. Und nie ein böses Wort.*
Wirklich nie? Das kann sich Isabella nicht vorstellen.
Na ja, wenn wir uns mal in die Wolle gekriegt haben, dann wegen Tim. Sein Vater hat ihm zu viel durchgehen lassen.

Dasselbe hat Sebastian von seiner Frau behauptet. Wahrscheinlich verwöhnen sie ihn beide.
Luisa erscheint frisch frisiert. Ihre Locken umrahmen das schmale Gesicht wie ein roter Kranz.
Afro-Look, sagt Isabella. *Hab ich auch mal getragen. Aus Solidarität mit Angela Davis.*
Du auch? Die Füße haben wir uns wundgelaufen, Susanne und ich, Plakate geklebt, Flugblätter verteilt, damit Angela nicht auf dem elektrischen Stuhl endet wie Sacco und Vanzetti.
Sie haben es nicht vergessen. In der DDR gab es Anfang der Siebziger eine große Kampagne zur Rettung der amerikanischen Kommunistin. Jedes Schulkind kannte ihr Bild und den Song *Dieses Lied, Nicola und Bart, ist für euch und Angela, dieses Lied singt heute die Welt, in der das Volk die Macht schon hält.*
Die Macht hat das Volk nirgends mehr in der Welt.
Ihr mit eurer Politik, seufzt Marion. *Für mich ist das nichts. Sebastian will auch nichts mehr davon hören. Es bringt nichts ein. Dieses Hickhack um die Atomkraftwerke. Zweiunddreißig Jahre bis zum Ausstieg. Das erleben wir nicht mehr.*
Aber dein Sohn, versetzt Luisa.
Marion erwidert nichts. Sie weiß, daß Tim anders denkt als seine Eltern. Es ist sein gutes Recht, das Recht der Jugend. Sie reden ihm da nicht rein, Hauptsache, er macht ein gutes Abitur und bekommt einen Studienplatz.
Stefan geht schon mal runter zum Auto. Es ist verabredet, daß er die Frauen fährt. Luisa nimmt die roten Nelken aus dem Wasser, die Marion besorgt hat, und wickelt sie ein. Sie zeigt Isabella das Geschenk für Susanne, eine zierliche schwarzweiße Frauenfigur.
Aus Céciles Atelier?
Richtig. Ich hoffe, sie wird ihr gefallen.
Davon ist Isabella überzeugt. *Du hättest ihr auch etwas aus deiner eigenen Werkstatt mitbringen können. An meinem roten Hasen hab ich viel Freude. Er steht auf dem Kaminsims.*
Mir geht im Augenblick nichts recht von der Hand.
Was ist mit der Ausstellung deiner Männerköpfe? Ihr hattet doch schon eine Konzeption.
Ich muß warten, bis Cécile wieder da ist. Mehr will Luisa dazu nicht sagen. Offenbar ist das Verhältnis zwischen den beiden Frauen nicht problemlos. *Laß uns fahren.*

Auf der Treppe zur Kellerbar gibt es einen Stau. Eine Menge Gäste sind zur gleichen Zeit erschienen, das Geburtstagskind weiß nicht, wem es zuerst die Wange zum Kuß reichen soll. Luisa, Isabella und

Stefan warten, bis Susanne frei ist. Sie fällt der Freundin um den Hals, erfreut, daß sie die lange Reise von Sagunto nach Berlin auf sich genommen hat. Auch Isabella und Stefan sind ihr herzlich willkommen.
Wißt ihr, wie lange wir uns nicht gesehen haben? Es ist über zwanzig Jahre her. Du siehst aus wie damals. Sie fährt Luisa durch die lockigen Haare. *Steht dir gut. Vielleicht sollte ich auch wieder Locken tragen.*
Susanne hat eine Frisur wie ein Weihnachtsengel, lange weißblonde Strähnen fallen ihr auf die Schultern. Isabella ist überzeugt, wenn sie die hochstecken würde, sähe sie besser aus. Das enge kurze Kleid aus blaugrünem Stretchsamt, unter dem sich ungünstig der Bauch abzeichnet, läßt vermuten, daß sie Probleme mit dem Älterwerden hat. Dabei hätte sie das gar nicht nötig. Sie hat lange schlanke Beine, ein glattes Gesicht, einen hübschen großen Mund, die kleinen Falten um die Augen sind Lachfältchen.
Ihr Freund Christian, brauner Schlapphut auf den zum Zopf gebundenen grauen Locken, nimmt den Gästen die Garderobe ab. Er stellt die Blumen in bereit stehende Vasen und stapelt die Geschenkpakete auf einer Anrichte hinter der Theke. Zwei Kellnerinnen bringen Sekt, Susanne will mit allen anstoßen. Stefan ist der einzige, der nichts trinkt.
Willst du lieber Bier? fragt der Barbesitzer.
Mineralwasser.
Antialkoholiker?
Im Gegenteil.
Trocken?
Trocken.
Gratuliere. Ich arbeite noch daran. Christian füllt Mineralwasser in zwei Sektgläser und stößt mit Stefan an.
Nach eifrigem Stühleschurren hat endlich jeder seinen Platz gefunden. Luisa muß sich mit ihren Freunden an Susannes Tisch nahe der Tanzfläche setzen, auf der ein schwarzer Bechstein-Flügel steht. Der schmale langgezogene Raum wird von Kerzen erhellt. Wein wird serviert, das Essen aufgetragen, eine appetitliche Mischung auf vielen Tellern, Platten und Schüsseln. Spinatkuchen, Maultaschen, Rucola-Salat, gebratene Hühnerschenkel in Knoblauchsoße, Nudelauflauf, Pilzsuppe, gebackener Camembert, Fladenbrot, Eierschekke. Christian hat weder Kosten noch Mühe gescheut. *Für den kleinen Hunger zwischendurch,* sagt er. *Laßt es euch schmecken, Freunde.*
Es wird kräftig zugelangt. Eine Weile ist nichts zu hören als das Klappern der Bestecke und das Klingen der Gläser.
Plötzlich flammt ein Scheinwerfer auf, der dunkelrote Plüschvorhang öffnet sich, drei schwarz gewandete Nonnen treten ins Licht.

Eine kündigt mit geheimnisvollem Lächeln andalusische Liebeslieder an. Am Flügel haut ein Mönch in die Tasten. Mit züchtigen Gesichtern besingen sie das unzüchtige Treiben in spanischen Schlössern. Da reißen geile alte Böcke jungen Señoritas die Röcke hoch, gespreizte Schenkel und nackte Ärsche blinken, es wird kopuliert auf Teufel komm raus. Ein angeregtes Grinsen macht sich auf den Gesichtern der Männer breit. Die Frauen sind nicht sicher, ob die frechen Texte gegen ihre Feministinnenehre verstoßen. Susanne und Luisa haben die Köpfe aneinandergelegt und amüsieren sich köstlich.

Die Nonnen werfen ihre Hüllen ab und stehen in violetten Bikinis auf der Bühne. Auch der Mönch entpuppt sich, er trägt eine lila Badehose. Sie tanzen, schlagen rad, werfen Blumen ins Publikum. Stürmischer Beifall begleitet ihren Abgang.

Stefan hat eine kleine Rose aufgefangen, die steckt er Isabella ins Haar. Sie bedankt sich mit einem Gedicht:

> *Ach, wie sollen wir die kleine Rose buchen?*
> *Plötzlich dunkelrot und jung und nah?*
> *Ach, wir kamen nicht, sie zu besuchen, aber als*
> *wir kamen, war sie da. Eh sie da war, ward sie*
> *nicht erwartet. Als sie da war, ward sie kaum*
> *geblaubt. Ach, zum Ziele kam, was nie gestartet.*
> *Aber war es so nicht überhaupt?*

Luisa ist entzückt. *Von wem ist das? Von Goethe?*
Von Brecht.
Du bist reich, weil du so was im Kopf hast.
Ich war Schauspielerin.
Du warst? fragt Susanne. *Spielst du nicht mehr?*
Vor einunddreißig Jahren hab ich aufgehört.
Sie hat drei Söhne, erklärt Stefan, es klingt so stolz, als wären sie von ihm.
Da habt ihr euch aber beeilt. Luisa staunt.
Isabella klärt sie auf. *Ich habe drei erwachsene Söhne, er hat zwei Töchter. Und du?*
Susanne hat keine Kinder. Während des Studiums war es nicht möglich, dann mußte sie sich um ihre Karriere kümmern, und außerdem fehlte ihr der passende Partner. Nun ist es zu spät. Leider.
Beifall begleitet einen weißhaarigen Alten mit abgewetzten Jeans und zottigem Pullover, der an den Flügel tritt, den Deckel zuklappt und sich im Schneidersitz draufsetzt. Er stimmt seine Gitarre.
Unser alter Soziologieprofessor, raunt Susanne Isabella zu.
Die Gäste sind begeistert, als er zu singen beginnt: *Wann wird's mal*

wieder richtig Sommer, ein Sommer, wie er früher einmal war ... Sie klatschen rhythmisch, fühlen sich in jene Zeit versetzt, als sie Hippie-Mähnen trugen.
Come on, come on, ruft der Alte, und alle singen mit. Wie Sebastian vorausgesehen hat, geht es weiter mit Liedern der Achtundsechziger, natürlich fehlt auch nicht: *All we are saying is give peace a chance.*
Einer steigt auf den Tisch, den Bierseidel in der Hand. *Hört mal her, am Sonnabend ist Demo gegen Rechts am Brandenburger Tor. Kommt alle hin, bringt eure Familien mit.*
Geraune setzt ein. Die Begeisterung hält sich in Grenzen.
Ich habe bei Emmelsberger angefragt, ob er redet, der Arsch hat abgelehnt.
Susanne und Luisa stecken die Zeigefinger in den Mund und pfeifen wie die Straßenjungen.
Aber hallo! läßt sich einer vernehmen, in dessen Bart Reste vom Spinatkuchen hängengeblieben sind. *Ich glaube, ich bin im falschen Film.*
Ausgerechnet Emmelsberger, ruft ein Dicker mit rotem Basecap, der von Tisch zu Tisch geht und Material verteilt. *Der hat doch längst seinen Frieden mit dem System gemacht.* Er drückt Stefan ein Bündel Papiere in die Hand.
Was ist das? Werbung?
Sehe ich so aus? Der Rotbemützte zeigt auf sein T-Shirt mit dem Bildnis Che Guevaras. *Ich hab an den Verfassungsschutz geschrieben, sie sollen mir Einsicht in meine Akte gewähren. Lest mal, wie fein sie die Ablehnung begründet haben.*
Isabella vertieft sich in eine Aufrechnung des von der BRD vereinnahmten DDR-Vermögens, es dürfte über 1,5 Billionen Mark wert gewesen sein.
Und wir dachten, wir müßten eigentlich das Begrüßungsgeld zurückgeben, sagt sie.
Ihr seid aus dem Osten?
Echte Altlasten, bestätigt Stefan.
Dann kriegt ihr noch die Grenzgesetze der DDR und der BRD. Sie waren fast gleichlautend, besonders was die Anwendung von Schußwaffen betrifft. Wenn ihr mehr braucht, ruft mich an. Telefonnummer und Adresse stehn drauf.
Vielen Dank. Isabella steckt alles in die Handtasche, das wird Markus interessieren.
Der Mann mit dem Che-Guevara-Shirt geht zum nächsten Tisch.
Wer ist das? erkundigt sich Stefan bei der Gastgeberin.
Hugo war Lehrer für Sozialpädagogik, er ist aus der SPD ausgetreten, seit dem sieht er rot.
Sehr aufschlußreich, das Material.
Er wird es bei keiner Zeitung los, nun druckt er es auf seinem Computer aus und verteilt es. Ein Don Quichotte.

Don Quichotte ist immerhin in die Literaturgeschichte eingegangen, bemerkt Luisa. *Eine rührende Gestalt.*
Hugo oder der Ritter, der gegen Windmühlenflügel gekämpft hat? fragt Susanne.
Beide. Besser ein Kampf gegen Windmühlenflügel als gar keiner.
Im Menschen ist alles angelegt, doziert am Nebentisch eine blonde junge Frau im grauen Kostüm, *die Güte und die Grausamkeit, das Mitleid und die Kälte.*
Von den Verhältnissen hängt es ab, was dominiert, meint eine Ältere mit strengem Knoten.
Nein, in erster Linie von jedem selbst. Unterschätze nicht die Rolle des Individuums.
Die Gesellschaft ist verantwortlich, widerspricht die Ältere. *Der Mensch muß die Chance haben, gut zu sein.*
Rechtsanwältinnen unter sich, kommentiert Susanne. *Recht haben sie beide.*
Von der anderen Seite sind erregte Stimmen zu hören. Dort geht es um Kampfhunde. *Man muß sie alle erschießen,* ruft der Spinatbart.
Die Hunde? fragt seine Frau.
Die Besitzer!
So ein Blödsinn, empört sich der Soziologieprofessor, der selbst einen Hund zu Hause hat, *wo leben wir denn? In China vielleicht?*
In einem Rechtsstaat. Jeder hat das Recht auf Schutz vor Typen, die sich Hunde als Waffen halten.
Einverstanden. Man muß ihnen strenge Geldstrafen auferlegen, wenn sie ihre Tiere ohne Maulkorb rumlaufen lassen.
Das macht den kleinen Jungen nicht wieder lebendig, der gestern totgebissen wurde. Nein, in solchen Fällen bin ich für die Höchststrafe.
Die Höchststrafe in diesem Land ist lebenslänglich. Willst du deswegen die Todesstrafe einführen? Du läufst doch nicht rund.
Rock'n'Roll-Klänge beenden den Wortwechsel. Am Flügel hat ein Musiker Platz genommen, er haut in die Tasten, daß es allen in die Beine geht. Christian verbeugt sich vor Susanne. *Darf ich bitten?*
Die beiden sind gute Tänzer. Es ist eine Freude, ihnen zuzusehen, wie sie sich mit flinken Schritten umeinander drehen. Nun hält es auch andere nicht mehr auf den Stühlen. Stefan zieht Isabella ins Gedränge.
Luisa bleibt sitzen und beobachtet mit hochgezogenem Mundwinkel das Gehopse und Gezerre eines Paares, das die Wohlstandsbäuche in enge Jeans gezwängt hat. Atemlos versuchen sie, das schnelle Tempo zu halten, sie treten sich gegenseitig auf die Füße und blicken mit verkrampftem Lächeln in die Runde.
Der Bärtige irritiert seine Frau durch groteske Verrenkungen. Er hat dem Wein reichlich zu gesprochen und will sie in einem Anfall von

Jugendirrsinn zwischen seinen Beinen hindurchziehen, was kläglich mißglückt. Mit vorwurfsvoller Miene bleibt sie auf dem Boden sitzen, er hampelt allein weiter.
Der liebe Christian hilft ihr hoch und bringt sie an ihren Platz. Susanne kehrt zu Luisa zurück. Sie sehen Isabella und Stefan zu, die rocken wie zwei Junge.
Wie alt ist sie eigentlich? will Susanne wissen.
Zwanzig Jahre älter als er.
Willst du mich auf den Arm nehmen?
Er ist fünfunddreißig, sie fünfundfünfzig.
Aus welchem Jungbrunnen hat sie denn getrunken?
Das macht die Liebe. Als sie nach Sagunto kam, hatte sie tüchtige Altersprobleme. Stefan hat sie ihr ausgetrieben.
Da hat sie aber Glück gehabt.
Sie mußte es sich schwer erarbeiten. Er litt unter Depressionen.
Dieser schöne Junge? Woher kommt so was, Luisa?
In der DDR war er Offizier, den Zusammenbruch hat er nicht verkraftet.
Er sieht kerngesund aus.
Das ist er jetzt hoffentlich. Dank Isabella. Sie sind gut füreinander.
Die beiden beeindrucken Susanne. Christian ist fünf Jahre jünger als sie, und sie hat schon deswegen Komplexe. Er sähe es gern, wenn sie für immer zu ihm nach Berlin käme. Sie kann sich dazu nicht entschließen.
Weil er jünger ist als du? Hauptsache er liebt dich. Er ist ein sehr netter Kerl.
Aber wenn ich sechzig bin ...
... ist er fünfundfünfzig. Na und? Seit ich Isabella kenne, habe ich eine andere Einstellung zum Alter. Es ist etwas Relatives. Wenn man allerdings krampfhaft versucht, die eigene Jugend zurückzuholen, macht man sich lächerlich.
Meinst du unseren Professor? Ich habe seine arthritischen Gelenke knarren gehört, als er sich auf den Flügel setzte. Aber seine Stimme ist so jung wie damals.
Sieh dir diesen Clown an. Luisa zeigt auf den Bärtigen, der sich die junge Anwältin geschnappt hat und mit zurückgelehntem Oberkörper vor ihr in die Knie geht. Eine Weile macht sie das Spielchen mit. Sie dreht sich um die eigene Achse und denkt vermutlich über die Rolle des Individuums in der Geburtstagsgesellschaft nach. Mühsam richtet er sich auf und will sie an sich ziehen. *Come on, Süße.*
Du hast Spinat im Bart, Süßer. Sie läßt sie ihn stehen.
Zur Erholung spielt der Pianist einen Slowfox. Isabella und Stefan tanzen engumschlungen. *Du bist die Schönste von allen.* Er küßt sie aufs Ohr. *Haun wir ab? Ich will mit dir allein sein.*
Wir müssen Luisa mitnehmen. Sie möchte bestimmt noch bleiben.
Du liebst mich nicht.

Nein, nur dein Geld.
Ich hasse es, reich zu sein. Er preßt sie an sich.
Sie schließt die Augen und genießt seine festen zärtlichen Hände auf ihrem Körper. Umgeben von älteren Männern, die sich jugendlich gebärden und verlorenen Idealen nachtrauern, weiß sie erst recht das Glück zu schätzen, diesen Jungen zu haben.
Die ersten Gäste verabschieden sich. *Das war eine dufte Party,* sagt einer mit karierter Schiebermütze, endlich habe er mal wieder das Gefühl gehabt, unter Gleichgesinnten zu sein.
Gleichgesinnte? Der Mann, der zur Demonstration am Brandenburger Tor aufgerufen hat, fürchtet, am Sonnabend alleine dazustehen. *Oder kommst du hin?*
Ich weiß nicht, meine Schwiegermutter hat Geburtstag.
Dich sehe ich noch das Springer-Hochhaus stürmen. Damals warst du überzeugt, die Revolution ist ausgebrochen. Mit solchen Spießern konnte sie nicht kommen.
Die karierte Mütze entschwindet.
Eilig drücken sich andere an dem frustrierten Agitator vorbei, sie haben schön gegessen, getrunken und sich amüsiert, nun wollen sie sich kein schlechtes Gewissen einreden lassen, sondern ins Bett. Die Volkswagen, Audis, BMW und Mercedes werden gestartet, fahren müssen vorwiegend die Gattinnen.
Mach schon, Egon, ruft eine ungehalten. *Wie lange soll ich denn warten?*
Egon torkelt herbei, den teuren italienischen Hut schief auf der schütteren Mähne. *Wann wird es endlich wieder Sommer,* lallt er, *ein Sommer wie er früher einmal war, nicht so verpißt wie letztes Jahr.* Er taumelt gegen die geöffnete Autotür. Christian hilft ihm beim Einsteigen.
Die Kellnerinnen tragen Gläser in die Küche und löschen die Kerzen. Susanne hat begonnen, Geschenke auszupacken. Das schwarzweiße Figürchen ruft ihr Entzücken hervor. Auch über das Buch von Isabella und Stefan freut sie sich, obwohl ihr der Name des Schauspielers kein Begriff ist. Sie mag Biographien. *Jedes Leben ist ein Roman. Das merke ich bei meiner Arbeit.*
Hast du Urlaub genommen? fragt Luisa.
Ja, warum?
Wir könnten alle zusammen nach Mecklenburg fahren, gell?
Ob wir die alle unterbringen? Isabella blickt sich um. Die Reihen haben sich gelichtet, aber immer noch sind ein Dutzend Leute damit beschäftigt, Mäntel und Jacken aus der Garderobe zu holen.
Wir stellen ein Armeezelt auf die Wiese, schlägt Stefan vor.
Wo willst du das hernehmen?
Gibt's in der Nähe von Pasewalk, in einer stillgelegten Fabrik. Da kriegen wir

auch eine Gulaschkanone zu kaufen. Uns kann nichts schrecken, stimmt's, Isabella?
Susanne würde das gefallen. *Als Studenten haben wir oft gezeltet. Die romantischen Abende am Lagerfeuer, mein Gott, ist das lange her. Wo sind die Jahre geblieben? Jetzt bin ich schon fünfzig. Ein halbes Jahrhundert.*
Die Mitte des Lebens, meint Isabella.
Susanne umarmt sie. *Wie schön, daß ich euch kennenlernen durfte. Das baut mich auf. Ihr Ossis seid irgendwie anders, nicht so zivilisationsgeschädigt wie wir.*
Kein Wunder, sagt Stefan, *wir haben vierzig Jahre mit Hammer und Sichel gegessen.*
Besonders du mit deinen fünfunddreißig. Luisa boxt ihn freundschaftlich.
Er geht zu Christian und stellt mit ihm die Stühle hoch.
Was machst du beruflich? will der Barchef wissen.
Ich fahre Taxi bei Luisas Cousin.
Wenn du willst, kannst du bei mir anfangen.
Lieber nicht. Dauernd der Umgang mit Alk.
Das ist auch mein Problem. Überleg's dir trotzdem. Einen wie dich könnte ich brauchen.
Es ist schon merkwürdig. Jahre lang hat ihm das keiner gesagt. Erst mußte er wieder eine Arbeit haben, um den Satz zu hören, nach dem er so sehr verlangt hat: Dich könnte ich brauchen.
Danke, Christian. Bist 'n Kumpel. Die Zahl der sympathischen Wessis, die Stefan persönlich kennt, hat sich an diesem Abend verdreifacht.
Susanne fürchtet, ihn gekränkt zu haben. *Ich habe es nicht böse gemeint.*
Er auch nicht, beruhigt Isabella sie. *Wir sprechen die gleiche Sprache, aber wir müssen immer noch lernen, einander zu verstehen. Auf meinem Hügel werden wir das üben.*
Darauf freut sich Luisa. *Wir haben uns gegenseitig so viel zu geben. Wenn die Einheit im großen nicht funktioniert, weil die Politik uns in schwarze und weiße Schafe einteilt, sollten wir uns wenigstens individuell darum bemühen, gell?*
Die Rolle des Individuums in der Gesellschaft. Susanne lächelt. *Also gebt ihr mir einen Platz in eurem Zelt?*
Isabella schüttelt den Kopf. *Wessis kriegen natürlich ein Bett. Im Zelt schlafen Stefan und ich, wir sind ja zusammen erst neunzig.*

Foto: Anselm H.-W. Müller

GISELA KARAU, Jahrgang 1932, begann nach dem Abitur 1950 ihren Berufsweg als Journalistin bei der „BZ am Abend", für die sie bis 1990 als Kolumnistin tätig war. In den siebziger Jahren wandte sie sich der literarischen Arbeit zu. Sie schrieb Kinderbücher – „Der gute Stern des Janusz K.", eine Erzählung über Buchenwald, wurde 1993 von der Stiftung Lesen für den Schulunterricht empfohlen – und Romane. 1988 erschien „Familienkrach", 1990 „Die Liebe der Männer", 1991 „Ein gemachter Mann", 1994 „Marthas Haus oder Der Kopf im Keller" und 1996 „Buschzulage", 1997 „Küsse auf Eis", 1998 „Go West. Go Ost" sowie 1999 „Weibergeschichten" in der edition reiher im Karl Dietz Verlag Berlin. Außerdem leistete sie mit dokumentarischen Arbeiten wie „Grenzerprotokolle" (1991) und „Stasiprotokolle" (1992) Beiträge zur Geschichtsaufarbeitung. 1994 erschien wieder ein Kinderbuch: „Bolle, der freundliche Hund".

Gisela Karau

Küsse auf Eis

239 Seiten, Broschur, 25,00 DM
ISBN 3-320-01941-4

Erzählt wird von einer Jugendliebe zwischen Indira, einer 18jährigen Berliner Gymnasiastin von rätselhafter Schönheit und ihrem Nachbarsohn Henry, 19, ebenfalls Gymnasiast. Es ist eine Buddelkastenliebe, die jedoch durch Henrys spürbare Vereisung kaputtzugehen droht. Er fährt mit seiner schwarzen Yamaha an jedem freien Tag auf einen Reiterhof in der Uckermark, wo Helmut, ein ehemaliger Lehrer, in aller Heimlichkeit eine rechtsorientierte Gruppe aufbaut. Mit Pferdesport, Schießübungen, Lagerfeuer und spannenden Diskussionen über Deutschlands Vergangenheit und Zukunft gelingt es dem demagogisch geschickten Mann, eine Vatergestalt für Henry zu werden. Der ist auf der Suche nach neuen Idealen, da sich die alten mit dem Untergang der DDR und der peinlichen Wendung seines Vaters, eines ehemaligen Offiziers, als untauglich erwiesen haben. Indira, die Helmut auf die Schliche kommt, will Henry aus der unheimlichen Verstrickung lösen und gerät dabei in tödliche Gefahr. Die Geschichte fragt nach der Möglichkeit, einen Verirrten mit der Kraft der Liebe aus dem teuflischen Bann eines Mephisto von heute zu befreien.

edition reiher
im Karl Dietz Verlag Berlin
Weydingerstraße 14-16
10178 Berlin

Gisela Karau

Go West. Go Ost

223 Seiten, Broschur, 24,80 DM
ISBN 3-320-01961-9

Go West. Go Ost erzählt die Geschichte einer jungen Frau aus Rostock, die im Sommer 1989 einen vermögenden Hamburger Geschäftsmann geheiratet hat und mit ihrem kleinen Sohn über Ungarn in die Bundesrepublik gezogen ist. Henrike Pietermann ist eine Glückssucherin, der die Ehe mit dem gutmütigen, wesentlich älteren Mann bald langweilig wird. Nach allen möglichen Liebesabenteuern gerät sie in die Hände eines Zuhälters, dessen Beschwörungen sie auf naive Weise Glauben schenkt. Sie läßt sich darauf ein, ihre gesicherte Existenz als Physiotherapeutin gegen die einträglichere Tätigkeit in einem Salon für erotische Massagen einzutauschen, die sie jedoch bald anwidert, da sie sich als eine Art Prostitution erweist. Die einst wohlbehütete Tochter eines Schiffsoffiziers ist mehr, als sie ahnt, geprägt von fünfundzwanzig Jahren Leben in einem Land, das andere Werte kannte als die des Geldes. Henrike versucht, mit Hilfe von Alkohol den Ekel wegzuspülen, es gelingt ihr nicht. Sie löst sich aus der gefährlichen Beziehung und steht vor dem materiellen Nichts.

edition reiher
im Karl Dietz Verlag Berlin
Weydingerstraße 14-16
10178 Berlin